支持单位

成都市文学艺术界联合会

出品单位

四川师范大学文学院
成都市李劼人研究学会

四川新文学大系

散文编 ·第四卷·

总　编　　王嘉陵　刘　敏
副总编　　张义奇　曾智中

本编主编　曾智中
副主编　　吴媛媛

四川文艺出版社

图书在版编目（CIP）数据

四川新文学大系. 散文编：共五卷 / 王嘉陵，刘敏总编；张义奇，曾智中副总编；曾智中主编；吴媛媛副主编. — 成都：四川文艺出版社，2024.8
ISBN 978-7-5411-6546-7

Ⅰ. ①四… Ⅱ. ①王… ②刘… ③张… ④曾… ⑤吴… Ⅲ. ①中国文学—现代文学—作品综合集—四川②散文集—中国—现代 Ⅳ. ①I218.71

中国国家版本馆 CIP 数据核字（2023）第 216413 号

SICHUAN XINWENXUE DAXI · SANWENBIAN (DISIJUAN)

四川新文学大系·散文编（第四卷）

总编 王嘉陵 刘 敏 副总编 张义奇 曾智中
本编主编 曾智中 副主编 吴媛媛

出 品 人	冯 静
策划组稿	张庆宁
书稿统筹	宋 玥 罗月婷
责任编辑	王思鋐
封面设计	魏晓姵
版式设计	史小燕
责任校对	段 敏 付淑敏
责任印制	桑 蓉 崔 娜

出版发行 四川文艺出版社（成都市锦江区三色路 238 号）
网 址 www.scwys.com
电 话 028-86361802（发行部） 028-86361781（编辑部）

邮购地址 成都市锦江区三色路 238 号四川文艺出版社邮购部 610023
排 版 四川胜翔数码印务设计有限公司
印 刷 成都东江印务有限公司
成品尺寸 148mm × 210mm 开 本 32 开
印 张 50.875 字 数 1350 千
版 次 2024 年 8 月第一版 印 次 2024 年 8 月第一次印刷
书 号 ISBN 978-7-5411-6546-7
定 价 276.00 元（共五卷）

编选凡例

一、本编所收作品时间跨度起止为 20 世纪初年至 40 年代晚期。

二、注意到四川新文学中散文作品体裁的丰富性，本编涵盖政论、史传、游记、书信、日记、小品、序跋等各体散文。

三、尽量采用早期版本，除将原版的繁体、竖排改为简体、横排外，不做其他变动。一时找不到早期版本的，采用后期比较权威可靠的版本。

四、先列四川（含当时重庆）本土作家作品；次列流寓作家作品，即其在四川创作的作品，或以四川为题材的作品，或与四川有密切关联的作品。

五、所有作品以作家出生时间排序，早者为先。出生年份相同者，按月份排序。出生月份资料不全者，以卒年之先后排序。

六、整理时忠实其原貌，辨识不清者不臆断，或以"□"示之，或加注释。

七、作者对其用法特别加以强调但又与今日相异的字、词，均依原字、原词。如"那""哪"不分，"的""地""底""得"用法与如今不同，"他""她"不分，"牠""它"间有使用，等等，均依原版，不照当前现代汉语标准修订。

八、标点与今日相异者，一如其旧。

九、外语词汇翻译与今译不合者，一律保留原貌，以存其真。

十、原版有误，以注释加以说明；原版明显排误处，径直改正。

十一、作者自己所加注释，称作者注；原版编者所加注释，称原编者注；本编编者所加注释，称编者注。

十二、作者行文广征博引，对先前文献往往以己意略事删节以突出本意，又其时所用版本与今本之通行者也容有不同，故整理时略有说明，但不以今本绳墨之。

十三、每一作者先列小传；在作品篇名下注明相关事由；在作品后标明出处。

十四、所收作品，系当时时代产物，为存真计，均保留文献原貌；其中与今日语境有别者，读者当能明鉴。

目录

流寓作家及其他

陈独秀

| 作者简介 |　　陈独秀（1879—1942），安徽怀宁人。中国新文化运动的倡导者之一，中国共产党的创始人和早期的主要领导人之一。有《独秀文存》等行世。

蔡孑民先生逝世后感言

——作于四川江津

"人生自古谁无死"，原来算不了什么，然而我对于蔡孑民先生之死，于公义，于私情，都禁不住有很深的感触！四十年来社会政治之感触！

我初次和蔡先生共事，是在清朝光绪末年。那时杨度生、何海权、章行严等，在上海发起一个学习炸药以图暗杀的组织。行严写信招我，我自安徽一到上海便加入了这个组织。住上海月余，天天从杨度生、钟宪宅试验炸药，这时孑民先生也常常来试验室练习，素谈。我第二次和蔡先生共事，乃是民国五、六、七年间在北京大学。在北大和蔡先生共事较久，我知道他为人也较深了。

一般的说来，蔡先生乃是一位无可无不可的老好人；然有时有关大节的事或是他已下决心的事，都很倔强的坚持着，不肯通融，虽然态度还很温和；这是他老先生可令人佩服的第一点。自戊戌政变以来，蔡先生自己常常倾向于新的进步的运动，然而他在任北大校长时，对于守旧的陈汉章、黄侃，甚至主张清帝复辟的辜鸿铭，参与洪宪运动的刘师培，都因为他们学问可为人师而和胡适、钱玄同、陈独秀容纳在一校；这样容纳异己的雅量，尊重学术思想自由的卓见，在习于专制好同恶异的东方人中实所罕有；这是他老先生更可令人佩服的第二点。

蔡先生没有了，他的朋友，先生的学生，凡是追悼蔡先生的人，都应该服膺他这两点美德呀！

蔡先生逝世后，有一位北大旧同学写信嘱我撰一文，备登公祭时特刊之类，并且说："自五四起，时人间有废弃国粹与道德之议，先生能否于此文开正之。"关于此问题，我的意见是这样：

凡是一个象样的民族，都有他的文化，或者说他的国粹；在全世界文化的洪炉中，各民族有价值的文化，即是可称为国"粹"而不是国"渣"的，都不容易被熔毁，甚至那一民族灭亡了，他的文化生命比民族生命还要长。问题是在一民族的文化，是否保存在自己民族手中，若一民族灭亡了，甚至还未灭亡，他的文化即国粹乃由别的民族来保存，那便糟透了，"保存国粹"之说，在这点是有意义的。如果有人把民族文化离开全世界文化孤独的来看待，把国粹离开全世界学术孤独的来看待，在抱残守缺的旗帜之下，闭着眼睛自大排外，拒绝域外学术之输入，甚至拒绝用外国科学方法来做整理本国学问的工具，一切学术失了比较研究的机会，便不会择精语详，只有抱着国"粹"甚至于高喊读经的人，自己于经书的训诂义理毫无所知，这样的国粹家实在太糟了！

人与人相处的社会，法律之外，道德也是一种不可少的维系物。根本否认道德的人，无论他属那一阶级，那一党派，都必然是一个邪僻无耻的小人；但道德与真理不同，他是为了适应社会的需要而产生的，他有空间性和时间性，此方所视为道德的，别方则未必然；古时所视为不道德的，现代则未必然。譬如：活焚寡妇，在古代印度视为道德，即重视守节的中国人也未必以为然；寡妇再嫁，在中国视为不道德的事，在西洋即现时的中国，也不算得什么大不好的事；杀人是最不道德的事，然而在战场上能多杀伤人才算是勇士，殉葬和割股更是古代的忠孝美谈；男女平权之说，由西洋传到中国，当然和中国固有的道德即礼教，太不相容了，然而现代的中国绅士们，在这方面已不公然死守固有的道德了。其实男子如果实行男女平权，是需要强毅的自制力之道德的。总之，道德是应该随时代及社会制度变迁，而不是一成不变的；道德是用以自律，而不是拿来责人的；道德是要躬身实践，而不是放在口里乱喊的，道德喊声愈高的社会，那社会必然落后，愈堕落；反之，西洋诸大科学家的行为，不比道貌尊严的神父牧师坏，清代的朴学大师们，比同时汤斌、李光地等一班道学家的心术要善良的多；就以蔡先生而论，他是主张以美育代替宗教的，他是反对祀孔的，他从来不拿道德向人说教，可是他的品行要好过许多高唱道德的人。

这不仅是我个人的意见，我敢说蔡先生和适之先生在这两个问题上和我的意见大致是相同的；适之还活着，人们不相信可以去问他。凡是熟知蔡先生言行的人，也不至于认为我这话是死无对证信口开河。

五四运动，是中国现代社会发展之必然的产物，无论是功是罪，都不应该专归到那几个人；可是蔡先生、适之和我，乃是当时在思想言论上负主要责任的人，关于重大问题，时论既有疑义，适之不在国内，后死的我，不得不在此短文中顺便申说一下，以告天下后世，以为蔡先生纪念！

原载民国二十九年（1940）三月二十四日《中央日报》

选自林文光选编：《陈独秀文选》，四川文艺出版社，2009 年

丁文江

｜作者简介｜ 丁文江（1887—1936），字在君。江苏泰兴人，现代著名地质学家、社会活动家，中国地质事业的奠基人之一，创办了中国第一个地质机构——中国地质调查所。《独立评论》的创办人之一。

漫游散记（十六）

四川会理的人土著人种

苦竹的土司太太禄方氏

我于六月十四日回到会理县城。预备东行过金沙江去看东川的铜矿，就请县里派人乡导。萧县长对我说过，"你要走的这条路现在很不太平。听说大路要经过鲁南山。山附近都是猡猓。近来常常出来抢人。我到任没有两个月，已经出了十多起抢案，并且杀伤了好几个人。这还是报到县署里来的。没有报的更无从查考了。我要派人保护，多了我派不出；少了不但不中用，反因为有枪，做了猡猡的目标。我劝你还是绕回云南再到东川去。"绕回云南！说起来很容易，一绕就要二十几天。不但路远了一半，而且要走回头路，极不经济。我又知道鲁南山是大凉山的南尾，地质上一定极有趣味，极不愿意放弃了。我初起疑心这位县长图省事，不肯派人送我。以后遇见地方的一位马团总，问他究竟是怎么一回事。他说，"萧县长的话完全是真的。不要说他没有兵可派。就是有兵，也派不得的。你要不信，只要向邮政局打听就知道了。因为这原来是东川通会理的邮道。近几年来因为不太平，邮政局久已不敢寄包裹，只是信件还是可通。这几个月来连空身的邮差都不敢走了。听说最后一次，邮差的衣服都被猡猡剥光了。你千万不可冒险。"

我听了这一番话只好发闷。恰巧一位内地会的牧师来拜我。他是爱尔兰人，在会理好多年，地方情形很熟悉。谈起我的路程问题来，他告诉我道，"萧县长马团总的话都是真的。但是我给你出一个主意。从城里到鲁南山要经过姜州和昌意坝。这两个地方中间有一个苦竹土司。离大路不过一里多路。目前的土司是一位妇人。人极其能干。家里有几百杆枪。凉山的猡猡没有不怕她的。你何妨顺路去见她，请她派两个猡猡送你过山。只要她肯负责任，你一定可以安全通过。"

于是我与萧县长说好了，请他派两个穿号褂子的徒手差役给我做乡导，先到苦竹土司衙门。如果土司太太不肯保护，再想法子绕回云南。

我于六月十六日从会理出发。县里派的乡导，倒也一早就来了。但是一个是十六岁的后生，一个是六十岁的老汉！我很生气，要到县里去请他另派两个精壮点的差役。那一个老差人对我说道，"委员，请你将就点。昨天县长本来说是派两个精壮点的。但是全衙门百十个差人，没有一个肯去，大家都怕吃猡猡的亏。最后才推到我两个身上。我是个苦人，什么都不怕了。他是新进衙门当差伙的，没法推却。委员要请县里另外派人，今天一定走不成了，因为他们宁可挨打板子，也不肯去的，况且我年纪虽是大点，路却是很熟；土司衙门我也去过，倒不会误委员的事。"我听他说得有理，只好罢了。

从会理县城到苦竹不过五十公里（九十华里）。虽然是山路，两天可以赶到，我因为要沿途测量，分作三天走。第一天十四公里宿弹冠驿（又作痰罐驿），是一个三十多户的野店。第二天二十三公里宿姜州，是明朝洪武初年所设的七州之一——会理在明初是会川府，领七州一县。我住在贵州会馆，是一个极其高大的建筑。大殿上中间供的是南霁云，右边是黑神，左边是观音。南霁云的侍从，却穿着马褂，挂着辫子！会馆是道光七年建的。当时贵州人一定很多。经过咸丰年间的回乱，地方极其残破，到如今只剩有两家贵州人了。

我每天的习惯：一天亮起来就吃早饭；吃完了就先带着一个乡导，一个背夫，独自一个上路。铺盖，帐棚，书籍，标本用八个牲口驮着，慢慢在后面走来。到中午的时候赶上了我，再决定晚间住宿的地方，赶上前去，预备一切。等到天将晚了，我才走到，屋子或是帐棚已经收拾好了，箱子打开了，床铺铺好了，饭也烧熟了。我一到就吃晚饭，一点时间都不白费。那一天从姜州起身我打听明白：姜州到苦竹十三公里，苦竹到昌意坝五公里半，昌意坝到波罗塘四公里半。一过了波罗塘，就上鲁南山，一直要走二十八公里半（约五十七里）到山东北坡的岔河，才有地方可以投宿。波罗塘岔河之间，只有距波罗塘十公里，在鲁南山的半坡上有一个村子叫做李子树，但是这是猡猓的巢穴，每次抢人杀人都是这村子人干的，万不可住。于是决定第一天走二十三公里，宿波罗塘，第二天走二十八公里半，宿岔河。我自己半路上到苦竹土司衙门去请土司太太派人保护，当天赶到波罗塘过夜。预备好了我一个人先走。沿路加紧的工作，不到十二点，已经到了离苦竹二里多路的腰店子。驼行李的牲口也从后面赶到。大家吃了午饭，驼马由大路一直向昌意坝。我带着一个老差人，一个背夫，绕道向苦竹走去。

我在腰店子吃饭，向饭店里的人打听这位土司太太的为人，方知道吐司姓禄，她娘家姓方，原是成都的汉人，几岁的时候就被禄土司买来，以后做了土司的姨太太。禄土司死了，留下了一妻一妾。妻姓自氏，住在苦竹，妾方氏，住在披沙，相距有一百五六十里路。本年阴历二月十四日（距我到那里的三个月以前），自氏太太被手下杀死了。方姨太太得了凶信，从披沙骑着马，带了一百多人，一夜半天工夫赶到苦竹，出其不意，围住衙门，把凶手拿住当场枪毙了。据店里人说，自氏太太人太老实，不能管束下人。这位方姨太太人极其能干，但是到这里不久，又经过乱后，所以秩序还没有恢复。

我从腰店子走，二十分钟就到了苦竹。村子四围有土筑的城墙，墙上站着有拿枪的士兵。但是我并没有受任何的盘诘就一直走到衙门前面。老差人指着对我说道，"委员，你看这座衙门，多么阔绰。房子都砌在山上；从大门到后门，一共九进，一进比一进高。听说是仿照九重金銮殿砌的！"我抬头一看，果然是一个绝大的衙门，比会理县署雄壮得多。于是找着号房，拿了我的官衔名片，和云南都督府给我的护照，一齐拿了进去。不一刻他跑了出来，说声，"请！"一面把正门一齐开了，从大门，走上大堂，二堂，穿过中门，到了第四重的厅上，看见一位二十多岁的妇人，前后十几个差役簇拥着，迎将出来。见了面作一个揖道："委员从京城里来，很不容易！恕我不知道，没有出城迎接。"一面让我到客厅东房坐下。我再细看她：头上盘着青色的"锣锅帽"，身上着一件青布的大袖长袄，下边束着百摺裙子，身材在五尺一寸左右，一双天足，鹅蛋式的脸，雪白皮肤，眉毛虽不很细，却是弯长；眼睛虽不很大，却是椭圆；鼻梁虽不很高，却是端正；嘴虽不很小，嘴唇却是很薄很红，加上一口很整齐的白牙，不擦粉，不擦胭脂，是我生平所见东方人中少有的美人。她一面拿我的护照看着，一面说道，"委员原来是要到东川看铜矿去的。从此地到东川，要经过鲁南山。我们夷家的孩子们不知道委员是什么人，也许要得罪委员呢！""我正是因为如此，所以才来见太太，请你帮忙。"她笑着说道，"不要紧的。我派几个人送送；就没有事了。"她又看了我几眼，再向外边一望道，"委员走这么远的路，怎么只带着两个空身人，难道没有行李吗？""我的行李上前先走了。我今天要住波罗塘。请太太立刻派两个人和我同走吧。"她答我道："那有这样的道理。委员是贵客，好容易到我们这里来。我无论如何，也要请委员住一天。我还有许多话要告诉委员呢。"她也不等我回答，就喊着道，"派人向前去把丁大人的行李追回来！"我眼看见走不成了，就拿我的片子，写了几句，叫他们把随身要用的东西拿几件来，其余的行李留在波罗塘等我。

她于是告诉我道，"这几年来，我们吃尽苦头了。委员从京城里来，我正好诉诉我们的冤枉。会理原来有六大土司：普隆土司姓沙，黎溪土司姓自，其余的苦竹，披沙，者保，通安四处，南到金沙江，云南禄劝县界，北到西昌县阿都界，东到洼岛，云南东川巧家界，西到姜州，南北六百多里，东西三百多里，夷家一万多户，都是我们禄家的地方。这四个土司衙门原来是四房分管的。光绪年间，三房都绝了后，一齐归并到我们通安这一家来。先夫禄少吾在的时候，收租要收一万多石粮食。委员只要打听，他是极其奉公守法的土官。光绪末年，大凉山夷家造反，先夫奉调去打了三年的仗，先后折去一千多兵，垫了三十万两银子的饷，因功升为副将。不幸在凉山受了潮湿，得病回来，于光绪三十一年死了。只留下我们两个寡妇，一个一岁的女儿。照我们土司家的规矩，女儿也不是不可以袭职的。后来因为有贵州威宁稻田坝的远房本家出来争了承继，我们才呈报会理州，请州官替我们做主。州里批了下来，叫我们母女三个，带了土司的印，到城里去袭职。那知到了城里，州官就把我们送到宁远府监里！那时候宁远府是陈廷绪，会理州是王香余。他们两个迎合赵帅的意思，把四个土司一齐改土归流。同时派了曹永锡带兵来占据我们的地方。这些兵一到，把我们的衙门里所有的东西一齐抢的精光，并且还要虐待夷民，强奸夷女。于是披沙衙门的士兵为首抵抗，把官兵打退了，还夺下了五十多杆快枪。一直等到宣统三年革命，会理地方上的绅士出来讲和，把者保，通安两处归流，只留披沙，苦竹两处给我和自氏太太分住。只才把我们放了回来！

最可恨的是会理知州王香余。他三番两次逼我改嫁。委员，请你等一等，我拿一件东西给你看。"她说着就走进里面去。不一刻拿了一封信出来交给我。信是三张八行书。头上说改土归流是已决定的政策，不能变更。接着说她狠年轻，很可怜，不能没有归宿。现在有一个马灿奎参将，"虽已有妻室，而两房兼祧，礼可再娶……行将由本州为媒，宁府主婚，不胜于为土司之妾万万哉！"下面签名"王香余"。方太太又说道，"我虽是成都的汉人，但是从小就到夷地，和夷家相处的极好。又岂肯改嫁？改嫁又岂是地方长官所能逼劝的？何况他们害得我们破家荡产，又是我们的仇人呢？王知州也知道自己不对，后来几次向我要回这封信。可是我始终不肯给他，要留着做个证据！"

我安慰她道，"这都是前清的事，与民国无干。现在五族共和，一律平等，决不致再有这种不幸的情事发生。还有一件我不甚明白。你不是说会理州绅士讲和的条件是把通安，者保两处改土归流吗？何以我上月到通安，土司衙门仍旧存在？难道你们放回来了，就不肯实行这项条件？那么，不是你失信了么？"她答我道，"委员，你到过我们夷家地方的，应该知道土司衙门的情形。每个衙门养活着一百多户到二百户人。每年要多少粮食？讲和的时候我们以为家里存着有几万石粮食。靠通安，者保两个衙门的人家可以安插的，不妨答应把这两个地方改土归流。回到家来才知道家里的粮食早已抢光了。岂但粮食？委员，你看我们这样大的房子，里面家具都没有几件，就知道我们受了多大的害了。如果立刻把通安者保两个土司衙门撤了，手下人没有法安插，一定要出事的。所以我没有法子，只好叫小女孩子向会理县长磕头求情，暂时把这两个衙门留着，等到我们休养几年，恢复了元气，再实行撤销不迟。"

我问她自氏太太死的情形。她说是因为小女孩子的奶妈妄想扶助幼主来篡位，勾通了几个下人下这毒手。

说了大半天话，她才站起来，进里面去。最后又说道，"家里什么都不方便，简慢的很。自己不便出来陪客，又没有旁人可以和委员同坐。晚上用饭只好请委员一个人独吃。请委员原谅。"

等她进去了我才想起要给她照相。叫她下人传话进去。她慨然应允了，就传令排队伍一齐照在相里面。等了一刻，她忽然差人出来说，"太太想自氏大太太死了才三个月，现在服中，照相恐怕不方便，请委员原谅。"

天没有黑，晚饭已经开了出来，原来是一桌"全羊席"。放得满满一桌子的羊肉，羊肝，羊肚，羊肺，羊脑等等。我一个人吃了几口，就咽不下去。我正吃着饭，忽然看见十几个背着枪的士兵和几个吹鼓手一直跑了进去。问起来，说是太太吃晚饭，照例要站班奏乐。不一刻里面果然吹打起来。我方才知道土皇帝的尊严！

晚间我又把她的巫师叫了来问他猡猓的风俗。他所说的和我在环州所听见差不多。语言也是一样。他的程度比环州的那一位是要高明点。我拿我在环州所得的书给他看。他说是占吉凶用的。我教他翻译几段，他也说不十分明白，因为他的汉话很不高明。他也有几本书，但是他不肯给我。抄写又来不及，只好罢了。

第二天一早起来，我就预备出发。方太太出来给我送行，一定要派二十支枪送我到波罗塘。我知道这种护兵于我工作很有妨碍的，而且波罗塘这边毫无危险，是绝对用不着的。于是我再三坚辞，她才答应只叫他们送我五里，作为她的敬意。此外又派两个徒手的黑猡猡送我过鲁南山一直至岔河。

她拿出一张用蝇头小楷写的呈文交给我，请我带回北京，代呈大总统，请求不要改土归流。她又叫人拉了一匹小红马来送给我骑。我坚决不肯受它。她笑道，"委员，你何必客气，这是你路上用得着的东西。你不要小看我这匹红马。它是凉山种，我常常骑它。走山路异常的稳当。比委员自己的牲口要强的多。"我谢谢她道，"我很知道你的诚意，但是一来我要测量，很少有机会骑马，用不着它。二来现在民国时代，中央的官吏出来，旅费很充足，绝对不能受任何人的礼物，不然就要受惩戒。三来你要叫我同到北京给你说话。若是人家知道我受过你的礼物，岂不是要以为我得了你的好处，帮你说好话?"她沉吟道，"委员既然这样说，我就不敢勉强。"

我临出门的时候对她说道，"我承你招待，万分感谢。临别有几句话奉送。据你说你们过去的土司是没于王事的，这是很光荣的。我希望你不要忘记他的遗志，坠坏他的家声。如今五族共和，大总统事事主张公道，决没有欺负夷家的心事。但听说你所管辖的地方还有许多夷家不甚安分，常常要闹事。日子久了，一定要连累你的。我希望你赶紧的约束他们，恢复秩序，和汉家共享太平。"她直立着，扬起头来答道，"敢不效犬马之劳!"作一个长揖，转身进去。我于是才真正相信她是读过书的。

选自民国二十二年（1933）三月十九日《独立评论》第四十二号

陈衡哲

|作者简介| 　　陈衡哲（1890—1976），湖南衡山人，生于江苏武进，中国新文学运动中最早的女学者、作家、诗人和散文家，著有短篇小说集《小雨点》《衡哲散文集》《文艺复兴史》《西洋史》及《一个中国女人的自传》等。

川行琐记[①]

—— 一封给朋友们的公信

一　自北平到成都

来到成都已经有一个月了，天天忙着和环境办交涉，故至今未

---

　　① 1935年，陈衡哲随就任四川大学校长的丈夫任鸿隽入川，从1936年3月起，在胡适主编的《独立评论》上发表了四封"公信"，即总称《川行琐记》的文章，不料想在社会引发轩然大波。1937年，在陈衡哲的坚持下，任鸿隽辞去川大校长职务。读者可与本卷所收李思纯《评〈川行琐记〉》和任鸿隽《关于"川行琐记"的几句话》两文互参。——编者注。

能写一封信向朋友们报告一点旅途和四川的情形，真是不安得很。今天好容易得到一点清闲，不觉想起了住在北平，天津，上海，杭州，南京，以及华中各处的许多朋友们，感到一种惆怅的想念。假如做得到的话，我愿意给每一位朋友写一封信，凭着您一个人所喜欢知道的，告诉您一点我们这一个月的闻见与生活情形。但这又那里做得到呢？因此忽然又想到了赵元任先生数年前在美国时的办法：他用一个绿色的小册子，印了一封公信，分寄给他在国内与国外的朋友们。不过他的办法却不曾得到什么好成绩，因为很少人接到了一份印好的公信后，是觉得要写回信的，即使你在上面写了几个"棣阿"！但是，这总不失为一个没有法子中的一个好法子，似乎是值得再来试验一下的。我希望接到此信的朋友们相信，虽然此信不是给您一个人写的，但您的声音笑貌此刻却都在我的心目中荡漾着，它们是督促我写此信的唯一力量。您信吗？

离开北平的那一天，承许多位朋友到车站去送行，使我们这四个自甘放逐之人心灵上得到一点安慰。这不是单单一句"谢谢您"所能表示我们的铭感的。我们坐的是平汉路的二等车，两个大人和两个小孩正好占满了一间房子，也还舒服。车子走了整整三十六个小时，在二十八日晚上的十时半，我们便到汉口了。

许多人曾经告诉我们，汉口的中国客栈是很少能与嫖赌绝缘的，所以我们只好忍着良心上的责备，跑到一个外国人开的饭店去住下。虽然设备与招待绝不如那房价所暗示的那样好，但至少是可以清静的睡一夜，不怕被麻将之声所扰了。

在汉口见到了五六位我的亲戚，但朋友中却只见到了凌叔华女士和程穆秋先生。上船的那一天，他们两位又都跑到船上来送行，使我们十分感谢。

汉口的雨很多，幸亏还不怎么冷。我们要乘的是民生公司的民权船，但因为天寒水浅，须在宜昌换船，不能直达重庆。民权船是在三十日上午开行的，在船上发现了张伯苓先生，他也是到四川去的。还有一位郭凤鸣女士，乃是张先生的得意女弟子。还有一位麦健曾先生，他是康南海先生的外孙。他的母亲麦夫人是一位经学家，我曾在康同璧女士的寓中会到过。还有一位周夫人，是一位川大教授的太太。一船之中，彼此都这样的有了一点牵联关系，不久大家便很熟识了。

民权是民生公司的一只头等船，很不错。我们坐在里面，都感到一种自尊的舒适——这是一只完全由中国人自己经营的船呀！我们走了整整三天，于十二月三日午刻到了宜昌。大家上岸看了一看，便回到船上来了。（这是民生公司的特别优待，招待我们住在船上。要不然，宜昌的客栈该又成为一个大问题。）明天四号，我们大家到铁路坝去看看。铁路坝者，火车站也。宜昌何来火车站？原来是辛亥革命以前修的，如今已经房圮壁斜，不胜老态龙钟了；而火车却仍姗姗其未来。这不有点像一个女子，做好了出嫁的衣裳，守到头白齿豁，而仍不见新郎来到的情境吗？铁路坝是一块广场，上面有山，大家走着上去。我向来不喜爬山，张伯苓先生也显出有点"高山仰止"的感想。不过因为他是一位大丈夫，不能示弱于几个女子之前，所以他见我们到了山巅，也就提着长袍慢慢的走上来了。

我们在民权轮上住了两天，到五号方换乘了民俗轮，也是民生公司的船。从宜昌到重庆，是川江中风景最好的一段；从前没有轮船的时候，也是川江中最险的一段。我们一路看峡中的风景，但见满山红树，秋色丰盛。并且在六号那天经过三峡时，天气忽然放晴，和暖得也像晚秋天气。此峡我已走过四次，这是第五次，任君是第十次了；但我们却仍是百看不厌。我们又看到了正被大火烧着的一大排茅屋，被水打破的木船，以及寒江上的钓鱼翁等等，对于苦人们不禁发生了无限的怜悯。又看见一支已经打破的民生公司的轮船，横搁在一个石滩上，好像一个死尸似的，又不禁发生天然究竟可怕，蜀道究竟不易的感想。

记在民国十一年的夏天，我同任君到重庆去的路上，曾看见在一个高峰的边上，挂着一块破布，蔽着一个山洞，使我对于居住在那洞里的人发生了一种同情；因此便写了一篇小说，叫做《巫峡里的一个女子》，收在《小雨点》小说集内。去年《小雨点》改在商务出版，我把内中各篇重读一遍之后，觉得那篇小说写得不好，就把它删去了。可是此次重入山峡，重见到了那高峰挂帘，峭壁耕田的情形，又觉得那一篇小说仍有一点写实的价值。环境能这样的转移一个人对于自己作品的估价，不是很值得我们深思的一个情形吗？我希望凡是读过我那篇小说的朋友们，都肯把他们对于它的印象诚实的告诉我，看它到底能不能把峡中苦人的生活，传一点到读者的心目中去。

一路上天气很暖和，像北平的十月一样，可是很少见到太阳。我把"蜀犬吠日"的一句成语趁此时解释给孩子们听。隔了一天，忽然听见安安学着狗叫，从船头叫到船尾。我诧异的问他为什么，他说，"太阳出来了呀！"

因为在峡中晚上不敢开船，所以民俗轮整走了四天，到九号午刻方到重庆。在这四天之内，我在打字机上作了十余封寄到国外的信件，看了六七件关于中学生课程问题的报告——大抵是响应我的《救救中学生》一文的，作者不是中学学生，便是中学教员。心中虽然时时念着国内的朋友们，即是接到这封信公信的诸位，但因为船震动的利害①，不能执笔，只好等到生活安定之后再偿此愿了。一路上我们四个人也十分挂念那一个留在北平读书的以都。但我是诚心让她离开了家庭，去学得一点自己管自己的能力的；所以我虽

---

① 同"厉害"——编者注。

然苦想她，却也没有什么后悔。

到重庆时，有华西兴业公司，民生公司，美丰银行等各机关的领袖们来迎接。我们要住旅馆，但华西公司已把我们招待到了美丰银行的宿舍去，只好遵命。宿舍的一切设备，自衣柜到浴盆，都是外洋最近流行的式样。可惜侍者们没有受过训练，似乎不懂得在现代化的意义中，清洁与整齐，比时式家具更重要。我们承美丰的好意，把那样讲究的房间让我们住，反觉得不应不说一两句逆耳之言了。我们希望他们能训练几个侍役，把现代化的精神加到那现代化的房间与家具中去。不知道这一点诚实的忠告，能蒙美丰的领袖们的原谅与采纳吗？

到重庆后，方晓得公路因天寒路坏，不能走了，遂决计改乘飞机西上，行李则另由华西公司运去。我知道成渝间行李的运输，有时要到二十天，所以便费了一天的功夫，把非带不可的东西另外捡出了。四个人在冬天需用的衣服和被褥，飞机上自然有点成问题。所以我一方而遵了老子的教训，"损之又损"；一方面又承中航公司和华西公司的朋友们给我们以特别的帮助，故终能带了四个小提箱，一个铺盖卷，向着成都飞去！

在重庆四天之内，应酬很多，会见的客人也不少。有几个女学校——都是中学程度的——都请我去给学生们演讲。我很感谢她们的好意，但只有请她们记一笔账，留待下次重过此地时再补偿了。

我在重庆的感想，第一是许多机关的真能现代化。如民生公司，便是办事与教育的合组机关的一个好例子。公司中的办事人员，在晚上都聚集在一个大礼堂里，不是听讲，便是自修。那次六团体（美丰，川康，及省立三个银行，航务处，财政特派处，及民生公司。）请张伯苓先生和我们两人去讲演，便是在那大礼堂里的。那礼堂里充满了学校的空气，聚在那里的六团体的职员们也使我们感到"同行"的意味。这真可说是做到机关学校化的地步了。我的第二个感想是四川社会上有智识的领袖们侍我们太好了，太至诚了。我们在那里，不但张任两位校长受到了优越的招待，即如我这一个"小百姓"也受到了同样的优待。我的第三个感想是一个受过教育的女子，在四川的教育界中——自重庆到成都一例都如此——似乎能不成问题的以她自己的资格来与社会相见。这颇出乎我的意料之外，因为若把四川女子的平均程度和中国其他各地的女子平均程度比较，恐怕不见得有占倒①什么胜利的希望。但一般社会对于一个站在自己两只脚上的女子，却能不把她当做站在丈夫肩膀上的女子看待。这一层在中国许多大都会中，却似乎还不能，或不愿做到。这个社会意识的最明显的表现，是以一个女子自己的资格来招待她，是以一个女子自己的名姓来称呼她；使她能感到不单单在做一个附属品。我常想，已结婚的女子们，对于自己的名姓，真是一个大问题。说愿保留自己的名姓吧，人家便可以说你是在与你的丈夫不合作；说从俗的单单做一个某姓的太太吧，但看到一个代表自己个性的名义这样的消灭，不免又要感到一种悲哀。所以我常说，最好的办法，是让一个单单站在丈夫肩膀上的女子，一个除了做某人的太太之外，便一无所有的女子，干干脆脆的做一个某家的太太；你若称她为什么"女士"，不是反见得有点讽刺她似的吗？至于对于一个有个性，有自立能力的女子的称呼呢？我以为不妨这样：在与她个性无关的场合中，如旅行，应酬，生病，看戏之类的千千万万的活动中，她不妨随俗的做一位某姓的太太。而在表现她个性的场合中，如演戏，奏乐，绘画，教书，著作，为国家或社会的服务，以及在其他各种各类她的丈夫所不能"荣荫"给她的地位与才能上，她是应该保留她自己的名姓的。这样，社会上的所谓"太太"与"女士"岂不更能名副其实一点吗？这个意思，任君是

---

① 原文如此——编者注。

完全同意的；在接到此信的女朋友们中，我想也是很少反对的；但不知道朋友中的"男士"们以为怎样；因为感到四川教育界人士的雅量，让我以我自己的资格来与他们相见，所以不觉说了这么一大堆的废话，请您原谅。

现在且再说一个小小的经验来结束我在重庆的报告吧。就在那六团体请我们讲演的晚上，我们先在民生公司吃晚饭，第一样菜是牛肉，烧得很烂，似乎很好吃；不过它上而却布满了辣椒油，我尝了一尝，可不辣得喉舌发痛？我说，"太辣了，可惜！"四围同座的四川朋友们却都笑了，他们说，"这是西红柿油呵，一点不辣，你弄错了。"我觉得奇怪，便问任君，"辣吗？"他说，"有点辣。"四川的朋友们又说，他是因为偏袒我，所有才那样说的。我没有法子，只得再问那位隔了两座的张伯苓先生，"牛肉辣不辣？"他说，"很辣！"四川的朋友们听了这话，才解嘲似的看了一看那布满了辣油的牛肉，说，"呵，原来不是西红柿油吗？"我的朋友，您试想想，四川人吃辣椒的程度高不高呀？

从重庆到成都的飞机，每天都有；但只有星期一和星期四的，是从上海飞来的中航公司巨型机。我们买的是十二日的巨型机票，共三张，——两个孩子算一张——代价二百七十元。十二日正午十二时，又承华西公司的副经理陆叔言先生到我们的寓所来照料。我们把行李交给了他带来的夫役，便带了那几件小箱子，同他坐了华西借给我们用的汽车，到了南极门。再走下山坡三百余级，再坐小渡船上岸，又走了一回，方到了飞机场。等了半个钟头，看见有一个大飞机自东方缓缓飞来。但中航公司的职员们却说，恐怕成都是去不成了，那边的气候非常的恶劣。一间①飞机着地，但见乘客纷纷下来，方知道果然飞不成了。大家都十分失望。公司的人叫我们

---

① 谓相距极近。间，间隙。——编者注。

明天早上六点半再来，看能不能飞。

我们不愿再去打扰美丰银行，所以便到一个叫做沙利文的饭店住下。据说这是重庆最好的饭店，大概是上海宁波人开的。您在十四五年前，曾在上海的一品香住过吗？呵，把重庆的首座旅馆沙利文和一品香比，便是等于把一品香来和上海的国际大饭店比！您若以为我说得过分，请您自己去看一看。

一晚上我们不敢睡，因为五时便须起身，怕睡过了时间。到了五时，打电话给中航公司办事处，问今天飞得成吗？回答说，你们六点钟到飞机场再说。只得大家起身，吃了一杯开水，一块饼干。幸好华西又送一辆汽车来，我们便又到了南极门。那时因下雨，天还没有亮，地上滑滑的，又在黑暗中，那敢走下石级去？好容易叫到了一乘轿子，因为要两乘，被别一位赶飞机的客人乘去了。那时我们真有点着急呵！走下去吧，看不见路，上边又下雨，下边又滑。等轿子吗？赶不上飞机怎么办？汽车夫也急了，在马路的两头跑着，嚷着叫轿子，终于叫来了两乘。夫子们把我们一抬，说，抬不动——我们一人带一个孩子，每乘不过重一百六十余磅——我有点怕他们跌跤，连说，"放下来，放下来！"但他们不听，又抬着走。我的朋友呀，这个险冒的有点不小吧！试想想，从一个轿子中摔下山来，抛得该有多远？

我们这样惴惴然的被抬着下了山坡，又渡过了河，走到飞机场时，天上已有亮光了。飞机仍旧停在场上，可是谁也不能说今早飞不飞。时时在等待成都方面的好消息，但来的消息都是不好的。我们坐到了飞机里去，遇见了卢作孚先生，大家面对背的谈着话。这样的等着等着，到了九时半，飞机的轮子上发出声来了；我们的喉咙，却因失眠与饥寒，已经发不出什么声音来，正好趁此时休息一下。九点五十分，飞机终于离了地面，大家方抽了一口长气，靠着椅背，仰首休息着。可是磨难也来了，两个孩子的面色忽然变了苍白，气息也很不好；我自己也时时想吐，忍了半天仍是忍不住。窗外天气是阴阴的，一路上但见浓云，不见日光，直到飞近成都时，方见山上有一点阳光。但是，因为那天的云是很高的，故飞在它的下面时，视线上并没有什么障碍。我们看见所过的地方，无论高山低谷，都是水肥土润，田陌整齐，半月形的阡陌，一层一层的依着山的形势，弯弯的自高而下织成了一幅极美的图案。我们因此可以想见四川农民的辛勤。

我们飞了整整七十分钟——小型飞机需两小时——于十一时到达了成都的凤凰山飞机场。风很大，天上有太阳，大家都说，这两个情形都不是成都的本相。我们乘着四川大学代我们雇来的一辆破敞车，颠颠簸簸的走了五十多分钟，在正午的时候，到了汪家拐九号，川大的教员宿舍暂住。虽然在路上不过走了两个钟头——七十分钟用在一千余里的路上，五十分钟用在十余里的路上——但半个多月的辛苦，一夜的失眠，二十多个钟头的忍饥与熬寒，再加上在天空中的震荡，和在地面上破车中的风吹与簸动，竟使我们四个人的脸上都呈出了病容。我因病后长征，身体更是支持不住。所以一到寓所，便不管天西地东，把身体抛到了一张木床上，一直躺到天黑！虽然后来脑筋慢慢的活动起来，不免又要想着，从人生的意义想到今晚即成问题的晚饭，被褥，以及其他切身的生活条件；但心中尽管想着，尽管着急，身体却仍是躺着，动不得。

廿五年二月一日于成都

选自民国廿五年（1936）三月一日《独立评论》第一九〇号，署名衡哲

二　四川的　"二云"

我们是十二月十三日到的成都。凡是初到成都的人，没有不生

一次病的，我自然也不能幸免。病是顶普通的重伤风，即是所谓流行性感冒。在生活安定的情形之下，你只要吃一片安斯必灵，洗一个热水浴，裹着厚被睡一夜，明天那病就跑了。但这几件事在成都却都是做不到的，除了安斯必灵之外。热水浴不必说；被褥因行李不曾来，也是不舒服得很。而且衣服不够暖，大人小孩都冻得缩颈弓背了。房子呢，不但高大，而且窗间尽是隙缝，地板也尽是透风的。室中除了一个小火盆之外，又没有取暖的工具。因此种种原因，伤风便留恋着走不开了。直到十二月廿九号，行李由重庆运到之后，得到了暖衣厚被，我的伤风方慢慢的好了起来。

　　因为火盆不合卫生，又不够取暖，所以我们想安一个小炉子，好挨过这一冬。但这真是谈何容易。我们走遍了成都城，花了二十四块钱，买到了一个十四五年前北平流行的一种花盆式的小火炉。（这种火炉在北平约值两三元一个，但有饭吃的人现在是都不用它的了。）又找到了一个说是会安炉子的匠人。但终因管子的棱角太多，大小又不一例，此节与那节不能合作，安了三天也没有安成。隔了好多天，又找到了一个曾给外国人安过炉子的匠人来，我们方叹了一口长气。他来后，且不工作，先慢慢的抽着烟，讥评着上次安炉子的不行，和夸说他自己的本领。过了约摸有半小时，他才开始去安炉子。可是不到两天，不是管子裂开，便是走烟漏水，只得时时去找他来收拾。他每来一次，便开一天的工钱，八毛大洋。直到二月初，我索性把那一个专宠的炉子拆了，房间内才得到了一点平安。但盆火却到写此稿时为止（三月中旬）仍是生着的。人人以为春天立刻要来了，但春天还不知道在东海的那一角呢！

　　当然，成都的冬天不能算太冷，三月中旬本来也不妨寒冷一点，何况今年全国都是异常的寒冷。不过一则因为居室阴沉沉的像一个避暑窖，不能避寒气。二则因为成都的朋友们，自正月下旬起，便天天对我们说，"这是最冷的日子了，下去一定就暖和的。"

我们的心理上也就发生着一种不安的期待，更显得一天又一天的冷得难受。三则因为成都冬天的太阳是一个稀客，故更觉得寒气侵肌沁骨。我曾作了一个小小的统计，是关于阳光的。在我到此后九十天之中，阳光虽然现了十九次，却只有六次是有热力的，只有两次是自早照到暮的；其余日子的阳光，都淡稀稀的不能使我们感到一点舒畅与兴奋。换句话说，即是，在成都住的人，平均每隔十五天才能见到有热力的阳光一次，每隔四十五天才能见到一次照耀终日的太阳。由此可知，四川的阳光不但在量的方面不够；即在质的方面也恐怕没有多少杀菌的力量。

"蜀犬吠日"的一句话，我们既靠了上述的经验而得到了它的真确解释；"云南"的意义则乎也可以连带的给它一个解释，那便是在云天云地的四川之南呀！可是四川的云——别季的云我不知道，现在说的是冬天的云——真可以说是"大王之雄云"，它把天盖得密密的，不但一城之中不见天日，而且全省也同样的笼罩在此重云密雾之下。我们因此可以想象，从西北的高地下瞰昆明夜郎之区，岂不正在大云之南？我有一次对朋友说，"四川"的名字不很恰当，因为一省之中，川流何止千万，那能以"四"为限？倒不如把它改为"二云省"，为能名符其实一点。朋友说，"云一而已，那来二云？"我说，还有那吞云吐雾的"云"呢！我告诉您这句话，为的是要您知道，四川在这二云笼罩之下，是怎样的暗无天日呵！

因为冬天无阳光，即有阳光也是无精打采的，故一切生物也都是无精打采的。水果——以柑类为大宗——甜得不够味儿，鸡蛋没有蛋味儿，兰花香得也是特别的微之又微，你若不把那花瓣放入鼻孔中去嗅，你便要疑心它是一朵蜡制的花了。（据说秋兰很香，大约因为夏天略有阳光吧。）试想，假使受到一云笼罩的生物是如此，那受着二云惠覆的人民应当怎样？我见下人们做事太没有劲，常常忍不住要对他们说，"你们都预备活三千岁，我可只打算活几十年呀!"但是,您说,这句话在他们的心上能发生一些些的波动吗?

再说鸦片。国人用国货的一件事,似乎只有在鸦片的一件产物上能做到澈底的地步。但是,军阀的迫种鸦片,以及他们在"刀头上舐血吃"的种种政策,却是天下老鸦一般黑,西北和东北又与四川有什么分别呢?所以我也就用不着特别诅咒此魔窟中的魔王们了。人民呢,自然也是宁吃黑饭,不吃白饭。自宜昌到成都,枯皮包着瘦骨的行尸走肉,我真看见了不少。(叔永说,"只行尸二字已够,因为他们的身上那还有什么肉呀!")但也不必在此细述,反正西北与热河也是一样的。不过四川是大家期望着能负起民族复兴担子的地方,民族既不能以那少数之又少数的优秀份子为代表,则此云不袪尽,民族复兴也就免不得要成为一个大笑话了。不知道四川的朋友们以我这话为然吗?据说自蒋委员长来川之后,此云已渐有消散的倾向。让我们希望这情形是真的,而不是纸上的吧。

我们都是中国人,我决不敢以恶意来批评四川;我也不是喜欢作笼统话的人,说四川这不好,那不行。但我的良心却也不许我作阿谀取悦之言,说什么四川是天国呀,四川人民是中华民族的精华呀!我觉得廿五年来军阀恶政治的结果,不但使住在四川的人个个走头无路,并且在道德方面,在人生观方面,也似乎发生了许多不幸的影响。一个社会愈混乱,愈没有法纪,那么,那社会的原始人性也一定愈加发达。因为若不如此,一个人便非被逼死不可了——或是身体上的逼迫,或是心灵上的创痛,它的煎熬促死的力量是一样的。这可悲的情形,在中国到处都有一点,但在四川却更为显著。四川的优秀份子对于这种情形也莫不一个个的疾首蹙额,感到魔窟的苦痛与罪恶。有一位四川朋友对我说,"我们四川人所过的生活,比了亡国奴的还要惨痛。"对于这一群居污泥而不染的朋友们,我除了对他们表示敬意与同情之外,是没有什么话可说的。但这岂不更使我们感到四川问题的严重?

我现在且举几个例子来说明社会愈混乱，原始人性也愈加发达的意思。先说马路上的情形。马路上之有野孩子，自古已然，也不限于四川，但四川的野孩子却有点特别。比如说吧，在别的地方，野孩子随地拉矢的"地"是马路；但在成都，那"地"却在我们的大门内！我们每天早上七时和下午四时，都能听到一个附近小学学生唱党歌，呼口号；但我们又发现这些小学生放学之后，竟有夹在野孩子中间拿石头来击打汽车玻璃的。这种情形，家长不管，学校不问，城内的官吏与巡警更是不干己事。这能使我们不悲观吗？但这些马路上孩子的行为尚不能代表那混乱社会的要点。成都最黑暗的时代，据说是在四五年前那"一国三公"的时候。那时的成都，晚上八时以后便没有人敢在街上走。为什么呢？因为那是一个杀人不问的时间呀！现在虽然情形略好，但在九时以后，全城也就静寂得和古墓一样。成都的朋友们又告诉我们，那时种种黑暗的情形还有十倍于杀人的。不过时过境迁，现在的情形既比那时的有了进步，也就"成事不说"了。

再说纳妾。这自然是中国的一个腐败制度，决不是四川所独有的。但四川的情形却另不同。在别的地方，妾的来源不外三处，那便是：丫头，娼妓，和贫苦女孩子。在四川，有许多阔人的所谓"太太"却是女学生，而有些女学生也绝对不以做妾为耻。（关于有些女学生的"宁为将军妾，不作平人妻"的奢望，我得到的报告太多了，可以说是一件讳无可讳的事实。我希望四川女学生中之优秀的，能想个法子来洗一洗这个耻辱。）这是四川的问题与别处不同的又一个例子。

第三个例子，是不以吸食鸦片为耻。吸鸦片的中国人当然不以四川为限，但至少在我的经验中，吸鸦片的一件事，不论是在吸者自己或他的亲友的眼中，总还是一件讳莫如深的丑事。在四川却不然，你到一个人家去吃饭，除非那是一个开明的家庭，像我们的四川朋友的家庭一样，主人是要请你上炕吸个一口两口的。你笑着说不吃，他便要说，"那有什么关系呀！吸一口好消食，不用客气吧。"有几个外国人告我，他们也曾同样的得到过这个经验。这是四川问题和别处不同的又一例。"坏事全国都有，四川来得特别。"这是我胡诌的两句口号，希望他们真是胡说八道！

据我看来，这个不同，是一个很严重的不同。下流无耻的事，到处随时都可以发现；但一般社会的意识不以下流无耻为可羞，却又是另一件事了。故我说，四川的大问题，一方面固然在"仓廪实"上面，一方面也在革心上面；因为无耻的事倒不一定是仓廪空虚的人做的。（四川的农夫是中国最可怜，最值得我们同情的人。）我常想，也常对四川的优秀份子说，假如我们真想把四川做到民族复兴根据地的地步，则对于它的病根实在是不容不细细检查一下的。掩耳盗铃是一个最没有用的方法呀！

四川的病源，近一点的看来，粗枝大叶的说来，可以说有两个，其一是军阀，其二是鸦片——我疑心这两件事都与"蜀犬吠日"有点关系，但这不过是推测之辞，非请科学家和医学家来做一番研究的工作是不易证明的。有许多四川朋友相信四川的文化是一个退化的文化，是鸦片文化与军阀文化的产品。他们举的例子很多，我现在且述一个。从前在四川走山路时，坐的是一种山轿，它和普通的轿子差不多。但现在只有所谓"滑杆"了。滑杆是用两根杆子支着一块用竹篾疏疏稀稀编成的兜子，抬起来很轻。人坐在上面不但不舒服，且常有擦破皮肤，伤折尾闾骨的危险。这是一位朋友去秋的亲身经验。（最近我看到一篇在栈道上旅行的记载，那位作者把滑杆说得怎样的舒服。其实我们若把那些垫子，毛毡，枕头之类取走，坐在上面的感觉恐怕便要很不同了。）为什么要用滑杆呢？因为夫子吸了鸦片抬不起轿子了呀！我相信这个退化论是很不错的。我们看到成都一般普通人的生活，自歪梁斜壁起，到言不信行不果的做人标准止，很不容易感到有什么规律准绳在他们的背后。所感到的是一个得过且过的人生观，我把他叫做鸦片人生观。我在北平时曾对一位不曾到过四川的朋友说，"假使不把四川一般人民的人生观改良，而想他去担负那民族复兴的担子，乃是一个大笑话！"当时他不曾说什么。此次我在成都见到他，他说，"您在北平说那句话时，我很不以为然，我以为您对于四川太有成见了。但是，到此三个月之后，我不得不佩服您的话，千真万确，它是一个大笑话。"我希望四川的朋友们不但要原谅我的直言，并且希望他们所代表的这少数的优秀份子能来做一点拨云见天的工作。

有些朋友们看到我这个议论时，容许要说，"不管您的诊断对不对，但单单一个诊断是医不了病的。您的药方呢？"我说，"岂敢，岂敢！但在下却也拟了一个药方，请求指教。"那药方是：

掘除鸦片烟苗铲子　七千万把（每人一把）

销毁烟具的大洪炉　一千个（每县十个）

太阳灯　一百万盏（每盏管七十人）

鱼肝油　七千万加伦（每人一加伦）

真牌社会工作人员　一千位（每县十位）

说明：鱼肝油和太阳灯可以弥补太阳光线的不足，此亦是康健的人格寓于康健身体之意。社会工作人员要能从小处与实地做起的，要目光不在名与利的。

这五味药服下之后，虽然不敢希望四川立刻能变为天堂；但人民或能因此产生一点发扬蹈厉的精神，对于那万苦之源的军阀，也或能有一点釜底抽薪的效力。人民有了志气，釜底抽了薪，然后方能谈到建设，工业，作育人才，以及其他种种改造的努力；然后四川方有担负那民族复兴重任的希望。四川的朋友们，您们以为是不是？

悲观的话写得太多了，让我报告您几件别的事吧。

第一，现在四川有智识有地位的人，很能做一点使我们发生乐观的事业。卢作孚先生的做建设厅，可说是政治渐上轨道的一个证据。有一次，我听到他与四川大学当局谈到合作的计划，使我不禁有点神旺了。①

第二，我以为这类的环境，于孩子们的教育是很有益的，假使我们能把教育看成一个整个的人生问题。比如说吧，经过这三个月的旅行和生活上的艰苦，书书安安两个孩子现在是很能够应付环境，用自己的心思去创造出他们所需要的东西了。虽然这还不过是很粗浅的一步，但凡事不都是第一步最难吗？这样的教育，不但孩子需要，就是我们成人壮年也何尝用不着它？假使有一天，我真的要被充军到一个文化低落的蛮乡中去，在半年以前，我是要急得无所措手足的，但现在却至少有点把握，知道从那几方面下手去解决生活的起码问题了。因此我又想起，国难期中的教育虽然千头万绪，但这个开辟山林，披除荆棘的能力——即是学作鲁滨孙的能力——似乎却不能不把它看成最重要目标之一。

还有许多成都的特殊情形和我们的"破冰"经验，那一点于将要来川的朋友们略有参考价值的经验，只好留待下次再报告了。现在且用我新学来的下级社会的成都话——士大夫的话太普通了，没有什么可学的——学着一个女仆的口声来报告您一点我们这"宿舍"的情形，就此暂作一个结束吧。（两个孩子的成都话已经说得很好了，我赶不上他们。）

住在那个屋子的一共有六块人，他们都是下江来的，晓得是不

---

① 现神往。原文如此。——编者注。

是重庆人哇。有两块是娃娃——一个是小姐，一个是老少——有一块大人名字叫"刘大姐"，刘大姐可是男的哇，你说笑人不笑人？前天他们把两间长的屋子用板板来隔了，有一间是洗脸的屋子，洗脸还要一间屋子呢，你说怪不怪？洗脸架架的边边还搁了一个冰铁箱箱，倒脏水要在那箱箱内倒。你听见过没有？屋子中还搁了五六只箱箱，那箱箱是绿的和黑的冰铁的，也不像我们成都的。壁头上又钉了好多的钩钩，说是挂衣服的。屋子外面有一个坝子；开了好多的花花，也还好看。他们又不要牌，又不请客。他们清早不吃饭，要到少午才吃饭。晚饭要到七点钟才吃。吃煞搁了，就在一个屋子中间摆龙门阵，又笑，我也不晓得他们笑的是什么名堂！有时他们走人户，八点过后才回来，还不睡觉，要到十点钟才睡呢，硬是焦人！我就说，"你们格外请人吧，我熬不了夜哇。"他们说，"你什么时候睡的？"我说，"也要到七点钟吧。"他们就大笑，这有啥子好笑？就说，"你顶早也要到九点才能睡，不然你就走吧！"他们浪个的说了，我还在那里做啥子？

成都的朋友们，请您们指正，勿笑勿笑！

二十五年三月十三日于成都

选自民国廿五年（1936）四月五日《独立评论》第一九五号，署名衡哲

三　成都的春

自上次写信到现在，已经有两个月了。现在且向朋友们报告一下我们在这两个月中的生活情形和种种新闻见的大概吧。

第一，是成都的春天终于到来了。它是这样来的：经过二十多天的密云细雨，当我们还穿着丝棉袍子的时候，忽然太阳强烈的射出了云端，并且自早到暮的射着。我们立刻脱了丝绵袍，穿上厚夹

袍，还是太热，结果是穿上了薄夹衫。那一天是三月三十一日。到了四月一日，我们跑到院子中一看，呵，红的山茶，白的蔷薇，黄的迎春，各色各种的桃杏海棠，以及颤巍巍花山似的白玉兰，紫玉兰，都锦绣似的铺满了一个小小的园子。我有点不信我的眼睛，心想，难道天公也在给我们玩什么"愚人节"？但接连九天的晴好天气，证明了春天真正的来临。虽然以后仍不免有点风风雨雨，阴阴涩涩，闷闷沉沉的天气；但这是"一春长是雨和风"的当然现象，并不能归罪于"二云省"中的天上之云了。

成都春天最大的贡献，是花。在我所到过的地方，我没有看见有一处是有这样质量并茂的花季的，也没有看见花是那样的容易侍候，一点也不要麻烦人工的。有一天，我把小园中所折来和朋友们所送我的各种花，插到了三个瓶子中去，数一数，整整十六种！其中最特别的是一朵含苞过冬的月季花，它有点像那还过魂来的杜丽娘；还有一朵硕果仅存的白梅花，它又有点像一位老姑母在和她的年轻侄女们赛美。这十六种花的聚会，大约是在四月五号的那一天。现在已是春到蔷薇的时候，花世界的蓬勃，就更不用说了。加上每日清晨从林中送来的各种娇脆的鸟语，真使我感到成都花鸟精神的美丽，和它们生活力的伟大。因此我又想，假如这一份天地的精华不钟于草木花鸟，而钟到了中华民族的人民身上，中国的强盛还有疑问吗？真是有点可惜呀。

点缀春天的一个成都风俗是在西门外的所谓花会。在前清末年，此会曾被扩大范围，改为一个劝业会。听说这劝业会仍旧有时举行，不过今年因民力消沉，物产衰落，故只办了一个例行的花会。会期在阴历二月，我们也曾应过朋友的邀请，去过两三次。土产可怜得很，差可喜的，有梁山县的细竹帘，各地的粗细竹篾做的篮筐，以及蜀地特产的各色夏布。至于那藉以名会的花，却反退到了宾位，不见得有什么特色。去看会的人拥挤极了，除了成都的绅士外，还有头上包着白布蓝布的乡下人，有自西藏来的红喇嘛，有自松理茂等处来的"蛮子"。他们纷纷扰扰，又叫又嚷，走路不知道方向，也不循着直线，常常有人直对着你的身上走来，好像你是一个门洞似的！我到此方悟到人山人海的意义。

成都有一个姑姑筵，您大约是听见过的。成都馆子的名字都很特别，有的叫做"不醉无归"，有的叫做"异乡风味"，听来都很动人。姑姑筵的本义是"洋团团的筵席"，原是儿童们"过家家"——又叫做"摆摆姑姑筵"——中的一幕，大约这个酒馆的得名是由此而来的。主人是一位六十三四岁的老先生，叫做黄晋龄，也是一位读书人。我们曾到那里去赴过几次筵席，因为它在花会的旁边，生意很好，菜也比别处的贵一点。有时菜做得很好，但并不是每次都好。

第二件可以向朋友们报告的事是我们终于找到了一所较好的房子，已于四月中旬搬家了。我们所要求的是房间略为多一点，房子比较坚固一点，（坚固的定义很难说，但至少在走路的时候，全屋的地板能不"铜山西倒，洛钟东应"的那样热闹！）环境比较清洁一点，如此而已。我们拿了这三个条件去找，结果是在一个教会中找到了一所有三四十年寿命的旧洋楼。它虽然破旧一点，对于这三个条件却没什么可说的，所以我们便决计搬来了。

这房子原来是一家英国人住的，房东也是一个教会法团。在别的地方，我是决不愿住到这样地方来的。看着外国人把环境弄好了，自己来享受，真有点伤我的自尊心。但在成都，却也不敢太固执。假使你要坚持不住教会房子的话，我敢说，即使再过一年，也保你仍旧找不着一所比那汪家拐住宅略为合意的房子。其实呢，我们一方面骂传教士，一方面还不是在不知不觉之中受着他们的"慈悲"。试问住居在各省内地的朋友们，有了急病还不是到什么仁济，道济，博济，广济医院去看？假如他们不愿用那鲁莽灭裂的接生婆为他们的太太接生，还不是要到教会所办的什么妇婴妇孺医院去？而成都的唯一牙科医院还不是华西大学的医科办的？假使没有它，我们这一群"糖口"和朋友们中与我们同病的真不知道怎样去渡过这"痛死没人问"的关头了。因此我想，在我们自己尚不能制造出优良的生活条件之前，在我们自己尚不能不接受传教士的礼物之前，至少在我个人是没有脸皮去骂他们的，即使我自己可以不去接受他们的情。

第三可以报告的是在成都住的人每天都可以用一种喜悦的心情去听飞机的来临，不像住在北平的人，听到飞机便有点心惊肉颤。因为飞机带到成都来的大抵是朋友亲戚的信件，有时还有一两位从下江或北方来的老朋友呢。

第四可以报告的是我们在上月间发现了一个地方，可以证明我上次所说的四川黑暗之源是军阀和他们的内战。我们有一次到新都去玩。新都离开成都四十里，中间隔了一条河。当我们的车子由桥的此端开到那端时，我们立刻感到道路的整洁与平坦。我们先到杨升庵先生的故居，叫做桂湖公园的（新都是桂花的大本营），看到了城墙四周的桂树是那样的整齐有力；看到了公园中的道路是那样的清洁；又看到了路上的人民似乎都是知礼守法的；我们真有点惊讶了。有一位四川朋友对我说，"新都是杨升庵先生的故乡，流风余韵，至今文风称盛，绅士也还有相当的力量。"我说，"恐怕理由还不止此。"又有一位朋友说，"新都的县长是一位北平法学院卒业生，年少肯干，恐怕这是他的成绩。"后来我们会到了他和他的夫人，一见便可以知道是两位有为的青年。但我仍不相信，单单靠了一位县长不到一年的努力便能阻止一个小城文化的堕落。后来我们找到了一个贩卖糖食的老人，买了他两毛钱的糖，问起他新都的情形，才知道，可不是在民国廿五年中，新都城内不曾遭到一次的战争吗？得到了这个回答，我才觉得满意。于是我向新都表示了一个深深的敬意，方同着大家起身回到那创夷遍体，老大可怜，却同时又正受着花香鸟语之点缀的成都来。

有几位他们的太太不在成都的朋友们近来对我说，"我的太太看了您的第二公信之后，不肯到成都来了，这怎么办？"我说，"糟糕，真对不起。我只有赶快再来写一封公信，向您们和成都道个歉吧！"所以我先择了几件成都或是四川的可喜情形作为此信的开端。希望在北平或下江的太太们都能改一改她们的计划，要不然，这破裂家庭的责任，我是担负不起的呀！

至于我在第二公信中所说的话，我敢立誓，没有一句不是有真凭实据的。（我每天在信中所提及的，说什么的某某朋友，说什么的某某四川朋友，也都是有血有肉的人物，绝对不是我凭空想出来的。有对于这些朋友们怀疑到他们的存在的，不妨写信来问我，我可以把一位一位的名字都说给你听。您如愿意，我还可以把一位一位都介绍给你认识，好不好？）有几位四川的朋友们看了那信之后，说，"您太客气了，若由我来写，哼，我不能仅仅说那么一点。"有一位朋友的父亲看了之后，对他说，"这位陈女士真不知道四川的黑暗哩。她那知道比她所说还要丑恶，还要残酷的四川内地的情形，她说得真太少了。"又有一位刚从北平回来的朋友对我说，"您是外省人，您可以说真话，我们可不敢说。我们一开口，人家就骂，'为什么你不投胎到外省父母的肚子里去呀？'"这位朋友不知道，外省人说真话，也一样要挨骂的，说，"你是在看不起四川人吗？"对于这一类的议论，我的答语是，"痛心则有之，看不起则吾岂敢？"我也绝不敢文过。要是我对于四川的批评有失实的地方，那岂不是一件最好的事？我个人冒了造谣的罪名，却证实了四川文化程度的高尚，和社会的优良，这真是一件大大可喜之事呀！

又有一位女朋友写信给我说，"奉劝先生：将先生的人格思想影响到妇女界，最低的限度，到女学生方面，这未尝不是一个做妇女运动的机会，四川妇女之受赐亦良多矣，先生以为何如?"我很愿意接受这样的忠告，故一方面要谢谢这位朋友的好意，一方面还要向她说，"正因我自己也感到那'瓶之罄矣，维罍之耻'的一个境地，所以有时也想，用什么法子可以使一班清白的少女们能永远保持她们的自尊心，和发展她们的能力与人格呢?"在此，我不妨向关心我的几位朋友报告一件小事：在我到成都之后，便时时有青年们来函求见。我是没有一次拒绝他们的，除非为了生病。这些青年们中尤以女子为多，并且她们的态度比了男生的还要显出坦白与信任来，这自然是因为我也是一个女子的缘故。近来我连着接见了几批四川大学与华西大学的女生，和她们随意谈天之后，更使我觉得她们志趣的正当，和她们虚心求道的至诚。故拟自本月起，便来举行一个曾在北平试办过的"少女星期日茶会"，以便那些四川的女青年们可以得到一个向我畅谈身世问题的机会。这本是一件很小很小的事，是值不得向朋友们提及的。不过因为读了上述的那位女朋友的忠告，知道我的两次公信曾引起了有些朋友们的误会，或者以为我袖手旁观，冷语批评，所以不得不把我在此小小努力中的一件小事说给您们听，希望您们可以因此得到一点安慰。

不过，我之所能努力的——无论是对四川的青年，或是对于全国——仍不过是一支笔，一张嘴，和一颗忠诚的心。真是渺弱得很呵。四川的大症结，其实还在政治和社会意识的两方面，什么大学教育，什么经济改造，还不是要根据在这两根柱石之上?政治的改造不在我们权力之内，暂且不说；社会意识的改造，却能说不是教育界的责任吗?这意识是陶冶人格的一个大力量；故除非我们能根本的把它改造过，什么努力都是不但没用，而且立刻会被社会的丑意识所利用的。所以我再说，希望大家都来工作，各门各种的人才四川都缺少，但最缺少的还是那真牌的社会工作人员——即是我第二公信中所开药方中主药之一。一木不能成林，一人不能成事，仅仅靠了几个教育机关也是不够做到民族复兴的地步的。

说到教育机关，容许有些朋友们要觉得奇怪，为什么在上两次信中，我一字也不曾提及四川大学呢？我的回答是，"我之所以不提川大，不是遗忘，乃是有意。"一个机关在改造的过程中，情形当然是十分复杂的；故我以为我们现在的态度最好还是少说话。但在川大教职员中，在建设和学业方面努力的却也不少。对于这一层，我的良心却也不容我缄默。在这些领袖们中，有的是现任校长邀请来的，但也有好几位是原来在此的。在一个受过军阀蹂躏的社会环境中，竟还能找到这样一群手持火把接前导后的朋友们，真不能不使人感到格外的钦敬。关于川大的话，就此打住。

江苏有句俗话，叫做"拼死吃河豚"。因为河豚虽有时可以毒死人，但它的味道太好了，有些贪口的人是受不了它的引诱的。说到四川的朋友时，我不禁又想起了好几件有河豚那样滋味的说话，我这个贪写的人也有些忍受不住要把他们写在这里了，虽然明知河豚是很危险的。有一位成都的朋友告诉我，"有人批评四川人，说专会做'轰，哄，阋'的三个字。轰者，用匿名信或其他方法轰逐一位于他们不利之人。哄者，假如那人被轰而不走，他们更用方法去哄他，使他能为他们所利用。阋者，既加入被轰之人的内部后，努力造出内哄，终使他们所欲轰逐之人不能安于其位也。"我说，"我可以把您这番话收到我的第三公信中去吗？"他说，"当然可以。"此其一。又有一位自北方来的朋友到此的第一晚，兴奋极了，计划着怎样怎样的工作。我们大家对他说，"不要期望太多太高了，怕要失望。明天看看成都的情形再说吧。"明天晚上，我们又见着他，我问，"怎样了？"他苦笑着说，"掉下去了一千丈！"我说，"有希望了，明天准可升高一点。"隔了两天，我又见着他，我说，"升高了多少？"他摇头说，"更掉下去了，更掉下去了！"此其二。又有一位朋友告诉我，"有一对打共产党的川兵，正到打仗的时候，他们仍旧躺着吸鸦片，不肯起来。长官把刺刀去刺他们的腿，血直淌，他们还是躺着不动，一直到吸足了瘾方起身。这怎办呢？军官想到了一个好法子：他叫人把鸦片烟和在面粉内，搓成一条一条的，每一个兵发一条。在临阵的时候，那些兵丁便一手拿着面条咬，一手放枪!"此其三。好像是金圣叹说的吧，"饮酒至快也，杀头至痛也，饮酒杀头，痛快痛快!"我现在把这几件故事写完了，也说，"直言至快也，挨骂至痛也，直言挨骂，痛快痛快!"

至于有几位朋友疑心我所说的"充军生活"，是因为我们对于物质享受的奢望太多了，这却有点误会。我们这一群人在此的最大困难却也并不尽在物质的环境上，虽然我们对于有些情形，有时也感到难受；但一想到现在正在被人吃，或吃他人之肉的四川灾民，想到了四川内地人民的流离困苦，我们也就怀着一颗惭愧的心，自动的去和环境妥协了。不信吗？我告诉您几个例子：其一，我们对于地震是渐渐的受惯了。在四月二十七日早晨七时到八时之间，成都接连的地震了三次。二十八日的午夜，又震了一次。我们都从睡梦中惊醒起来。自五月起，更是差不多两天要震三次。我们虽然惊惶，却大家都能听天由命的任它震簸去。其二，我们对于那愈洗愈黑的衣服和手绢也渐渐的看惯了。但这倒不关四川仆人的不行，却是水太坏了，要不然，为什么薛涛井和濯锦江能那样的出名呢？说到水，我又忍不住要告诉您一件关于"回龙水"的故事。当我们还在汪家拐住的时候，我们喝的水是又咸又浊又涩的，但我们尚以为那是井水的原味。忽然有一次，有一位朋友看见有好些臭水，点点滴滴的向着井中流去，便叫我们去看"瀑布"。我们方知道那水井却是臭水沟和毛厕的总汇流处呢。因此，我们便吧那吃喝的水叫做"回龙水"。其三，不知为什么，成都的日用小器具都缺乏得很。所谓小器具者，指酒家送酒的壶，鞋店装鞋的纸匣，以及其他。我们现在是什么都留下不抛弃了，自香烟罐到旧报纸。这使我不禁想起了那些在川江上划着小船，到轮船边来抢取那些正被茶房们投到水中去的空罐子的穷人们。从前我对这类行为的感想只有哀怜，现在却加上了了解与无限的同情。我们现在不也到了他们的地位吗？因此，我又制造了一个小句子，说，"渺小的器皿呵，不要自菲吧，你们都是文化之花呀！"

虽然我们所妥协的不过限于物质的环境，虽然在精神方面我们自信是有把握的；但即使在物质生活的方面太妥协了，不也有它的危险吗？叔永常说，"有一天，我们觉得在成都住得很舒服时，那一天我们便完了。"他又说，"但无论什么人，都应该至少到成都来一次，并且至少要住一年，方能真正的了解到一个文化是可以降落到什么地位。"因此，我们便常劝我们的成都朋友们应该时时出川走走看看。同时，我们也劝外省的朋友们应该都到成都来看看，给这一个老腐而又自足的可怜城一点新的刺激与比较，一点新的力量。

但是，成都的春天确是太美了，我不该不向它表示敬意。

二十五年，五月五日，于成都

选自民国二十五年（1936）六月廿八日《独立评论》第二〇七号，署名衡哲

四　归途

去年我到成都去的时候，本是预备在今年五月回到北平来的。后来因为叔永一人在成都的生活太苦了，所以便多住了一个月，直到七月九日方大家一同出川。我们先本想仍旧坐船到汉口，再坐火车北上，后来因为天气太热，所以改乘了飞机。我们离开成都地面时，正是早上八点钟。（成都时间是七点钟。）

一路天气很好。当我们离开川境后飞过秦岭的时候，飞机离地

有四千多米远，约有一万三千英尺。我们飞过锦绣似的山河，又飞过苍茫皎白的云海。我以前不知道云还有峰呢！每一个云峰像一朵大芙蓉花，比山峰更美，更柔圆。有时云海不见了，但见几片薄云，像薄纱似的，在高山与深谷的上面漂浮着。这情景不但美极，并且使我不断的想到庄子的名句，想到他所说的扶摇而上九万里的风味，想到他所说的"风之积也不厚，则其负大翼也无力"的哲理。我一方面感到精神上的轻松愉快，一种脱离热臭的地面而上升到云霄的愉快；一方面又惋惜那位绝顶天才的古哲——庄周——竟不能亲身经验到他那敏锐想象力所暗示给他的那个超世绝俗的境界！

我这样想着想着，不觉朦胧睡去。在那恍惚的意境中，我竟忘了自身还在飞机上。但觉得身在深山之中，独自和一位老者在谈天，仿佛这位老者是姓庄的，可不记得他是庄周呢，还是我的一位已故了的尊亲。又仿佛记得他正在给我讲故事，其中有一个故事是这样的：

说有那么一个爱管闲事的人。从前在他的一个邻村之中，住着一位有钱的寡妇，这寡妇不但有钱，而且她的家世也有名望与地位，她自己又是知书识理的。不知怎样的，她的这份人才和家产，忽然给她同村的一个土豪知道了，他赌咒非把她的一切弄到手不休。他带了许多喽啰，明火执仗的打到了她的家中。可怜她孑然一身，又那里能抵抗？所以那土豪便很容易的成为她的一家之主了。他不但占有了她的本人，并且所有她的财产，儿女，家宅，奴仆，以及一切的一切，却归入了他的掌握。

最初她常常哭泣，有时还要写点什么诉冤公启之类，送给邻村的人士们看。但日子久了，那土豪又把她当做压寨夫人看待，两人生儿育女的，也就渐渐的过惯了。虽然那家庭很有点不高明，虽然有许多意想不到的下流事情，可以在那家庭之中发现；但他们俩既成为一家人，也就夫唱妇随的，自成一种风气了。不，在那家庭的范围之内，一切生活情形的自身，还可以说是和谐调协得很呢。

有一天，那位爱管闲事的人偶然出外散步，不觉走到了他的这个邻村。他看见有许多人在交头接耳的私谈着，他一打听，才知道那曾经占据那位寡妇的土豪，现在已经成为全村的不冠皇帝了。村中的人受了他二三十年的统治，虽然其中不免还有几个感到不平，感到不服气；但大致说来，可说全村都已为他的首领所感化，所摄服。他们至多背着他和他的人，窃窃私议一两件不关痛痒的事；至于一村的人格，风纪，道义，以及其他无量无数我们认为人类精神生命所寄托的条件，却是谁也不愿来管那些闲事，谁也不能那么傻！

但爱管闲事的人可是傻的。当他问明了那土豪与寡妇的结合经过时，他不觉大怒起来，说："岂有此理！我们非叫那寡妇和那土豪离婚不可！她不是你们村的中的大族吗？我们非叫她的家庭恢复它从前的名望，地位，财产，与势力不可。我虽然不是此村的人，但我们不都是一国的人吗？我当仁不让，非去替那寡妇打抱不平不可！"

于是这位爱管闲事的人一气跑到了那土豪的家中，他见到了那位寡妇，对她说明了来意。他又静候着她的回答，以为她一定要感激他，求他帮助她呢。不意她猛的站起身来，对外面叫了一声，"来！"陡地拥进了十几个豪奴。她手指着那爱管闲事的人，对那些豪奴说，"他来劝我和老爷离婚呢，这还了得！"那些豪奴听了这话，不觉都怒气冲天起来，同声的说，"这还了得！"大家一齐动手，朝着他打来。口中更是秽言丑语，不断的向着他喷来。那爱管闲事的人起初尚是莫名其妙，直怔着。慢慢的，他才觉得悟到那是什么样的一个境地。虽然他胸中仍不免有点不了解，他的脚却不由自主的离了地。他向那寡妇鞠了一个躬，说了一句，"打扰了，对不起!"然后抱着一颗充满着哀怜与悲痛的心，走出了那土豪的门第。他到此方明白，原来那寡妇已成为那土豪的一位理想的配偶了。也不能不佩服她的聪明，经过二十多年的强勉结合，竟能变为这样一对和谐的夫妇!

那位老者说完了这个故事，对我眨了一眨眼睛，说，"凡有爱管闲事的嫌疑的人，都应该知道这个故事!"

我说，"我也知道一个故事，和您的这个很相像。不过我的故事是一件真实的事情，是我们幼小的时候从母亲的口中听来的，不像您的全凭杜撰。"

老者说，"杜撰不杜撰，有什么关系呢，只要它能指示出一种社会的意识便成了。您的故事呢?"

我说，"您既说了一个，我用不着再来班门弄斧。不过我总觉得，您的故事中的那位爱管闲事的人，和我的那位舅舅太相像了。"

老者说，"那位舅舅?"

我方才觉悟到，我还不曾对他说我的故事呢。所以我便把母亲讲给我们听的那个故事，很简单的对他说了一遍：怎样舅舅有一天看见一个孩子在地下捡羊屎当黑枣吃，怎样他去阻止他，怎样那孩子的父亲跑出大门来骂舅舅，说，"孩子吃羊屎，关你什么事，要你惹他哭? 他是我的孩子，就是他吃羊屎，也用不着你过路人来管，"的一类的话。末后我对老者说，"我们那时都很幼稚，当然一点也不懂得什么叫做'不屑与小人计较'的那种态度。所以听母亲说到这里时，都忍不住问母亲道，'为什么舅舅不打那不讲理的人呢?'母亲说,'舅舅是一位受过教育的君子人,他那能和一个无知小人较短长?因为你们应该知道,一个受过教育者的最重要的品性,第一是自尊。他不能让一个在泥里打滚的人,把他也拉到泥里去。'当时我们听到了这个教训,心中都很不以为然,很幼稚的想着,假如一个人受过教育便应该忍受横逆,那还不如干脆的不受教育吧。可是,到了三十年之后的今日,我却真懂得母亲的意思了。不但懂得,而且对于她的这个伟大的教训,我也就感到很大的欣幸,欣幸在幼小的时候,便有一位好母亲,给我披上这样一套'道德上的甲胄!'"

老者听完了这个故事,便笑着说,"您的舅舅大约从此也就不管闲事了吧?"

我说,"这个我可不曾问过我的母亲。不过我也有我的看法。我并不相信一味不管闲事是一个值得奖励的态度。我常想,社会上的许多罪恶,不尽是坏人的责任。好人不管闲事,不能不说也是罪恶只有加增,没有减少的一个主要原因。比如说吧,那吃羊屎的孩子的父亲虽是那样横暴,但一个社会对于那孩子,不也负有保护的责任?那社会那能便袖手不管,一任那愚暴的人去教导它将来的主人翁——即是那孩子?"

老者又眨一眨他那狡猾的眼睛,说,"你的看法也不错,不过……"我正要听他再说下去,忽然觉得身子往前一撞,即刻天旋地转起来。睁眼一看,那里有什么老者与山林,只见飞机正在降落,还不曾着地,正不住的在跳着蹦着作陀螺式的旋转呢。原来我一梦黄粱,已经到了西安了。

我们在西安休息了半小时,又换乘了一个飞机,再向东飞。到郑州又休息了一小时,换了一个小型机,又飞了三小时半,下午五时半便到了北平。统计自成都到北平,所占的时间不过九小时半,中间还在西安与郑州停了一小时半,故实际飞行的时间,不过八小时。假使郑州与北平间所用的也是大型机，那么，一个人只须在飞机上坐六点半钟，便可以从成都到北平了。这样的科学成绩，岂是三四十年前的人——无论是外国人是中国人——所能想象得到的？

现在我们回来已经有四十多天了，早想续写一封公信，把近况报告给关心我们的朋友们。可是来平之后，差不多每天都有朋友们来谈天，或是出外看朋友去；后来我们又到海边去住了一个星期，直到本星期方回来。因此种种原因，便把写信的事延迟了。在本月中，陆续的得到了好几封由成都转来各地朋友们的来信后，才知道除了在北平的朋友们外，还很少有人知道我已经同着两个孩子回到了北平呢。这真使我有点感到歉然了。

因为我一向没有预备在四川久住，故北平的旧寓始终不曾退租，现在也就仍旧住在我们的那个"小巢"中。希望您们见到这封公信后，仍旧不时的给我们寄点您们最近的消息来。

廿五，八，廿二，于北平

选自民国二十五年（1936）八月三十日《独立评论》第二一六号，署名衡哲

叶圣陶

| 作者简介 |　　叶圣陶（1894—1988），江苏苏州人，现代著名小说家、教育家，代表作有长篇小说《倪焕之》、短篇小说《多收了三五斗》、童话《稻草人》等。抗日战争期间流寓四川。

致诸翁

（一九三九年八月二十日）

诸翁公鉴：

　　昨日敌人狂炸乐山，诸翁今日见报，必然大惊。今敢告慰，弟家老幼破后门逃出，火已及于前间，在机枪扫射下趋至江滨，雇舟至昌群兄家作难民。身体皆安好，精神亦不异常。所有衣物器用书籍悉付一炬。乐山城内已炸去三分之二，死伤甚众。武大尚无恙，死同学十余人。弟昨日下午四时在成都闻信，即大不安，念我家向持不逃主义，必然凶多吉少，若归去而成孑然一身，将何以为生。一夜无眠，如在迷梦中。今日请郭厅长送我们回家，以三百七十元雇一汽车，疾驰而归。知人身均安，感极而涕，天已太厚我矣。此后得另起炉灶，前次请汇一些钱来，务乞照办。红蕉处乞立刻将此信送去一看，心绪麻乱，不另作书矣。本欲打电报，而电报不通，只得寄信。较场坝逃出之人甚少，三四人相抱而烧死者比比皆是，我家真是万幸。余且再谈，重新来过就是了。祝

诸府安吉。

弟钧上　八月二十日下午四时

以后惠信请寄武大

选自叶圣陶：《我与四川》，四川文艺出版社，2017 年

日　记

（一九三九年八月廿四日）①

　　昨夜勉强就睡，仅睡熟一小时耳。五时起身，收拾行李。教育厅之二职员入城觅汽车，至八时始来言以三百七十元雇得一汽车，汽油之购入犹是代车行设法者。八时二十分开行，郭君及教育厅职员川大数教员均送行，祝平安，殷勤可感。

　　天气甚热，车行不停，追过小汽车二辆。同行诸人皆屡看里程碑与时计，惟期立刻到达。一点二十分到夹江，见逃来者，就询被烧里巷，不及较场坝，余心略慰。但至小墨学校附近，遇见武大事务部董君，问之，则言较场坝完全烧光，余家人口不知下落，呜呼，余心碎矣！种种惨象，涌现脑际，不可描状，念人生至痛，或且降及吾身。车再进，逃避他往者接踵于途，皆若亡失其精魂。

---

　　① 原缺。查日记，"八月廿四日，今日寄上海信，编十九号，即将二十日之日记充之，俾上海亲友知我家逃出之详情。"今抄录是日日记以补足之。——原编者注。

入嘉乐门，人言车不能再进，遂下车。忽吴安贞走来，高声言余家人口均安，已在昌群所，彼正出城往视。余乃大慰，人口均安，身外物尽毁亦无足惜矣。安贞又言昨日轰炸时，彼正在我家，共同逃出。遂别同行诸友，与安贞乘人力车到昌群所，三官墨林皆在小山上高呼，此景如在梦寐，上山，见母亲及满子均在蓝君房中，蓝君以自己之卧房让与我家，盛情可感。坐定，听诸人言昨日逃出情形，其所谓间不容发，如早走或迟走几分钟，殆矣。

昨日十一时许，嘉定发警报。安贞正在旅行社打听船期，将往重庆就南开中学事，闻警即避至我家。大家以为亦如以前若干次之虚惊而已，照常吃饭。小墨以将举行学期考试，停课温习，回家已数日。故在家者连安贞、黄嫂凡八人。忽闻轰炸机声甚大，遂避至前面堆栈中，而黄幼卿、老刘与幼卿之二友亦来同躲。方伏居书堆中，即闻轰然下弹。大家屏息掩耳，自念既闻其声，此身当尚在。墨偶仰首，见三楼天窗外有火光，大呼："火！火！"大家乃起立。开前门看视，对街诸店，火舌已出于檐。可走之路惟有后门。而后门即余书室之后壁，自余在书室铺地板，地板高而门趾低，开后门必须去地板。老刘、幼卿及其友多方想法，地板终不得去，而火星且自余屋已破碎之天窗中下落。小墨知地板必不能骤去，遂用力将门抬起，使其枢脱于臼，门与墙之间乃有极狭之一缝。大家皆庆得生，陆续钻出。而我母身躯大，背伛，不能钻，安贞在门外拉之，小墨在门内推之，始得出。小墨又返身入屋，取可携之衣物，纳入一竹箱中而出。又在地上捡起余常用之澄泥砚（余所有书籍文具，仅存此一砚而已，此砚为墨家旧物，背有张叔未之铭，此后益可珍贵矣）。统计携出之物，除小墨一竹箱外，我们仅一手提箱，我母仅一藤篮，内皆单薄衣服耳。

大家既出门，向左行。时后门对面之草屋已着火，空气焦灼，安贞扶我母而行，贴近火屋，灼破其右臂弯寸许，其左臂弯于钻出时擦伤；逃出者共十二人，仅安贞一人受此轻伤，亦云难得。忽敌机飞来，经过头顶，大家伏于路旁躲避。时路上不见他人，至安澜门，于城门洞中又躲避敌机一次。遂下石级，向岷江之滩。沿江小屋正在燃烧，小墨主张必须过江，而小船皆在对岸，仅见一船，离江岸丈许，欲渡者凡数十人，呼之而舟人不肯来。小墨乃涉水而前，拉船较近，于是老刘抱我母，小墨抱墨登舟，余人皆涉水登舟。又载他客数人，徐徐抵对岸。

诸人此次得生，可谓机缘凑合。苟小墨不在家，无领导之人，必不得出。苟后门无地板障碍，大家必得早出，得出必趋江滩，而江滩上被机枪扫射而死伤者不少，或亦将在此劫中。今不先不后，得脱于火灾与机枪之厄，实为万幸，天之厚我至矣。

大家在对岸沿江而行，至八仙洞相近，乃雇舟返北岸而至昌群所。昌群望见大火，即为我们着急，欲入城探视而路挤不通，见我家诸人俱安始释然。昌群家有刘宏度（永济）君全家寄居。刘君原系武大教员，本学期回校，方到嘉定，寓于旅馆，闻警而来此。蓝君遂以己室让与我们。刘夫人以一被借与我们，昌群夫人亦捡出被褥数事，俄而徐伯麟、刘师尚各送一被来，安贞以适间新买之毛巾、肥皂相馈，朋友之情，同胞之感，记之感涕。

昨日之轰炸，下弹时间不过一分钟，而热闹市区全毁。死伤者殆在千数以外。小墨曾见四个焦枯之尸体相抱于路中。较场坝一带，烧死者甚多。右邻一家仅余一儿，此儿与三官为同学，路遇三官，言父母兄弟俱烧死矣。军警于救火救人均束手无策。武大同学与艺专同学皆立时出动，拆房子，抬伤人，奋不顾身。余闻传述如是，觉青年有此行动实前途之福，不禁泣下。武大仅第二宿舍中一弹，他处均无恙。死同学六人（文健在内，此人上余之课，为一优秀学生，闻之又不禁下泪），校工二人。同事全家被毁者二十余家，杨端六、刘南陔两家在内。余不胜记。

傍晚昌群归来，互道大幸。刘家与我家俱吃昌群之饭，合昌群家，大小共十九口。夜间余与小墨、三官睡于昌群书房中，打地铺。刘君与其儿亦睡地铺，同一室。

选自叶圣陶：《我与四川》，四川文艺出版社，2017年

成都近县视学日记①

一九四零年十一月廿二日至十二月六日

一九四零年十一月廿一日　星期四

晨六时半起，洗脸，进油条豆浆，即携行李离开明。雇车至崇宁，价十元半。出西门，晓雾弥空。前闻成都郊外时有抢劫，见此大雾，不免担心。在雾中行寒甚，霜染衣履如细毛。眉尽沾湿。至茶店子，向王范取所借书。及至郫县，雾消日出。在茶馆喝茶少

---

① 1983年3月22日作者对本文写有如下一题记："那是一次很特别的旅行，我独自一个，花了半个多月，到了成都西北方的四个县——崇宁、彭县、灌县、郫县。交通工具是人力车和鸡公车；宿所或者是小客店，或者是学校的宿舍；吃食很马虎，经常以面点充饥；而每天总要接触许多陌生的人。这样别致的旅行，我一生中就只有那一次，因此，重读这半个多月的日记，竟像听别人说古似的，觉得颇有兴趣。

"那次旅行为的是调查中学的语文（当时叫'国文'）教学情况，当时我在四川省教育科学馆任事，想对语文教学提一些改进意见。每到一所中学，我总是听老师讲课，还向老师要一二十本学生的作文本来看。这种调查方法实在不高明，可见我那时候没有经验。真其有效的调查应该多花些时间，应该从接触学生入手，看他们是否真有所得，听课看作文本只能作为辅助手段。现在只能说说而已，我再没有精力亲自去调查了。

"那时候我家还在乐山，四川省教育科学馆在成都老西门外茶店子镇上。我到成都，总是住在陕西街开明书店成都办事处，那儿也是章雪舟兄的家，他是办事处主任。所以我那次旅行从开明办事处出发，半个月以后又回到那里。一九八三年三月二十二日"——编者注。

息，再行，至安德铺，不复走成灌路，向北行十二里而至崇宁。

崇宁产米煤，一路见运米运煤者甚众。华阳中学在北门外城隍庙，到达时为午后二时。汤君相见，欣然握手。晤教务长唐世芳君。少坐，汤君导观全校。是庙颇大，所用木材皆楠木，疏散而得此校舍，亦可慰矣。二十四至二十六日，校中将开三十六周年纪念会，师生布置准备，正形忙碌。

五时十分晚餐。六时全校教师开会，余亦参加。讨论者为六年一贯制中学之各科时间支配问题，皆能发抒意见，不似他处开会之枯燥，从知汤君本学期所聘教师之得人。九时散，犹未有结论，准备再分组讨论。

余宿唐君之榻，唐君返其家。室在大殿之右侧。与刘振羽君同室，刘君为馆中同事，精于数理化，本月来此帮忙，为即将毕业之学生补课。

十一月廿二日　星期五

晨五时半起。早餐后请汤君写一介绍书，至省立成都女子职业学校视察。校在城内文庙东侧，屋系新建，虽简单，尚清爽。校长罗仿兰女士。见面后余即往观上国文课。观卢君雄女士上两课，许怀德先生上一课。十一时出校，在公园喝茶休息。至市中进甜食为午餐。再至女职校，观作文本二十余本，然后归华阳校。

三时开课程小组会，余为召集人，与会者国文教师唐世芳、庄维石、席大年三先生，史地教师胡慧雨先生。谈两小时，尚未达应得结果之半。明日因校中筹备纪念会，不复能开会。小组会毕，又须开全体会。如是一耽搁，费时日至多矣。

饭后与刘君、陈廷瑄君（亦馆中同事，今日来此）同出散步，至公园。归途经汤君家，入内小坐。汤君谈从前收藏古董，颇成嗜好，所藏皆在北平，言下慨然。坐约半小时归。

出门以后，至今犹未得墨一信。大约是邮递延搁，家中谅皆安好。

闻汤君、刘君谈，安德铺附近近发现类似红枪会之迷信组织，县长率人捕之，居然拒捕。有二人持手枪外，余皆执棍棒。结果捕获数人，尚在鞫讯。闻其中有汉奸煽动，志在攻城。若他处亦有类似之组织。殊为隐忧。

十一月廿三日　星期六

晨八时后与刘、陈二君同至私立济川中学崇宁分校。校长黄蜀钟先生，未晤。晤教务长董玉阶先生，教国文者也。刘、陈二君先走，余观董先生授课二小时，并观作文本数本，然后返华阳。

饭后独至北极桥喝茶。桥甚长，上有屋顶，桥下水流冲激有声，洪水之际，其势当更宏大。观吕思勉《中国通史》二章，意甚适。三时返，刘、陈二君先在，谓明日华阳开成立纪念会，我侪作客，似宜送礼，余以为然。遂合买纸联一副，由余写篆书，句曰："自疆不息，其命唯新"。盖华阳由叙属联立旅省中学改设，故明日之会，亦叙属联立旅省中学之三十六周年纪念也。

五时校中毕业班宴请全校教师，余等适在此作客，亦被邀。菜由学生自制，颇佳，饱餐一顿。七时毕业同学邀开座谈会，汤、唐二君以外，刘、陈二君与余皆说话。余谈国文学习之要，约半小时。散会后与刘、陈二君谈一时许，虽初交意颇融洽。十时睡。

墨书仍不至，深念家中。

十一月廿四日　星期日

晨起仍绝早，残月在天。

校中教师学生皆忙甚，布置整理，预备开会。八时半与刘、陈二君在北极桥旁喝茶闲谈。十时回校，客渐渐至，如人家办喜事然。既而子杰与民政厅长胡君及二三士绅自成都来。饭后一时开会，听各人演说，皆平平，惟一卢姓老先生（字子鹤）较有意思。此校之前身叙属旅省联中系张烈五数人所创办。张为同盟会员，为川中谋革命之主动者，光复后为川省副都督，民国四年为袁世凯枪杀于北京。据云其人品格甚高，办事有手腕，苟其人不死，川中三十年来之局面必将改观云。三时半散会。

接小墨一信，知前此尚有一信，殆已遗失矣。小墨言彼将毕业，就事必须离嘉他往，而余又常须到成都，不如迁居成都，觅学校相近处居之，则二官、三官均可走读。余以其意为然。灯下作一书寄墨，告以余表同意。又作一书寄雪舟，托渠与冯月樵二人代余觅房子，若须搬动，殆在寒假以内，余怕麻烦，然亦不得不麻烦一番。小墨信中附来云彬、祖璋信各一通。

有魏兆铭君来访，女职中史地教员也，自言好文学，谈半时而去。八时传言有匪警，闻是神会，与安德铺附近之组织相类，全校不免恐慌。余适以冬令往来数县，实有可虑，亦惟有不去管他耳。

十一月廿五日　星期一

晨仍早起，连日晴明，今乃阴雨。校中本定下午演剧，遂延期。

九时半至唐世芳先生家中，讨论课程问题，及午未得结束，须明日续谈。唐先生留饭，治馔甚丰，饮米酒，余饮最多。

二时回校中，汤君嘱向全校学生讲演，题为《学习国文之方法》。先讲一点二十分钟，休息一刻，续讲一点钟。久不大声说话，微感吃力。

晚饭后教育厅电教处派人来放电影。余往观之。凡三卷，《淞沪前线》《荷属东印度巴里岛》《鲑鱼》，皆从前看过者。

得雪舟快信，转来教厅聘余为视察员之聘书一件，又二官致余书一通。二官谓六个星期后即放学回家。

十一月廿六日　星期二

上午与汤、唐、刘、陈诸君讨论学校训导问题。陈君在美国专攻职业指导及导师制度，故讨论以陈君为中心人物。余觉训导问题不宜过于琐碎求之。表格繁多，导师填表之不暇，欲求直接有益于学生未免时力不足。而尤为根本者，厥唯教师对教育有热诚，有认识。今之教师类多不足以语此。此非今人特别不要好，盖亦时势与环境使然。

饭后校中开游艺会，我们之讨论遂弗克继续。余以来此已六日，闲坐时多，正当商讨时少，不欲再留，拟即动身往彭县视察。校工遂为余往南门雇人力车，刘、席二君陪余茗于北极桥旁候之。久久，校工返，言无人力车。余言鸡公车亦可。及雇定鸡公车已届三时。刘、席二君言恐不克于天黑前到达，余遂不敢径行，仍返校。

往操场观游艺会，节目为话剧《林中口哨》，理化幻术及黑人舞。夜间仍有电影。晚饭后与刘、陈二君入城散步，观电影者倾城空巷，拥挤不堪。及回校，而观众已自校中涌出。探之，知游艺台因站人太多而坍塌，电影机损坏矣。并未伤人，犹为幸事。

有一三年级学生将昨日余之讲辞记下，嘱余修改。其稿在二千言以上，就油灯下改之。余之口音学生未能完全听懂，文字技能亦差，故错误处不通处颇多，改其三分之二，倦甚，停笔就寝，已十时矣。前昨两夜皆与对君长谈，入睡均在十二时后。

十一月廿七日　星期三

晨起将昨日学生之文改毕。九时汤君招宴于城内菜馆。同座者电教处数人，省立戏剧音乐学校教师来助开游艺会者二人。

饮食毕，余遂坐鸡公车动身。三十里路，车价四元。车路殊不平，若坐人力车，颠簸当不可耐。离崇宁城五里，路左见"君平公园"，严君平之遗迹也，不知是坟墓还是读书处。一路皆见竹树。车运肩挑者多木炭与猪。

车行约二时半抵彭县城。住于东街湔江宾馆。原为一道观，房屋整洁，殊满意。房间价一元八，在今日可谓廉甚。即作一书寄墨。见另一旅馆附设浴室，往洗澡。浴毕，竟体舒快。入一酒肆，饮大曲一杯，食面以代晚餐。食已，闲行南街北街。北街多大店铺，规模胜于乐山。有电灯，亦较乐山之电灯明亮。灯下记日记，写一信寄二官。

十一月廿八日　星期四

晨早起，出北门，观省立成都女子中学彭县分校，盖疏散来此者。校在龙兴禅院，寺址颇广大，有一塔，建于梁时，半座已圮，斜切而下，已不成塔形。入民国后又坍一次。校长胡淑光女士后至。憩于办公室，各教师均集此室，盖天王殿也。八至九时观宋清如女士教初三下期，讲现代文学略况。九至十时观梁桢女士教初一，讲《为学》一文。十至十一时观徐仁甫先生教高三下期，讲文学史。宋、梁二女士皆外省来者。余觉外省来者教法皆较好。

十一时离校，入城至南街，饮酒一杯，吃抄手水饺为午食。返旅馆休息片时，往小北街观彭县初中女子部。路经公园，有假山池亭，颇不错。初中校长游育经先生，未晤。教务主任蓝世泰先生后至。一至二时观吴世澄先生教二年级下期，讲东坡《范增论》。课毕，与吴略谈教法。与蓝君订明日往观男生部之约。又观作文本四五册而后出。

再至省女中。三时为全体学生讲演，题为《学国文之目的》。学生四五百人，不得不大声，讲一点半钟，颇吃力矣。讲毕，学生皆持纪念册来请题字。其不备纪念册者亦以单张纸来。胡校长为解围，谓高中初中两班将毕业者有此权利，其他则不准。然犹有乘间将纸或册子凑上来者。胡校长留饭。饭后再写，共写一百余本，手指已疲，只得溜出。其未得者，皆有愠色。

高中三下学生刘素卿者，上虞人，与满子同学，与余颇有他乡遇故之感。及余辞出，以一书嘱交满子。今日在省立女中时多，虽颇吃力，实感欣慰。返旅馆，看携回之省女中作文本十余本。

十一月廿九日　星期五

清早出南门，访县中男生部，走错了路，问两位村老，始知其处。两村老皆殷勤导引，且为指点，纯朴之风令人心感。

校在普照寺，柏树茂密成林，房屋颇精洁，有花木，实为难得之居处。寺于清光绪末年即改为学校，已无佛像，寺产归学校，今归县政府。晤蓝世泰先生，导观国文课。八至九时观邓平先生上初一上期课，讲曾子固《越州赵公救菑记》。九至十时观张永宽先生上初二下期课，讲陶渊明《归去来辞》。十至十一时观刘见心先生上初三下期课，讲郑康成《戒子书》。三人均是逐句讲解，而刘最为清澈。刘年龄较大，殆非学校出身，而声音态度均较邓、张为胜。十一时后观全校一周，携作文本十四本辞出。

返城，独酌一杯，食面为餐。遂至小南街华英女中，此校亦自成都疏散来此者。晤校长郑元英女士。又晤周自新君，馆中同事也，今在此暂教国文。又晤余君（粤人），燕京毕业生，今夏访颉刚时曾遇之，亦教国文。二至三时观杨行之先生（郫县人）授高三年级《国学常识》，自编讲义，逐句讲之。

三时，校长嘱余为全校学生讲演。余讲有关写作方面的话凡七十分钟，并不甚吃力。讲毕，周君言有少数学生嘱书签名册。遂往余君房间书之，未为其他学生所见，幸而不复如昨之困顿。书毕归旅馆少休。六时杨、周、余及余君之夫人孙女士（在省女中教英文）来访，携带大曲，邀出小叙。遂至南街一小面馆，五人共尽酒十两，食面而散，意各欣然。灯下作一书寄墨，又将县中作文本看毕，然后睡。

十一月三十日　星期六

晨至私立福建旅彭女子中学。晤校长王峙生先生。八至九时观刘天祥先生教二年级，教材为任鸿隽之《说合理的意思》。语体文也是一句句的讲，实觉无谓。九至十时观陈静轩先生教三年级，教材为《赤壁赋》。陈兼教英文，似于文字组织了解较透，虽亦逐句讲解，而颇为清澈。十时后观作文本数册即辞出。该校校址原为福建会馆。自张献忠屠蜀以后，闽广人移居来川者颇众，皆设会馆，其子孙今皆为川人矣。

至旅馆取行李，出西门，雇一鸡公车，价三元。先饱餐一顿，然后动身。晴空无云，阳光满身，眺望竹木远山，意颇畅适。午后二时抵崇宁华阳中学，与诸君相见。三时校中续开训导会议，汤君邀余参加。旁坐两小时而已。晚饭后与汤、唐二君谈课程钟点支配，历二小时，居然告一段落。得此，即可以草拟六年一贯中学之课程标准矣。

刘君振羽昨回成都，今日未来，与陈君对榻而眠。

十二月一日　星期日

晨起，将昨夜所谈时间支配加上说明三五条，交与唐君，请渠整理，然后送往馆中。

女职校罗仿兰校长来访，邀于明日至其校演说。辞以不拟再留崇宁，约定明年来时必不推辞。十时遂辞汤、唐、陈三君，乘人力车离校。据车夫言，由崇至灌凡五十五里。出西门，行约一时而抵成灌公路。日光淡薄，远山模糊，然竹树无枯凋之象，亦不觉其萧索。

午后二时抵灌，付车资八元。住凌云旅馆。房间较大，而用具之整洁，茶房之伺应，皆不如彭县之湔江，房价二元八角六。洗面饮水毕，少坐，即出城至离堆公园四川水利局访元羲，因元羲曾言以今日来灌，在此局服务。局在伏龙观，传系李冰父子降伏孽龙处，庙亦壮大，而不逮显英庙（即二王庙，去夏曾游焉）。局无传达处，有六七职员在唱京戏，胡琴锣鼓声喧。就询章元羲，言不知。因回旅馆作一书付邮，托局长转交，谅必能达。若能晤面破寂，亦一乐也。

灌县系富庶之县，而街市之整洁，店铺之设备，皆不及彭县。于路次遇中学生二，就询此间中等学校有几，及其所在地。承告有县中男女生部，男部在附郭，女部在城中。又有私立荫唐中学在青城山麓长生宫，距城三十里。私立临江中学在石羊场，距城四十里。后二校较远，余拟至荫唐而不至临江，因茂如曾言荫唐颇不错。

五时后入一小面馆独酌一杯，以馒首二枚面一碗为晚餐。面甚佳，明日拟再吃。天渐暗，各家皆点油灯。询之，则电灯不明已多日，后询知因公司亏本而停业。返旅馆后，于油灯下开始作月樵所嘱之《普益图书馆序》。光线太暗，思路为之阻塞。作百余字即搁笔。熄灯早睡，窗外有新月之光。

十二月二日　星期一

昨夜入睡甚早，气候虽寒，盖两被且加棉袍，亦复非常暖和。但睡熟不久，因牙痛而醒。痛处在左下颚旁数第三臼齿之根，虽不甚剧，而全口颇觉不舒。余左下颚第二臼齿已脱落，在上海补之，记是二十五年或二十六年事。因补第二臼齿，旁作金套，着于第一第三曰齿。上月二十六日在华阳操场观游艺会，忽第三曰齿之顶端脱落一金片。当时颇惑异样。今其根部作痛，殆以是故，或与饮酒亦有关。若常常作痛，又须请牙医治疗，则甚麻烦矣。醒约一时许，倦甚，又朦胧入睡。晨醒则痛已止，期其不复作痛。

起身洗漱毕，即出旅馆，预备往观荫唐中学。但旅馆中人言，长生宫往返非一日所能。在公园中询一人，亦谓往长生宫宜以独轮车，即刻动身，下午可"拢"。寻人力车，不可得。遂决意不往荫唐，而出东门观灌县初中男生部。出城不远遇一学生，询之，是初中学生，启东人，遂从之行。循公路行不到二公里，左折循小径而至丰都庙该校，盖亦疏散出城者。庙已破败，然正殿纯用楠木，皆巨材，可见灌县物力之富。

校长董子瞻先生不在，晤训育主任潘瑶青先生与教务主任佟育英先生。八时半校中照例举行纪念周，邀余演讲，余即为讲《学习国文之要》，约四十分钟。九时半上课，二年级有国文两节，担任教师李文欣先生殆有意规避，使学生来请求，谓教本中有余之《养蜂》一篇，正该教授，请余为之讲授。余本可却之，但余思既来视察国文教学，得便自宜尽其所能，遂允之。连授两小时，令学生自己先看，逐节问答讨论。李在旁观看，如此教学，彼殆未尝有此经验。课毕，学生纷纷授签名册来请题，一气写毕，殆有三四十本。后为诸位教师制止。

饭后观学生作文本十数本。改笔殊草率，似是而非之语均得通过，且有佳评。一时半，观李文欣先生上一年级国文，全班七八十人，喧声不息，殊无秩序。二时半离校，有新毕业生数人入城，与余为伴。归旅馆少休，此毕业生数人者携纸墨笔砚来，每人为书篆字四，共书九纸。今日甚疲矣。

顷在校中闻人言，离城十余里之灵岩山甚佳，秋冬可观红叶。余无此佳兴，不拟独往。又闻伏龙观之萝卜极有名，从前为贡品。

今日午餐时食之，确鲜美。又，地瓜一物，灌县、崇宁所产均鲜嫩异常，非乐山可比。天黑时出外食抄手及面各一碗，不饮酒，看夜间牙仍作痛否。买僧帽牌洋烛一支归，价一元二，可谓昂矣。烛光下续作昨文，得三百字而后睡。

十二月三日　星期二

昨夜牙居然未痛，为之欣慰。但睡眠仍不好，殆以日间讲说写字，精神太兴奋之故。

七时出旅馆，食点心，喝茶。然后至县立初中女生部。校址在文庙，就泮池之后及戟门之处建筑房屋，颇为清静。晤前任校长仰瑞文先生（董先生新接事，女生部暂由旧校长主持）。观其课程表，今日无国文课。八时半至九时半，二年级为图画课，教师未到，仰君请余为学生演讲，遂讲一小时，阅作文本十余本，改笔极潦草，误字不通句多未指出。阅毕辞出。

剪发于旅馆旁，价一元。返旅馆，作书致墨，告以九日或十日可以回家。又作一书寄雪舟。晴光满窗，客意颇愉适。十二时半出外吃牛肉面与饺子。店中之蒸饭实吃不惯。再至水利局访元羲，知尚未来此。遂出西门，重游二王庙。山水清晖，心胸旷然。至索桥旁，观分水鱼嘴，外江一流已下闸，呈枯竭之象，惟内江滔滔东趋。返身入城，往返八里，虽有陟降，未觉其劳。归旅馆，作一书致元羲，仍托局长转交。

傍晚出外饮一杯，食抄手一碗。途遇一人力车，自成都来者，与之约定，明晨拉余至郫县，价九元。回旅馆，文学青年张梦鹤君来访，杂谈一小时。据言都江堰水利工程，有许多返自荷兰之水利专家均深表钦佩，叹李冰之不可及。又言内外江水量，比例为内四外六，内多于四则田亩有被淹之虞，外少于六，则田亩有干旱之患。工程处随时有人测定水量而为之调节。其调节之法为移动鱼嘴处之马杈。此为前所未闻，故记之。续作昨文二百余字乃睡。

十二月四日　星期三

晨起绝早，七时，昨夕所约之车夫来，即动身。出城，烟雾笼四野，有凄然之感。行三十里，在崇义铺吃饭。又经竹瓦铺、安德铺而至郫县，时已十二点过，凡行三十三公里。

入城，投义华旅馆，陈设简陋，收拾不洁，又远不如灌县之旅馆。房价一元半。少休即至东街，入郫县初中女生部。仅晤级任教师凌女士。一时摇铃上课，一年级为国文，而担任教师杨堃未至。二年级为体育，亦无教师，学生自由掷篮球而已。如此马虎，为他校所未见。二时，校长袁秉灵先生来，支吾其词，导观男生部。男生部在东门外一里许，校舍原为书院，几经增筑，屋颇不少。二至三时观袁秉忠先生教一年级国文，授李无隅之新体诗《无聊》，亦逐句讲解，然说明尚清楚，范读用说话语调，亦可取。索作文本观之，得三班之作十数本，错字之未尽剔出，勉强语句之未尽修正，与他校同。

四时往校之隔壁观汉何武墓，墓极大，楠木参天，殊感阴森。余不喜观古迹，到此亦殊无所感。郫县附近尚有杜宇蚕丛墓，及扬雄之子云亭，亦不欲观之。独行入城，尝郫筒酒。酒价每斤一元四。初以为白酒，孰知是黄酒，微苦，带有橘皮味。尽半斤，食面一碗为晚餐，又入茶馆喝茶。川人随地吐痰，习尚未除，到处皆然，殊可厌恶。

返旅馆，又携僧帽牌洋烛一支，值一元。郫县有电灯，而旅馆仍用油灯，殆以电灯费大之故。烛光下续作昨文二百言，全篇完成。每夕写一点，藉遣客中孤寂，居然了却一笔文债，亦一快事。即誊正之，后日到蓉即可交卷。

十二月六日　星期四

昨夜几乎竟夕无眠。身上时时发痒，连日坐鸡公车人力车，疑身上有了虱子，而旅馆床铺之脏，又足以引起此疑念，一也。旅客谈话，夜深不止，二也。方得静息而忽闻开门，即在庭中小便，三也。鼠时时出游，在床架上往来，四也。有是四者，余乃并朦胧而不可得久。念再宿此间一宵，实不可耐，遂决提早一天回成都。天方明即起身。洗脸毕，候于旅馆门口。昨日约定之郫中教师兼课于私立大成中学者旋至，即随之至大成。大成距北门约五六里，自成都疏散来此，校舍为护国寺寺宇。晤校长李德龙先生。其校无高中，自编教材，选文颇深，又教《孟子》，绝不读白话文。八至九时观杜开公先生教一年级，讲《新唐书·李德裕传》，九至十时又观杜教二年级《孟子》。十至十一时余应校长之请向全体学生演讲。本应校长上国文课，未知其意是否逃避也。讲毕，观作文本数本，即辞出。

入城返旅馆，雇一人力车，即携行李离郫。车价六元。十二时动身，三时半抵雪舟所。一路晴光明耀，意颇舒适。墨有二信，小墨有一信，三官有一信，皆附有友人之信及托买物件名目。家中尚安好，为之心慰。惟三官又如去冬一样，伤风咳嗽，为可虑也。通伯之母夫人已作古，闻之特感怅惘。少休，访月樵，将昨所成文交与。托觅房屋，云现尚无眉目，惟时时留心，或可得之。返陕西街，与雪舟及张、林二君畅饮，历一时半。灯下作书寄墨。

春联儿

出城回家常坐鸡公车。十来个推车的差不多全熟识了，只要望见靠坐在车座上的人影儿，或是那些抽叶子烟的烟杆儿，就辨得清谁是谁。其中有个老俞，最善于招揽主顾，见你远远儿走过去，就站起来打招呼，转过身子，拍拍草垫，把车柄儿提在手里。这就叫旁的车夫不好意思跟他竞争，主顾自然坐了他的。

老俞推车，一路跟你谈话。他原籍眉州，苏东坡的家乡，五世祖放过道台，只因家道不好，到他手里流落到成都。他在队伍上当过差，到过雅州和打箭炉。他做过庄稼，利息薄，不够一家子吃的，把田退了，跟小儿子各推一挂鸡公车为生。大儿子在前方打国仗，由二等兵升到了排长，隔个把月二十来天就来封信，封封都是航空挂。他记不清那些时常改变的地名儿，往往说："他又调动了，调到什么地方——他信封上写得清清楚楚，下回告诉你老师吧。"

约莫有三四回出城没遇见老俞。听旁的车夫说，老俞的小儿子胸口害了外症，他娘听信邻舍妇人家的话，没让老俞知道请医生给开了刀，不上三天就死了。老俞哭得好伤心，哭一阵子跟他老婆拼一阵子命。哭了大半天才想起收拾他儿子，把两口猪卖了买棺材。那两口猪本来打算腊月间卖，有了这本钱，他就可以做些小买卖，不再推鸡公车，如今可不成了。

一天，我又坐老俞的车。看他那模样儿，上下眼皮红红的，似乎喝过几两干酒，颧骨以下的面颊全陷了进去，左边陷进更深，嘴就见得歪了。他改变了往常的习惯，只顾推车，不开口说话，呼呼的喘息声越来越粗，我的胸口，也仿佛感到压迫。

"老师，我在这儿想，通常说因果报应，到底有没有的？"他终于开口了。

我知道他说这个话的所以然，回答他说有或者没有，同样嫌啰唆，就含糊其词应接道："有人说有的，我也不大清楚。"

"有的吗？我自己摸摸心，考问自己，没占过人家的便宜，没糟蹋过老天爷生下来的东西，连小鸡儿也没踩死过一只，为什么处罚我这样凶？老师，你看见的，长得结实干得活儿的一个孩儿，一下子没有了！莫非我干了什么恶事，自己不知道。我不知道，可以显个神通告诉我，不能马上处罚我！"

这跟《伯夷列传》里的"天之报施善人其何如哉！""倘所谓天道是耶非耶？"是同样的调子，我想。我不敢多问，随口说："你把他埋了？"

"埋了，就在邻舍张家的地里。两口猪，卖了四千元，一千元的地价，三千元的棺材——只是几片薄板，像个火柴盒儿。"

"两口猪才卖得四千元，"

"腊月间卖当然不止，五千六千也卖得。如今是你去央求人家，人家买你的是帮你的忙，还论什么高啊低的。唉，说不得了，孩子死了，猪也卖了，先前想的只是个梦，往后还是推我的车子——独个儿推车子，推到老，推到死！"

我想起他跟我同岁，甲午生，平头五十，莫说推到死，就是再推上五年六年，未免太困苦了。于是转换话头，问他的大儿子最近有没有信来。

"有，有，前五天接了他的信。我回复他，告诉他弟弟死了，只怕送不到他手里，我寄了航空双挂号。我说如今只剩你一个了，你在外头要格外保重。打国仗的事情要紧，不能叫你回来，将来把东洋鬼子赶了出去，你赶紧就回来。"

"你明白。"我着实有些激动。

"我当然明白。国仗打不赢，谁也没有好日子过，第一要紧是把国仗打赢，旁的都在其次。——他信上说，这回作战，他们一排弟兄，轻机关枪夺了三挺，东洋鬼子活捉了五个，只两个弟兄受了伤，都在腿上，没关系。老师，我那儿子有这么一手，也亏他的。"

他又琐琐碎碎地告诉我他儿子信上其他的话，吃些什么，宿在哪儿，那边的米价多少，老百姓怎么样，上个月抽空儿自己缝了一件小汗褂，鬼子的皮鞋穿上脚不及草鞋轻便，等等。我猜他把那封信总该看了几十遍，每个字都让他嚼得稀烂，消化了。

他似乎暂时忘了他的小儿子。

新年将近，老俞要我给他拟一副春联儿，由他自己去写，贴在门上。他说好几年没贴春联儿了，这会子非要贴它一副，洗刷洗刷晦气。我就给他拟了一副：

　　　　有子荷戈庶无愧
　　　　为人推毂亦复佳

约略给他解释一下，他自去写了。

有一回我又坐他的车，他提起步子就说："你老师给我拟的那副春联儿，书塾里老师仔细讲给我听了。好，确实好，切，切得很，就是我要说的话。有个儿子在前方打国仗，总算对得起国家。推鸡公车，气力换饭吃，比哪一行正经行业都不差。老师，你是不是个意思？"

我回转身子点点头。

"你老师真是摸到了人家心窝里，哈哈！"

一九四四年五月二十二日作

选自叶圣陶：《我与四川》，四川文艺出版社，2017 年

谈成都的树木

前年春间，曾经在新西门附近登城，向东眺望。少城一带的树

木真繁茂，说得过分些，几乎是房子藏在树丛里，不是树木栽在各家的院子里。山茶，玉兰，碧桃，海棠，各种的花显出各种的光彩，成片成片深绿和浅绿的树叶子组合成锦绣。少陵诗道："东望少城花满烟，百花高楼更可怜"，少陵当时所见与现在差不多吧，我想。

登高眺望，固然是大观，站在院子里看，却往往觉得树木太繁密了，很有些人家的院子里接叶交柯，不留一点儿空隙，叫人想起严译《天演论》开头一篇里所说的"是离离者亦各尽天能，以自存种族而已，数亩之内，战争炽然，强者后亡，弱者先绝"，简直不像布置什么庭园。为花木的发荣滋长打算，似乎可以栽得疏散些。如就观赏的观点看，这样的繁密也大煞风景，应该改从疏散。大概种树栽花离不开绘画的观点。绘画不贵乎全幅填满了花花叶叶。画面花木的姿态的美，加上留出的空隙的形象的美，才成一幅纯美的作品。满院子密密满满尽是花木，每一株的姿致都给它的朋友搅混了，显不出来，虽然满树的花光彩可爱，或者还有香气，可是就形象而言，那就毫无足观了。栽得疏散些，让粉墙或者回廊作为背景，在晴朗的阳光中，在澄澈的月光中，在朦胧的朝曦暮霭中，观赏那形和影的美，趣味必然更多。

根据绘画的观点看，庭园的花木不如野间的老树。老树经受了悠久的岁月，所受自然的剪裁往往为专门园艺家所不及，有的竟可以说全无败笔。当春新绿茏葱，生意盎然，入秋枯叶半脱，意致萧爽，观玩之下，不但领略它的形象之美，更可以悟若干人生境界。我在新西门外住过两年，又常常往茶店子，从田野间来回，几株中意的老树已成熟朋友，看着吟味着，消解了我独行的寂寞和疲劳。

说起剪裁，联想到街上的那些泡桐树。大概是街两旁的人行道太窄，树干太贴近房屋的缘故，修剪的时候往往只顾到保全屋面，不顾到损伤树的姿致，以致所有泡桐树大多很难看。还有金河街河两岸以及其他地方的柳树，修剪起来总是毫不容情，把去年所有的枝条全都锯掉，只剩下一个光光的拳头。我想，如果修剪的人稍稍有些画家的眼光，把可以留下的枝条留下，该可以使市民多受若干分之一的美感陶冶吧。

少城公园的树木不算不多，可是除了高不可攀的楠木林，都受到随意随手的摧残。沿河的碧桃和芙蓉似乎一年不如一年了，民众教育馆一带的梅树，集成图书馆北面的十来株海棠，大多成了畸形，表示"任意攀折花木"依然游人的习惯。虽然游人甚多，尤其是晴天，茶馆家家客满，可是看看那些"刑余"的花树以及乱生的灌木和草花，总感到进了个荒园似的。《牡丹亭·拾画》出的曲文道："早则是寒花绕砌，荒草成窠"，读着很有萧瑟之感，而少城公园给人的印象正相同。整顿少城公园要花钱，在财政困难的此刻未必有这么一笔闲钱。可是我想，除了花钱，还得有某种精神，如果没有某种精神，即使花了钱恐怕还是整顿不好。

一九四五年三月五日作
刊于《成都市》创刊号
一九八二年五月十日修改

茶　馆

看见副刊的名称叫作"茶座"，就想到茶馆，想到前几年禁止新式茶馆。坐茶馆废时失业，是一。乱"摆"闲扯，容易造言生事，是二。那架起了一条腿悠然抽烟卷的样儿，很不像抗战时期的紧张情况，是三。茶馆确实该禁。不过单禁新式茶馆，放过旧式茶馆，未免美中不足。这且不去说它。单说若把所有的茶馆都禁绝了，是不是就会收到预期的效果，只怕也未必。时间根本不值钱，事业呢，有些人是想干没得干，有些人是要干不许干。你不容人家在茶馆里废时失业，人家自会找到种种的地点，想出种种的花样，实做他们的废时失业，你又怎么办？再说，造言生事确乎讨厌，可是把茶馆关光了，人家有嘴有耳朵，还是可以造言生事。即使做到极点禁止偶语，人家还是可以在房间里，放下窗帘儿偶语起来，你又怎么办？至于不像紧张情况，又何尝限于茶馆？坐在办公室里，画几个"行"，盖几个私章，算是紧张情况吗？抬起了形体上以及精神上的头，等待有朝一日胜利在握，太平实现，算是紧张情况吗？如果都算不得，又怎么能单独责备坐在茶馆里，架起了一条腿悠然抽烟卷的那些朋友？

这样说来，似乎是主张茶馆不须禁止了。事实上，如今茶馆与以前一样的多，只有想发横财开了新式茶馆的人倒了霉。然而我是极端赞成禁止茶馆的，不过据我想，要收禁止茶馆的效果，在禁止茶馆以外还得干些最关重要的什么。类此的事，都可依此类推。

一九四五年六月十四日刊载于重庆《商务日报》

选自叶圣陶：《我与四川》，四川文艺出版社，2017 年

张恨水

| 作者简介 |　　张恨水（1895—1967），原名张心远，安徽潜山人，现代著名小说作家，代表作有长篇小说《金粉世家》《啼笑姻缘》等。抗日战争期间流寓四川。

蓉行杂感

北平情调（上）

不才随重庆新闻界参观团往成都，《上下古今谈》须停笔若干天，以代其缺。自然卖担担儿面的也不会作出鱼翅席，还是古今谈解数。

到过成都的人，都有这样一句话，成都是小北平。的确，匆匆在外表上一看，真是具体而微。但仔细观察一下，究竟有许多差别。凭我走马看洛阳之花的看法说，有一个统括的分析，那就是北平壮丽，成都是纤丽；北平是端重，成都是静穆；北平是潇洒，成都是飘逸。自然这类形容词，有些空洞，然而除了这空洞的形容，也难于用少数的字去判断。若一定要切实的说一句，应当说是成都之北平味是"貌似"而微，而不能说是具体而微。

虽然成都这个城市，决不同于黄河以南任何都市。就是六朝烟水的南京，历代屡遭劫火，除了地势伟大而外，一切对成都都有愧色，苏杭二州更是绝不同调。由江南来的人，看到了这个都市，自然觉得这是别一世界。就是由北方来的人，也会一望而知这不是江南，成都之处就在此。

原载民国三十二年（1943）四月十九日重庆《新民报》

选自徐永龄主编：《张恨水散文》（第一卷），安徽文艺出版社，1995 年

北平情调（下）

看成都的旧街道，两层矮矮的店铺夹着土质的路面宽达三四丈，街旁不断的有绿树。走小巷，两旁的矮墙，簇拥出绿色的竹木，稀少的行人，在土路上走着，略有步伐声。一个小贩，当的一声敲了小锣过去，打破了深巷的寂寞，这都是绝好的北平味。可是真正的老北平，他会感到决不是刘邦的新丰。人家的粉墙上，少了壁画，门罩和梁架上，少了雕刻，窗栏未曾构成图案，一切建筑，是过于简单了。

看一个地方的情调，必须包括人民生活，自不定光看建筑，而旅客对于人民生活的体念又是一件难事。然则我们说成都之北平味，是貌似而微，不太武断吗？我说不，建筑也是人民生活之一部分，在这上面，可以反映到他的生活全貌。试看苏州人家的构造，纵有园林，也只有以小巧曲折见胜，你就可以知道苏州人之闲适，而不会是北平人之闲适。于是以成都之建筑，考察到北平风味，是不中不远矣。

原载民国三十二年（1943）四月二十日重庆《新民报》

选自徐永龄主编：《张恨水散文》（第一卷），安徽文艺出版社，1995 年

驻防旗人之功

成都作为都城，在历史上，可以上溯到先秦。然而，它不能与西安、洛阳、开封、北平、南京比，因为它不过是一个诸侯之国，或僭号之国的都城而已。比较成为政治重心的时代，共有两次：一次是刘备在这里继承汉统，一是唐明皇避免安禄山之乱而幸蜀。但这在当时，为时太短，到如今又相距很久，留给成都的遗迹，那恐怕是已属难找。自赵宋灭孟氏之后，只有张献忠在这里大翻花样。然而，那并不是建设，是彻底的破坏。所以，我们看成都之构成今日的形式，应该是最近三百年来的储蓄，谈谈太远，那是不相干的。

满清一代，成都是西南政治军事文化据点之一，尤其是那班驻防旗人，他们扶老携幼，由北京南来，占了成都半个城，大大的给成都变了风气。他们本站在领导的地位，将北京的缙绅生活带到这里，自然会给人民一种羡慕荣华的引诱。在专制时代，原有"宫中好高髻，城中高一尺"的倾向，成都人民在旗人的统治与引诱之下也不会例外，由清初到辛亥这样继续的仿效共一百年。然则这里的空气，有些北平味，那是不足为怪的。

原载民国三十二年（1943）四月二十一日重庆《新民报》

选自徐永龄主编：《张恨水散文》（第一卷），安徽文艺出版社，1995年

桐花凤

自我们念过王渔洋的词："郎是桐花，妾是桐花凤。"我们就联想到桐花凤是怎样一种鸟？这回在灌县离堆的李冰祠面前，我们有

个机会仔细地看到了。鸟贩子将竹丝笼子，各关着两头或三头，送到游客前面来兜售。这小小的动物，它比燕子或麻雀，还小到一半，嘴长而弯，像钓鱼钩，紫色头，大红脖子，胸脯黄，与颈毛交错，翅领深灰色，中间夹着淡黄，尾长二寸余，约为身体之两倍，翡翠色。总而言之，美极了。就为了它太美，捕鸟者，就把它关在笼子里了。

它是怎样被捕的呢？这里有无数的桐花树，高达六七丈，淡紫色的桐花，大如酒杯，作喇叭形成球样的开在枝上。大概是花蕊里有蜜，桐花凤与蝴蝶一样，在树枝上飞来飞去，时时钻进花里吃蜜。捕鸟人利用它这个弱点，将长竹竿接上两三根，顶上涂以胶着物，再抹些香蜜，像钓鱼一般，伸进花树枝里。桐花若飞来吃蜜，它就被粘着了。据说，这鸟被关在笼里，顶多一个月就死，甚者只可过两三天。在这小鸟不住将头伸出这竹丝笼子里来，便知它是如何焦燥了。"妾是桐花凤"，的确不错！有美丽的羽毛，又想吃蜜者，可以鉴诸！

原载民国三十二年（1943）四月二十三日重庆《新民报》

选自徐永龄主编：《张恨水散文》（第一卷），安徽文艺出版社，1995 年

武侯祠夺了昭烈庙

到成都的人，都会想起了这两句诗："丞相祠堂何处寻？锦官城外柏森森。"但据此间考据家的观察，现在的武侯祠，实在是昭烈庙，原来的武侯祠，已经毁灭，不过，后殿有诸葛亮父子的塑像而已，这话我承认。因为我游普通人所谓"武侯祠"，看到那大门上明明写着昭烈祠的匾额了。那末，为什么臣夺君席呢？那就为了"诸葛大名垂宇宙"之故。

这庙的前殿，两廊有蜀国文武臣配享，殿左右也有关张的塑像，左殿车手还有个神龛，供着那个哭祖庙而自杀的刘谌。殿右角却空着，似乎是抱不起的刘阿斗，在这里占一席，而为后人驱逐了。

关于以上两点，我发生着很大的感慨，觉得公道存在天地间。凭一时代的权威供着长生禄位牌，终于是会与草木同腐的。王建在这里作过皇帝，他的陵墓当然是好，可是就成了庄田一千年。而现在发掘出来，人家都以为是奇迹了！

原选民国三十二年（1943）四月二十九日重庆《新民报》

选自徐永龄主编：《张恨水散文》（第一卷），安徽文艺出版社，1995 年

夜市一瞥

无意中在西城遇到一回夜市，在一条马路的人行道上，铺了许多地摊，夹街对峙。那菜油灯光的微光，照着地摊上一些新旧杂货与书本，又恍然是北平情调。这虽然万万赶不上北平夜市的热闹，我跑了许多城市，还不见第三处有这作风，恐怕这又是驻防旗人所带来的玩艺了。

夜市中最让我惊异的，就是发现有十分之三的地摊，都专卖旧式婴儿帽箍，这种帽箍，是用零碎绸片剪贴，或加以绣花，有狮子头，连花瓣等类。不说我们的孩子，就是我的兄弟辈，也没有戴过这种帽儿，它早被时代淘汰了。今日今时，在这些地摊上，竟是每处都有千百顶，锦绣成堆，怪乎不怪？于是我料想到这是到农村去的东西，并推想到川西坝子上，农人的如何富有，又如何不改保守性。而成都的手工业，积蓄很厚，也不难于此窥见一斑。这些作帽箍的女工若能利用起来，是不难让他们作些更适用的东西吧？欧洲

在闹着人力荒，我们之浪费人力，却随处皆是。

原载民国三十二年（1943）四月二十九日重庆《新民报》

选自徐永龄主编：《张恨水散文》（第一卷），安徽文艺出版社，1995年

茶　馆

北平任何一个十字街口，必有一家油盐杂货铺（兼菜摊），一家粮食店，一家煤店。而在成都不是这样，是一家很大的茶馆，代替了一切。我们可知蓉城人士之上茶馆，其需要有胜于油盐小菜与米和煤者。

茶馆是可与古董齐看的铺，不怎么样的高的屋檐，不怎么白的夹壁，不怎么粗的柱子，若是晚间，更加上不怎么亮的灯火（电灯与油灯同），矮矮的黑木桌子（不是漆的），大大的黄旧竹椅，一切布置的情调是那样的古老。在坐惯了摩登咖啡馆的人，或者会望望然后去之。可是，我们就自绝早到晚间都看到这里椅子上坐着人，各人面前放一盖碗茶，陶然自得，毫无倦意。有时，茶馆里坐得席无余地、好像一个很大的盛会。其实，各人也不过是对着那一盖碗茶而已。

有少数茶馆里，也添有说书或弹唱之类的杂技，但那是因有茶馆而生的，并不是因演杂技而产生茶馆。由于并不奏技，茶座上依然满坐着茶客可以证明。在这里，我对于成都市上之时间充裕，我极端的敬佩与欣慕。苏州茶馆也多，似乎仍有小巫大巫之别。而况苏州人还要加上一个吃点心，与五香豆糖果之类，其情况就不同了。一寸光阴一寸金，有时也许会作个例外。

原选民国三十二年（1943）四月二十九日重庆《新民报》

选自徐永龄主编：《张恨水散文》（第一卷），安徽文艺出版社，1995年

厕所与井

据农业专家说，人粪是中国一项最大的收获，全国粪量，每年至少五千万万斤，若按每百斤粪值法币一元计算，也共值五十万万元，而事实上却数倍不止。粪里含有重要的肥田物质氮、磷酸与加里，是农家的宝物。成都一部分置产者，也许看透了这一点，所以除了家中大概有一个积粪的毛坑外，每条街或街巷口上，都有一个公厕，以资收获。这在经济上说，是无可非议的，而于公共卫生上，及市容上说，却是这花鸟之国的盛德之累。小学生也知道，苍蝇可以传染许多疾病，而毛坑却是生产苍蝇的大本营，公厕太多，又没消毒和杀蝇的设备，这是一个可注意的事吧？

其次，我们就联想到井。成都是盆地，到处可以掘井，除了公井外，成都许多人家都有私井，这井并与毛坑相隔很近（某外国名字的大旅馆的井与毛坑就相距不过三丈），毛坑里的粪水渗透入地，似乎跟着潜水，有流入井中的可能。这样，热天就极易传染痢疾。我想成都市政当局，决不会不考虑及此，何以至今还没有加以改良呢？

下次再来成都，我将在厕所与井上，以考察市政进步之程度。

原选民国三十二年（1943）四月二十九日重庆《新民报》

选自徐永龄主编：《张恨水散文》（第一卷），安徽文艺出版社，1995 年

安乐宫

记不起是在哪条街上，经过一座庙，前面像庙门敞着，像个旧式商场，后面还有红漆栏杆，围绕了一座大殿。据朋友说，那里供着由昭烈祠驱逐出的安乐公刘阿斗，这庙叫安乐宫，前面是囤积居

奇的交易所。这太妙了，阿斗的前面也不会有爱国家爱民族的人，他们是应该混合今古在一处的。朋友又说戏台上有一块匾，用着刘禅对司马炎的话，"此间乐，不思蜀矣"那个典故，题为《此间乐》，我想此匾，切人切事，很好，可是切不得地。请想，把引号里的话，出之囤积商人之口，岂不危乎殆哉？

蜀除帝喾之子封侯，公孙述称蜀王，李雄称成都王外，还有三大割据皇帝：刘备、王建、孟知祥，而都不过二传，他们的儿子，刘禅荒淫庸懦自不必说，王衍虽能文而不庸，可是荒淫无耻了，孟昶更是奢侈专家，七宝便壶，名扬千古。因之他们也就同走了一条路，敌人来了就投降。

于是，我们下个结论："川地易引不安分之徒来割据，割据之后，就以国防安全感而自满。自满之后，就是不抵抗之灭亡了。"此间乐，其然乎？岂其然乎？

原载民国三十二年（1943）五月一日重庆《新民报》

选自徐永龄主编：《张恨水散文》（第一卷），安徽文艺出版社，1995年

王建玉策

在博物馆里，我们看见由王建墓里挖掘出来的许多东西，而尤其使我发生着感慨的是一排玉策。每条策上的楷书，还算清楚。他儿子"前蜀后主"王衍，一般的以正统自居，开宗明义，大书"大行皇帝"云云。我们可以想到历史上割据四川的人物，向来是无法无天的了。

在这里，我们不妨谈谈王建之为人。五代史前蜀世家记着，他是舞阳人，字光图，年轻时，以屠牛盗驴贩卖私盐为生，后从军，为队将，黄巢造反犯长安，他就转进入川，作了四川节度使，唐室不得已而封他为蜀王。唐亡，他就称帝，这个人是彻头彻尾一个不

安分之徒，生之时，他享尽荣华，死之后，还有一番大排场，与其说是他八字好，毋宁说是四川地势便宜了他。设若唐代有一条大路通成都，王建恐怕作不了二十八年皇帝。所以据我们书生之见，治蜀还是以交通第一。

原载民国三十二年（1943）五月二日重庆《新民报》

选自徐永龄主编：《张恨水散文》（第一卷），安徽文艺出版社，1995年

川戏 《帝王珠》

生平最怕读《元史》，君臣许多铁木儿（或贴木耳、帖睦耳，其音一也），皇后总是弘吉剌。且兄弟叔伯，出入帝位，像走马灯一样，实在记不清。在川戏台上，遇到一出《帝王珠》，被考倒了，一直到现在，无法知故事的出处。

戏的故事是这样：皇帝率两弟还都，杀文武臣四人，太后原与文人私通，出面干涉，帝当后前杀一人，太后刺激过甚就疯了，皇帝因太后淫荡之态太过，不能堪，就让他的卫将，把太后当场刺死。我们查遍《元史》，并无此事。而懂川戏的人说，那个年轻皇帝是铁木耳，当是元成祖，但成祖并没有杀过太后，而且他的太后弘吉剌，有贤名。只有一点可附会，就是铁木耳死，丞相阿忽台谋奉皇后伯岳吉临朝垂帘听政。铁木耳侄"爱育黎拔力八达"（仁宗）与海山（武宗）入朝，杀丞相，并废杀皇后。但这分明不是太后，且与铁木耳无关，和剧情又不同了。

但就戏论，萧克琴扮演老年妇人的性心理变态，极好。相信此戏剧创作者，必有所讽刺。若不出五十年，那就应该是刺西太后的了。清末，汉人多用金元故事以讥讽满廷，这或者是一例子。

原载民国三十二年（1943）五月八日重庆《新民报》

选自徐永龄主编：《张恨水散文》（第一卷），安徽文艺出版社，1995 年

手工艺

物产展赏会的手工艺品，真是琳琅满目，美不胜收。这何用说，是好好好！

然而，我有另一个感想，觉得往年的四川保路会，实在给予四川一个莫大的损害。假使川汉铁路成在十年之前，把西洋的机器运入成都平原，以成都工人这一双巧手，这一具灵敏的脑筋，任你飞机上的机件如何复杂，我想，他们决是目无全牛的。

走过昌福馆，看到细致的银器；走过九龙巷，看到美丽的丝绣；同时发现那些工人，并不是我们所理想的纤纤玉手的女工，而是蓬头发，黄面孔，穿了破蓝布褂的壮汉。让我想到川西人是相当的"内秀"，不能教他造飞机零件，而让他织被面，实在可惜之至！

虽然经过某街，看到印书匠还在雕刻木板，舍活字板而不用，又感到好玩，手工艺，是成都一个特殊作风。

原载民国三十二年（1943）五月八日重庆《新民报》

选自徐永龄主编：《张恨水散文》（第一卷），安徽文艺出版社，1995 年

杨贵妃惜不入蜀

遍成都找不出唐明皇留下的一点遗迹，于是后人疑他到天回镇便回去了（可能此镇取名于李白诗："天回玉垒作长安"）。天回镇到成都十四华里，唐明皇至此，岂有不入城之理？事实上，明皇从天宝十五年入蜀，七月至成都。作太上皇之后一年，肃宗至德二年

十一月离开成都，在蓉已有一年多了。然而在成都城里，实在不能揣测唐明皇行都之所在。

我这样想：假使杨玉环跟着李三郎入蜀，那情形就当两样，至今定有许多遗迹被人凭吊。试看薛涛，不过是个名妓，还有着一个望江楼，开下好几个茶社。枇杷门巷的口上（尽管是附会）还有一个亭榭拓着薛姑娘的石刻像出卖呢！以杨氏姊妹之名花倾国，正适合成都人士风雅口味，其必有所点缀，自不待言了。

孟知祥之不如孟昶有名，就因为他没有花蕊夫人。在这些地方，你就不能不歌颂女人伟大了。明皇无宫，薛涛有井，此成都之所以为成都也。则其在今日无火药味，何怪焉。

原载民国三十二年（1943）五月十三日重庆《新民报》

选自徐永龄主编：《张恨水散文》（第一卷），安徽文艺出版社，1995 年

由李冰想到大禹

李冰是四川人最崇拜的一个人，其功虽大，有时也许过神其说。若以治水而论，我想一切不必是李氏的发明，一部分当是承袭古法，这我有个证据。《华阳国志》记望帝之事说："其人开明，决玉垒以除水害。"玉垒便是离堆的主峰，李冰凿离堆以成内江，岂不是先有了开明为之在前吗？又李氏治水，有"遇弯截角，逢正抽心"八字诀。我们看了大禹治水，也不外乎此。黄河由北而南，阻于龙门，禹凿龙门以通河，这又是凿离堆以前的方法了。

大禹这个人，我们自不必认他是"一条虫"，那太离奇了；但亦不必断定硬有这个人。可是上古的水患，各诸候之国曾自为治理，而又经过一个人更系统的修一下，或者去事实不远。假如这个假定可以成立，这个人就是大禹了（虽然他不一定叫大禹）。既然有人在李冰之

先，大治过水，那么，李冰有所取法乎前人，那也是必然之事。

此外，我们又有所引申，李冰治成都之水，父启子继，费了许多时候。禹治全国之水，却只九年，应当是不可能。所以《禹贡》一篇，我们可以用孟轲之言，尽信书："则不如无书"。

原载载民国三十二年（1943）五月十四日重庆《新民报》

选自徐永龄主编：《张恨水散文》（第一卷），安徽文艺出版社，1995年

山窗小品

序

三十三年夏，《新民报》出成都晚刊版，副刊《出师表》，既连载予之小说矣，同文复嘱予多撰短文以充篇幅。在予拉杂补白，虽记者生活已习惯之，而苦佳题无出，即有佳题，亦恐言之而未能适当。无已，乃时就眼前小事物，随感随书，题之曰山窗小品。山窗，措大家事也，小品，则不复欲登大雅之堂。如此云云，庶几言者无罪。积之三月，共得四十余篇。后以冬日渐短，时复多患小恙，遂中止之。而友好自成都来，辄以此稿为念。而三四出版家，且嘱出单行本。然此种木头竹屑小文，乃有一顾价值乎？予颇疑之。前两月，于渝市遇上海杂志公司主持人张静庐兄，亦言此稿可读，嘱交与印行。予心动，乃归理残稿，并托友人在蓉抄录散轶者，两得四十三篇。会检出其他文言小稿，不乏与山窗有关之作，亦得十三篇，遂附卷后，共计五十六篇，成此一集。一年来以文言

散文出版者，先有《水浒人物论赞》，并此而两矣。实非始料所及也。将付刊，记其实如上。

一 短案

所居在一深谷中，面山而为窗。窗下列短案，笔砚图书，杂乱堆案上。堆左右各一，积尺许。是平坦之地已有限。顾笔者好茶，案头必有茗碗。笔者好画，案头又必有颜料杯。笔者虽已戒绝纸烟，报社主人怜其粮断而文思将穷，不时又馈以烟，于是案头亦必有烟盒与火柴。笔者患远视，写字必架镜，故案头常有镜盒。且邮差来，辄隔窗投书，或有桂号信，必须盖章，求其便利，而图章印盒亦置案头。此案头是何景况，乃可想象，而笔者终年伏案，亦复安之若素焉。回忆儿时好洁，非窗明几净，焚香扫地，不耐读书，实太做作。且曩时居燕都，于花木扶疏之院宇中住十余年，书斋参酌今古，案长六七尺，覆以漆布，白质而绿章。案上除花瓶坛炉外，唯檀架古砚一，御瓷笔筒一，碧玉水盂一，他物各有安置之所，非取用不拦入案上。今曰面对蜂窠，身居鸟巢，殆报应也。

未入乡时，曾于破货摊上，以法币三角，购得烧料之浅紫小花瓶一。瓶未遭何不幸，随余五年于兹。在乡采得野花，常纳水于瓶，供之笔砚丛中。花有时得娇艳者，在绿叶油油中，若作浅笑。余掷笔小思，每为之相对粲然。初未计花笑余案之杂乱，抑笑主人之犹能风雅也。此为短案上之最有情意者，故特笔记之。

笔者按：校阅此稿日，隔时又一易裘葛。瓶为小女碎，已数月矣，为之惘然。

二　涸溪

　　窗前有小廊，面溪而立。顾非山洪陡发，溪中终年不见水，名为溪，实非溪也。溪岸在茅檐下，有花草数十株。隔岸则为人家菜圃，立竹一丛。花竹夹峙下，涸溪中乱草丛生，深可二三尺。春日购鸡雏七八头以娱稚女。雏渐大，女不复爱之。家人又厌其随处遗矢，驱之入溪，与二三大鸡伍。雏得之，乃大乐，日钻营草丛石隙，以觅小虫。当其未至涸溪时，山雕常盘旋空际，其欲逐逐，攫之，一如其览小虫然。家人未防，尝失其二。彼既入溪，雕来，闻大鸡咕咕呼警报，即潜伏草根，使雕无可下著处，在雏，钢骨水泥之防空洞不啻也。

　　涸溪之情景如此，故主人邻溪而不常得溪之乐。唯夏日暴雨，山洪挟泥沙以俱下，溪中水忽盛至。窗左，溪中倾丈许，巨石嵯峨横卧之。水狂奔而来，至此又突作势下注。但见黄波翻涌，如千百条蛟蛇下饮溪底，争前恐后。而其淙淙铮铮，又如海面遥闻炮战。若值雷雨大作，水声，雨声，雷声，混而为一，则茅屋在山摇地动中矣。有时夜半在枕上，突闻户外万马奔腾，疑暴风雨来，即惊起，启户视之。实则两山黑影巍巍，平静无事。仰观天空，两三星点，在黑云中闪烁作光。察声所在，在涸溪中，盖前山大雨，山洪自上游来也。一年约得此景可一二回云。

三　竹与鸡

　　涸溪对岸有竹一丛，正临吾窗。竹上为斜坡，下为溪沿，丰草环绕前后，差免玩童砍伐。故去夏为七竿，今春已得十二竿，上旬有笋新出六七枝，秋初可得二十余竿矣。（校此稿时，已有四五十

竿矣，此为茅居差强人意者）

竹虽不多，枝叶极茂，长者达丈六七尺，短者亦丈一二尺，枝头如孔雀之尾，依依下垂。雨露之后，枝叶垂头愈深，余每慵书腕酸，昂首小憩，则风摇枝动，若对余盈盈下拜也。竹以枝叶盛多故，其下作浓阴。每当炎日当空，大地如火，家中群鸡，悉集竹阴长草中，悄然伏卧。中有雄一头，高脚白羽而红冠，独不睡，翅然立竹根，垂叶遥覆其顶。既而邻村有午啼声传来，雄引颈长鸣以应之，若不甘让。邻鸡再三唱，雄亦再三应之，直至邻鸡先止而后已。时有蝉声吱吱然，嘈杂竹梢上。雄偏其首，以一目斜视树上。若答曰："尔何物？鸣我上也。"以竹之绿，映鸡之白。配以丰草在下，微虫在上，俨然一幅妙画。

时渝市热浪，正传达一百零八度，余隔窗外视，乃忘盛暑。

四　泥里拔钉

谷之东侧为建文峰，巴县名胜也。峰作两层，主峰如埃及金字塔，树木畅茂，绿茸茸耸立半空。其下得坦地，界上下为两层，下层峦脚直斜，为窗外长谷之东壁。壁上旧尝为农家垦植，砌石作坝，层层作小梯田。年久不植，地废，而坝基残存。以是树木稀少，丰草遍山。其上为梯田所不及者，有小柏二三百株，散落峰上。枝为山家所披伐，树仅有丈许干身，略带薄叶，绝似山水画家之所谓"泥里拔钉"。此壁距窗不过十丈，故建文峰近在咫尺，乃为壁藏而不得见，所见者，此泥里拔钉而已。

吾居此深谷中，窗则东向。朝日迟临，初无所感。唯三五之夕，月出如金盆，由峰头泥里拔钉后，缓缓移出，厥状至美。月未来时，银光满空，小柏苍翠，为光映作黑色，暮景苍茫，笼罩小树若无数古装美人，亭亭玉立。及月既来，上层树若投影画，嵌此灿烂之银碟。惜其时甚暂，不及两分钟耳。然而"泥里拔钉"亦自有其可取者在也。

笔者按：此文作后两三月，钉悉为强有力者所伐。伐后，且按市上木柴价，强货于村人，予家亦曾购之。盖不购惧得罪也。树在吾门，吾不伐，客来伐之，且以易吾钱，是喜剧，亦是小悲剧。吾不禁为建文峰风景哀矣。

五　野花插瓶

予曩居燕京，卖书所入，除以供家人浇裹外，余赀作三分用：一以购收木板书，二以养花，三以听戏，非充作雅人深致，盖因其有伸缩余地，非若他种嗜好，可成为日常负担也。听戏所耗甚微，购书则时兴时辍。唯栽花，则为之十余年未断，愈久则阶前檐隙亦愈多，深红浅紫，春秋映带窗几间，颇足助人文思。自倭寇见逼，狼狈南下，将十年不复有此乐矣。

性之所好，不易尽除，往年来往京沪，易植花为玩瓶供。二三元之值，亦足点缀书斋卧室一周之所需。当初入渝时，花值贱而品繁，犹饶此趣。寓楼三间，有花瓶七八具，亦足婆娑其间，藉遣客愁。及不能与鸡鹜争食，退居山谷，附近乡人植黍种菜为业，无莳花者，牡丹芍药固不可得，即巴蜀多梅，而此处亦无。茅檐泥壁，老案旧庋，亦何必反由城中购花入乡以配之，此嗜亦渐淘汰将至于无。然家中尚有供花旧具一二，久置未用，令人惭对。以是春秋佳日，常呼随行入蜀较长之一儿，负筐携剪相随，漫行山野间，随采野花入家供之。大抵春日可得山桃野杏，夏初可得杜鹃石榴，秋后则唯有金钱菊，可支持三月。盛夏瓶花易萎，不能供。冬则须行十里外，始可向人家私园乞梅一枝，不能堪也。顾野花剪裁得宜，亦足资玩赏。尝于春尽，采胭脂色豌豆花一束，尽除肥叶，配以紫花萝蔔十余茎，再加以野石榴二三朵，合供一瓶。适城中人来，见案头花作三种红，大加赞赏，且问胭脂而蝴蝶状者何花？及予指窗外豆圃视之，客乃大笑。

六　珊瑚子

国人冬日供蜡梅，向配以天竹，竹叶淡绿，生子如珊瑚珠，红黄参杂绿叶间，饶有画意。顾天竹非年老不生子，且子亦不甚繁。苏人以此物供不应求，则以盆景养刺叶树以代之。此树学名不详，不落叶灌木，高七八尺，叶长圆，连柄作六角形，每角生长刺，飞鸟不能入其丛，皖人名之曰老鼠刺，以之作篱，藉拦野兽，物品至贱。然秋日结实，其大如蚕豆，红若丹珠，亦颇可爱。苏人易其名曰"鸟不宿"，以盆植之，删其繁枝，独留老干，黄花开时，子肥大而红艳胜天竹。每届菊花会，可随处见此物，与人工培植畸形南瓜相间，至有清趣。

予生平爱盆景，究以此物叶刺可厌，未尝置之阶前。及居此山谷，于深秋之际，发见草庐前后，多红色小丛灌木，簇拥顽石蔓草中，颇以为奇。近视之，枝上结天竹子，累累然如堆红豆，深者丹，浅者胭脂，娇艳欲滴，尚有些微小叶，作苍绿色，亦极配合得宜。枝上有刺，攀折不易。然以剪除此，与白菊同供一瓶，极得颜色上调和，天竹及鸟不宿皆不足道矣。入冬，霜露微降，枝子愈红，亦愈肥，复可与蜡梅水仙素梅相配，予尤爱之。以问巴人，不能举其名，但曰红子子而已。经春，红子渐落，农历二三月间，子未落尽，而花又作。远望之，花如白绣球，逼视则花作五瓣，丛生枝头，颇似珍珠梅，略有清香，实蔷薇科植物也。予因赐其名曰珊瑚子，每冬深必采备一包，藉待他日东下，传种江南，亦已习之三年矣。

七　断桥

茅檐下，跨涧溪而为桥，出入所必经，初不觉其危。城中客来，则常渡之而股栗。股栗言其情绪，亦状实也。桥下正为陡崖，深丈二三尺，且溪床为危石，坠则颅碎，初未知建屋主人，何以择桥址于此？溪宽约二丈许，中立乱石附水泥之圆墩，以四木东西接轨于墩上。轨早折其一，另以一木合之。削窄板长二尺许，间空隙约寸，横铺于轨上，是即为桥。无栏，亦无柱。二人同行其上，则震震然如旧日文人之摇曳构思。若山洪骤来，桥下怒水翻腾，声如奔雷，生客来，色沮辄不敢渡焉。然吾人终年居此，稚子坦然过之，亦安之若素。盖初架此桥时，不过数十金，今则非二千金不办。一二邻居，初欲易之坦地，偶俄延，力遂不能为。妇孺习惯，亦忘其危而不思迁易矣。

桥如此，无足称者。然盛暑之夜，闷不可耐。至桥上，则溪自南向北，奔出谷口，空气受山夹峙，而顺溪流荡，其间乃常有徐来之物。每仰视繁星在天，满谷幽暗，与同屋二三穷措大，携竹椅坐桥上，闲谈天下事。细至镇上一周无肉，大至墨索里尼下台，辄不觉夜之三更。有时残月如钩，高悬峰顶，夜气微凉，劳人尽睡。予怆怀身世，长夜不寐，则只身微步桥上。时清风拂衣，人影落涧，溪岸草中乱虫声，与竹丛瓜蔓上纺织娘，合奏夜阑之曲，虽侧身旷谷，无可语者，而于其中时得佳趣焉。

按：桥至去冬，腐朽愈甚，予力筹千金，北移丈许，直达竹丛，夏夜可展席卧其上矣。

八　雾之美

居重庆六年，饱尝雾之气氛，雾可厌，亦可喜，雾不美，亦极美，盖视季节环境而异其趣也。大抵雾季将来与将去时，含水分极多，重而下沉，其色白。雾季正盛时，含水分少，轻而上浮，其色青。青雾终朝弥漫半空，不见天日，山川城郭，皆在愁惨景象中，似阴非阴，欲雨不雨，实至闷人。若为白雾，则如秋云，如烟雨，下笼大地，万象尽失。杜甫诗谓"春水船如天上坐"，若浓雾中，己身以外，皆为云气，则真天上居也。

白雾之来也以晨，披衣启户，门前之青山忽失。十步之外，丛林小树，于薄雾中微露其梢。恍兮惚兮，得疏影横斜之致。更远则山家草屋，隐约露其一角。平时，此家养猪坑粪，污秽不堪，而破壁颓篱，亦至难寓目。此时一齐为雾所饰，唯模糊茅顶，有如投影画。屋后为人行路，遥闻赶早市人语声，在白云深处，直至溪岸前坡，始见三五人影，摇摇烟气中来，旋又入烟气中而消失，微闻村犬汪汪然，在下风吠客，亦不辨其出自何家也。

一二时后，雾渐薄，谷中树木人家，由近而远，次第呈露。仰视山日隔雾层而发光，团团如鸡子黄，亦至有趣。又数十分钟，远山显出，则天色更觉蔚蓝，日光更觉清朗，黄叶山村，倍有情致矣。

九　虫声

谷中多草，本聚虫声。而邻家种瓜播豆，菜畦相望，虫逐菜花而来，为数愈夥。每当星月皎洁，风露微零，则绕屋四周，如山雨骤至，如群机逐纺，如列轴远征，彼起此落，嘈杂终宵，加以树叶萧萧，草梢瑟瑟，其声固有如欧阳修所赋者。然习闻既惯，颇亦无动于中。唯秋雨之后，茅檐犹有点滴声。燃菜油灯作豆大光，于案上读断简残篇，以招睡神。时或窗外风吹竹动，蟋蟀一二头，唧唧然，铃铃然，在阶下石隙中偶弹其翅，若琵琶短弦，洞箫不调，陪觉增人愁思。予卖文佣书，久废吟咏，尝于其间，灵感忽来，可得小令绝句，自诵一过，每觉凄然。顾年来忌作呻吟语，随成随弃之，亦不以示人也。

听虫宜以夜，宜以月，尽人而知矣。然清明之夜，黎明早起，时则残月如钩，斜挂山角，朝日未出，宿露满枝，披衣过桥，小步竹外，深草之中，微虫独唱，其声丁丁，一二分钟一阕，绝似小叩金铃，闲敲石磬。妙在小，又妙在能间断也。此非城市人所能知，亦莫能得此境遇，盖造物以予草茅之士者耳。

十　秋萤

江南之萤始于夏，而初秋犹盛，故诗人有"轻罗小扇扑流萤"之称。川东则否，始于暮春，盛于仲夏，稻花开时，黑夜即不复有流火群飞矣。然亦非尽绝迹，时或遗一二老虫在。盖川东夏季长，山谷中丰草塞途，野花不断，萤乃因此而延其寿命。每当阴雨之夕，谷黯如漆，启户视之，荒山巨影，巍巍当前，压吾居如入深渊。西风徐来，摇撼涧岸丛竹小树于黑魆魆中，其影仿佛能见，若巨魔作攫人状。时此一二老虫，于草间突起，发其淡绿之光如豆火，低飞五六尺，闪烁数下，忽然不见，倍增鬼趣。间或村犬遥遥二三吠，其声凄惨沉闷，似若有所惊。独立涧涧断桥上，俯首徐思，觉吾尚在人境中乎？

萤亦有翅落不飞，蛰伏石隙者。其所挟之光极微，色亦不甚绿，既不闪烁，亦不移动，初来此间见之，颇疑人遗火星于地，取而视之，僵硬如蛹，殊非江南人所素知。

夜立暗空下，乃思此萤，何类当今文人。虽遗弃草根将死，而犹能于黑暗中发其点滴之光。虽然，萤以其光传授子孙，明夏仍可与星月争片刻之光，文人顾何如乎？

十一　晚晴

一雨之后，凉气习习随谷风来，秋意盎然。亭午云雾日出，宇宙倍感皎洁。两三小时后，对涧菜圃葵花数十株，如碧竿悬球，金灯列仗，饶有生趣。扁豆藤杂牵牛花蔓，簇涌人家竹篱上，亦油油然如青帷翠幛。昂首外视，游兴勃然。则掷笔出户，策杖闲行。入蜀后，行恒以杖，初不以齿计也。

谷中早阴，西风瑟瑟吹人衣发，暑气全消。仰望山峰，一角为斜阳所射，深草疏林，若镀黄金，有樵人刈草其间，亦随山羊两头，同入此黄金世界。而俯视全谷，幽暗转甚，炊烟二三缕，出入此上明下暗之空谷中，其意境殊非俗手西洋画家所能写。于其间少得佳趣，随脚下石板小径，彳亍前行，数十步外，路旁乱草如长发纷披，半掩崖石，时有紫色野菊数朵，于其间嫣然向人，小而绝媚。而老艾拥出草丛，散其清芬。皆所以映晚晴者。谷下涧溪，有小潭，得积水尺许，倒映天上红霞有光。三五小蛙，阁阁于其中作得意鸣。驻脚暇观，颇发幽思。时有山中老僧携灯笼挟破衲来，侧身而过，似预备夜归，回视竹外茅屋，有灯光一点，遥闻群雏呼归饭声矣。游不必多，亦不必远，即此晚晴小步，亦有足低徊者。

十二　蒲草

国人治盆景为乐者，常专一种，如梅菊杜鹃山茶均是。燕市昔有以小盆种莲子开花者，得变形十余品，已觉其奇。闻之鲁人，前十岁，济南有方士，专蓄蒲草盆景，共得三四十种，则又生面别开矣。

蒲草之类本多，仅就本草所言，有水蒲、白菖蒲、石菖蒲之别。平常玩盆景者，其形如韭而细，长三四寸至七八寸不等，盖石菖蒲之一种。蓄法，以白瓷小盆盛沙植之，逐日浇以清水，而不施肥，欲其瘦也。每至春季，则齐剪之。叶愈剪而愈细，色愈细而愈碧。其长可二三寸，土盆中圆转齐匀而无偏缺者，是为上选。战前下江大都市中，上等石菖蒲一盆（盆值不计），能售硬币一二元，即阴丹五尺至一丈，合以今日市价，令人舌矫不下也。

茅居附近，颇多此物，悬岩石隙中，或小径坡缝内，常有剑叶茸茸，簇涌而出，久雨之后，石根泥沙，为水所冲刷，草根外露，合于盆景家所谓透爪态，尤有趣味。若遍寻谷中，可得数百丛，设化此地为上海或北平，又倒缩时间七年，则张先生富矣。

在山麓人行道边，有草一丛，长四五寸，叶叶外向，周环如翠羽小团扇。根若竹鞭，有婴儿指大，怒伸四五节于土外，赏鉴久之，惊为奇品，颇欲掘归养之，列于案头。因无工具，未能如愿。又迟一二日往探，则马矢拥之，群蝇纷集，不能伫观。嗟夫！此岂仅为草莱之士所悲也哉？

十三　鸡鸣声中

山村夜如死谷，风雨之夕，尤沉寂不类人境。然将明未明，生气滋生，有足寻味者。

尝夜半不寐，倚枕小思。案上菜油灯芯，烧作红豆状，其光在有无之间时。有声息息然，自窗外来，遽然心动。视之，有瘦鼠一头，摸索沿桌缘行，目灼灼然，窥床上人。床上展转①有声，鼠乃曳尾而遁，而息息之声如故，再视之，非鼠行有声，夜半风吹破窗纸奏雅乐也。然因此风，乃遥遥闻豚声嗷然鸣，长且惨，似镇上屠户已起宰豚，将以应早市矣。少顷，屋外人行路上，有步履突突之声，有箩担绳索摇曳吱吱声，盖路通水陆乡场，乡人经此赶场者。邻犬惊而起，辄隔涧溪而吠。然亦若知此为等闲事，二三吠又即止。吠止矣，邻鸡喔喔然，逐声推近，余鸡埘中雄者，遽引吭高歌，声震泥壁。村鸡应之，而余鸡又再鸣。循环凡十余分钟，余不复能寐。则披衣而起，开窗以纳朝气。遥见山头黄月半轮，带巨星两三点，沉沉欲坠。对宇邻人母子业小贩，方絮絮话家常，同治早餐。灶火熊熊，溪隔可见。"夜阑闻远语，月落如金盆"，不足尽此情调也。

十四 金银花

金银花之字甚俗，而花则雅。盖因其花也，先白，及将萎，则变为黄色。本草因而称之，名遂遍。其实花白而转黄者不仅此花也。

花状如针，丛生蔓上作龙爪。初开时，针头裂瓣为二，长短各一，若放大之，似玉簪花之半股，其形甚奇。春夏之交，吾人行悬岩下或小径间，常有蕙兰之香，绕袭衣袂。觅而视之，则金银花黄白成丛，簇生蔓间，挂断石或老树上。其叶作卵形，对生，色稚绿，淡雅与其香称。唯蔓长而中空，不能直立。作瓶供时，宜择枝老而叶稀者，剪取数寸蓄小瓶。每当疏帘高卷，山月清寒，案头数茎，夜散幽芬。泡苦茗一瓯，移椅案前，灭烛坐月光中，亦自有其

---

① 原文如此。——编者注。

清趣也。

重庆南区公园，有露亭一角，椽柱均绕以金银花蔓。尝于春暮黎明过之，则宿露未收，青翠欲滴，花开如残雪点点，纷散上下。半山之上，尽为芬芳所笼罩。因思山地固多金银花，如此点缀，当无困难，便欲于檐前支一小架，得丈许清阴。姑一询之匠人，需费几何？而据其所答，竟耗半月收入，则又多山家之一梦而已。

十五　待漏斋

古之君臣，天明而晤于朝。于其未朝也，群臣先期而至宫外，待铜壶滴漏所报之时届，以入宫门，是曰待漏。而吾之所谓漏，则无此雍容华贵之象，盖屋漏也。屋漏何以亦曰待？是则可得而言之：

所居草屋，入夏为暴风雨所侵，必漏。呼匠人补之，辄辞以无草。盖乡间麦秆，既已售尽，而新谷初登，又未至出售之时，其价亦奇昂，非穷措大所能胜任。欲弥补屋漏，仍必求之遍山深长之野草。而野草未入深秋，又嫩且短，不堪选用。故屋漏已半载，而犹待野草之长以为补。此非抗战山居，实未能习此一页经济学也。

屋漏正如人之疮疖溃疡，愈听之而漏愈大。今岁之春，不过数滴，无大风雨，或竟不滴。及暮春，渐变成十余滴。其间有一二巨溜，落地如豆大，丁然有声。数滴更注吾床，每阴雨，被褥辄沾湿不能卧。吾为一劳永逸计，则移床就屋之另一角，意苟安矣。入夏，暴风雨数数突然来，漏增且大，其下如注，于是屋角，案头，床前，无处不漏，亦无处不注。妇孺争以瓦器瓷盆接漏，则淙淙铮铮，一室之中，雅乐齐鸣。吾有草屋三椽，以二居家人，以一为吾佣书之所，天若有眼，佣书之室独不漏，故搁笔小歇，听此雅奏而哑然。山窗小品，即多以此乐助兴而成也。

习之久，每谷风卷起，油然作云，则太太取盆，公子索瓮，各觅旧漏处以置之，作未雨之绸缪。予亦觅数尺之油布，预以蔽吾书笥。然后群居安全之地，拭目以待漏下。吾于此顷刻凝思中，忽得奇想，即裁尺纸，书待漏斋三字以榜吾门。太太粗解文义，则亦为之粲然。蓉人故以匾额市招竞奇，以此文示之，宁能谓吾斋名非上选乎？

十六　贵邻

贵邻殊不贵，一专卖局长耳，然全村人贵之，予亦从而贵之矣。予虽穷，颇守法，保甲长月数过吾门，恒出簿据以收费。于簿上窥户籍，贵邻居第一，然其门牌非第一也。例，户主张三，户籍则直书张三；李四，则直书李四。而于贵邻则不然，书之为某局长。局长家有时自书捐额，亦不称名，而自尊曰某公馆，殆不屑以名字示保甲长而耻与邻为伍矣。

虽然，公馆潜号也。盖部中出资，佃得银行家别墅，作疏散物资用者。以空袭少，物资不来，贵邻则从权而公馆之。公馆为全村建筑冠，居高临下，花木扶疏。雕栏画槛，曲廊洞房，当可住三五十人。然贵邻除每周学罗斯福回乡度其周末外，恒在城。夫人亦然，非警报频繁不来。于是此巨室只住一老夫人，三幼稚之小姐，两仆妇，一厨役，三轿班，白昼寂寞如佛寺。而贵邻犹嫌设备不足，以为未尽如人意。然贵邻未贵时，亦与吾等，乃分人家瓦屋一角住之。其时虽无男女佣仆，而举家人口如故，斗室粥粥其中，且于廊下支缸灶，而能安之若素，何也？

十七　贱邻

佣妇周嫂，巴县北郊人，初随其主人来南郊，继家于此。所谓家，实窠也。涴溪彼岸，为菜圃。圃之一角，苦邻自治其窠。窠除曲树数干，巨竹数枝外，建筑悉为草茎与叶。屋上蓬蓬然，纷披下垂如乱发者，为山上之班茅与长草。四壁茸茸然，颠倒如破衣者，为高粱之秸秫，案无窗，拨灰壁秸秫宽其缝，长方四五寸，则为窗矣。窠无门，以两三竹片，两夹秸秫数十茎，侧挂之出入处，则为门矣。

鞠躬入其门，窠中高不及丈，长阔则倍之，视线黑黝黝中，见竹床二，倾斜两侧。其间则箩筐，锹锄，破凳，裂缶，堆置无立足地。盖苦邻已不为人佣，自种菜，其子病而孱弱，则业小贩，此皆其谋生之具也。小床上堆败絮一卷，如腌猪油，盖妇自卧。另稍宽者，有蓝布旧被一，补绽如锦织布其上。则彼亦舐犊情深，居其子也。窠中如此，其生活已可想，而蚊蚋乃独爱之，白昼且嗡嗡然纷飞上下。门角巨绳缚一豚，掘地为浅坑而侧卧之，矢溺淋漓，臭气触人，夜间主人入室，其情况又可想。且在窠北三四丈处，有一巨窖，为妇储粪培壅之需。西北风自上头来，使全窠内外之空气皆浊。吾真不解其母子何以能坦然于此也？回视吾庐，茅檐竹壁，椅案井然，吾不复能有所怨尤矣。

十八　天河影下

银汉双星，为吾国民间最有趣之神话。科学昌明之后，儿女子有穿针乞巧者，辄被嗤为愚妄。而好事文人，亦复鲜所吟咏。其实神话为姑妄言之之事，调剂人生紧张情绪，亦不必绝无。如牛郎织女情史，即令家弦户诵，初无害于天文学之发展，听之可也。希腊神话，其荒诞悖伦（子杀其父而登天位），甚于我国《封神榜》，欧洲人津津乐道，时引证于正经文字，人但觉其有趣，未尝责以迷信，而远东运动会，且曾名之为 Far Eastern Olympic Games，亦无一人以其纪念夏令配克①（希腊神话玉皇大帝所居之山）为不经者，则何独禁于本店自造之神话乎？

　　夜阑人静，徘徊断桥，但见银河耿耿，横界天半，天孙河鼓，闪烁作光，隔岸相对。于是，脑中构一幻象，则一云裳倩影，绰约矶头，一孤独少年，依依柳下，而江心月白，风露寒衣，两地相思，都在天末。乃觉吾国人所构神话，其诗情画意，远胜希腊神话杀声满纸多矣。于时辄忆舒铁云博望访星科白中："一水迢迢，别来无恙"，"三秋渺渺，未免有情"，集句自然，传神阿堵。而中国文艺，固非西洋人所易领略也。

十九　劣琴

　　予生平有三事不能，一饮酒，二博弈，三猜谜。亦有三事，习之愈久而愈不称意，一书法，二英文，三胡琴。然自幼酷嗜皮簧，几至入迷，及取②吾妇，妇亦嗜此，既得同调为终身伴侣，嗜尤深。然自入蜀后，有沧海曾经之感，终年不复一入剧场。戏瘾偶来，则强细君低声歌之，吾口奏琴手拍板以合音节。妇曰："是甚乏味。"言讫即辍唱。无已，吾乃自唱而自解，每当风静夜阑，月明如昼，乃移一竹椅于断板桥头，抬头望月，高歌《坐宫》想老娘想得我肝肠痛断一段。唱自不佳，然离思如剥茧抽丝，吾与杨四郎化而为

----

　　① 原文如此。现译作奥林匹斯。——编者注。
　　② 原文如此。——编者注。

一矣。

近友赠一胡琴，筒虽细而弓巨，操之殊顺手，适渝市叠出皮簧琴谱，均属青衣者。予乃尽购而藏之，在黄米饭饱后，山窗日午，空谷人稀，乃掷笔取琴，依谱奏之。习之既频，《梅龙镇》《骂殿》《六月雪》《女起解》，各能一二段。每当弦索紧张，细君隔室停针，辄应声而唱。吾固未请之，更未尝强之也。予大笑，以示吹箫引凤之胜。妇出曰："君毋然，君技仍劣，若取切喻，绝似伶人之左嗓。""然则卿曷为应声而歌？""苦闷无聊，女子独不思有所消遣耶？君技虽劣，终胜无琴。适触我技痒，焉得不唱？"余笑颔而怆然有感。彼一唱众和，指挥若定者，非个个有超人之技，特亦聊胜于无之列耳。

二十　愚贩

鸡贩马某，南阳人，其叔住吾村之杪，马常负担来探望。一日，马过吾门，强售两雌鸡与吾家。妇欲得卵储积，则亦照市价付给而受之。鸡一白一黑，放置竹阴下，相映成趣。儿辈顾而乐之，唱家乡歌曰："白鸡婆生黑蛋，黑鸡婆生白蛋。"无何，家中鸡群一雄者鸣，白鸡突引吭而和，其声高昂，殊无多让于倡者。邻与家人大哗："牝鸡司晨，俗所忌，顾且如此狂啼耶？"哗未已，白鸡再鸣，且振其翅。予笑曰："为竖子所欺，此雄也。"家人捕而察之，小冠有创痕，剪迹宛然，复验其臀，断尾之根犹在。妇亦愤，怪马某熟人而相欺。予则独怜此鸡，为增数十元代价，尽减其雄姿。盖鸡价雄贱而雌贵，每斤约差七八元，此雄三斤许，马某多售吾三个八元矣。

妇沉思久，自解曰："是无妨，马某常过此，当面质而易之。"约半月，马某果来，妇隔溪而责之，令易此鸡，否则还吾值。马应曰："雌者啼乎？不应有是。明日当来验之。"且言且走，颠其担，踉跄而行，群鸡咕咕呼苦笼中。自是，马某不复来。约二月，吾遇其叔，告以故，且笑曰："此细事，鸡可勿易，亦不必偿吾多耗者，嘱尔侄自行寻常来往可也。"其叔唯唯。中秋日，妇割鸡款其夫与子，乃反庄子烹不鸣雁例，杀此雄而雌者，鸡食竟亦旬日矣，而吾村仍未见马之踪迹。邻人均笑曰："以今日二十余元法币，值卖一条路乎！"予思世固有愚而多诈者，快顷刻之意，遗终身之恨，实属自苦，若马某所为，其缩影耳。

二一　购《两当轩集》者

年来酷爱读黄仲则诗，而遍觅《两当轩集》不得，于重庆米亭子书摊上，见一残本，凡两卷，碎其封面矣，书贩以白纸补之，劣书黄景仁诗集于其上。询其价索百元，予翻弄数四，爱不忍释。时在一年前，而此价又过昂，乃折半还值。贩知予嗜此，扬其首而摇之，态绝踞。予恶其无礼，掷书而去，然心实未能舍也。明日复去，决以百元购之。将及摊，见有一中年人，可四十许，身衣半旧蓝布长衫，襟有破痕，缀以补绽如杯大。鬂发稀疏，斑矣。手正持《两当轩集》，且翻且行，即予欲购之本也。予失声曰："嘻！为捷足者得之矣。"其人遽悟，目予曰："先生亦有同好乎？"扬其眉而微笑，面皱跃然，蔼如也。予曰："然。昨日过此，以贩之傲而败成局。今方来屈服，是不期为君有也。"彼笑曰："予先君三次来矣。第一次，彼索价六十，再则八十，终则百元。予频来，而价亦频涨。实不欺，予穷而无以应付此巨价，而又未能忘之，遂屡问价而未能得。今日获米贴折金若干，决忍痛以百元购之，而彼又涨二十金。予甚忿而无可如何？且思今日不购，明日彼又将索值百五十元矣。乃不复言，掷百二十元法币于摊，携此书便行。先生望之有所失乎？余固识君于十五年前，虽不复当年张绪，而声音笑貌犹是也。此书归君，得其主矣，愿抄以副本后，敬赠君。"予谢曰："甚感盛意，君之不遇，恐甚于黄仲则也。故特嗜其诗乎？敢问君姓？"其人作《水浒传》卖刀者语曰："道出姓名，辱没煞人。"予愈惊曰："然则此书归君，真得主也。某将有远行，请勿让赐矣。"其人微笑，执书拱手而别。

别一年矣，满村风雨，重阳期近，举室惶惶谈刀尺事。念全家都在西风里之句，想两当轩诗，更想此购《两当轩集》之人。

二二　蕻菜花

蕻菜，旋花科植物，川人名藤菜，下江呼空心菜或蕻菜，华北无，北人且不识蕻字，盖菜蔬中之贱品，朱门所不屑食之物也。此物生殖性强，夏初，农家播子于地，不事培壅，听其自生。彼且不怯涝旱，在阴雨水田中，绿叶油油然，在烈日赤地中，亦绿叶油油然焉。居下江时，曾于乡间见蕻丛生菜畦，高不盈尺，密叶盖地无片隙。了不足观，予常食之而乏味，遂不复注意其状态矣。

村中人家，辟山坡而筑宅，得半弓坦地，各以植花草。秋来矣，西风白日下，见有草本花覆地滋蔓，圆朵密缀绿叶间。花作合瓣喇叭形，有白者，有浅紫者，有白缘而红心者，状似牵牛而小。夫牵牛朝开，片刻即合，为晏起人所不及见，亭午那得有此？予奇而察之。视其叶，作心脏形，视其茎，圆而中空，间有节，则蕻也。蕻有此美花，殊未及料。因思施以人工为盆景，不唯使茎短而花密，置之雕栏曲槛下，将使见者诧为奇卉，谁复能知其为贱蔬乎？他日东归，予当携此蜀种而去，以试城市人之眼力。意既定，归而语诸妇。妇笑曰："子毋然。使子播蕻籽于竹篱茅舍间，纵以人工善治之，人虽不识为蕻，其视作贱卉等耳。若玉盆檀架，供之画堂，子即明志之曰蕨，谁肯信乎？"予曰："诺，予将弃吾布袍而西装革履矣。"

二三　小紫菊

山野间有小花，紫瓣黄蕊，似金钱菊而微小。叶长圆，大者有齿类菊，小者无齿类枸杞，互生茎上，其面积与花相称，娇细可爱。一雨之后，花怒放，乱草丛中，花穿蓬蓬杂叶而出，带水珠以静植，幽丽绝伦。且花不分季候，非严冬不萎。"鞠有黄华"之会，此花开尤盛，竹下溪边，得此花三五丛，辄多诗意。盖其趣在娇小，在素静，所谓以少许胜多许也。

去年仲秋，友人赠佳菊二盆，一丹而一白，肥硕如芙蓉，西风白日中，置阶下片时，凤蝶一双，突来相就，顾未一瞬，蝶又翩然去，且不复至。友笑曰："能有诗乎？"予乃作短句曰："怪底蝶来容易去，嫌他赤白太分明。"友默然，继而笑曰："穷多年矣，君个性犹是也。"予亦颔之，微笑而已。今年，友迁居去，无赠菊者。窗前秋意盎然，又不可无菊，乃于溪畔屋角，搜罗紫花一束，作为瓶供。细君嫌其单调，采黄色美人蕉二朵配衬之。予因填浣溪纱一阕曰："添得茅斋一味凉，瓶花带露供（叶仄）书窗，翻书摇落满瓶香。飘逸尚留高士态，幽娴不作媚人装，黄华同类那寻常？"吟哦数四，细君闻而告之曰："去年吟菊，为友所哂，而仍狂奴故态耶？"予大笑。复口吟曰："嫩紫娇黄媚绝伦，一生山野不知名……"细君笑曰："今日固是重阳，不应断君诗兴，然既曰不作媚人装矣，又奚云媚绝伦乎？"予起视日历，果重阳也。因曰："媚字不妨改，既是重阳，令人忆潘大临事，予与此君同病，兴尽矣。"遂掷笔而起。

二四　猪肝价

初来此间，在五年前，场上每日可得肉，肉价每斤二角，脏腑少过问者，屠乃更贱其值三分之一以脱售。每至亭午购肉，屠辄搭以脏腑少许，除肠肚不便碎割外，心脏肝肺脑髓，随意配置。盖其时乡间小饭馆已不收购此物，屠不能强市脯者购之，则自食矣。约及一年，肉价及五角，肝价与肉同值。又一年，肉价二三元，肝倍价，至第四年，肉价十五元以上，肝已不能得之肉肆，须识屠者预约于前二日。而肝值益增，上秤计两不计斤，每两二元。今此乡场，肉价每斤三十四元，肝之价值又上跃，成为每两三元。何以值有上下？则预约者多，屠即增其价格，反之，遂稍落以就购者。然无论上或下，其为奇货则一也。

猪肝之所以为奇货，自为供求不敷。而求之者之众多，又为肝含有维他命 B，为人生营养不可少缺之成分，此间公务人员眷属虽多，而发国难财之家庭亦夥。前者日惟谋平价米之填腹，而后者则断断然谈营养，一日不进富有维他命之食物，则惶惶然如古人之三日无君。因之肝愈贵，求之益愈亟，而惟恐不得。屠不知何者为维他命与维我命，然窃闻之为补品矣。虽苦增其值，自不惧富贵人家之不购也。

虽然，糠秕菠菜亦多维他命 B，初未尝成为奇货。则猪肝价增，又非求营养者之赐，而实受发财者之赐矣。今日一切物价，可作如是观。而平抑物价，则须自整发国难财者始。"整"，川谚也。

二五　手杖

手杖为时代之装饰品，非吾国固有老人所扶之杖。然入蜀而后知杖之妙。年来腰足渐弱，而又知杖之不可无。其一，出门即须登坡，携杖乃若有活栏相随。其二，蜀地泥滑特甚，霜露之余，土地膏润如溜，杖则多一足以支体重。其三，乡间时有犬患疯病者，于是见垂尾獠牙之野犬，渐有戒心，有杖在握，若武装护航，可坦然缓步。其四，谷中富草藏蛇，虽不闻噬人，见之可怖。偶行小径，有杖则拨草而行，使蛇遥遁。其五，间不免夜出，或无星月，杖可代灯火也。为此五因，出必以杖，偶或忘之，则忽忽若有所失。故常出门数十步，又匆匆奔回。家人知其故，于茅庐中捧杖迎而送之，于此等境况，辄不免相向作会心之微笑也。

旧有一杖，为闲敲叠石而折。友人远自恩施赠一杖，粗如婴儿臂，漆作乌色，上以墨绿镌授受者之姓字。余携之三年矣，漆剥落过半，名字都非，而其为用则如故。友人窥其敝，尝劝易一新者。予亦尝诺之，将物色新材。顾入城不携杖，必有他物待携归，不容添杖。苟携杖入城，有故剑在手，又不忍弃之。故此杖绝如曹孟德之鸡肋，屡欲易新杖而彼实未一日离也。尝与友人行花溪小径，以此语之。适有坐专用滑竿者过，闻之而频点其首，有微叹声。余笑语友人曰："此必用人而有难言之隐者。"友亦笑而点其首。

二六　余之马褂

相传渝市新闻记者有两马褂，一为潘梓年先生，一为不才，同文颇引其事为谈助。潘先生之马褂，予未尝见，亦未知潘先生之意何取，若不才之着马褂，则真卑之毋甚高论耳。

寇火既遍故乡，搭友人便车赴汉，匆匆上道，仅携一皮匣。及入蜀而检点之，其中乃有马褂二袭，一夹而一单。初未知家人何以置此，更未对之作何打算。及初度蜀地之夏，置一灰布衫，胸前有红斑一，织染痕也，甚不雅观。濯之不去，而又无力弃之，故每出，则加青纱单马褂于上，藉掩此污点。至冬，旧蓝布衫敝矣，而夹马褂则为青毛葛质，甚完好，又如法以加其上。抗战初起，入蜀友人衣冠尚整，以从诸名记者之后，未可窘相骤露也。明年，衣渐少，马褂之用变，单者可御初凉，而夹者则若古人之加半臂。习之既惯，招摇过市，初未料既惊世而骇俗。因之常居有马褂，出则卸之，盖如夫子之"今拜乎下"云。又明年，夹马褂为鼠齿所粉碎，在霜雨之余，若有所失。偶过乡场见旧物行，有青花缎马褂一，以湖绸为里，质甚华，询其价，则以物之不入时，索法币三十元。姑还值二十五元，商慨然售之，是即今之冬季常用者。人弃我取，实在取暖，而未知此亦可资作屯积。今则碎折当鞋面用，值四五百元矣，真非初料所及。（按校此稿时，又值千元矣。衣乃愈旧而值愈增，人独不尔，一笑。）而马褂之值既增，更不能不珍视之，其家居而恒用者又以此。朋侪若以余有名士气，故矫俗，或以余曾多读数页线装书，故重礼，皆失之也。

虽然，马褂而在部长院长之家，则此等物议可无，而亦不烦为文以释之也。

二七　养鸡

年来公教人员乡居者，其眷属多种菜养畜，从事生产。顾非素习，辄见偾事。对邻有养鸡者，谋鸡种，立竹栅，购糠秕，图大举，因掷资千余金焉。春间六七雌，各孵雏一群，山坡浅草间，吱吱乱啼，羽光浮动，有雏一百三十余头。家人顾而乐之。则相率计其市价曰："至隆冬之季，雏各成禽，当有二三斤，是万元之产也。"无何，雏略有死亡，日损一二头。主人初不介意，以为偶有其事也。约一周，而雏之夭折乃勿止。主人恐，即一面隔离，一面灌药汁。然防之虽勤，而雏之日渐凋零也如故，凡一月，雏乃去其五分之二。主人焦头烂额之余，每向邻人摇首曰："于是知生产之不易也。"又二月，入盛夏，予尝过养鸡之家，则老禽幼禽，群栖竹篱草阴下，已不过三十头。询其主人，主人曰："此乡有鸡疫，非注针不能治，而一针之价，十鸡不能抵也。人有因药贵而勿治以死者，况鸡乎？"于是大笑。然笑时，颇带苦容，非真笑也，笑而自解耳。前三日，吾又于天际微霁，访其鸡栅以求谈助。主人已不复视其鸡，鸡大小约七八只，相偎篱下自啄秋草之实。主妇出，似知吾意，则相顾而笑曰："惨败惨败！"予亦无以慰之也。

昨见邻儿以书之散页叠玩具，虽有字，质则白报纸也。惊而取视之，页旁有文，赫然养鸡学三字。问所自来，答曰："对邻字纸篓中物也。"张先生怃然曰："书虽科学，不切实用，不合环境，则等此养鸡学耳。"

二八　种菜

同屋右邻某先生，吃粉笔人也。无所趋，亦无所好，教书归来，则与余立廊下闲谈为乐。顾助谈无酒，已减清趣。余虽有茶叶，开水不常得，亦不克凑趣。各有烟，而余纸烟屡断粮。某先生吸水烟，而烟袋须亲身洗涤，偶或忘之，乃不能常捧以佐谈锋。其更大煞风景者，两家均乏舒适可支足而谈之软椅。于是谈锋甚健之余，必有其一感腿酸而入室，人生快谈若为易事，然亦非真易事也。

某先生忽有所悟，乃购锄一，向校园乞菜籽若干，就屋旁山石中隙地，辟畦而种菜。归后，不复立廊下俟余谈，亟取其锄，脱帽挽袖，立趋石隙中，奋臂而扬之。予走视之，锄入土粥粥有声，某先生面红耳赤，汗涔涔下。夕阳西下，先生归而洗手进其平价米之饭，乃增一器。餐后就寝，鼾声作焉，隔室可闻也。自是以往，邻先生"园日涉以成趣",有若陶靖节。一雨之后,畦中绿秧油然蓬生,乃奔相告曰:"予之萝卜出矣。"言讫,嘻嘻而笑。明日,逢于廊,先生抚掌曰:"予之菠菜亦出矣。"更明日,遥见其立山麓而招手曰:"盍来观,予之白菜秧,挺然直立,茂盛尤可操券也。"余笑而贺之。其夫人微哂曰:"早起,面垢而忘洗,晚归,衣重而忘卸,呼与语,人不在室,视之,奔菜畦中矣。尽所有之菜而收获之,将不克佐三日膳,顾如是勤且劳耶?"予为之答曰:"不然,主人之意,在种不在获。譬如钓鱼,终日把竿,或不获一尾,此岂可以劳力计? 乐在钓,不在鱼也。"余又回顾主人曰:"昔威廉二世兵败被废,在荷兰隐居,日锯木一小时,彼岂欲为大匠乎!"邻先生笑曰:"君不善颂,不以我为姜尚为刘备,而乃以况威廉。虽然,子喻则确也。"录之,以告邻翁同好。

二九 鬼扯

邻家佣工某甲,炊饭于其厨。村中佣妇三四人,冒雨来与共话。甲先谈其祖父为绅粮,继谈发国难财者,终则谈鬼。其言曰:"某翁笼烛夜行,穿山路归。烛忽暗如豆,耳边冷风瑟瑟然,知有异,则故作咳嗽以壮其胆。忽闻深草中悉率有声,似有人细语曰:'勿惧,我王三,老友也。天寒无衣,乞济我。'翁毛骨悚然,疾驰而归。明日剪纸衣焚于王三之基,归途拾得法币五十元,王三之报也。"众哄然曰:"此鬼佳。"甲曰:"鬼亦有不识交谊者。李屠户夜半起宰猪,遇艳妇于途,月下识之,已死之邻妇也,以难产死。屠有刃在手,殊不惧,喝曰:'阻我何为? 尔死,吾贷汝夫百金,今尚未还也。'鬼忽散其发,血流满面,吐舌长尺许。屠惊倒于路……"众妇面面相觑,作青白色。甲又曰:"产妇鬼最凶恶,周身是血,行处有腥风。疫神次之,周身着麻衣,手如鹰爪,见人则攫。"言时，自灶口起身，伸其五指如五曲钩，临空作抓人状。一佣妇失声而呼，遽藏其身于同座者后。甲勿之理，继续而言曰："此厨门外，即有鬼。前数夕，有一团黑影，在山坡上蠕蠕而动，其后立一物高丈许。如白幡摇动，盖无常鬼与大头鬼也。无常七孔流血，见人吐舌如犬喘。大头鬼矮仅二尺，头大如斗，眼发绿光，行处以血喷人。"甲且言且蹲其两足作态，口含米汁，向空中喷之。群佣大啼，惊而走，作鸟兽散。张先生于旁见之，笑曰："汝辈自取之耳。"使勿听其鬼扯，某甲将自吓乎？

三十　昼晦

雾季长雨，昼昏如夜，此在江南，为仅见之事，号曰昼晦。犹忆二十四年居上海时，曾得此一日。午饭既毕，乘车赴报社，则满街灯火齐明，霓虹市招，灿然列长空，宛然日之夕矣，诧为奇观。事后回忆，每感余趣，辄欲把笔以记之。及入蜀，居渝市一年，秋冬两季，月可遇此者恒十余回，乃深笑往日之寡见，是疑骆驼为马肿背也。

匝月以来，雾雨连绵，每日昼晦。斋窗在廊内，而又面山如屏，受光有限，读书阅报，直如雾中看花。欲燃灯烛，则长日消耗，所费不资。故非极无聊赖不展书报，展之，即鹄立廊下，乃若行路人接传单读也者。且细雨如烟，谷风卷之作水浪，直扑入茅檐下，嫩凉侵人衣鬓。山居既无可语者，又不能长斟自遣，而泥泞路滑，更寸步行不得。终日斗室徘徊，焦燥欲死。偶窥窗外，唯见烟雾迷离，不识天日所在。虽窗外山近在咫尺，亦轮廓模糊，沉沉欲坠。而檐溜滴笃不断，声声滴美人蕉叶上，尤乱人意。此非入定老僧，无声色臭味触法，谁复能耐哉？四时以后，真个黑寂入夜，即以灯草四五茎，满注菜油于瓦灯而燃之，乃觉心地开朗，又入一世界。就案展龙门文游侠列传一篇而读之，颇可聊解终日之苦闷。余于是知风雨如晦，转不如沉沉长夜犹可藉灯烛之光也。

三一 苔前偶忆

老杜上溪诗："古苔生湿地，秋竹隐疏花。"久雨小霁，窗外颇有此情境。掩卷微哦，乃念及苔。

吾国文字描写及苔者，多为静穆与清寒之象征，而苔之意味，亦确有此。故富贵栗碌人士，殊不能赏苔之佳趣。犹忆儿时居洪都，黄梅时节，苦雨闷居。书斋外有小院，三方围以白粉短墙，以鹅卵石砌地，听其自成纹理。绕地则以长石为阶，高不及尺。久雨之后，苔遍生阶上下，一半绿及粉墙。三五蜗牛负壳上行，于墙苔深处，拖痕作篆书，观之甚趣，辄以止睡。院中曾栽毛竹，才得数根，高仅二三尺。有枇杷一株，瘦小如人臂，高亦不及丈，实无可赏鉴处。当苔生遍院时，则此树此竹，同作幽绿，点滴欲翠。与白粉墙相映，忽觉甚美。雨止矣，天际作微明，隔墙蔷薇架，有一小枝，穿墙瓦所作古钱眼，而入吾院，枝头有苞若干，仅吐一花，嫣然俯视，如作东家之窥。予欣然推窗，屏日课《资治通鉴》勿读，取《随园诗话》阅之。盖袁诗浅易，又主性灵，余年轻无诗力，甚好此也。《诗话》有咏苔诗两句："连朝细雨刚三月，小院无人又一年。"吟哦再三。父闻声来，见案上檀炉，正燃微烟，苦茗一瓯，方在手边，乃叹曰："没出息。"予为诗礼之家，法极守旧，即惊起垂手立。父曰："亦不汝他责，然读袁枚诗，闭院赏苔，尚有何胸襟乎？"言讫，父微哂而去，似其辞固有憾焉，而又若深喜之也。余父为将门之虎子，精武尚侠，顾亦好文学，虽极不欲予沾斗方习，而亦不之禁。忽忽三十余年，雨下见苔偶回忆之，则其事若在目前，余固深负父之期望，真个没出息也。

三二　忍也忍也

昔吾族公艺，书百忍于其家，千古美之。雨窗无聊，戏书忍也忍也，签贴于坐右。水浒有"倒也倒也"之语，盖秉其意而为之，若谓呼之欲出也。或问所忍者何？则吾颇卑之毋甚高论，试仿圣叹于拷红为作不亦快哉例，随书数则，以博高明之一粲。

平价米饭中，稗子谷粒甚多。不剔出，恐食之生盲肠炎，剔之，则不胜其烦，又非远视眼所可胜任，无已，每饭架镜于鼻，且食且剔，每尽半器，饭冷如冰。掷著将起乎？忍也忍也！

老母将七旬矣，每接家书，辄言其多病。别两大儿时，均在幼稚嬉跳中，今亦各入中学矣，而来书亦苦思其父。将归乎？携在川眷同行，将数万金。不归乎？此间殊不见乐趣。故每得家书，且勿开封，先暗自呼忍也忍也！

阴雨匝月，邻鸡群趋入廊下，争吾散步数尺之地，地吾不惜与鸡共，而粪渣狼藉，日辄躬自扫除十余回。打鸡乎？鸡何知？与邻交涉乎？奈何以细故伤和气？忍也忍也！

向不穿补线袜，以其搁脚板也。今则无袜不补，补且重重叠叠，脚板已习惯之乎？忍也忍也？

每逢佳节，大人先生巨著，塞满报纸。读之乎？乏味。不读乎？吾业不许。强读一过，两眼生花，忍也忍也！

每欲入城，辄思排班购汽车票，可鹄立数小时，而仰视车站中人颜色，凛凛不可犯，吾殆奴才矣。乡居固苦闷乎？忍也忍也！

纸烟涨价，屡戒屡犯，屡犯屡戒，把笔构思，而一支乃不在手，忍也忍也！

三三　埋葬

曹操嘱子孙作疑冢七十二，后人笑之，以为尽掘七十二冢，将安逃乎？刘伶旷达，醉荷一铲，曰："死便埋我。"予以为既觉随处可死可埋，则此一荷仍为多事。人不能有所享于生前，此死后区区一臭皮囊，遑堪顾虑？袁子才自营生圹于随园，形之吟咏，以为安排得当，能忘生死，其实乃真不忘生死也。予尝数访南京小仓山，见一碑倾斜华侨路侧，题曰："袁子才先生之墓。"而冢不见，唯黄土山头，茂草一片而已。吾人枯骨如何料理，或竟不料理，盖后死者之事。人之不泯灭者自有所在，非枯骨也，随举一例，屈原之枯骨，果何在乎？

三四年前，予尝作村居杂诗若干绝。中有一句，"埋我青山墓向东。"诗为港报转录，东南省区，友好惊悼相传，以为张恨水死矣。其实予咏邻翁，非自咏也。其全诗曰："檐草垂垂漾晚风，篷窗病卧一衰翁。弥留客里无他语，埋我青山墓向东。"其意自明，无可疑者。然尚值得友人惊悼，予固欣然此生之不虚矣。

予常与家人笑语，自谓当活百岁，甚至再多。家人问何以有此自信？予笑而不言，盖好生恶死，人之恒情，何必屈指计死日以自扫兴致。死且不计，故更不计及何处埋我。人惶惶然唯此臭皮囊料理是谋，则生前何所不计？更就眼前大事言之，执干戈卫社稷者，数百万人。若均念及何处埋我，尚能谈抗战乎？

三四　苗文夷文

相传苗族无文字，非确也。邻有边疆学校学生，携手册归相示，中有苗（黔地苗）文二页，夷文一页，苗文略似英文大楷，亦有像篆字笔画处，但笔画更简约。为顺 C 反 C，口字缺左或缺右偏，S，阿剌伯字码之 3，三角，或三角缺底边，T，T 缺右上方，L，C 与 T 合，C 与三角合，见者如是，其书法横，自左向右，各不相联，唯每一字母旁，另加小圈豆点半圈两点等记号而已。夷文则绝似藏文，唯较简单不联接。远望之，颇似五线谱。犹忆前曾于杂志上见夷文一种，与此又绝不同，或者，吾国少数民族文字，尚不仅此乎？

苗夷同胞，自识其文字者甚少，即边疆学生之苗夷族，亦有不识其自族之文者。于此多方探讨，可发甚多之议论，即苗族古自中原来，较与汉族文化源流接近，夷文近藏，是西来所习，抑与西域民族文化同源，未可知也。至于书籍，二族皆属少见，其三千年以来之日趋衰落，除射猎舞踊而外，无所表见，似当以无文字教育，为最大原因。抗战以还，文化水准日低，吾侪习文学者，辄抱杞忧。证以苗夷二族景况，殆可借镜。虽今古情境不同，而文学亦必与政府科学配合，毋令太后，太后将失所以融化科学者，国虽富强，将失吾炎黄子孙本来面目。或曰："国果强，即失本来面目何妨？"予曰："是又不然。今日英美之联结，甚于他国，非其语言文字之犹复保持同一源流有以致之乎？"

读苗夷文后，吾知契丹文字之湮淡，先于其种族之瓦解也。

三五　路旁卖茶人

一年前，予腰足尚健，在海棠溪挤购汽车票不得，常步行归南泉，随行必有一杖一囊。杖扶我偶登山坡，囊则购盛乡间所寡有，而又我日用必需者，其中常有杂志书籍三二册，备徒步时，就野茶馆小歇，聊以解闷。一次步归，行五公里余，先歇二塘，小镇也。又四公里至么塘，势将再作休息。顾其地三五人家，无售茶酒作中尖者。徘徊少顷，乃以杖荷囊，迟迟沿公路边缘行。不及半里，忽闻人语："先生少歇乎？"其声操东北音，予大异。视之，路旁崖下，有两人家，其一支土灶，上正以铁壶煮水，门内置座头二，布制胡床四五具，盖小茶馆也，门前有青布短衣男子，科头而黄面，含笑向予点首。予回视其前，有绿竹一丛，下临小谷。远望群岗，云雾蒙蒙，境亦疏旷可喜。乃就第一座头，嘱为泡茗一碗。其人送茶已，指灶后木格橱，曰："有面，有馒首，亦有酒，先生需乎？"予曰："前途已打尖矣。然乐与君语，小谈可乎？"予在北地久，固能作燕语，强其舌以挑之。且于衣袋中取纸烟出，敬之。其人果鞠躬受烟坐，笑曰："先生燕赵之士乎？"予曰："居北平二十年，类故乡矣，且尝至君乡辽宁。"彼曰："否，吾吉林人也。"予曰："君何以至此设茶肆？"彼昂首微喟曰："不才，一排长也。展转由河北战至长江。武汉撤守之役，某供役某部，有汀泗桥之战。因誓死不退，有巨功。上司入川，予则为弹创病脚，既不复能执干戈以卫社稷，又由南方展转来此，聊糊口耳。"予闻之，肃然起敬。其人大喜，作倾盖交。乃畅谈十年来事，唏嘘慷慨，凡两小时。予以归程仅半，赠茶敬二十元，约后会。其人送我数十步，犹伫立以视予后影，予亦屡回顾之。又三月，予复过此，则冷灶无烟，室迩人遐矣。

每阅报，见东北新闻，辄觉此卖茶人之影，宛在目前。

三六 农家两老弟兄

乡居有警报，予不欲入洞，常携书一册，随谷中小路行二三里，于无人家处，就竹林或石缝，席草而坐。前年敌肆虐疲劳轰炸时，予野坐过久，乃就附近人家，乞茶水。行经小平原，于高粱丛中得瓦屋三椽。屋外有打麦场一片，整洁如洗。场外豆棚瓜架，绿荫环绕。有一老者，须发皓白，于瓜蔓下整理架竿。予与语，若不闻。乃大声作川语曰："跳（叶平）警报人患渴，愿出微资，购茶少许饮。"叟点首，指屋中曰："老幺在彼，可索之也。"予视其屋，门窗皆闭。旁屋一门独启，寂无声息。入内视之，则为厨室，灰灶洁白如雪，柴棍整齐堆叠灶口。灶上釜盖，灶旁方案，及一切器具，无油腻，亦无纤尘。予意此中主妇，必极贤慧人也。乃故作微咳，以惊之。通内室之门呀然辟，又一老者出。其人黑须蓬蓬，若虬髯公。短裤赤膊，臂粗如酒碗。殆即白须叟所谓老幺矣。予告以来意，彼指桌案上大瓦壶与粗饭碗，令予自斟老鹰茶饮之。酬以资，不受，笑曰："君非新村中下江人乎？"亦无他语，自往打麦场上，以长斧劈干树块作柴片，适有敌机群，嗡嗡然过上空。予即避崖脚下，而叟挥斧自若也。

后予屡过此，窥其门上保甲户籍表，知此屋仅二叟。白发者兄，年七十四。黑须者弟，年五十七，杨姓，三代业农。予暗惊曰：然则由播种以至浆洗炊饭，皆此老兄弟自为之矣。后询诸其邻，予忖度果确。此二老兄弟，终身均未尝娶妇，一切自食其力，亦并不识字，更未知何者为新旧道德。近年兄老，唯担任家庭琐事。老幺则躬耕之外，且四出赶场。偶得余资，即市肉归食其兄。相依为命，老而弥笃。老幺每日傍晚，必赤膊担粪归，遥过吾门时，予常指以示家人或友人也。友或叹曰："可以风矣！"

三七　儿时书

灯下课儿，予语家人，背诵不可废。但徒背诵，而不讲解，则事倍而功半耳。因举自身为例，儿时所读书，久练而得滚瓜烂熟者，今日犹能奔赴笔底。其强记得来，草草终卷者，则进锐而退速。试列一表，可以想见其情况也。

书名	背诵距今日期	今日记忆百分比
《三字经》	四十一年前	百分之十几
《论语》	三十九年前	百分之四十几
《孟子》	三十八年前	百分之三十几
《左传》	三十八年前	百分之二十几
《学庸》	三十八年前	百分之六七
《诗经》	三十七年前	百分之六七
《书经》	三十七年前	百分之二三
《礼记》	三十七年前	百分之二三
《易经》	三十七年前	零
《千家诗》	三十七年前	百分之二十几
《古文观止》	三十六年前	百分之二十几

试观此表，则愈在小时读者，废时愈久，而其记忆力愈强。及稍长，一年可毕数部书，而兴趣有所属，当时虽可背诵，久则渐忘。其不感兴趣者，当日除交代塾师外，出私塾门而入学校，即置诸脑后矣。此殆可为课儿者作一参考乎？

三八　吴旅长

曩有一邻，辽宁人，朋侪称之曰吴旅长，予亦如是称之。吴笑曰："后勿复尔，予固卸旅长职四年矣。"按吾国社会俗习，一度居官，人恒终身称其职，而受者亦安之若素，了不为怪。吴独异是，则其人固极明白事理者。因之交渐密，谈亦渐多，常于夕阳西下，散步山麓，共谈天下事以为乐。吴一足微跛，散步时，常直其膝盖以行。予问曰："吾人入川，多患湿气，君亦病是乎？"吴曰："否！敌人血债也。'八·一三'之役，予作战前方，率一连人防一桥，作撤退之后卫战。战半日，弟兄伤亡十八九。予以期限未到，不能退，偕健全之士兵八，勤务兵二，并途中偶晤之参谋一，紧守桥头一机枪，阻敌去路。天将晚，限期亦届，予中弹二，一穿吾帽，一中腿，昏然仆矣，此其成绩也。"言讫，俯身卷其裤管，露腿上创痕如杯大。予曰："壮哉！君何以得脱险？"吴曰："予初无所知，醒时，则身卧一木板上。启目微视，星斗横天，夜幕如盖。板摇摇如舟荡，不若平地，展转微吟，方欲坐起。则有人趋前俯首低语曰：'旅长苏醒乎？勿惊，某在是。'审其音，随余多日之老勤务也。予乃询以此何地？彼曰：'旅长挂彩后，弟兄尽散。余背负旅长走三五里，于近水人家，得二门板。叠而置诸小河中，卧旅长其上，洗涤血痕已，以绳牵板，溯流西上。不期港湾纷杂，反至前线。奈何？'余侧耳听，枪声密如雨点，炮弹曳巨光，嘘嘘然掠空而过。予曰：'尔速走，余当沉河以报国。'勤务泣曰：'旅长为营长时，即相随，由东北而江南，凡五六年矣，忍去乎？死则同死耳。'予屡嘱不去，相持久之。忽闻汽车声，勤务登岸探视，则公路相去不远，适军长驰车至此，机件小损，停而修理。闻予卧水上，即令护从舁予登车，送至苏州。予遂不死，而能与君作今日之散步也。"予闻其言，感触良深。其所述之勤务，改职矣，犹不时探望旧长官，惜竟未能一晤之也。

吴后迁去，不复再晤。犹忆彼言及张学良时，始终称副司令而不名，予虽诧异，亦未便询之。相传，军人有服从习惯性，其信然欤？

三九　对照情境

冬至矣，乃苦念北平。未至北平者，辄以北平之寒可怕。未知北平之寒，亦大有可爱处。试想四合院中，庭树杈丫，略有微影。

积雪铺地，深可尺许。平常人家，北房窗户，玻璃窗板，宽均数尺，擦抹使无纤尘。当此之时，雪反射清光入室，柔和洞明。而室中火炉狂燃，暖如季春。案几之间，或置盆景数事，生趣盎然。虽着薄棉，亦无寒意。隔窗看户外一片银装玉琢，心地便觉平坦舒适。若得小斋，稍事布置，俗所谓窗明几净者，惟能于此际求之耳。

自然，雪非人人可赏者。冷眼旁观，则此项舒适反映，亦北平最烈。当满城风雪，街道入荒凉世界时，街旁羊肉火锅馆，正生涯鼎盛。富家儿身拥重裘，乘御寒轿车，碾街上积雪作浪花飞，驰至门首。掀棉门帘而入，则百十具铜火锅，成排罗列店堂中，炭烟蒸汽，团结半空，堂中闷热不可当，亟卸皮裘，挽艳装少妇而趋入雅座。此等店门悉以玻璃为之，内外透视。则有婆人子身披败絮，肩上加以粗麻米袋，瑟缩门下，隔玻璃内窥，冀得半碗残汁。而雪花飞粘其枯发上冻结不化，银饰星缀。视其面，则紫而且乌，清涕自鼻中陆续渗出。同为人子，一门之隔，悬殊若是。然记得当年，固无人稍稍注意也。

虽然，此并不足为北平病，天下何处不如此。草此文十分钟前，见溪上小路，一滑竿抬过。抬前杠者，为一老人，鸠形鹄面，须蓬蓬如乱草，汗流如雨，气喘嘘嘘。而坐竿上者则西装壮汉，方闲眺野趣，口作微歌。此与北平羊肉馆前小景，又相较如何乎？

四十　《长生殿》《桃花扇》合刊本

近来欲温习《桃花扇》，向旧书店觅得一册，亟归展读之。不期思一得二，其中不仅为《桃花扇》，且与《长生殿》合刊。书系二十六年世界书局所印，年月非遥，距"八·一三"之变仅一载。山中人好遐思，颇觉如是云云之先得我心也。唯就二书内容而言，

《长生殿》一味搬演故事，侧重个人离合。《桃花扇》寄托遥深，则含有兴亡大义。读《长生殿》一遍，不过慨叹数四云尔，读《桃花扇》半部，即令人惊心动魄，卒读之不忍，而不卒读之又不可。故以是论作者，洪昇词人而已，孔尚任则孤臣孽子，不当仅以文人视之也。

若就两书本事而论，李三郎之荒唐起祸，不下于福邸之糊涂误国。徒以作者之思境不同，而取径遂致绝殊。且前书成于康熙己未（十八年），后书成于康熙己卯（三十八年），亡国之痛，洪应深于孔氏，而洪乃不能如孔言之痛，殆有所未敢欤？说者谓洪作长生殿，凡三易稿，经营达十三年。书本名《沉香亭》，参入李白。后改为《舞霓裳》，去李白而易以李泌，搬演肃宗之中兴，卒又去之，代以钗钿复合，乃名为《长生殿》。是则不难窥其惧以文字构祸，故踌躇出此。而其意愈晦而文乃愈淡矣。

弄笔小暇，辄就合刊本前后翻数页，偶有所感，觉孔氏之文，令人唏嘘掩卷，尽世所知。而洪之良工心苦，则未闻人道，遂走笔记之。然孔卒能冒大险以成此书，技巧与胆量，尤可称也。

四一 冬晴

宿雾渐收，朝暾初出，对山白云暖暖，杂鸡子黄色。渡涧溪回顾吾庐，屋草重湿如洗，檐头白粉数片，似镂银花缀之，知昨夜霜矣。凝神小立，呼吸平和，则有热气二股，徐徐自鼻孔出。虽拂面微风，深带冷意，而环顾群山作黄赭色，罩以淡烟，小柏孤松，青影团团。面前瘦竹一丛，枝叶纷披，独作浓翠。景色冲澹，冬意毕现。在川东甚鲜冬味，浓雾终日，冬晴尤不易得。以此等情调言之，绝似江南小阳春十月，久别故乡，俯首微思，令人恨不肘生两翼矣。

无何，日上山头，檐下金黄朗澈，邻人争率儿童，移椅坐日光下曝背。有手捧碗箸，坐而红苕饭者，热气腾腾，自碗中上达空际，人在下风，若嗅微芳。而窃窥碗上堆苕，珊瑚之皮，中裹黄玉，亦甚可爱。食者为西邻之贫媪，着破袄，举蜡皮枯手，以箸夹苕大嚼，又似其味不恶。老饕之嗜，以色香味称，此岂不足称乎？而环境之配合，更有画意也。

"隔篱黄犬吠生客，曝背老人弄幼孙"，虽对偶颇觉不伦，情境实亦逼真。当山村静寂，阳光和暖，破竹篱前，苍髯叟拥败絮坐枯草堆上，二三小儿，环绕膝前，小犬蜷卧地下，时摇其尾，则宛然上诗之意境矣。久不得光明，一旦有之，犬且求温暖其中，而况人乎？冬日真可爱也。

四十二　跳棋

吾于博弈竞赛事，悉病未能，偶或强之，辄不终局。唯舶来品跳棋，间可作二三盘。十余年前，内子归我，如小乔之初嫁，所谓其乐甚于画眉者，闺中亦不能平靖无事，因之予乃劝之读唐诗，作花卉写意，并习赵柳楷字。初一二课或亦感生兴趣，三日以上，即百呼不理矣。及予示之跳棋，则甚喜。北平冬夜，室外朔风虎吼，雪花如掌。而室中则电炬通明，炉火生春，垂帘对坐，盆梅吐艳。围炉小坐，剖柑闲谈，遂亦不思他乐。坐久人倦，乃对案下跳棋。相约予负则明日为东道，陪之观剧。胜则彼亲自下厨调鲜同膳，而十局之战，予必负七八，故彼极乐为此。棋本由予授之，未解彼何以胜我？吾侪患难相共已半生，犹引为笑谈也。

近渝市美术社，忽有跳棋出售。盘既易板为纸，棋亦具体而微。顾既觏之，十五年旧事，兜上心来，遂购归示内子曰："犹忆当年玩此物乎？"彼微叹曰："璧犹是也，马齿加长矣。"予闻之而兴沮，嗒然无语。是夜，山中微雨，寒风绕室。壶中茗冷，案上灯青。予架镜于鼻，就昏黄光影，疾书小说稿，笔在纸上如春蚕食叶。内子在旁，共灯为小儿补结旧绳衣，各各默然。窗外万籁无声，洞黑如漆，风吹竹动，遥闻犬吠。予停笔昂首，乃作长喟。彼即起夺予纸笔曰："尚不思睡，曷温跳棋乎？"予笑曰："余子何堪共话，只君方是解人。"乃即移灯布棋，共下三局，而时转势移，三局皆予胜而彼负。予笑曰："果予术有进步乎？抑君之心未在是也？"彼遽起挑灯曰："日间忘购菜油，恐不足长继。熄灯睡休，留余油半夜燃之，为小儿把溺也。"予偶触其手，凉透如冰。因叹曰："树犹如此，人何以堪？"是夜，予梦北平，且三醒而三梦之。

四三　建文峰

窗外为建文峰之外峦，名胜本若羹墙之对。顾所居长谷过深，外景尽为此峦所掩，峰虽高，亦不能入吾窗也。欲与峰晤，必攀登屋后山麓三四丈，于对山一垭口朝见之。峰在排山上，兀然锥立，状似埃及金字塔。其北无峰，山迤逦下饮虎啸泉。其南数峰紧逐，若受此峰之领导，曳尾在白云深处。附近山多废于樵薪，童然相向，而此峰林木葱茏，饰其山如绿堆，乃愈觉可爱。天高日晶，峰独映蔚蓝之天幕，率群峦虎视高空。而阴雨之时，白云时锁峰腰，露其顶如浮岛，尤婉约绝伦也。

吾识峰久，颇欲登其颠而访之。然道险而乏游伴，五年仅两至而已。造外峦毕，有平谷一线，与主峰为界。于群松簇拥中，得一线坡道，俯身曲折而登山，坡以外，丰草没膝，渺无人影。时至暮春，杜鹃花如千百丛野火，盛开草丛与松林中。登其颠，有坦地方可六七丈，中央置石台一座，阶级宛然，即废庙遗址，相传明建文帝驻锡处也。峰颠以游者少至，苍苔遍地，旁有石井，泉亦为苔浸作绿色。而藤蔓环绕松枝上，且下垂如流苏，时拂人首。松虽非极古，高亦四五丈，参差而笼罩北颠。杜鹃花有高至丈许者，群红压枝，于松阴中临崖作半谢状，境至幽寂。然北望邱陵万叠，俯伏烟雾中，长江一线，隐约如匹练，令人有登泰山而小天下之感。时则长风忽起，拂松作海啸声。建文当年小住，恐亦难息其犹蓬之心也。

四四　禾雀与草人

风檐读报，偶作长叹，邻人怪其苦闷，问有恶消息耶？笑曰："否！读轴心巨憝演词不耐耳。"邻因与闲谈，各发慨叹。予乃举一小故事以解嘲。

鸟中有禾雀者，喜食方熟稻粒。当江南八月时，木叶微脱，新谷便黄，长穗垂垂，浆凝成粒矣。于是禾雀千百成群，翩然集于田中，且噪且食，陶陶然度其黄金时代。人来相逐，哄然飞去，人去，彼又如降落伞兵之骤至。田夫苦之，而无可如何。有黠者束草为人以惧之。草人戴草笠，覆短衣，手持长棍，宛然一农夫也。又以其不能人立，乃以钓鱼竿插田陌上，系草人于纶钩。草人之下，更坠以二石。禾雀见之，果以为人在，率不敢来。儿时初入农村，见之大笑，以为徒事皮毛之燕雀，终属易欺。但草人下坠以二石，则未解其意。时齿稚好弄，遂为代去二石。既而西风吹来，草人自动。衣翻草出，真相毕露。有禾雀过，遥集而睨之，良久，若觉草人之伪，则有一部分稍稍下田中。又少须，来者料已无患，坦然就食。未来者亦遂纷集，而草人恐吓之作用，乃完全失效。至此，吾始知于草人下之坠以二石，盖不欲其飘动无据，以真相示人耳。自后，吾村之草人，遂不复可恃。有时禾雀集于草人之身，格磔争鸣，鸟矢纷下，若群相戏侮草人也者。

四五　斑鸠之猎取

斑鸠，野鸽也。其羽灰色，为状不美。鸣作咕咕之音，亦无可听。然江南人士养之者，善自喂伺，恒及数年。此非爱好逾恒，盖以鸠能为主人引致同类，以资烹割也。大凡养鸠者，捕得一头，即以竹笼囚之。笼外覆绿叶，不令其稍见天日。但水谷之需，则如所好。鸠噤若寒蝉，倦伏而已。逾数月，鸠与人渐昵近，饮食如常，于是去笼上绿叶悬之树间，鸠目前忽然开朗，重睹宇宙自然之美，不禁引吭而鸣，主人闻而乐之，自祝所谋成功矣。此时不以旧笼居鸠，而更置于打笼中。打笼者，分一笼而为二重。其一，如常制，鸠居之；其一，则敞开，以铁圈卷网于其上，网下有一机关，稍触则网落，盖陷阱也。

春夏之交，绿云连野。主人携笼行郊外，侧耳而听。闻树林间有斑鸠相呼者，即以打笼遥遥另悬一树上，使驯鸠亦闻声而呼。鸠故好斗，树中之鸠闻笼中驯鸠之呼声，以为骂己也，则飞来扑之。渐呼渐近，卒飞至打笼外层，及蹈机关，而身遂入网罗矣。善引鸠者，一日之间，可引三四头。鸠肉肥美，驯鸠尽一日之力，定供其主人一饱之所需。虽曰同类相残，然驯鸠实无所知。此法，与印度人之以象猎象法，甚属相似。然驯象引野象来，野象来不至死。而驯鸠引野鸠，则朝诱之于林野之间，暮置之鼎镬之内矣。涪州友人，冬季享以野味，其间有腌鸠，食之，辄思此事。因念人类遂其嗜欲，何所不用其极。怨人，毋宁怨上帝予人以智慧。

四六　忆车水人

扬子江上有三个半火炉，为南昌、汉口、重庆。南京则半个也。当炎暑达百度上时，此间富贵人士，颇思北戴河青岛牯岭，不得已而思其次，则为在京沪冷气间看电影。予畏暑如人，不免有思，然思与富贵人大异，思吾乡车水之农人。

吾乡居皖中，无井，以池塘储水。五六月之间，旱。农人乃架水车于塘沿，汲塘中水以灌田。水车有大小，小者长一二丈，以木格夹隔板于中，俗呼之为龙。龙头有两铁钮，各套一木拐。拐动钮转，节节引水上，此手车也。力巨者，一人可任之。大者龙长四五丈，木板以五六百节计，龙头支无沿之轮四或三。轮滚上有脚踏，人踏之而轮转车动。人不能凭空而立，则有一木架，作栏杆状，农人扶而立之，以足车水。

日之午，骄阳蒸发田中水上升，热不可当。禾稻虽生水中，犹炎烧作青草味。村中大树叶，均萎靡下垂。狗卧树阴下，吐其长舌，水牛匿泥坑中，微露其首。车水之农人，则赤背跣足，腰围蓝短裤，车水不已。架上或支布棚，或不支，然支棚亦仅蔽日于当顶时。故皮肤焦黑，转作红色。胸前汗如蚕豆大，若巨霖之下滚。天愈热，需水愈急。俯视足下水，从龙口滚滚而出，则作哟呵之声以呼风。然风辄不至，人乃误农人为欢呼也。

车水工作，须半夜起，日入而止。农人立转动之车轮上，凡十余小时。家近者，可归餐。否则有妇人或童子，以竹篮送饭至树阴，呼而食之。食饭外，唯农人藉抽旱烟，得小歇。附近或无树阴，即坐水滨烈日中，于腰间拔旱烟袋出，将田岸上所置燃火之蒿草绳，就烟斗吸之。偶视同伴，尚作一二闺闼谑语，以自解嘲。盖除此外，亦无以调剂苦闷与枯燥也。试思，此味与坐重庆洋房中，开电扇饮冰水意境如何？

四七　耙草者

大暑前后，江南禾长一二尺矣。莠草丛生，因田水而滋蔓。农人恐其夺稻禾之营养，则群起以耘草，最苦事也。

耘，吾乡谓之耙草。耙草有三次，则以耙第一届草，耙第二届草，耙第三届草分之。耙第二届草，时最热，太阳如狂火之巨炉，天地皆炽。耙草者，戴草帽，赤背。然背不能经烈日之针灸，则以蓝布披肩上，藉稍抗热。下着蓝布裤，卷之齐腿缝。与都市女郎露肉，其形式一，而苦乐殊焉。农人赤足立水中，泥浆可齐膝。然实不得谓之泥浆，经久晒，水如热汤，酿浊气扑人胸腹。水中有马蝗，随腿蠕蠕而上，吸人血暴流。更有巨蚊马蝇藏水草中，随时可袭击人肉体。耙草者一面耙草，一面须防敌人。身上不得谓之出汗，直是巨瓮漏水，其披在身上之蓝布，不时可取下拧汗如注溜也。

耙草所用之刀，如月牙，分长短二种。长者柄四五尺，可立而耘之。短者柄仅六七寸，必弯腰蹲田中，伸臂入泥汤内，拨水潺潺作响。阳光曝人背，蹲久则周身酸痛并作。乡人不欲言其苦，掉以文曰："下蒸上晒。"故耙草者，非一午休息四五次不可也。以是，江南米中，稗粒甚少。近来吃平价米，苦稗，每饭架老花镜挑剔，辄愤恨以箸敲案，若古人之击唾壶。顾思及此，则爽然若失矣。

四八　疗贫之铭

天下最苦人者莫如病，最困人者莫如贫。白香山昔曾为文，谓病有十可却，亦有十不治，人之处病如是，处贫独不然乎？戏仿其意为之。

贫有十可却：冷眼观世，以耳目嗜好，都是虚伪之物。一也。作一件事，不休不止，今日之事，不留于明日。二也。常将不如我者，巧自宽解。三也。早起晚歇，少管闲事。四也。我可尽力者，绝不逃避，乐于领受。五也。室家和睦，无交谪之言。六也。人不能无短处，常自制止。七也。不交酒肉朋友。八也。闲则读启发思想之书。九也。娱乐无味之场合，一概不去。十也。

贫有十不治：恶衣恶食，求与有钱人一样。一也。终日烦恼，无人生兴趣。二也。心灰意懒，作事半途而止。三也。不惜光阴，好作不干己之事。四也。室人嗓聒，耳目尽成荆棘。五也。作事不负责任，信用丧尽。六也。以境遇不良，在于运命，不认为人事有所未尽。七也。择友不慎，引入歧途。八也。闲则从事游荡，以慰无聊，无聊不能慰，心绪愈乱矣。九也。好趁热闹。十也。

撰文已，以素纸书之，贴短案竹片灰壁上，作座右铭。顾未三日，与家人或邻人谈柴米油盐琐事如故，予殆自欺也。一笑！

四九　月下谈秋

一雨零秋，炎暑尽却。夜间云开，茅檐下复得月光如铺雪。文人二三，小立廊下，相谈秋来意，亦颇足一快。其言曰：

淡月西斜，凉风拂户，抛卷初兴，徘徊未寐，便觉四壁秋虫，别有意味。

一片秋芦，远临水岸。苍凉夕照中，杂疏柳两三株。温李至此，当不复能为艳句。

月华满天，清霜拂地，此时有一阵咿哑雁鸣之声，拂空而去，小阁孤灯，有为荡子妇者，泪下涔涔矣。

荒草连天，秋原马肥，大旗落日，笳鼓争鸣。时有班定远马援其人，登城远眺，有动于中否？

诵铁马西风大散关之句，于河梁酌酒，请健儿鞍上饮之，亦人生一大快意事。

天高气清，平原旷敞，向场围开窗牖，忽见远山，能不有陶渊明悠然之致耶？

凉秋八月，菱藕都肥，水边人家，每撑小艇，深入湖中采取之。夕阳西下，则鲜物满载，间杂鱼虾，想晚归茅芦，苟有解人，无不煮酒灯前也。

天高日晶，庭阴欲稀。明窗净几之间，时来西风几阵，微杂木樨香。不必再读道书，当呼"吾无隐乎尔"矣。

芦花浅水之滨，天高月小之夜，小舟一叶，轻蓑一袭，虽非天上，究异人间。

乱山秋草，高欲齐人。间辟小径，仿佛通幽，夕阳将下，秋树半红。孤影徘徊，极秋士生涯萧疏之致。

荒园人渺，木叶微脱，日落风来，寒蝉凄切，此处著一客中人不得。

浅水池塘，枯荷半黄。水草丛中，红蓼自开。间有红色蜻蜓一二，翩然来去，较寒塘渡鹤图如何？

残月如钩，银河倒泻，中庭无人，有徘徊凄凉露下者乎？

朝曦初上，其色浑黄，树露未干，清芬犹吐，俯首闲步，抵得春来惜花朝起也。

焚一炉香，煮一壶茗，横一张榻，陈一张琴，小院深闭，楼窗尽辟，我招明月，度此中秋。夜半凭阑，歌大苏水调歌头一曲，苍茫四顾，谁是解人？

一友忽笑曰："愈言愈无火药味矣，今日宁可作此想？"又一友曰："即作此想，是江南，不是西蜀也，实类于梦呓！"最后一友笑曰："君不忆抬头见明月，低头思故乡之句乎？日唯贫病是谈，片时作一个清风明月梦也不得，何自苦乃尔？"于是相向大笑。

五十　劫余诗稿

尝自嘲作诗如旧秀才吃肉，终生不得十回。即作诗，亦多近体，偶感遂题，兴尽即止。内子随余久，间亦学读古唐诗合解。问曰："君诗无古体，何也？"予曰："此非卿所知。无平仄之诗较有平仄之诗难作，予为诗，类打牙祭，遣兴耳，何自苦作古体。"彼亦无言。一日，于山窗外曝旧书，细君检得残报一角，中有花边文字，五古也。题曰：悠然有所思。下独缺署名。彼持诵再三，因以相示，笑曰："此似君作，发表于《南京人报》者乎？"余大笑，因吟曰："喜得素心人，相与共朝夕。然向未示卿古体，何以知之？"曰："于'提壶酌苦茗'知之。"余复大笑，笑且一日数次，即收此残报夹书稿中。灯下共话，彼又请曰："偶发君诗，亦常事，何大喜若狂也？"予曰："三年来，非相与伤感物价，即为群儿顽劣事相争执，闺中之乐，甚于画眉者，此调生疏久矣。窃以为卿仅知予不谈物价，仅知予厌群儿嬉戏，大背人情，今觉殊不然也。乃一见而识吾诗，十余年相聚，诚未白费，焉得不乐？"彼掉首曰："卖文计字论钱，今百元千字，不及一升米，此诗所值几何？虽识之，宁足供吾人一餐油条豆浆耶？"予色沮，一日之乐尽去。事后思之，此诗展转劫火，犹存，未可摒弃，谨录入小品，试问读者，值一餐油条豆浆否？其诗云：

庭前一树槐，长宵声瑟瑟，朝起露秋阳，满阶堆黄叶。幽影弄虚窗，依稀无几日，悠然有所思，人生良飘忽：多少儿时友，儿女亦绕膝。当日青春时，嬉戏无所惜，壮年今且半，往事空追忆。

儿时少读书，壮年百不足，来为尘市人，奚辞斗米辱？得眼便早归，阶前列群绿，西风昨夜凉，新开几盆菊。悠然有所思，闲吟度幽独。

悠然有所思，背手立斜晖。西风挥落木，北雁尚南飞。君自塞上来，先我征人归，常见汉家帜，已解百灵围。百灵围虽解，所失城尚多，城中有汉俘，见君泪滂沱。欣君朝奋翼，暮见汉山河。君见汉山河，所感转如何？长夜愁不眠，提壶酌苦茗，悠然有所思，寒灯照孤影。

五一　小月颂

中秋之夕，月由建文峰踱过，茅檐上如敷轻霜薄雪。邻人不招自集，相率立断桥两端，闲观四周山色。溪岸如洗，人影在地，兴感既生，各有所怀。于是苏邻谈此夕南京，鲁邻谈此夕济南，三五女眷，则谈在北平逛果子市玩兔儿爷。另一人忽作警觉语：月色太好，恐有空中夜袭。群斥其败兴，予觉斥之诚是。不见欧洲战火弥漫时，各国自度其圣诞耶？扶竹枝摇影小立，颇发遐思。即归户伏案，草短文以颂月。

今夜月之华丽者，小红楼畔，箫鼓船边，金谷园中，紫绡帐外。

今夜月之幽渺者，杨柳梢头，芭蕉窗外，机杼声边，临风笛里。

今夜月之清幽者，梧桐院落，野藕池塘，荒寺疏钟，小山丛桂。

今夜月之浩荡者，洞庭水满，扬子江空，翰海沙明，边关风静。

今夜月之凄凉者，浅水孤舟，鸡声茅店，残井颓垣，断桥流水。

今夜月之惨淡者，一片蒿莱，四围荒冢，秋萤乱飞，狐狸拜影。

今夜月之可惜者，五父衢头，三家村外，酒肉场中，烟火队里。

今夜月之无聊者，画堂筵散，曲槛沉香，诗客吟成，绿窗人悄。

五二　另一山窗

有人集古诗为联曰："无事此静坐，有福方读书。"此种旨趣，殊不合于现代人生观。然而吾人真有此种境地，岂非大幸之事。犹忆三十年前，丧父废学，乡居就食。老屋数椽，后负高山，前临草塘，自辟斗室，为起坐读书之所。室中绝无粉饰，惟有一窗，匝以小院。院中左有芭蕉六本，为家人代鸡鸭谋息阴地者。右有古桂一株，则祖考所手植。予既来，驱逐鸡鸭去之，代之以水缸，中养山鱼十余尾。院中经月未有人至，绿苔长至寸许，蒙茸如绒毯。于是放卷偶瞩，则左右上下，一望皆绿，虽乏花香，饶有清趣。此心易定，读书便多。日午鸡鸣，家人来呼午餐，青菜黄米饭，可尽三器。因久坐不欲便观书，则出柴门，绕麦田负手闲步。麦中藏野雉，往往惊而突出，扑扑向后山飞去。每值此时，恒觉诗情画意，荡漾不止。麦田外有种养麦油菜者，一片郁郁青青之中，略杂红黄一二亩，亦甚调和悦目。随步而行，忘路之远近，直至山脚溪边，不愿跋涉，始沿堤绕道而回。入门不无小倦，则伏案饮清茶半壶，依旧观书，至黄昏不能见字，乃在门前草塘水柳之间，苍茫暮色中，望远小立。晚餐后，观书甚少，或与家人闲话，或与叔伯辈下象棋二三局。约初更后，即灭灯睡，明日日出，自然清醒欲起，更理常课。以上所述，虽非日日如此，非大风雨，或有他事，亦未尝不如此也。

此窗虽非面山，而山在咫尺间。风光花气，固无时不挟山林之意以入吾几榻。且环吾居，水木明瑟，自异此穷谷。搁笔小息，瞑目遐思，便觉左芭蕉而右老桂，均摇曳身畔。因念吾何日得再坐彼一窗下？他日坐彼窗下时，亦念此一山窗否？偶一抬首，见隔溪竹枝，拂风作点首状，若曰："然也。"时破纸窗隙，有凉风习习然吹断纸片作嘘嘘声，又若如泣如诉曰："其然乎？其然乎？"

五三　断桥残雪

断桥残雪，为西湖十景之一。民国四年春，赴杭，出涌金门，首遇此景。桥为石板堆叠，微拱。拱处直立一碑亭，若火柴盒，殊别致。时无雪，桥亦完好不断。址在苏堤之首，翠柳垂垂夹峙两端。瞰其下，水碧于油，远望则湖山环抱，渐入佳境。景至娇媚，毫无荒寒萧瑟之态。名固嫌不称矣。民十九年冬，与友郝耕仁、张盖游湖。郝老革命党，酒狂，亦诗雄也。举伞健步，沿湖滨行。环顾湖上溟濛烟水曰："愿得大雪，与子同过断桥。"予亦微笑。及至，桥改观矣。撤石板，易以水泥路面，无亭，敞然与马路一色。柳碍车马，亦多砍除。遥闻雷声隆隆，旗下至岳庙之公共汽车，蠕蠕而来。郝大怒，狂骂市政官为伧父。民二十四年冬，复偕内子游湖，彼固烂熟《白蛇传》者，亦亟欲至雷峰塔与断桥。乘车过苏堤矣，问断桥过乎？予摇指身后马路是，彼大失望。谓尝观画图，实不如是，画家欺人乎？予笑曰："予友先卿数年慨叹之矣。"因告其故。彼曰："富贵人执政，固不知萧疏中亦有美态也。"予是其言。

居寒谷，门外亦有断桥，予屡言之矣。前年，川东得雪，朝起启户，山断续罩白纱，涧溪岸上，菜圃悉为雪掩，竹枝堆白绣球花无数，曲躬向人。断桥铺白毡寸许，鸡犬过其上，一路印梅花竹叶。内子大喜，呼曰："吾家有断桥残雪矣。"予应声出，见村中两三穷汉，穿破烂短衣，片片翻乱，两手环抱胸前，赤脚踏坡上石板路，周身抖颤如农人筛糠秕，鼻中出气如云，予叹曰："此亦人子，宁知风景。"内子曰："彼等唯计今日有红苕粥啜否耳，何暇赏鉴断桥残雪？"予笑曰："尚忆过西湖断桥所言乎？是穷人亦不知萧瑟中有美态也。"彼爽然若失。

三十四年冬十二月十五日，谷中又飞雪花，浅淡真如柳絮，飞至面前即无。断桥卧寒风湿雾中，与一丛凋零老竹，两株小枯树相对照，满山冬草黄赭色，露柏秧如点墨，景极荒寒，遥见隔溪穷媪，正俯伏圃中撇青菜，吾人遂不复思断桥上有雪。

五四　果盘

予性不嗜水果，而酷爱供之。花瓶金鱼缸畔，随供一盘，每觉颜色调和，映带生姿。其初，夏日供桃李，冬日供橘柚，各求一律。后观学生作西洋画，填鸭鳜鱼，萝卜白菜，无不可供写生，予乃习其章法而供之。尝以杏黄彩龙大瓷盘，置天津大萝卜，斜剖之，翠皮而红瓤，置外向。其后置三雪梨，留蒂。上堆东北苹果二，红翠白三色润泽如玉，大于酒碗，尖端斜披玫瑰紫葡萄一串。水果空隙处，用指大北平红皮小萝卜，洗净使无纤尘，随意砌之，鲜红如胭脂球，色调热闹之极。又尝以深翠盘一，供雪藕半截，红嘴桃三，翠甜瓜一，黄杏四五，亦极冲淡可爱。如香柑佛手，则宜以小盘独供，盖以香取，而非以色取。至木瓜，则已十年不供。因曩有爱女名康儿，玉雪可爱，方能步行，取盘中木瓜弄之，盘旋地板上，令予狂笑。不二月，与予九岁长女慰儿，同以猩红热死，予为之老却五年，至今见木瓜辄心痛焉。

居蜀，花且少插，遑论供果。偶以水果四五，置书架碟中，群儿目灼灼如桃下之东方朔。拒予之，良不忍。则另购数枚分之。或外出，果去其一二，碟中不成章法，乃亟补之。但一疏忽，又去其一二，随补随缺，供辄不能终日。予或脸带愠色，内子即在旁强笑。予深知果之所以缺，必严令群儿勿动，非难行，山居固少糕饵，置此以诱之，又不令亲近，是虐政也，于是摒水果不供。

五五　杜鹃花

今冬瓶花奇昂，蜡梅一枝达百元，往年由城回山，常携花一束，今不尔矣。乡场间亦有售花者，唯不常至。昨得蜡梅六七枝，花苞达数百朵，仅费法币六十元，可称特贱。盖远乡老农携来，固不耗资本。且此间少富商巨宦，亦不得以重庆市价比耳。当暮春时，建文峰上，遍开红杜鹃，苟不患腿酸，百斤可担负归，乃不费一钱。使日能捆一束入城，当亦可供两餐薄粥。于是又令予忆一事。北方少杜鹃鸟，亦无杜鹃花。北平花儿匠谋得南种，以盆养之，夏初出售市上，一盆索银币五六元。若按今日物价千倍计，直是骇人听闻。尝于巨室，见雪窗下，供红白杜鹃各一盆。奇而问之，言系花儿匠暖房中烘出者。予恐露穷相，未询其价几何。素知苏扬人士，亦玩杜鹃盆景，尚白，红则视为凡品。于朔方严寒中，得杜鹃白者，宁非珍中之珍。富贵之家，何求不得？钱多，则以反常为乐，使其亦与予同住此寒谷中，谅必以玉盆供燕地黄芽白也。

墩儿饽饽，北平贱食品，面硬，微甜，食之搁齿。在平，家人无食者。近于渝市北方食馆，睹有此，购十枚归，家人见而狂喜，夺而食之，实有何好处，学富贵人反常耳。使杜鹃花冬日开于北地，何足入朱门？袁世凯欲称帝，必使西洋顾问，草国体意见书，其理将毋同？

五六　除夕苦忆

民国二十四年冬，予自沪解《立报》职务，将北归。一夕接家中两电，嘱勿行。旋接航函，知日本特务机关，在平搜捕新闻教育两界反日人物，忝居榜末。不得已，遂中止南京。废历除夕，聚饮于叶古红家。叶川人，好与新旧斗方名士游，慧剑兄所谓诗医也。其家在湖北路之东，面临外交部花园。城北故旷阔，景至萧疏，时雪花如掌，冻雾迷天，宇宙银装，荒林积素。叶于小楼上，盛陈年饭。案上巨瓶插蜡梅天竹高三四尺。电炬通明之下，更燃红烛如椽，铜柱双擎。屋角白铜巨炉，镂花作盖，其中煤火熊熊，满室生春。玻璃窗上，雪花扑打，水汗淋漓，于窗隙窥外交部大厦，真是琼楼玉宇。加以断续爆竹声，城南北远近相应，年味盎然也。

叶妻魏新绿，女票友，北地胭脂也，与周南素善，预约作天津女儿新年装。时则穿桃花袍，着红袜红履，且于鬓边插巨朵红花，周身尽赤。余哀乐中年，唯作微笑。叶齿豁头童，睹其艳妻，乐不可支。既而友人郭冷厂、陶荣卿等三五人来围座把盏，即席赋诗，余得一律，不复尽忆，中有"已无余力忧天下，只把微醺度岁阑"之句，盖余固别有感慨也。（事后叶以诗钞示周邦式兄，揭载《中央日报》，易君在兄见而好之，和之至再。）诗酒阑珊，隔窗外视，雪涌如潮。湖北路稍远通衢，夜深声寂。偶有讨帐人携灯笼过楼下，衣帽尽白。其前有马车，轮蹄破雪，的扑作声。车上堆食盒，亦似为过年忙者。予等乃嗟叹一般年味，各各赏鉴不同如此。于是古红豪兴大发，撤席作竹战，予不善此，与新绿坐炉边剥花生，谈梨园故事。天将明，雪稍止，叶着仆呼一轿式马车来，送客归寓。车由来龙巷入丹凤街，人家拥寒闭户，门上春联，与地上尺厚积雪对照，红白益显。晓色溟濛中，见二三拜年人，着新衣在风檐下零落行走，便非昨夜趣味。盖丹凤街是旧南京街道，仍有人自行其古风也。

当时草草过此一夕，初无深感。六年来，古红早已作古，新绿飘泊天涯，境遇至劣。郭在西安，五六年不晤。陶死兰州。余与南，抛别老幼，托迹陪都。长安不易居，借茅屋两椽，避居山谷。又届岁除，亦复聊煮鱼肉，同饱晚餐。方案之上，油灯之光如豆大，以竹凳反置，上支铁锅，燃木炭数根，藉除寒气。时门外瘦竹一丛，风吹之飕飕作响，雪子如珠扑入门户。饭后守岁小坐，与南回首旧事，一语三叹，人犹此人，雪犹此雪，除夕犹此除夕，非其地，非其时矣。谷中无爆竹声，取旧表视之，仅十句钟，而万籁均寂，宇宙若死，探首户外，漆黑无光，伸首不见其掌。亟掩户回视，南拥被酣然入梦矣。伸纸追记，掷笔惘然。三十年农历除夕。

选自张恨水：《山窗小品》，上海杂志公司，民国三十四年（1945）十二月

山城回忆录

重庆，战都也，不可忘。且其地为嘉陵扬子二江中之半岛，依山建市，秀乃至奇。又川地，山河四阻，业而下，民风颇有异于江河南北。离川二载，转想念之。因命边生冰作图，为写山城回忆录，泸版亦有张同先生作图，间取而为之注焉。

上下难分屋是楼

重庆以山为城，街道时高踞峰巅，亦复深陷崖下。人家因地势构屋，上楼阁，下地室，以求其平衡。设大门在崖下，则逐步登楼，其绝顶乃为后街之平屋。反之，大门在峰巅，望之，平房也。入其居，变为楼，逐次下梯，上愈有，可至六七层，行来，以为入地下矣，启扉视之，反而临平地，回视初入之平房，则为七八层高楼焉。是境至奇，非身莅者不能道。且其屋建筑不坚，上焉者以砖方砌为柱，以竹片夹壁上，糊泥灰，中空，宛然钢骨水泥墙也。下焉者以竹木支架，其中不用一钉专以竹经，谓之为捆绑房子，行一步而全楼震撼。南纪门江岸，如此建筑甚多。见者危之，而居民哭笑，生老于斯，晏如也。

原载载民国三十六年（1947）四月二十四日北平《新民报》

选自徐永龄主编：《张恨水散文》（第一卷），安徽文艺出版社，1995年

出门无处不爬坡

幼读李白蜀道难诗，闭目沉思，深疑难险不可想象。实则其苦在难，而不在险。盖川中山地，取石至易，大道小径，均叠长石为坡，无险不可登，唯丘陵起伏，往往十里短途，上下石坡数千级，令人气喘耳。重庆半岛无半里见方之平原，出门即须升或降。下半城与上半城，一高踞而一俯伏。欲求安步，一望之距，须道数里。若抄捷径，则当效蜀人所谓"爬坡"。沿扬子江岸由望龙门上溯菜园坝，逐段有坡可爬。知十八梯，储奇门，神仙洞，均坡中之最陡者。由坡下而望坡上，行人车马，宛居天半。登则汗出气结，数十级即不可耐；降则脚

跟顿动，全身震颤。渝谚固亦云："上坡气喘喘，下坡打脚捍"也。若觅代步，有滑竿与小轿。轿竹制，窄长如篓，体重者，侧身入座，滑竿以竹兜运串之篾片，人可躬卧其上。向上则二足朝天，状至可哂；抬下人如半站，几可摔出与外。体健者，均觉缓步较坐轿为佳也。居渝八年，最苦为行路一事，此仅述其百之一二耳。

原载民国三十六年（1947）四月二十七日北平《新民报》

选自徐永龄主编：《张恨水散文》（第一卷），安徽文艺出版社，1995 年

摇曳空箩下市人

在华北看小贩，无往非车；在四川看小贩，则无往非担，曰盖山崎岖，非担则不良于行。试一赶场，（江南曰赶集，山东曰赶墟）但见万头攒动中，扁杖箩筐，横冲直撞，而不见一车一马，此殊非北方市集中所能有之现象也。此项负担小贩，常黎明入市。或食物，或手工艺品，堆叠挤塞箩筐中，高与扁杖齐。午后，尽空其所有，易去路而归，此时叠其两空箩，以扁杖串箩索，荷之于肩，后步行街，为状至适。空箩于背后摇曳生姿，亦随其步履而左右，且是两空箩中，亦不全空，或以布袋置米二三升，或置肥肉一刀，或置灯草火柴数事，甚至有酒一壶。盖略获盈余，携带作一夕之享受也。

予客渝，居乡日多，每于夕阳满山，徐步小径，辄见此等下市小贩，断续回家，头额汗未干，拖其疲劳之步，而一日工作既毕，当可支足竹架床，与其家人笑语灯前，了无挂虑，回思吾人窗下十年，依然困守茅舍，日夕焦虑米价，对之有惭色矣。

原载民国三十六年（1947）四月二十七日北平《新民报》

选自徐永龄主编：《张恨水散文》（第一卷），安徽文艺出版社，1995 年

不堪风雨吊楼居

川东多竹，故构屋不乏以竹制。重庆又少坦地，故构屋又不乏制之吊楼。吊楼之形，外看如屋，唯仅半面有基，勉强立平地。其后半栋，则伸诸崖外。崖下立巨竹，依石坡上下，倚斜以为柱。在屋后视之，俨然一楼也。

吊楼下空，量求其轻，故除顶上盖薄瓦外，墙以竹片编织之，里外糊泥，再涂以石灰。壁上有窗，以薄木为框，嵌置其中。壁亦有夹层者，意不在防风雨，备盗也。吊楼前半，系土地，与平房无别，后半则敷黄色木板，颇似民间草台。履其上，吱咯有声，震撼如屋前落叶。楼外有作栏者，依之远眺，飘然欲仙，此非谓情绪，乃谓行动。好友张友鸾，即建一楼于重庆之大田，且易瓦而草。其书房之小，仅容一桌一椅，更又一几，来三客，则立其一，又其一，则掩门而始得凳而坐。张自嘲，题之曰惨庐焉。

此项吊楼，非扬子江以北所能建，亦非门以外所能建，何则？五分钟风雨，即粉碎矣。北平不尝有路祭棚乎？较之犹健且美也。

原载民国三十六年（1947）四月三十日北平《新民报》

选自徐永龄主编：《张恨水散文》（第一卷），安徽文艺出版社，1995 年

夜半呼声炒米糖

客有稍住春明门内者，对硬面饽饽呼声，必有其深刻印象。若求其仿似声于重庆，则炒米糖开水是已。此类小贩，其负担至者，左提一壶，右携一筐，筐上置小灯，其事遂毕。或荷小扁杖，前壶而后筐，手提八方寸立体之玻璃罩油灯，亦尽乃事。壶多有胆，内燃小炭，其

火待死，作紫色，仅有微温，水沸与否，天知之矣。筐中有粗碗，有竹箸，有纸包之炒米糖块，食时，以米糖碎置碗内，提壶水冲之，即可以箸挑食。糖殊不佳，亦复不甜，温水中不溶化其味可知也。

虽然，吆唤其声之情调，乃诗意充沛，至为凄凉。每于夜深，大街人静，万籁无声。陋巷中电灯惨白，人家尽闭门户。而"炒米糖开水"之声，漫声遥播，由夜空中传来。尤其将明未明，宿雾弥漫，晚风拂户，境至凄然。于是而闻此不绝如缕之呼声，较之寒山夜钟声更为不耐也。

原载载民国三十六年（1947）五月三日北平《新民报》

选自徐永龄主编：《张恨水散文》（第一卷），安徽文艺出版社，1995 年

安步胜车

山城多坡，马路亦不鲜半里平坦者，设不轿而车，深令人感觉上下艰难。如其上也，人力车夫身躬如落汤之虾，颅与车把，俯伏及地，轮如胶粘，作蜗牛之移动。渝地泥质油滑，且多阴雨，每经此途，见车夫喘气如待毙之牛马，设有人心，实不忍端坐车上也。反之，车疾驰下滑，轮转如飞，车夫势处建瓴，不能控制，其车，则高提车把于肩，全车斗上仰，客则卧而行，几可摔出车外，及地形稍坦，车夫如行舟已出三峡，重庆更生。扶把缓步，暂舒其疲劳。在车中客，头足齐仰，势同元宝，其滋味可想象之矣，古语有之，安步当车，而重庆谓为安步胜车焉。

原载民国三十六年（1947）五月六日北平《新民报》

选自徐永龄主编：《张恨水散文》（第一卷），安徽文艺出版社，1995 年

望龙门缆车

八年抗战，夔门内，江边小城，一跃而为现代化都市。轰炸之余，登山俯瞰，见栉次鳞比，万家重叠，大江双合，船舶蚁聚。固有感中华民族之有朝性，究非一蹶不振矣。重庆交通工具之最摩登者，为望龙门缆车。是地由林森路陡坡直下江干，石砌数百级，若以南京中山陵，北平北海白塔计之，固犹未及其高度。当缆车未兴时，客由南岸龙门浩来，舍船登岸，伛偻俯进，不可仰视，拾级既毕，通体汗下。当年家住南岸，无不以为苦也。

缆车成后，颇减行旅之苦。车较公共汽车具体而微，无论，坐椅横列，约可乘二十客。车以钢链系之，置于陡坡之两端，坡上置双轨，车顺轨滑溜而下。行时，全车如辘轳之汲水，此降则彼升。唯客座仰视，降则人同倒退耳。因此，下降者多不愿乘车，票房营业，遂高低异趣。

国内原无缆车，十年前，庐山欲建之，议未成而战事起。故吾国缆车史，重庆望龙门乃居第一页矣。

原载民国三十六年（1947）五月八日北平《新民报》

选自徐永龄主编：《张恨水散文》（第一卷），安徽文艺出版社，1995 年

茶肆卧饮之趣

古人茶经茶言，谓茶出蜀。然吾人至渝，殊不得好茶。普通饮料，为滇来之沱茶，此外则香片。原所谓香片，殊异北平所饮，叶极粗，略有一二焦花，转不如沱茶之有苦味也。虽然，渝人上茶馆则有特嗜，晨昏两次，大小茶馆，均满坑满谷。粗桌一，板凳四，

群客围坐，各于其前置盖碗所泡之沱茶一，议论纷纭，喧哗于户外。间有卖瓜子花生香烟小贩，点缀其间，如是而已。

但较小茶肆，颇有闲趣，例于屋之四周，排列支架之卧椅，椅以数根木棍支之，或蒙以布面，或串以竹片，客来，各踞一榻，虽卧而饮之，以椅旁例夹一矮几也。草草劳人，日为平价米所苦，遑论娱乐？工作之余，邀两三好友，觅僻静地区之小茶馆，购狗屁牌一盘，泡茶数碗，支足，仰卧椅上，闲谈上下古今事，所费有限，亦足销费二三小时。间数日不知肉味，偶遇牙祭，乃得饱啖油大（打牙祭、油大，均川语）腹便便，转思有以消化，于是亟趋小茶馆，大呼沱茶来。此时，闲啜数口，较真正龙井有味多多也。尤其郊外式之小茶馆，仅有桌凳四五，而于屋檐下置卧椅两排，颇似北平之雨来，仰视雾空，微风拂面，平林小谷，环绕四周，辄与其中，时得佳趣，八年中抗战生活，特足提笔大书者也。

原载民国三十六年（1947）五月十日北平《新民报》

选自徐永龄主编：《张恨水散文》（第一卷），安徽文艺出版社，1995年

机器水供应站

自来水一名词，疑来自日本，如自来火、自来笔之类是也。重庆对此名词则不引用，谓之为机器水。下江人乍闻之，颇觉别致。顾细思自来二字，于理欠通，则毋宁取机器二字为愈矣。

战前，渝市仅四十万人口，机器水逾额供应，初不虑匮乏。及二十七年，一跃而达百万人，水乃不敷饮用。加之爆炸频仍，电力时断，水量则差缺益多。渝又为山城，下江汲水，负担而上，登坡数百级，市民之需机器水益急。

且除大机关与工厂，无自设水管者。故百万市民，均仰给于机

器水之供应站。站例设长管二，置龙头十余，以二三人董其事。需水者各雇水夫，鸡鸣而起，排班置扁杖木桶于站外，依次而进。进时，置桶与扁杖之两端，以桶就饮龙头下，一盈，更以另一桶承之。两桶俱盈，尚未移步，而其后之候缺者，已蹴踬而上矣。七八年来，渝市机器水站前之担桶拥挤，始终如一，别山城二年，未知已改观否也？

更有一事，足以证重庆双水荒。凡街头水管，偶有破漏，管旁水坑，方圆不盈尺，而附近居民，则提壶携勺，如蝇趋蚁附，争取一掬之水。虽间或泥土渗杂，清流变色，而取之者不顾。却此一端，抗战司令台畔之八年生活，亦大有可念者矣。

原载民国三十六年（1947）五月十五日北平《新民报》

选自徐永龄主编：《张恨水散文》（第一卷），安徽文艺出版社，1995年

担担面

西北角人，对名词喜叠用，碗曰碗碗，桶曰桶桶，盆曰盆盆。四川虽较南，而此习相通。故担担面者，此叠字无关，以国语评之，即担儿面也。担担面约有两种，无论川人与否，皆嗜之：其一，沿街叫卖者，担前为炉与铁罐（吊子），担后则一柜，屉中分储面与抄手（馄饨）。上置瓶碟若干，满盛佐料酱醋。佐料多切成细末之物，外省人乃不能举其名。另以一小篚挂担头，置生菜于其中。每煮面熟，辄以沸水泡生菜一份加面上。所有佐料，胥加一小摄，而椒姜尤为不可少，其味鲜脆适口，吾人初至渝时，每碗仅费四五分耳。又其一，则为摊贩，或有案，或无案，就食者或立或坐，围担而食。面类较多，有炸酱（非如北方之炸酱，乃系以猪肉煮细末为浇头），素条，红油，甜水之分。其味埋伏汤中，乃以猪

骨煮成，啜之至美。此项坦担面，例无市招，以地为名。衣冠楚楚之辈，联袂而往焉。成都人所嗜较渝尤甚。左捧碗，右执箸，人弯腰立坦地上，挑面食之吱吱然不以为怪。北平固好小吃，如此作风，殆鲜有也。

原载民国三十六年（1947）五月二十三日北平《新民报》
选自徐永龄主编：《张恨水散文》（第一卷），安徽文艺出版社，1995年

排班候车

在渝八年，有一事最令人满意，即排班是，排班之最守秩序者，又莫如候公共汽车。

渝为半岛，市中干路南北两极端由曾家岩至朝天门达十五六华里，由曾家岩至市中心区精神堡垒亦可十里。办公人员半在市北，购物酬酢，又在市南。若无公共汽车，雨则泥浆满地，晴则烈日当空，无论乘人力车所费不赀，而山路崎岖，蜗牛缓步，亦耗时过多。不得已，则群趋公共汽车矣。渝市公共汽车量最少减至一辆，最多亦不过五十余辆，以百四十万人口，而赖此区区之交通工具，其拥挤宁须揣想。

在民国三十年后，渝市汽车站，各列有敌栏、栏端以二柱夹一口。候车者入口扶栏，单行排立，车至，顺序而上。且栏边有宪兵，严格执行规章。市民习之久，不以为苛，三月而去宪，半年而去栏。而战局好转，人心安定，人民熙熙道上，而候车者亦众。车虽能办到五分钟开一列，而供不应求，候车班列，亦愈来愈长，平常在二三十码，稍挤则五六十码。至三十三年，常见候车班列，长延一里。而推肩叠背，接踵而上。无一乱其行列者。苟有之，则群起而呵责，其人必为之色沮。笔者离渝之日，此习未改，颇可

念也。

原载民国三十六年（1947）六月十四日北平《新民报》

选自徐永龄主编：《张恨水散文》（第一卷），安徽文艺出版社，1995 年

张默生

| 作者简介 |　张默生（1895—1979），山东临淄（今山东淄博临淄区）人，著名学者、教育家，出版有《庄子新释（上）》，传记《厚黑教主传》。

"迂夫子"和"老好人"①

　　宗吾到了八岁，才开始入塾读书。这时，因为父母的勤劳操作，又加几位哥哥的帮助，家道已渐见宽裕，故他自幼即未作过农田的工作。只有放学归来时，叫他抱草喂牛，牵牛饮水；种胡豆时，叫他停学在家，到田里撒种；或有时叫他牵牛到邻近佃户家帮助碾碾米罢了。笨重的工作，他是没有做过的。在他入塾以前，他已识字不少，因他父亲常常把自己所喜欢的三本书拿来教他。他天资颇高，一教便会，所以到正式入塾时，他已把父亲终生爱读的三本书读完了。

　　他初从一位姓陈的先生读，陈是他家的佃户，是个堪舆先生，

―――――――――――
　　①　节选自作者所著《厚黑教主传》第二章。——编者注。

他从他一直读了四年。后从一位姓邓的先生读，又读了一年。这两位先生，除教他背书外，一无所授。后来他父亲请了一位关先生来家，教他们几弟兄读书。这位关先生，名海洲，虽是一位未进学的童生，但学问却不错。教书的方法，也比陈邓二师好得多。读了两年，就开始学做八股文试帖诗了。他开始做八股，即能由破承起讲，而至入手，算是成了半篇；做试帖诗，亦能作四韵；很快的时间，就可作满篇了。他从关师二年，得的益处不少。据他后来自称："关师教书虽不脱村塾中陈旧的法子，但至今想来，受益之处，约有三点：（一）每日讲龙文鞭影典故四个，要紧处用笔圈出，此日合起书回讲，圈出的必须背得，我因而养成记典故的习惯，看书时遇要紧处，便用笔圈出熟读。（二）每日讲千家诗和四书，命我把槐轩千家诗注解及四书备旨，用墨笔点句，点毕送他改正。我第一次把所点的千家诗送他看时，他夸奖道：你居然点对了许多，错的很少，你父亲得知，不知若何欢喜。我听了，愈加奋勉，因而养成看书点书的习惯。到了次年，不待老师讲解，就请父亲为我买部诗经备旨来点。（三）关师借一部凤洲纲鉴来看，我也拿来看，我生平最爱看史书，其发端即在于此。关师又借到一部三国演义，我也拿来看，反覆看了几遍，甚为得意。所以我后来发明厚黑学时，便首先举孙曹刘为证；但那是陈寿三国志的材料，非演义中材料，不过最初的印象，是由于三国演义。"这是他深深感念于关师的。关师到了后来，有些教不了他了，有一次命一试帖诗题，中有"雪"字，他第一韵用有"同云"二字。关师在"同"字上打了一个"×"，改作"彤"字，说道："彤云密布，瑞雪纷纷"，是这个"彤"字；但关师所引，是出自三国演义上的。于是他回道：我用的是诗经上"上天同云雨雪纷纷"的"同云"。关师听了，默然不语。以后这类的事，常常发生。关师自觉不能胜任，便因而解馆；他也在那时病了，父命辍读，是年他十四岁。

宗吾自六岁时，因受冷而得咳嗽病，经久不愈，逐成哮吼症，遇冷即发。因此身体最弱，终年不离药罐。从关师读时，读几天，嗓音即哑，医数日，好了，一读又哑。所以乘关师自行解馆时，他的父亲便命他辍读养病了。不过到这时，他已养成自己看书的习惯了，虽是在养病时期，但手中却不离书本，不惟白天看书，夜间也看书。每夜，父亲在堂屋里同家人聚谈，他便把神龛上的清油灯，取下来放在桌上看书，有时或倚着神龛阅览。他那时的看书，不是想求上进，也不是为读书明理，只觉得手中有书，心中才舒服，成了一种嗜好的样子。所看的书，也不加选择，无论是圣经贤传，或是鄙俗不堪的唱本小说，他都一律看待，都看得津津有味，不肯放手。他父亲对于他的看书，完全取放任主义，不为他选择应读何书，也不问他看何书，既不催他看，也不禁他不看，不过常常喊他为"迂夫子"，他也很喜欢这个绰号。那时，他父亲命他的四哥辍学务农，把他的五哥送到茂源井一家刘姓所设的私塾去读，家中虽然也请了一位姓侯的老师，但只是为他的七弟请来发蒙认字的，谈不到什么学问。他不管这些，他只知不分昼夜的自行看书罢了。后来，他的大哥见他终日书不离手，就对他父亲说："六弟在家，活路也不能做，他既爱看书，不如仍将他送进塾中，与五弟同住，可向老师说明，这是送来养病的，读不读，随便他，以后送点学钱就是了。"他父亲赞同这种意见，就把他送进了刘姓的私塾里。他对这事曾说："这是我生平第一个大关键！在大哥不过是无意中的几句话，而对于我的前途关系极大，否则我以农人终老了。"

　　那家刘姓的私塾，有老师三位，是三辈人。祖辈之名已忘去，学生呼为刘二公；父辈之名为刘应文，号焕章，是个秀才，学生呼他爲七老师；子辈之名为刘树仁，号建侯，也是个秀才，学生呼他为建侯老师。刘二公的文章是小试一派；七老师是墨卷一派；建侯老师善书法，娴于词章，论文眼力极高。学生的八股文，是刘二公和七老师分改；诗赋，则由建侯老师批阅。建侯老师高兴时，也拿八股去改。背书则随便到那位老师面前俱可。宗吾本来是去养病的，得了特许，听他自由；但他到了这种读书环境，竟忘记自己是在养病，一样的用功，一样的作八股诗赋，只是不背书罢了。他还记得当时塾中的大门上，每扇贴有一斗方红纸，一扇写的是："枣花虽小能成宝，桑叶虽粗解作丝；惟有牡丹如斗大，不成一事又空枝。"一扇写的是："劝君莫惜金缕衣，劝君惜取少年时；花开堪折直须折，莫待无花空折枝。"他读了，非常感动，就更加用功。对于所有同学，都倍致友爱。因此，又获得一个绰号，叫做"老好人"。

自流井那一带的习惯，是某处有私塾，家长就把子弟送去读书，时间大概在正月二十以后。到了二月底，或三月间，老师才请众家长来议脩金，叫做"议学"。议学时，老师避去，众家长你劝我，我劝你，把脩金议定，然后开列学生姓名及所认钱数为老师送去。老师看了无话，这脩金就算议定了。当三位刘老师议学时，学生数十人，是高额是十二串，宗吾的三哥世源，出了最高额；议到宗吾的名下，他的父亲便声明是送来养病的，就随便写了几串。等到把脩金清单送与老师，老师传话出来说："全堂中惟有李世铨（宗吾初名）读书最好，应该比李世源还要多出些，怎么才出这点呢？"于是他的父亲也就改写十二串。老师对他这样重视，殊出他意料之外，所以在精神上受到一种很大的鼓励。

建侯老师，每呼学生，必缀以"娃娃"二字，有时还出以嘲弄口吻；独对于宗吾，则无此态度，不过呼他名时，仍缀以娃娃二字罢了。一夜，三位老师都睡了，学生还在嬉笑。建侯老师在床上高声道："你们那些娃娃还没有睡？"众人举名以对。次日，建侯老师说道："那么夜深，你们还在闹，不知干些什么？及听见有李世铨这个娃娃在，我也就放心了！"这些地方，又很能使他自尊自重。

在三位老师中，刘二公人甚忠厚，七老师严重自持，而建侯老师则性情诙谐。他不惟对学生加以嘲弄，即对刘二公也当开玩笑；只有在七老师面前，不敢放肆，但有时也不免要说一二句趣话。一次，他们宴会归来，建侯老师便对学生道："今天席上每碗菜来，二公总是一筷子夹两块三块；后来端上一碗肉圆子，二公才用筷子把一个夹成两半。我心想：二公为什么忽然这样斯文了？那知他把半个圆子搭在一个整圆子上，夹起来一口吃下了。"说得大家哈哈大笑，而宗吾听了，也觉得非常有趣。他本来是生性朴讷的，后来他的口中和笔下，常常诙谐百出，固然有种种原因；但据他说，建侯老师，却是影响他的原因之一。

那个私塾中，规定五天作文一次，叫做"课日"。宗吾对于作文章，格外用心：得了题目，坐着想，走着想，睡在床上想，睡在板凳上想，必待想好，才肯下笔。写出的稿子，改了又改，一个题目，往往起两三次稿，稿子还是改得稀滥；但老师批阅的结果，常为全塾之冠。他的五哥往往叫他代笔，他就把不要的稿子，交给他誊，仍不时被老师大加称道。一年之后，他的五哥辍读务农；而他的七弟，又来和他同读一年。

他越来越被老师赏识起来，尤其是建侯老师。那时宗吾正看凤洲纲鉴，这已是第二遍了。同学王大衡见他看这书，也买了一部来看，建侯老师见了，就责他道："要进了秀才方能看；我若不说，让别人知道，还说我是外行哩！"这是科场时代的风气，但于此也可见宗吾之被赏识的一斑。

他那时的心思，随时都放在书理上，且学且思，且思且学，尤其偏重在思考的功夫。有一次，建侯老师率领学生到凤凰坝某家行"三献礼"（类似吊唁）。老师同众学生在茶馆内吃茶，惟宗吾一人在桥头上徘徊独步。他回头看见老师和同学正望着他笑，他不知何故，回到茶馆，悄悄问一同学道："你们方才为何笑我？"答道：

"老师说你很儒雅，将来一定可以进学。"他听了这话，虽然口中尽是谦逊之词；但心中却在想：这莫非是孟子所说："睟然见于面，盎于背"的缘故吗？他在当日，本把秀才看得甚高，不敢妄想，所以听了这话，不免惊异起来。

晚上行"三献礼"时，照例应讲有关孝道的书，这是四川的风俗。那家的死者是祖母，建侯老师登台讲"孝哉闵子骞"一章，他把闵子的孝行说完，跟着即说："后数百年而有李密者"云云，这明明是运用太史公屈贾列传的笔法。宗吾站在台下听讲，老师讲至此处，即目注于他，微作笑容。老师的意思，是说："此等文法，众学生中，只有你一人才懂得。"这一件事，他得到的印象最深，老师的形态，他说数十年后，犹宛在目前，这都是精神上给予他的极大鼓励。

自流井有罗氏兄弟，宗吾称他们为罗大老师罗二老师者，和他的父亲是好友，学问都极好，二老师尤称博闻强记，他也时时向他们请教。当时，建侯老师的文章，注重才气，给学生们选文，也是随他的性之所好。他所选给学生读的，是名八股家周犊山的文章，是张之洞所提倡的江汉炳灵集的八股。一日，宗吾即问罗大老师说："我正在读江汉炳灵集的文章，究竟合适不合适？"他说："这些文章！好是好，但小试时代不可读，容易把心读乱了，做起文章来，就要打野战。"这又是科制时代的一种风气。宗吾又问："我现在买有一部书经体注自己点看，惟有禹贡的水道，真是难懂，不知看何书为宜？"他说："禹贡的水道，你只看这种注，当然懂不得；如果要懂得，须看禹贡锥指。"禹贡锥指，是清朝有名的书，可见罗大老师并不孤陋。宗吾常向罗大老师请教，得到许多益处：罗大老师也爱宗吾的才学，就想把女儿许给他。宗吾幼年，原订有古姓女，其叔古威侯，以善书闻名，宗吾的字写得太坏，怎样写也写不好。某老师见着他的字，就说："你这笔大挥，将来怎么见你的叔丈人？"好在古姓女未等出嫁即死，宗吾才免得向古府去献丑。可是字虽写不好，但他嗜书成癖，这时尤甚，他知道罗家藏书甚多，所以一听见罗大老师有意将女儿许给他，就非常高兴，他当时心里想：不管他的女儿怎样，就只为藉此可以多看些书起见，他的女儿也是可以娶的。但他父亲不愿做这门亲事，白白使他失掉了这个好机会。

罗二老师，也是他时常请教的一位先生。罗二老师嗜吸鸦片，自己设有私馆，终日睡在烟盘子侧边，不肯起来，学生背四书五经，他就卧在床上听，背错一字，他都知道。背四书朱注，偶错一字，他也知道。他夜间为学生讲书，命学生在灯下看着，他在暗处讲解，口诵各书小注，且讲且问学生道："你们看书上是不是这样？"当然是一字不会错的，这便是罗二老师的本领。一年，宗吾所在的塾中，因为老师病了，请罗二老师去代教，学生要读八股，他就把昔人的佳作默写一篇出来；读熟了，又默写一篇，试帖诗亦然，真是取之不尽，用之不竭。那时他已五六十岁了，不知他胸中蕴藏有若干八股，若干试帖诗？但他们兄弟二人，连一名秀才也没有取得，这又是科制时代的一种实例。

宗吾在三位刘老师门下，共读了两年。次年的某月，学屋中忽然纷纷传说有鬼，某生某生都听见过，伙房也看见过，一时吓得他们惊惶失错。建侯老师得知，便说道："你们这些娃娃，真是乱说，那里会有鬼？"因此，学生才心定，鬼也不见了。年终解馆的前夕，师徒聚谈，建侯老师才说："这些地方很不清净，硬是有鬼！某夜响起来，我还喊七爷你听；我虽口说无鬼，心中也是很怕。"那时，宗吾正看史书，心中在想："苻坚以百万之师伐晋，谢安石围棋别墅，坦然若无事者，也不过等于建侯老师的口说无鬼。"于是他深悟到"矫情镇物"的道理，后来他出而办事，往往学建侯老师的口说无鬼。

三位刘老师散学以后，就离开茂源井，各在一处设教了。宗吾又专从七老师读，自十七岁至二十岁，一直读了四年。七老师对于学生用功，逼得很紧；改文尤其用心，并且改得很好。他为学生改文，往往坐至半夜，还是一灯荧然，尽在焦眉愁眼的改个不休。他改过的文章，有通篇只留几句的，至少也要改一大半，每批云："将改处细玩。"又云："须多读多看。…"那时的塾师所谓多读多看，就是多读八股文章，多看四书朱注，乃是为考秀才用的。但这时宗吾看书，已越过了这种范围，可说是于书无所不窥的了；对于老师所改的文字，也不愿仔细去看。他心中在想："老师改得再好，总不如古人的好，与其看你的，不如读古人的。"所以他后来作校长时，每对国文教员说，善改不如善留，若是改多了，不惟教员吃苦，反减少学生的兴趣，这是他从七老师方面亲身经验来的。可是他对七老师的人格，却异常敬佩。到了第四年，七老师便很郑重地对他说："你在我的名下读久了，我也再没有什么特殊的心得，可以启发你；你最好转到书院去读，以便增广见闻。"其时宗吾的脩金，已经增至二十四串了。七老师不顾自身的利益，竟说出这样的话来，这是宗吾毕生感念不忘的。于是他于二十岁的下半年，即转入自流井三台书院，从李济平先生读；次年又转入自流井炳文书院，从卢翊廷先生读。这样，便结束了他的私塾时代。

　　　　选自张默生：《厚黑教主传》，东方书社，民国三十六年（1947）

革命舞台上的丑角[①]

宗吾于光绪二十七年考取秀才，次年赴省补行恩正两科乡试。闱后，他同雷民心及县中数人，便考取四川高等学堂。因该校总理胡雨岚先生赴日本考察，迟了一年才开办。二十九年，宗吾与雷铁崖雷民心张荔丹曾龙骧数人，在乡间共同看书，没有从师。到了冬间，高等学堂开办，宗吾遂赴省入学，三十年春始正式上课。

校中设甲乙两班为普通班，三年毕业。附设速成师范一班，一年半毕业。优级理科师范一班，四年毕业，宗吾就是入的这一班。这一班。是由中西算学馆的学生，及其他曾经学过算学者，加以考试编成的，共选取三十二名。宗吾虽取入是班，其实他并未从师范学过算学。在家庭中，他曾学过"七盘清""斤求两"之类；从刘七老师读书时代，他曾买了一部中国旧式算学书，其中九章算法及开方等，他也逐一研究过。但都是珠算，而非笔算。在炳文书院时代，才买了一部笔算书，叫做数学启发，自行研究，全部都已了然。他在乡间同雷氏兄弟等共同看书时，又买了一部中西算学大成，及其他讲代数的书来研究。这是未入学堂以前自修的情形。那时懂得算学的人很少，凡入理科师范班者，众人皆刮目相待。他赴省乡试时，见中西算学馆的学生，把代数备旨和代形合参中，有问题而无答案的，解释出来，刊印发卖，心中非常羡慕。及入高等学堂，竟得与这些人同班，真是无限的高兴。

他第一次上课时，日本教习池永演说道："要造学问。全靠自

---

① 　节选自作者所著《厚黑教主传》第五章。——编者注。

己，不能靠教师。教育二字，在英文上为 Education，照字义是引出之意。世间一切学问，俱是我脑中所固有，教师不过引之使出罢了。并不是拿一种学问来，硬硬地塞入学生的脑筋里。如果学问是教师给予学生的，那便等于以此桶水，倾入彼桶，只有越倾越少，学生就永远不如先生；但事实上则不然，学生每每有胜过先生的，这即是由于学问乃人人脑中所固有的原故。要之，脑如一个囊，中贮许多物，教师把囊口打开，让学生自己伸手去取就是了。"这时他刚刚改字"宗吾"，正要谋思想的独立，所以听了池永的这种演说，得的印象极深，觉着这种说法，比朱熹所说"学之为言效也"，精深得多了。他说池永这演说，于他发明厚黑学，有很大的影响。他后来阅读报章，看见日本二字，就觉得刺眼；凡是日本人的名字，也觉得讨厌；独有池永先生，他始终是敬佩的。他说那种和蔼可亲的态度，永远留在他的脑中。

自此以后，他便把教习口授的，写在一个副本上，封面大书"固囊"二字。许多同学不解，就问他道："这固囊二字，是何意义？"他说："并无意义，是随便写的。"实则这固囊二字，他自己不说明，恐怕后来的考证学者，也是无从索解的。于是他自己下一定义说："固囊者，脑是一个囊，副本上所写，皆囊中固有之物也。"所以题此二字，以作他当时的座右铭。不过他因着过于相信这种看法，据说还是失败了的。例如池永教授理化，开始讲水素和酸素，他就用"引而出之"的法子，在脑中搜索，走路吃饭睡觉都在想，看能不能引出点新鲜东西来？以后凡遇先生所讲的，他都这样的想去。那知他这样去工作，真是等于王阳明的格竹子，干了许久许久，毫无所得。于是废然思返，长叹一声道："今生已过也，再结来生缘！"这是觉得科学这门东西，于他是失望了。他从前深恨八股文字来束缚人，一听见废科举，兴学堂，欢喜极了，把家中所有的四书五经，与夫诗文集等等，一火而焚之；及在学堂内，住了许久，终日囷囊囷囊，也囷不出什么道理来，于是又想从学术思想方面悟入。一次，他买了一部庄子来研究，同学雷民心，见了诧异道："你研究这个干什么？"他说："民心，科学的部门，你我今生还有希望吗？科学是茫茫大海的，就是自己心中，想出许多道理，也没有充分的仪器来供我们试验，还不是等于空想吗？在目前的学堂中，充其量，不过在书本上，得点人云亦云的知识，有何益处呢？只好等儿孙辈再来研究，你我今生算了！因此我打算仍在中国古书，寻一条路来走。"民心听了，也同声叹息。初期学校的书本教育，不能满足有思想的青年，于此可见。但后数十年的教育如何呢？！

他在校时，除了不愿只在书本上学习理化外，对于数学一门还是研究得很精的。他的心思缜密，据他自己说，乃是因为研究数学磨炼所得。不过在校的后二年，他大部分的时间，是用来博览有关学术思想一类的书籍。他以为很多的学科，都是可以自修而通的，像按着钟点上课的制度，实在无聊。这便是他后来想要改革学制解放学校的起因。同时他自改字"宗吾"后，已满腔子都是厚黑学理，只是厚黑二字还点不出来，可以说他在校四年，正是厚黑学孕育的时期。

那时他们叙属的同学，一面在校肄业，一面创办一旅省叙属中学。当时发起者，有陈本初、张列五、王简恒、杨泽溥、雷民心、及宗吾等十余人。先推陈本初主持校政，其人有毅力，有担当，不幸病故。继由张列五接充，聘廖绪初为学监，叙属中学的发展，张廖二人的功绩最大。廖虽名为学监，实则校长、教务、文牍、书记、会计、庶务，全由他一身负担。张则为四川同盟会的领袖，当时与谢慧生不相上下，以后谢慧生逃往陕西，川省同盟会遂由张列五主持。所谓叙属中学者，实即川省的革命机关，凡秘密文件，都在校中油印发布。叙校的一批发起人，皆因列五绪初的关系，先后加入同盟会。宗吾的朋友中，列五绪初是他极端佩服赞不绝口的两位，此外王简恒、谢绥青、杨泽溥，他也称道不置。现在将这几位高等学堂的同学略加介绍：

张列五，隆昌人，与宗吾同入优级理科师范班。同时创办叙属中学，作为革命机关，领导全川党人，图谋独立，屡次发动各地同志起事，或联络袍哥军队，且仆且起，不遗余力，任劳任怨，在所不辞。一次，趁南校场开运动会时，想刺杀护理总督赵尔丰，谢慧生到高等学堂请列五届时到场指挥，炸弹由叙校学生送来。慧生去后，列五约宗吾入寝室谈些事，宗吾把窗子撑开，见斜日在天，想起嵇康临刑，顾视日影之事，宗吾便说："列五，你要多看一下天色和日光，恐怕你要与它分别了。"他摸着颈项笑道："我这颈项，数日来常常发痒，大约怕会有那桩事，将来我解往杀场时，你去不去看我？"宗吾说："我一定去看，但是袍哥说的话，要值价点（即硬气之意）！"列五说："这是当然的！砍头的事，我是学过的，凡刽子手杀人，是犯人跪在地下，前面一人，拿刀一晃，犯人头一埋，后面即一刀砍下。我们有几人，平日练习，一人坐在地上，打一盘脚，两手掌相叠，平放面前，一人拿刀在前面一晃，坐地者用力把颈项一硬，脑壳向后一撑，后面的刀砍来，脑壳恰落在自己手中捧着。所以我是练习过的，你不必过虑。"说毕一笑而散。同列五练习的，有谢伟虎，闻伟虎被捕临刑时，态度很豪爽，笑向列五说："你如不幸被戮，临刑时，也能这样吗？"列五应道："当然要这样！"可见列五牺牲的决心，是早已抱定的。刺赵的事，因炸弹未运到，不曾得手。未几事泄，杨莘友被捕，谢慧生逃往西安，川省党务，遂归列五主持。他维护党人，无微不至。宣统三年，四川因铁路事件，官绅意见不合，总督赵尔丰。逮捕士绅，纵兵屠掠。列五大恸，于是奔走密谋，预备大举。即于是年十月二日与杨庶堪谢慧生辈，逐除伪吏，光复重庆，列五被举为蜀军政府都督。当时清廷又遣端方入川，列五即以计诛之。不久，成都亦反正。云南都督蔡松坡拟遣兵入川，不承认成都军政府，尊列五为四川都督，屡次来文，愿助他统一四川，列五坚不接受。旋即派遣代表，力谋与成都军政府合并。滇黔两都督，又电推列五为川滇黔北伐军总司令，他也婉言辞谢了。成渝合并条约，原订正副两都督，在省投票公决，列五由渝赴省途中，即通电推尹昌衡为正都督，而自己甘居其副。后因军民分治，列五便改任民政长。袁世凯调他入京，许多人劝他不去，他不听，解职北上，袁即聘他为政治顾问。后见袁有异图，遂辞职，变姓名，匿名天津织袜，终被袁世凯逮捕入京枪杀。

列五被捕入京，交军政执法处。其时隆昌黄肃方，也因革命关系，拘禁在执法处，后得释放。肃方乃对宗吾报告当时的情形：原来列五在天津织袜，与邹汉卿魏荣权及陈某同住，袁世凯的侦探李某，串通陈某，介绍与列五相识，愿出款入股，将袜厂扩充办理。一日李某约往某处会饮，商议扩充办法，上了电车，李某递了一卷纸给列五，说道：这是我拟的章程，请你暂行拿着，我下去买点纸烟等物。列五接来，也未开视，顺便交给邹汉卿，插在衣包内。到了开车之时，李某还未来。及电车开到站口，许多军士围着搜查，搜出纸卷，乃是图谋暗杀袁世凯的文件，就把列五同邹汉卿魏荣权和陈某，一并逮捕。又列五在天津时，旧日学生，有些去找他，他就留他们在厂中，供其食宿，也被捕入京。

到了鞫讯的时候，列五纯为别人辩护，关于自己的事，则不置一词。对于所捕的学生，则说："这些学生，晓得什么？"学生因此得释。并且也为肃方极力辩护，问官说："别人的事，你不必管，你说你自己的事就是了。"列五对于自己的事，仍是不辩，只是替肃方开脱，所以肃方也得释放。

宣布死刑时，列五站在一旁，负手于背，微笑不语。同时，邹汉卿魏荣权及陈某，也宣布死刑。陈某大惊，说道："当初许我的官，叫我这样办，如今连我都要枪毙吗？"列五呼其字说道："某人，不必说了，今日之事，你还在梦中。"看守所长某君，与列五很相得，前夜，二人曾谈至夜深，次日忽提出来枪毙，列五看见他，举手说道："我们请了！"某君一见，即回头大哭。列五见兵役站在两旁，仍如平日一般，从从容容的，向兵役左右招呼，说道："请了，请了！"兵役也有不少下泪的。是日风卷黄沙，天地晦冥，为多年所未有。囚车至刑场，列五下车，仰天四顾，说道："今日天变，未必还是因为我们吗？"独立徘徊许久，兵士催他道："张先生，快走吧！"列五回头笑道："已经到了此处，还有什么话说？你们忙什么？"又站了一会，才慢慢的走进去。兵士在后，以枪射击，立毙，流血非常之多。这个兵士，常对人说："我经手枪毙的人很多，从未见过这样从容的，视死如儿戏，真是异人！"

宗吾常对人说："列五温文尔雅，同学们都说他像戏剧中的小生；后来始知其娴于拳术，能敌数人。他家尚有石弹二枚，即其练拳时所用。但他在学堂时，并未说习练拳术，只对我说：星期日，常同友人到野外练习手枪，务期左右前后，四方都能命中，尤要在反手射击；练好后，一旦敌人追来，一面跑，一面可以反手射击追者。"

宗吾和列五同班时，既然满腔子都是厚黑学理，就常常和他研究将来出而办事，究竟可不可用权术？列五说："办事应从正当的路做去，万一正路走不通，也可参用权术，但有一定的界限。"宗吾问："什么界限？"列五说："事过之后，公开出来，众人都能见谅，甚或受了权术的人，也能相谅，这样的权术，就可以用；如果公开不得，宁肯失败，不可妄用。"我们于此，也可知列五的为人了。

王简恒，是宗吾的同乡，也是高等的同学。宗吾曾说，在他的同乡同学中，讲到办事才，以简恒为第一；雷民心也常称他为"大办事家"。他为人刚正不阿，自爱自重。他于当时的一般朋友中最佩服而且最敬畏的是廖绪初。他曾说："绪初做事，丝毫不苟，就其行谊而论，贤人中寻不出，简直是一个圣人！""廖圣人"的绰号，就是由简恒开始喊起的。当时他们所一致推戴的，自然是张列五；但简恒私自评论起来，还是说廖胜于张。一次，他对宗吾说道："你们一般人，都推张列五，说他会说话，其实他不如廖绪初。列五谈话，是从表面上过，只是说得漂亮，绪初则见理能深入。你们不信，可以试验：每逢议事，列五所说，本是对的，你故意与他驳转去，他就随着你的话滚；惟绪初则不然，说话是格格塞塞的，可是他见到的地方，任你如何驳，他始终坚持不变。"后来列五作了都督，作了民政长，他还是说他不如绪初。宗吾就替列五解释说："他不坚持己见，正是量大的表现，正是堪为领袖的作风。"简恒虽亦承认这种看法，但他对于绪初，总是特别信服的。后来简恒作了富顺中学监督，并兼高等小学的校长，绪初适任富顺县视学，宗吾任中学的教习，有一天简恒笑向宗吾说："我近来穷得要当衣服了，小学校长的薪水，我很想支来用，照公事说，是不生问题的。就是县中人攻击我，我也不怕；最怕的，是廖圣人酸溜溜地说道："这笔款似乎可以不支吧！"，你叫我这个脸放在何处？只好仍当衣服算了。"宗吾常对人说："此虽偶尔笑谈，而绪初之令人敬畏，简恒之勇于克己，亦可见一斑。"

宗吾把厚黑学的道理，孕育了好久，自己还不敢决定对与不对，适逢简恒来看他，宗吾便把所见的道理，说与他听，请他批评。他听了，就说道："宗吾，你说的道理，一点不错；但我要忠告你，这些话，切不可拿在口头说，更不可见诸文字，你尽管照你发明的道理，埋头去做，包你干出许多事，成一个伟大人物。你如果在口头或文字上发表了，不但终身一事无成，反有种种不利。"即此亦可见简恒的为人。但宗吾未听他的劝告，竟将厚黑学发表了。并且还常常开简恒的玩笑，说他主张厚黑学是"做得说不得"的，足见其深藏若谷，是得了"黑"字诀，可以称他的高足了。

一九一二年，张列五为民政长，简恒到了成都，列五就委他出任县长，他不肯干，旋回到自流井故乡。三年，讨袁之役，重庆独立，富顺响应，众推简恒为行政长。事败，富顺廖秋华、郭集成、刁广孚被捕解至沪州，廖判死刑，郭刁破家得免。简恒东藏西躲，昼伏夜行，受雨淋得病，缠绵至次年而死，身后非常萧条。

谢绥青，四川中江人，自幼颖悟过人，精于数学，年十六即为秀才，后考入高等学堂，与列五宗吾同班，彼此交情最深。因他年龄最幼，同学们都呼他小弟弟。当时列五宗吾已加入同盟会，从事革命工作，但因他口快心直，怕他于无意中泄露，许多事都不肯告诉他。例如慧生列五策动炸赵尔丰的那一次，宗吾绥青皆同在一室，列五想和慧生密商，即先请宗吾把绥青调开，入一邻室，绥青就与宗吾高谈阔论起来，接着便放浪形骸地说道："大丈夫不能流芳百世，亦当遗臭万年！"宗吾正想故意和他拖延时间，就对他说道："绥青，你也太不自量了！你我够得上遗臭万年吗？挂名青史，谈何容易？一部二十四史，挂名其中的，究竟有若干数目，无从统计，我想，至多不过一百万人罢了。我国号称四万万人，每一百年中，这四万万人可以说死得净尽，请问五千年中，有若干四万万人？而挂名青史者，乃不过一百万人，此百万人中，除去因事连带书及，姓名附见者外，经过史臣详列事实的，至多不过十万人；事迹彪炳的，不过万人；其为文人学士所共知，不翻书本即能信口举出的，大约不过千人；此千人中，无论好人坏人，为妇孺皆知的，不过数十人；此数十人者，又须借稗官小说的吹嘘，戏台上的扮演，且有子虚乌有的人物，掺杂其间，你我有何本事，可以厕身此数十人之中？为好人困难，为坏人也不容易。是猛虎方能噬人，小犬一张牙，已被人踢出数步之外了，虽欲害人，其何可得？你我莫说万年，要想在偌大的中国，遗臭三日，恐怕也不可得吧！"绥青听了，也只好叹息，而列五与慧生已把事情商量完了。

及至清帝和西太后相继死去，川中党人，就想乘机起事，绥青闻之大喜，也就要求入党，参与密谋了。反正后，列五为四川副都督，绥青在成都公论日报闲居，一日列五问宗吾道："听说绥青来省已久，为何不来见我？"宗吾答："他还未得工夫。"列五笑说："不是！他是讲气节的，我未先去看他，无怪他不来。我是真不得闲，绝不敢疏慢故人，请为代致歉意，彼此至交，千万不要如此计较！"宗吾把此意转达了他，他才去看列五。不久，他便先后在审计院和财政司任事。

讨袁军失败后，绥青抑郁无聊，日与友人借酒浇愁。一夜宗吾宿成都第二小学内，二更后全校寂无人声，忽闻绥青大醉独归，入邻室大哭，且哭且骂当局捕杀党人，声达校外，宗吾要去劝阻，又怕更激其怒，因此作罢。他一直哭骂至四更，才酣然睡去。次日问他，他茫然不知。时列五在天津，宗吾去信提及绥青的近况，列五覆函有云："绥青放浪于酒，固谓借浇块垒，究与祈死何异？况绥青酒后狂骂，甚易招尤，事会之来，岂有终极？此身摧折，悔何可追？还望足下忠告之！"宗吾即以此函交阅，终不能改。

绥青性极诚笃，待人恳挚而冷峭，常诵"科头箕踞长松下，冷眼看他世上人"二语，诵时抱膝，闭目，摇首，别人笑他，他也不管。因此，许多人都说他不谙世故，没有办事才；但他历任富顺、叙府、中坝、遂宁、成都、县立联立省立各校教员，却能循循善诱，使学生倾服。在潼川中学做校长一年，即卓著成绩，大家才知道他的才能。民九以后，益郁郁不快，沉酣于酒，或终日不进一餐，又数年，竟抑郁以死。

杨泽溥，也是宗吾的同乡同学，他的生平行事，不甚知悉，只举一事，即可见其为人。民国初年，泽溥奉委为雅州关监督，临行前一夕，他备有几肴菜，请宗吾同绪初等小酌，他很客气地说道："此去一切事当如何办理？请诸先生赐教。"其时宗吾发表厚黑学不久，首先说道："此等事有何办法？一言以蔽之曰：拿钱而已！你依着我发明的那种学问，放手做去就是了。"泽溥悚然说："不敢！不敢！"绪初皱眉说道："宗吾，你只知开玩笑！真是！"后泽溥解款回省，就对宗吾说："西征兵至雅州哗变，到处抢劫，城内有哥老会首领，我赶急请他来，他拖一把高椅子坐在门口，乱兵至，即麾之去，公款无丝毫损失。次日，我办鱼翅席酬谢那位首领，但此等费不能支用公款，只好自垫。"宗吾说："泽溥，你干些什么？财神菩萨进门，你都要驱他出去吗？乱兵不来，还该磕头请他们来，只要他们进来走一遭，即可报十万八万的损失，终身就吃着不尽了。我发明的学问，至好的朋友先不照着去干，将来我这一个教还能行得通吗？"其时雅州关薪俸微薄，泽溥携眷而往，又时时资助故旧，交卸时欠了公款八百元，友人刘公潜在浚川源银行替他借贷，未几即病卒，贷款累公潜偿付。他死时一无所有，同人集资棺敛，并资助其妻女扶榇回富顺，宗吾曾抚其尸而哭道："泽溥！泽溥！别人做官，朋友亲戚都沾光；你做官回来，睡在地下骗我们吗？"以后若干年，有宗吾的一位友人方琢章对他说："雅州关的关税，自民元至今，以泽溥任内，收入最丰。"宗吾叹息道："公家的收入固然是多了，又谁知当年经手者的状况一至于此呢！"

宗吾在高等学堂时代，即和以上所举的这一班同学结为至友，像列五的宽宏大度，简恒的精干笃实，绥青的坦白真诚，泽溥的公正廉洁，此外还有许多同学，共同研究学问，共同兼办教育，共同努力革命，造成了当年宗吾所处的环境。虽然他在这群人中，似乎是以"丑角"出场，但在他后来所写的文字中，对于这些朋友们的所行所为所遭遇，常常追念不已，涕泣而道，则当年宗吾的深心抱负，也就不言而喻了。

选自张默生：《厚黑教主传》，东方书社，民国三十六年（1947）

钱 穆

|作者简介|　　钱穆（1895—1990），字宾四，江苏无锡人，现代著名历史学家。抗日战争期间流寓四川。

东西文化学社缘起

旷观世界各民族文化大流，求其发源深广，常流不竭，迄今犹负支配世界，指导人类之重任者，在东方厥惟我中华，在西方厥惟彼欧美之两支。原此两大文化发生接触，若自我明代末年海上新交通线之创获为起端，亦复三百年于兹。然而论其大体，犹尚以商贸之贸易为主，不幸则继之以兵戎相见，其能为此两大文化之渊深博大，作垦切之介绍与夫亲密之沟通者，则犹少见。近百年来，中华人士，虽多醉心西化，远渡重洋，虚心从学者，接踵相继，前后无虑千万数，然以正值吾族衰颓之际，而骤睹彼邦隆盛之象，以救急图存，迫不暇择之心理，而杂以急功近利，羡富慕强之私念，因此其对于西方文化之观感与了解，乃仍不能脱净三百年来商业军事上习俗相沿之气味，而欧美学者之对于中国，亦不免以一时贫富强弱之相形见绌，而未能虚心探讨中华传统文化之优美，此在双方同为至可悼惜之事。夫各民族文化之进展，当需不断有去腐生新之努力，而欲求去腐生新，一面当不断从其文化源头作新鲜之认识，而一面又当不断向外对异文化从事于尽量之吸收，今我中华文化，在此极贫极弱之后，其有需于一番去腐生新之工作，既已为吾华有识之士所共认，而西方文化自十八世纪以来三百年间，以各种新机器之发见，而使社会人生，忽然到达一从未前有之境界，而人类内心智慧之发展，以及人群组合，国内国际各方面，均未能与新机器之发明联系并进，遂使人类社会同时遭遇创古未有之新难题。最近三十年来，世界大战争已两度激起，实为西方文化亦急需速有一番去腐生新之努力之必要之强有力之启示与证明。抑且此世界两大文化，实有为全人类根本幸福前途计，而有相互了解与相互沟通之必要与义务，罗君忠恕，游学海外，有心此事，曾于民国二十八年之冬季，两次在英伦牛津剑桥两大学，发表其对东西两大民族应对双方文化各作更进一步之发挥与相互融贯之工作之演讲，颇蒙彼中有识者之同情，并在牛津剑桥两大学，成立中英学术合作委员会，且发表宣言，赞同此事。此外国际知名学者，如爱因斯坦、杜黑舒、怀特黑、杜威、罗素诸氏，均通函问，愿赞斯举。罗君返国，因发表中国与国外大学学术合作之建议一小册，略道其梗概，同人等对罗君意见甚表赞同，因感有共组学会，共同努力之必要，遂发起一东西文化学社，草拟简章。将本此广征国内同志，集力进行。一面并拟约请国外学者密切联系，共同合作。际此全世界东西两方正在共同流血苦斗之境地中，而吾侪忽倡斯举，似为迂缓。惟人类文化事业，乃为千百年根本大计。孟子云："三年之病，而求七年之艾。"同人等窃附斯义，谅国内外学者，当不吝于赞助也。

选自钱穆：《文化与教育》，国民图书出版社，民国三十二年（1943）七月

本届毕业典礼演讲辞

　　今天承两校校长命，得在此盛大典礼中，向诸位致辞，中（衷）心荣幸。今首当向诸位致贺意者，诸位不仅在大学，即自中学以来，历年学业，均在国家抗战艰难困苦中完成之，此值致贺者一。二则诸位大学毕业，正值国家抗战胜利，建国伊始，种种事业，均待诸位参加，展其抱负，此值致贺者二。然鄙人掬诚直说，则此抗战期间，教育水准低落，诸位毕业程度，就一般言，殆未达理想之标的。而出校以后，将见国家社会一切无秩序，无轨道，黑暗混乱，到处皆是，此并不足悲观，此盖国家社会要求诸君作逾格之贡献，诸君苟非有加倍之聪明，加倍之精力，加倍之道德修养，即难胜任而愉快。换辞言之，今日诸君乃以以往不及格之准备与获得而开始来负担此后过格之责任与要求也。诸君莫谓今日国家社会一现象，乃系战后暂时之一种纷乱，不久即可恢复常态，当知宇宙本属变动不居，与时俱新，而今日则尤为一大变动之开始，此种变动，不仅中国，即全球人类文化社会经济国际形势，一切诸端殆无一不卷入此大变动之漩涡，此种变动，来势甚远，倘越后由新史家叙述。则今日诚一划界线之新时代，自三十年前世界第一次大战开其端，迄今方属此大变动之初期，往后趋势，尚难逆测。故抗战虽结束，而抗战以前之一切，则今日已渺不可得，诚使一年半载，国内政争消弭，和平重现，复员完成，当知到时决是一新天地而非旧世界，正为今日乃一剧烈变动之新时代，旧者必逐步消失，新者必逐渐产生。越后之一切，决非以往之种种，诸位正于此际，脱离学校，投入社会，当知旧日所学，未必能应付以后之变局，当求勇往直前，由追随此变动大潮而奋迅跃出，进而为领导此变动大潮之一员，日新又日新，更无中途歇足之点，若果故步自封，以今日之所学真视为毕业之止境，则必为时代之落伍者。今为诸君设一浅比，如诸君练习坐自行车，必先择一旷地，又有从旁护持之人，待技能熟悉，乃始自由驾驶。学校时期，仅为诸君之从学时期，学校毕业，乃始为诸君之自学时期。今日诸君，则如练习坐自行车者，技术未熟练，手脚未稳健，而从旁护持者乃以推君离此旷场而加入一崎岖不平之险道，又兼之以车马扰攘，实时时使诸君可以有覆车闯人之祸也，然则今日临别赠言，将何以对诸君致其珍重之意，此实私人中心所踌躇也。

窃谓人事万端，而大要不出两途，曰成功与失败；人心万态，而大要亦不出两境，曰快乐与苦痛。人孰不愿成功与快乐？人孰不恨失败与苦痛？今日当告诸君以一成功与快乐之大道。盖人生虽万状，而握其枢机者则在其内心之观念。人心观念千歧万殊，大要亦不越两型。一曰长愿有以与人，一曰常思有以取之人。前者常成功常快乐，后者常失败常苦痛。此理极易知，如诸君有一物与人，在诸君心中岂不日感愉快与满足乎！诸君苟非别抱阴谋险诈，否则与人以物，事无不成。故曰前者常易成功快乐也，若诸君今需向人乞讨一物，即心境不易愉快，亦复不易满足，抑且其权在人，故其事易败。故曰后者常易失败苦痛也。诸君或当问，今日诸君初毕业离校，无权位，无势力，抑且无经验无专长，将以何物与人乎？窃谓人人有取之已而无尽不歇之两物，随时随地可以与人而无忤者，厥为其人本身之精力与内心之同情。今日在座诸君必多习医业者，毕业后服务医界，若论经验技术，此固不足道，然诸君同有此一番精力，同有此一番感情，若遇病人，能与以同情，尽我心力而为之疗治，当知此属人人所能，然即此便感内心快乐，将来亦自有成功之望。若医生视病人为一种索取所欲之对象，其所欲为名誉为金钱，要之此医生乃一卑俗之医生，其心境常不易快乐，所欲常不易满足，事业常不易成功。又如诸君若学教育者，今日离校，服务教育界，若论学识经验，或嫌幼稚，然诸君之精力与情感，则与人无异。若诸君肯视学校为家庭，视学生如子弟，则诸君心境自快乐，事业自成功。若诸君仅以学校为传舍，学生为取得报酬之对象，则诸君内心自必深感苦痛，而事业亦永无顺遂之望。诸君又或问，果若所言，精力情感人人有之，随时随处可以布施舍与，然一人之精力情感究属有限，茫茫人海中，以我一人之精力情感渺如一粟之微，虽不吝施舍，究于世何补。当知此项问题，最易为人人所存想，而实非一种应有之问题。缘赠与乃属自尽我心，自量我力，称己之有无，并斟酌情谊厚薄而后定。如诸君赠人一自来水笔，或赠人一铅笔，同一赠与，此属情谊，不属价值，故赠人者心境易满足，以只自尽自力自尽己心即得。而乞讨者心境不易满足，因乞讨并无客观之界限也。抑且赠人只表己意，至于所赠之对受者将若何利用，则决不待赠者之过问，如诸君赠人一书，赠已即了，断不再问受此书者如何利用，缘此乃一情谊而非一功利，此乃一目的，而非一计划。若诸君赠人以书，再将问人对此赠书如何利用，然则诸君对此赠书事岂非仍有所期图，仍将有所取得，不论其所期图与欲取得者如何，要之仍在功利打算之境界中，并与纯粹赠与之心情，全属道义与情感者有别。昔孔圣宣教，七十二贤亦未全晓，故曰知我者其天乎。耶稣播道，信徒仅十余人，最后钉死于十字架。若论赠与必计客观之功效，则此两人在当世，将不以大道与人。故知此等计较实属违理也。

临了尚有一语告诸君，即事业与职业之辨是也。当知事业职业同属一业，即如上所分别，常欲与人者乃事业，当欲取诸人者乃职业也。故事业只论贡献，而职业则论报酬。诸君毕业离校，或从医，或掌教，如上所云，只一心观念转移，则事业职业即判如鸿沟，只在诸君心中看法如何耳。今日功利观念沦浃人人之心髓，人人惟谋职业，人人惟求报酬，人人为自私自利，作一己之打算，故其心境永难满足，永难快活。权力惟求其大，既大即求其更大，地位惟求其高，既高则求其更高，而自己之胜任与否则不问，因之一切事业俱趋败坏，更无成功之日，而社会群众遂相率陷于不快乐之心境中。若能一转念以事业贡献为主，则地位无高低，权力无大小，各尽其心，各尽其力，各人有各人之贡献，岂不必安理得，更何失败可言。

诸君倘牢记此一番话，将来出而问世，遇有心地不快乐，当反躬自问，我为欲有所与而不快乐，抑欲有所取而不乐，则自明上文之旨趣。又适遇有事为感失败，亦反躬自问，我为欲有所贡献而感失败乎，抑为欲谋得酬报而感失败乎，则自明上文之义蕴。诸君倘更进一步，能自今日起，而即以常欲有所与人为人生惟一目标，不以常欲有以取之人为人生向往，则自今日起，诸君已为一快乐成功人物矣。当知此番话，非个人临时演说，实乃孔子、释迦、耶稣世界古今中外哲人教人之大纲。恕不引经据典，以待诸君之自己参证与自己悟解。谨此祝诸君将来之快乐与成功。

选自民国三十五年（1946）五月三十日《华西协和大学校刊》复刊号第三卷第八期

许钦文

|作者简介| 　许钦文（1897—1984），浙江山阴（今浙江绍兴）人，现代作家，1926 年由鲁迅选校、资助其短篇小说集《故乡》出版。

成都的过年

　　不久以前，我在成都过了个年，有点念念不忘；因为，住了一周年，"天下未乱蜀先乱，天下已平蜀未平"，打仗以外，要算"花会"和过年最可注意了。花会这里且不说；过年，自然是旧历的新年；"旧历的过年才像是真过年"，成都并不特别，也不例外罢了。

　　其实是昭烈帝庙的武侯祠，扼着这龟化城的咽喉，本是满屯大兵的，一到这时就让将出来专供游玩。喜欢打仗的四川军人，于此不再向人攻击，也不再防备敌人的攻击，可见对于过年的重视了。真的，"爆竹一声"，南门道上，"万里桥边"，红男绿女，拥拥挤挤；太平的气象顿现，再也不想到巷战之惨，也不以"打启发"为可虑了。

　　武侯祠前，汽车与鸡公车并列；汽车在蓉城，虽然还限于军用（只有阔绰的军官及其关系人才坐得起），但其数也颇不少，足见军权之重而阔绰军人之多了。

逛了武侯祠的游人，大概转往"诗圣"的草堂祠；其间有便道，路面窄而多弯曲，人力车不通行，小姐太太们未惯骑马，独个小轮子的鸡公车嫌气闷，只好安步当车，于是摩登女郎与黄脸婆并肩同行。

这盆地的气候温和，草木多已发芽，水清流急，行在旷野，更其因为怕中流弹而在城内躲久了的，实在觉得有意思。

游玩以外是吃，轮流请客，讲究的人家，新历的新年已经请过了客，旧历的新年再请一回。我更喜欢旧式的菜蔬，虽然花椒末麻舌，辣椒更厉害，有点吃不下；可是腊货，哦！多么好吃！记得有一家，八碟的冷菜，全是猪身上的腊货：腰子，肝，香肠，口条，蹄子，心，耳朵和肚子，都切得纸张一般薄，嚼起来韧结结，又鲜又香。还有热烘烘的腊肉，很肥好柔软，但不太油；我一想到就免不了流口液。四川人真会做腊货，然而非过年，不容易各式各样的吃到。客齐以后照例先吃一碗面，有的把菜做在面条里，绿莹莹的很好看，也可口。

又以外是赌；请客总是整天的，慢慢的一个一对的到来，"摆龙门镇"有完了的时候，消磨时间靠赌了：麻雀牌有一百四十四张，"财神"以外加"听用"，犹如"臭女婿"的"作花"，可是有四块，摸着就容易和倒。听用还可以下地，更和得快。有时四块听用有其三，保和，快活得跳跃起来。

还有打"扑克"，人多，把廿一点改作十点半，围在楠木的大圆桌旁。"西装朋友"与"武装同志"肩挨着肩，丝光的长统袜与拖到鞋面的大脚裤碰在一起，国内的女留学生的粉脸上，也画起细细弯曲的卧蚕眉来。

在这过年的情景中，我重新感到了儿童时代的兴趣；但我已是成人，比幼时接受得多，所以印象很深；实在也因为一年的旅居中，只有这几天才得畅畅快快的游，安安心心的困。

原载民国二十五年一月一日《论语》半月刊第七十九期

选自论语社编：《东京花见》（《论语文丛》），上海书店出版社，2015 年

朱光潜

| 作者简介 | 　朱光潜（1897—1986），安徽桐城人，现代著名美学家、文艺理论家、教育家、翻译家。主要著作有《悲剧心理学》《文艺心理学》《西方美学史》《谈文学》《谈美书简》等，有《朱光潜全集》行世。

花　会

> 紫陌红尘拂面来，无人不道看花回。
>
> ——刘禹锡

　　成都整年难得见太阳，全城的人天天都埋在阴霾里，像古井阑的苔藓，他们浑身染着地方色彩，浸润阴幽，沉寂，永远在薄雾浓云里度过他们的悠悠岁月。他们好闲，却并不甘寂寞，吃饭，喝茶，逛街，看戏，都向人多的处所挤。挤来挤去，左右不过是那几个地方。早上坐少城公园的茶馆，晚上逛春熙路，西东大街以及满街挂着牛肉的皇城坝，你会想到成都人没有在家里坐着的习惯，有闲空总得出门，有热闹总得挨凑进去。成都人的生活可以说是"户外的"，但是同时也是"城里的"。翻来覆去，总跳不出这个城圈子。五十万的人口，几十方里的面积，形成一种大规模的蜂巢蚁穴。所以表面看来，车如流水马如龙，无处不是骚动，而实际上这种骚动只是蛰伏式的蠕动，像成都一位老作家所说的"死水微澜"。

花会时节是成都人的惊蛰期。举行花会的地方是西门外的青羊宫。这座大道观据说是从唐朝遗留下来的。花会起于何朝何代，尚待考据家去推断，大概来源也很早。成都的天气是著名的阴沉，但在阳春三月，风光却特别明媚。春来得迟，一来了，气候就猛然由温暖而热燥，所以在其它地带分季开放的花卉在成都却连班出现。梅花茶花没有谢，接着就是桃杏，桃杏没有谢，接着就是木槿建兰芍药。在三月里你可以同时见到冬春夏三季的花。自然，最普遍的花要算菜花。成都大平原纵横有五六百里路之广。三月间登高一望，视线所能达到的地方尽是菜花麦苗，金黄一片，杂以油绿，委实是一种大观。在太阳之下，花光草色如怒火放焰，闪闪浮动，固然显出山河浩荡生气蓬勃的景象，有时春阴四布，小风薄云，苗青鹊静，亦别有一番清幽情致。这时候成都人，无论是男女老少，便成群结队地出城游春了。

游春自然是赶花会，花会之名并不副实。陈列各种时花的地方是庙东南一个偏僻的角落。所陈列的不过是一些普通花卉，并无名品，据说今年花会未经政府提倡，没有往年的热闹，外县以及本城的名园都没有把他们的珍品送来。无论如何，到花会来的人重要目的并不在看花而在凑热闹看人。成都人究竟是成都人，丢不开那古老城市的风俗习惯。花会场所还是成都城市的具体而微。古董摊和书画摊是成都搬来的会府和西玉龙街，铜铁摊是成都搬来的东御街，著名的吴抄手在此有临时分店，临时茶馆菜馆面馆更简直都还是成都城里的那种气派。每个菜馆后面差不多都有个篾篷，一个大篾箱似的东西只留着一个方孔做门，门上挂着大红布帘。里面锣鼓喧阗，川戏，相声，洋琴，大鼓，杂要，应有尽有。纵横不过一里的地方，除着成都城里所有的形形色色之外，还有乡下人摆的竹器木器花根谷种以至于锄头菜刀水桶烟杆之类。地方小，花样多，所以挤，所以热闹。大家来此，吃，喝，买，卖，"耍"，看，城里人来看乡下人，乡下人来看城里人，男的来看女的，女的来看男的。好一幅仇十洲的清明上河图，虽然它所表现的不尽是太平盛世的攘往熙来的盛况。

除掉几条繁盛街道之外，成都在大体上还保存着古代城市的原始风味。舶来品尽管在电光闪烁之下惊心夺目，在幽暗僻静的街道里，铜铁匠还是用钉锤锻生铜制锅制水烟袋，织工们还是在竹框撑紧的蜀锦上一针一线地绣花绣鸟。所有的道地的工商业都还是手工品的工商业。他们的制法和用法都有很长久的传统做基础。要是为实用的，它们必定是坚实耐久；要是为玩耍的，它们必定是精细雅致。一个水桶的提手横木可以粗得像屋梁，一茎狗尾草叶可以编成口眼脚翅全具的蚱蜢或蜻蜓。只要你还保存有几分稚气，花会中所陈列的这些大大小小的物品件件都很可以使你流连。假如你像我的话，有一个好玩的小孩子，你可注意的东西就更多，风车，泥人，木马，小花篮，以及许多形形色色的小玩具都可以使你自慰不虚此行。此外，成都人古董书画之癖在花会里也可以略窥一二。老君堂的里外前后的墙壁都挂满着字画，台阶上都摆满着碑帖。自然，像一般的中国人，成都人也很会制造假古董，也很喜欢买假古董。花会之盛，这也是一个原因。

花会之盛还另有一个原因，就是在一般人心理中，青羊宫里所供奉的那位李老君是神通广大的道教祖。青羊者据说是李老君西升后到成都显圣所骑的牲畜。后人记念这个圣迹，立祠奉祀。于今青羊宫正殿里还有两头青铜铸成的羊子，一牝一牡，牝左牡右。单讲这两匹羊的形样，委实是值得称赞的艺术品。到花会的人少不得都要摸一摸这两匹羊。据说有病的人摸它们一摸，病就会自然痊愈。摸的地方也有讲究，头病摸头脚病摸脚，错乱不得。古往今来病头病脚以及病非头非脚的地方者大概不少，所以于今这两匹羊周身被摸得精光。羊尚如此，老君本人可知，于是老君堂上满挂着前朝巡抚提督现代省长督军亲书或请人代书的匾额。金光四耀，煞是妙相庄严，到此不由人不肃然起敬，何况青羊宫门坎之高打破任何记录！祈财，祈子，祈福，祈寿，祈官，都得爬过这高门坎向老君进香。爬这高门坎的身手不同，奇态便不免百出。七八十岁的老太太须得放下拐杖，用双手伏在门坎上，然后徐徐把双脚迈过去。至于摩登小姐也有提起旗袍叉口，一大步就迈过去的。大殿上很整秩地摆着一列又一列的棕制蒲团。跪在蒲团上捧香默祷的有乡下老，有达官富商，也有脚踏高跟皮鞋襟口挂着自来水笔的摩登小姐，如上文所云一大步就迈近门户坎的。在这里新旧两代携手言欢，各表心愿。香炉之旁，例有钱桶。花会时钱桶易满。站在香炉旁烧香的道士此时特别显得油光滑面，喜笑颜开。"临邛道士鸿都客，能以精诚致魂魄"，此风至今未泯也。

成都素有小北平之称。熟习北平的人看到花会自然联想到厂甸的庙会，它们都是交易，宗教，游玩打成一片的。单就陈列品说，厂甸较为丰富精美，但是就天时与地利说，成都花会赶春天在乡村举行，实在占不少的便宜。逛花会不尽是可以凑热闹，买玩艺儿，祈财求子，还可以趁风和日暖的时候吐一吐城市的秽浊空气，有如古人的修禊，青羊宫本身固然也不很清洁，那里人山人海中的空气也不见得清新。可是花会逛过了，沿着城西郊马路回城，或是刚出城时沿着城西郊赴花会，平畴在望，清风徐来，路右边一阵又一阵的男男女女带着希望去，左边一阵又一阵的男男女女提着风车或是竹篮回来，真所谓"无边光景一时新"，你纵是老年人，也会觉得年轻十岁了。人过中年，难得常有这样少年的兴致。让我赞美这成都花会啊！

原载民国二十七年（1938）五月《工作》第四期

选自商金林主编：《今文观止》，山西教育出版社，1996年

苏雪林

|作者简介| 　　苏雪林（1897—1999），籍贯安徽太平，浙江瑞安人。现代女作家，代表作有散文集《绿天》、自传体小说《棘心》等。

乐山惨炸身历记（存目）

炼　狱（存目）
——教书匠的避难曲

丰子恺

|作者简介|　　丰子恺（1898—1975），浙江桐乡人，现代著名散文家、画家、美术与音乐教育家，主要作品有《缘缘堂随笔》、画集《子恺漫画》等。

狂欢之夜

处处响着爆竹声，我挤向一家卖炮竹的铺子，好容易挤到了铺子门口。我摸出钞票来，预备买两串爆竹。那铺子里的四川老板正在手忙脚乱地关店门，几乎把我推出门外。我连喊"买鞭炮，买鞭炮"，把手中的钞票高举送上。老板娘急忙收了钞票，也不点数，就从架上随便取了两包爆竹递给我，他们的门就关上了。我恍然想到：前几天报上登着，美国人预料胜利将至，狂欢之夜，店铺难免损失，所以酒巴①，咖啡店等，已在及早防备。我们这四川老板急忙关门，便是要避免这种"欢喜的损失"。那老板娘嘴里咕噜咕噜，表示他们已经为这最后胜利的庆祝会尽过义务了。

---

① 原文如此。——编者注。

挤得倦了，欢呼得声嘶力竭了，我拿着炮竹，转入小弄，带着兴奋，缓步回家。路上遇到许多邻人，他们也是欢乐得疲倦了，这才离开这疯狂的群众的。"丰先生，我们来讨酒吃了!"后面有几个人向我喊。这都是我们的邻人，他们与我，平日相见时非常客气。我们的交情的深度，距离"讨酒吃"还很远；若在平时，他们向我说这句话，实在唐突。但在这晚上，"唐突"两字已从中国词典里删去，无所谓唐突，只觉得亲热了。我热诚地招呼他们来吃酒。我回到家里到主母房里搜寻一下，发见两瓶茅台酒。这是贵州的来客带送我的，据说是真茅台酒，不易多得的。我藏久矣，今日不吃，更待何时？我把酒拿到院子里，许多邻人早已坐着笑谈；许多小孩正在燃放爆竹。不知谁买来的一大包蛋糕，就算是酒肴。不待主人劝酒大家自斟自饮。平日不吃酒的人，也豪爽地举杯。一个青年端着一杯酒，去敬坐在篱角里小凳上吃烟的老姜。这本地产的男工，素来难得开口，脸上从无笑容。这晚上他照旧默默地坐在篱角里的小凳上吃他的烟，"胜利"这件事在他似乎木知木觉。那个青年，不知是谁，我竟记不起了，他大约是闹得不够味，或者是怪那工人不参加狂欢，也许是敬慕他的宠辱不惊的修养功夫，恭敬地站在他面前，替他奉觞上寿。口里说："老姜，恭喜恭喜!"那工人被他弄得莫名其妙，站起身来，从来不曾笑过的脸上，居然露出笑容来。他接了酒杯，一口饮尽。大家拍手欢呼。老姜瞠目四顾表示狼狈，口里说："啥子吗?"照这样子看来，他的确是不知"胜利"的！他对于街上的狂欢，眼前的热闹，大约看作四川各地新年闹龙灯一样，每年照例一次，不足为奇，他也向不参加。他全不知道这是千载一遇的盛会！他全不知道这种欢乐与光荣在他是有份的！当时大家笑他，我却敬佩他的"不动心"，有"至人"风。到现在，胜利后一年多，我回想起他，觉得更可敬佩；他也许是个无名的大预言家，早知胜利以后民生非但不得幸福，反而要比战时更苦。所以他认为不值得参加这晚上的狂欢。他瞠目四顾，冷静地说："啥子吗！"恐怕其意思就是说："你们高兴啥子？胜利就是糟糕！苦痛就在后面！"幸而当晚他肯赏光，居然笑嘻嘻地接受了我们这青年所敬他的一杯茅台酒，总算维持了我们这一夜狂欢的场面。

酒醉之后，被街上的狂欢声所诱，我又跟了青年们去看热闹。带了满身欢乐的疲劳而返家的时候，已是后半夜两点钟了。就寝之后，我思如潮涌，不能成眠。我想起了复员东归的事，想起了八年前被毁的缘缘堂，想起了八年前仓皇出走的情景，想起了八年来生离死别的亲友，想起了一群汉奸的下场，想起了惨败的日本的命运，想起了奇迹地胜利了的中国的前途……无端的悲从中来。这大约就是古人所谓"欢乐极兮哀情多"，或许就是心理学家所谓"胜利的悲哀"。不知不觉之间，东方已经泛白。我差不多没有睡觉，一早起来，欢迎千古未有的光明的白日。

卅五年（1946）复员途中作

沙坪小屋的鹅

抗战胜利后八个月零十天，我卖脱了三年前在重庆沙坪坝庙湾地方自建的小屋，迁居城中去等候归舟。

除了托庇三年的情感以外，我对这小屋实在毫无留恋。因为这屋太简陋了，这环境太荒凉了；我去屋如弃敝屣。倒是屋里养的一只白鹅，使我恋恋不忘。

这白鹅，是一位将要远行的朋友送给我的。这朋友住在北碚，特地从北碚把这鹅带到重庆来送给我。我亲自抱了这雪白的大鸟回家，放在院子内。它伸长了头颈，左顾右盼，我一看这姿态，想道："好一个高傲的动物！"凡动物，头是最主要部分。这部分的形状，最能表明动物的性格。例如狮子、老虎，头都是大的，表示其力强。麒麟、骆驼，头都是高的，表示其高超。狼、狐、狗等，头都是尖的，表示其刁奸猥鄙。猪猡、乌龟等，头都是缩的，表示其冥顽愚蠢。鹅的头在比例上比骆驼更高，与麒麟相似，正是高超的性格的表示。而在它的叫声、步态、吃相中，更表示出一种傲慢之气。

鹅的叫声，与鸭的叫声大体相似，都是"轧轧"然的。但音调上大不相同。鸭的"轧轧"，其音调琐碎而愉快，有小心翼翼的意味；鹅的"轧轧"，其音调严肃郑重，有似厉声呵斥。它的旧主人告诉我：养鹅等于养狗，它也能看守门户。后来我看到果然：凡有生客进来，鹅必然厉声叫嚣；甚至篱笆外有人走路，也要它引吭大叫，其叫声的严厉，不亚于狗的狂吠。狗的狂吠，是专对生客或宵小用的；见了主人，狗会摇头摆尾，呜呜地乞怜。鹅则对无论何人，都是厉声呵斥；要求饲食时的叫声，也好像大爷嫌饭迟而怒骂小使一样。

鹅的步态，更是傲慢了。这在大体上也与鸭相似。但鸭的步调急速，有局促不安之相。鹅的步调从容，大模大样的，颇像平剧（京剧）里的净角出场。这正是它的傲慢的性格的表现。我们走近鸡或鸭，这鸡或鸭一定让步逃走。这是表示对人惧怕。所以我们要捉住鸡或鸭，颇不容易。那鹅就不然：它傲然地站着，看见人走来简直不让；有时非但不让，竟伸过颈子来咬你一口。这表示它不怕人，看不起人。但这傲慢终归是狂妄的。我们一伸手，就可一把抓住它的项颈，而任意处置它。家畜之中，最傲人的无过于鹅。同时最容易捉住的也无过于鹅。

鹅的吃饭，常常使我们发笑。我们的鹅是吃冷饭的，一日三餐。它需要三样东西下饭：一样是水，一样是泥，一样是草。先吃一口冷饭，次吃一口水，然后再到某地方去吃一口泥及草。这地方是它自己选定的，选的目标，我们做人的无法知道。大约泥和草也有各种滋味，它是依着它的胃口而选定的。这食料并不奢侈；但它的吃法，三眼一板，丝毫不苟。譬如吃了一口饭，倘水盆偶然放在远处，它一定从容不迫地踏大步走上前去，饮水一口，再踏大步走到一定的地方去吃泥，吃草。吃过泥和草再回来吃饭。这样从容不迫的吃饭，必须有一个人在旁侍候，像饭馆里的侍者一样。因为附近的狗，都知道我们这位鹅老爷的脾气，每逢它吃饭的时候，狗就躲在篱边窥伺。等它吃过一口饭，踱着方步去吃水、吃泥、吃草的当儿，狗就敏捷地跑上来，努力地吃它的饭。没有吃完，鹅老爷偶然早归，伸颈去咬狗，并且厉声叫骂，狗立刻逃往篱边，蹲着静候；看它再吃了一口饭，再走开去吃水、吃草、吃泥的时候，狗又敏捷地跑上来，这回就把它的饭吃完，扬长而去了。等到鹅再来吃饭的时候，饭罐已经空空如也。鹅便昂首大叫，似乎责备人们供养不周。这时我们便替它添饭，并且站着侍候，因为邻近狗很多，一狗方去，一狗又来蹲着窥伺了。邻近的鸡也很多，也常蹑手蹑脚地来偷鹅的饭吃。我们不胜其烦，以后便将饭罐和水盆放在一起，免得它走远去，让鸡、狗偷饭吃。然而它所必须的盛馔泥和草，所在的地点远近无定。为了找这盛馔，它仍是要走远去的。因此鹅的吃饭，非有一人侍候不可。真是架子十足的！

　　鹅，不拘它如何高傲，我们始终要养它，直到房子卖脱为止。因为它对我们，物质上和精神上都有贡献，使主母和主人都欢喜它。物质上的贡献，是生蛋。它每天或隔天生一个蛋，篱边特设一堆稻草，鹅蹲伏在稻草中了，便是要生蛋了。家里的小孩子更兴奋，站在它旁边等候。它分娩毕，就起身，大踏步走进屋里去，大声叫开饭。这时候孩子们把蛋热热地捡起，藏在背后拿进屋子来，说是怕鹅看见了要生气。鹅蛋真是大，有鸡蛋的四倍呢！主母的蛋篓子内积得多了，就拿来制盐蛋，炖一个盐鹅蛋，一家人吃不了的！工友上街买菜回来说："今天菜市上有卖鹅蛋的，要四百元一个，我们的鹅每天挣四百元，一个月挣一万二，比我们做工还好呢。哈哈哈哈。"大家陪他"哈哈哈哈"。望望那鹅，它正吃饱了饭，昂胸凸肚地，在院子里踱方步，看野景，似乎更加神气活现了。但我觉得，比吃鹅蛋更好的，还是它的精神的贡献。因为我们这屋实在太简陋，环境实在太荒凉，生活实在太岑寂了。赖有这一只白鹅，点缀庭院，增加生气，慰我寂寥。

且说我这屋子，真是简陋极了：篱笆之内，地皮二十方丈，屋所占的只六方丈，其余算是庭院。这六方丈上，建着三间"抗建式"平屋，每间前后划分为二室，共得六室，每室平均一方丈。中央一间，前室特别大些，约有一方丈半弱，算是食堂兼客堂；后室就只有半方丈强，比公共汽车还小，作为家人的卧室。西边一间，平均划分为二，算是厨房及工友室。东边一间，也平均划分为二，后室也是家人的卧室，前室便是我的书房兼卧房。三年以来，我坐卧写作，都在这一方丈内。归熙甫《项脊轩记》中说："室仅方丈，可容一人居。"又说："雨泽下注，每移案，顾视无可置者。"我只有想起这些话的时候，感觉得自己满足。我的屋虽不上漏，可是墙是竹制的，单薄得很。夏天九点钟以后，东墙上炙手可热，室内好比开放了热水汀。这时候反教人希望警报，可到六七丈深的地下室去凉快一下呢。

竹篱之内的院子，薄薄的泥层下面尽是岩石，只能种些番茄、蚕豆、芭蕉之类，却不能种树木。竹篱之外，坡岩起伏，尽是荒郊。因此这小屋赤裸裸的，孤零零的，毫无依蔽；远远望来，正像一个亭子。我长年坐守其中，就好比一个亭长。这地点离街约有里许，小径迂回，不易寻找，来客极稀。杜诗"幽栖地僻经过少"一句，这屋可以受之无愧。风雨之日，泥泞载途，狗也懒得走过，环境荒凉更甚。这些日子的岑寂的滋味，至今回想还觉得可怕。

自从这小屋落成之后，我就辞绝了教职，恢复了战前的闲居生活。我对外间绝少往来，每日只是读书作画，饮酒闲谈而已。我的时间全部是我自己的，这是我的性格的要求，这在我是认为幸福的。然而这幸福必需两个条件：在太平时，在都会里。如今在抗战期，在荒村里，这幸福就伴着一种苦闷——岑寂，为避免这苦闷，我便在读书、作画之余，在院子里种豆，种菜，养鸽，养鹅。而鹅给我的印象最深，因为它有那么庞大的身体，那么雪白的颜色，那么雄壮的叫声，那么轩昂的态度，那么高傲的脾气，和那么可笑的行为。在这荒凉岑寂的环境中，这鹅竟成了一个焦点。凄风苦雨之日，手酸意倦之时，推窗一望，死气沉沉；惟有这伟大的雪白的东西，高擎着琥珀色的喙，在雨中昂然独步，好像一个武装的守卫，使得这小屋有了保障，这院子有了主宰，这环境有了生气。

我的小屋易主的前几天，我把这鹅送给住在小龙坎的朋友人家，送出之后的几天内，颇有异样的感觉。这感觉与诀别一个人的时候所发生的感觉完全相同，不过分量较为轻微而已。原来一切众生，本是同根，凡属血气，皆有共感。所以这禽鸟比这房屋更是牵惹人情，更能使人留恋。现在我写这篇短文，就好比为一个永诀的朋友立传，写照。

这鹅的旧主人姓夏名宗禹，现在与我邻居着。

卅五年（1946）四月二十五日于重庆

原载民国三十五年（1946）八月一日《导报》月刊第一卷第一期

选自丰子恺：《丰子恺文集》（第六卷），浙江文艺出版社、浙江教育出版社，1992年

沙坪的酒①

　　胜利快来到了，逃难的辛劳渐渐忘却了。我辞去教职，恢复了战前的闲居生活。住在重庆郊外的沙坪坝庙湾特五号自造的抗建式小屋中的数年间，晚酌是每日的一件乐事，是白天笔耕的一种慰劳。

　　我不喜吃白酒，味近白酒的白兰地，我也不要吃。巴拿马赛会得奖的贵州茅台酒，我也不要吃。总之，凡白酒之类的，含有多量酒精的酒，我都不要吃。所以我逃难中住在广西贵州的几年，差不多戒酒。因为广西的山花，贵州的茅台，均含有多量酒精，无论本地人说得怎样好，我都不要吃。

　　自从由贵州茅台酒的产地遵义迁居到重庆沙坪坝，我开始恢复晚酌，酌的是"渝酒"，即重庆人仿造的黄酒。

　　富有风趣的一位朋友讥笑我说："你不吃白酒，而爱吃黄酒，我知道你的意思了：吃白酒是不出钱的，揩别人的油。你不用人间造孽钱，笔耕墨稼，自食其力，所以讨厌白酒两字。黄酒是你们故乡的特产，你身窜异地，心念故乡，所以爱吃黄酒。对不对？"我说："其然，岂其然欤？"这朋友的话颇有诗意，然而并没有猜中我不爱白酒爱黄酒的原因。揩别人的油，原是我所不欲的；然而吃酒揩油，我觉得比其他的揩油好些。古人诗云："三杯不记主人谁。"

---

　　① 本篇曾载 1947 年 3 月 31 日《天津民国日报》。编入 1957 年版《缘缘堂随笔》时，作者曾加以修饰删改，并改名为《沙坪的美酒》。现采用其修饰之处。删节的段落仍予恢复，并加注说明。——原编者注。

吃酒是兴味的，是无条件的，是艺术的。既然共饮，就不必斤斤计较酒的所有权；吝情去留，反而杀风景，反而有伤生活的诗趣。我倒并不绝对不吃"白酒"（不出钱的酒）。至于为了怀乡而吃黄酒，也大可不必。我住在大后方各省各地的时候，天天嘴上所说的是家乡土白。若要怀乡，这已尽够，不必再用吃黄酒来表示了。①

我所以不喜白酒而喜黄酒，原因很简单：就为了白酒容易醉，而黄酒不易醉。"吃酒图醉，放债图利"，这种功利的吃酒，实在不合于吃酒的本旨。吃饭，吃药，是功利的。吃饭求饱，吃药求愈，是对的。但吃酒这件事，性状就完全不同。吃酒是为兴味，为享乐，不是求其速醉。譬如二三人情投意合，促膝谈心，倘添上各人一杯黄酒在手，话兴一定更浓。吃到三杯，心窗洞开，真情挚语，娓娓而来。古人所谓"酒三昧"，即在于此。但决不可吃醉，醉了，胡言乱道，诽谤唾骂，甚至呕吐，打架。那真是不会吃酒，违背吃酒的"本旨"了。所以吃酒决不是图醉。所以容易醉人的决不是好酒。巴拿马赛会的评判员倘换了我，一定把一等奖给绍兴黄酒。

沙坪的酒，当然远不及杭州上海的绍兴酒。然而"使人醺醺而不醉"，这重要条件是具足了的。人家都讲究好酒，我却不大关心。有的朋友把从上海坐飞机来的真正"陈绍"送我。其酒固然比沙坪的酒气味清香些，上口舒适些；但其效果也不过是"醺醺而不醉"。在抗战期间，请绍酒坐飞机，与请洋狗坐飞机有相似的意义。这意义所给人的不快，早已抵消了其气味的清香与上口的舒适了。我与其吃这种绍酒，宁愿吃沙坪的渝酒。

"醉翁之意不在酒"，这真是善于吃酒的人说的至理名言。我抗战期间在沙坪小屋中的晚酌，正是"意不在酒"。我借饮酒作为一

---

① 从"富有风趣的一位朋友……"至此的一段，编入 1957 年版《缘缘堂随笔》时被删去。——原编者注。

天的慰劳，又作为家庭聚会的助兴品。在我看来，晚餐是一天的大团圆。我的工作完毕了；读书的、办公的孩子们都回来了；家离市远，访客不再光临了；下文是休息和睡眠，时间尽可从容了。若是这大团圆的晚餐只有饭菜而没有酒，则不能延长时间，匆匆地把肚皮吃饱就散场，未免太功利的，太少兴趣。况且我的吃饭，从小养成一种快速习惯，要慢也慢不来。有的朋友吃一餐饭能消磨一两小时，我不相信他们如何吃法。在我，吃一餐饭至多只花十分钟。这是我小时从李叔同先生学钢琴时养成的习惯。那时我在师范学校读书，只有吃午饭后到一点钟上课的时间，和吃夜饭后到七点钟上自修的时间，是教弹琴的时间。我十二点吃午饭，十二点一刻须得到弹琴室；六点钟吃夜饭，六点一刻须得到弹琴室。吃饭，洗碗，洗面，都要在十五分钟内了结。这样的数年，使我养成了快吃的习惯。后来虽无快吃的必要，但我仍是非快不可。这就好比反刍类的牛，野生时代因为怕狮虎侵害而匆匆地把草吞入胃内，急忙回到洞内，再吐出来细细地咀嚼，养成了反刍的习惯；做了家畜以后，虽无快吃的必要，但它仍是要反刍。如果有人劝我慢慢吃，在我是一件苦事。因为慢吃违背了惯性，很不自然，很不舒服。一天的大团圆的晚餐，倘使我以十分钟了事，岂不太草草了？所以我的晚酌，意不在酒，是要借饮酒来延长晚餐的时间，增加晚餐的兴味。

沙坪的晚酌，回想起来颇有兴味。那时我的儿女五人，正在大学或专科或高中求学，晚上回家，报告学校的事情，讨论学业的问题。他们的身体在我的晚酌中渐渐地高大起来。我在晚酌中看他们升级，看他们毕业，看他们任职，就差一个没有看他们结婚。在晚酌中看成群的儿女长大成人，照一般的人生观说来是"福气"，照我的人生观说来只是"兴味"。这好比饮酒赏春，眼看花草树木，欣欣向荣；自然的美，造物的用意，神的恩宠，我在晚酌中历历地感到了。陶渊明诗云："试酌百情远，重觞忽忘天。"我在晚酌三杯以后，便能体会这两句诗的真味。我曾改古人诗云："满眼儿孙身外事，闲将美酒对银灯。"因为沙坪小屋的电灯特别明亮。

还有一种兴味，却是千载一遇的：我在沙坪小屋的晚酌中，眼看抗战局势的好转。我们白天各自看报，晚餐桌上大家报告讨论。我在晚酌中眼看东京的大轰炸，莫索里尼〔墨索里尼〕的被杀，德国的败亡，独山的收复，直到波士坦〔波茨坦〕宣言的发出，八月十日夜日本的无条件投降。我的酒味越吃越美。我的酒量越吃越大，从每晚八两增加到一斤。大家说我们的胜利是有史以来的一大奇迹。我更觉得奇怪。我的胜利的欢喜，是在沙坪小屋晚上吃酒吃出来的！所以我确认，世间的美酒，无过于沙坪坝的四川人仿造的渝酒。我有生以来，从未吃过那样的美酒。即如现在，我已"胜利复员，荣归故乡"；故乡的真正陈绍，比沙坪坝的渝酒好到不可比拟。我也照旧每天晚酌；然而味道远不及沙坪坝的渝酒。因为晚酌的下酒物，不是物价狂涨，便是盗贼蜂起；不是贪污舞弊，便是横暴压迫！沙坪小屋中的晚酌的那种兴味，现在了不可得了！唉，我很想回重庆去，再到沙坪小屋里去吃那种美酒。

卅六年（1947）二月于杭州

原载民国三十六年（1947）三月三十一日《天津民国日报》

选自丰子恺：《丰子恺文集》（第六卷），浙江文艺出版社、浙江教育出版社，1992年

重庆觅屋记①

三十一年（1942）的重庆，房荒的程度比胜利复员后的京、沪、杭更高。那时我不顾一切，冒昧地从遵义移家到重庆。现在回想，着实替当时的自己担心。但在当时，铤而走险已成习惯，满不在乎的。

那时候，我家的大儿女们，已都住宿学校，家里只剩两个小儿女，连我夫妇，一共四人。四人还不敢一同走，分作两批，把我妻及一幼儿暂留在遵义，我带一小女孩和行李先赴重庆，住在朋友人家，着手觅屋。

这朋友住在重庆郊外，因为来得早，优先地租得房屋，竟有一间空室可暂借我住。不过他们去晒衣服，必须走过我们的住室。

不久，我在附近找到了一间楼面，楼底下是店铺，楼上划分两间，后楼已有一家租住，我就住了前楼。到这时候，才写信去叫其余的两人来归。大小四口，住一方丈半的前搂，在当时的重庆，已经算得其所哉了。可是楼矮得很，站在楼窗前，额骨上面就是屋檐。这已是四月中。重庆夏日的炎威，到处闻名。旁人忠告我，再过一个月，此屋如火坑，即使你不怕热，恐要发痧生病。我着急得很，四处托人物色，终于在五月初找到了附近一间坟庄屋，如获至宝。

这坟庄屋位在重庆的郊外。附近荒坟累累，墓木森森。房子倒

---

① 本篇曾载 1947 年 9 月 1 日《天津民国日报》。当时题名为《陪都觅屋记》。现据作者自编的 1957 年版《缘缘堂随笔》。——原编者注。

有两起。一起是房东自己住的，另一起是三开间平屋。中间供着牌位，死气沉沉，非人所居；东间另有一家租住，我就住了西间。泥墙很厚，足有二尺。四周并无窗子，只有三十二开本大小的一个天窗。因此室中幽暗阴凉。介绍人说，在这屋里过夏，倒是好的。这无异一个山洞，我不惯穴居，而且要求光明。我在屋上添开了一排天窗，好比装了日光灯，皆大欢喜。

我在重庆开个画展，得了五万多法币。就拿出四万元来，在附近租地造两间小屋。屋快造好，方始和房东来往。我知道他有一个儿子在中学读书，他的家教很严。他家的工人说，他教儿子，常把儿子吊在树上，用鞭子抽。

不久我的小屋落成，我乔迁了。我向房东和邻家告别。邻家也是一个文化人，分手以后，互相往还，反比邻居时亲近了。这正是盛夏，重庆的太阳大肆炎威的时候。街上发生了一件命案，是儿子毒死了老子。据说，最近有一家，老子重伤风，到医院里看，医生给他一包药粉，叫他次日早晨空肚里用开水送下。他拿了药粉回家，放在床前桌上。儿子偷将毒药调换。这毒药是以前儿子腿上生疮时医生给他洗疮用的。次日早晨老子醒来，倒一杯开水，将药送下。忽然四肢发痉，不省人事。赶速叫滑竿抬到医院里看。没有抬到医院门口，病人已经在滑竿上气绝了。

我家的人听了这新闻，当作报上看见的一样，评论一回，叹息一回而已。后来又知道了死者的姓名，才惊奇起来。原来死者就是我们以前的房东！过了三天，我冒了太阳，去访我的邻居。走到门口，看见许多人正在进进出出，大家以手掩鼻。我起初不解其意，走到了门口，忽然闻着一阵臭气，倒退了几步。这种臭气的滋味，我们的笔难以形容：好像粪臭，但比粪臭新鲜；好比屁臭，但比屁臭得浓烈；好比咸鲞臭，但比咸鲞臭更入味；好比绍兴人常吃的霉千张臭，但比霉千张臭得更动人；好比臭豆腐干臭，但比臭豆腐干臭得更腥气——总之，把粪、屁、咸鲞、霉千张、臭豆腐干五种东西放在一起，嗅它们的总和，大约可以懂得我那时所闻到的那种臭气了。我恍然大悟，这是死人臭！我想：定是打官司，尸体还停在屋中。我连忙向后转。我十分同情于我的邻居，不知他们一家是否与尸为邻。重庆的炎夏的太阳晒在头上，异味的臭气进入鼻孔，我头晕眼花起来。我在路上走进一个做医生的朋友人家去休息。医生给我吃几颗仁丹。

后来我才知道，那人家的亲族，有的主张告官，有的反对，争论了好几天，终于没有告官，私自买棺成殓。但尸体停了数天，烂得面目模糊，身上遍是蛆虫。屋里烧了好几炉檀香，仍是不可向迩。而停尸的屋，正是我以前所住的屋的中央一间，供牌位的一间。我的邻居竟是与尸为邻。在房荒严重的重庆，他虽欲暂避，竟无可投奔，只得密密地关闭了与中间相通的门，从后门进出。幸而如我以前所说，这屋泥墙有二尺多厚，四周没有窗子而开天窗，故那种臭气，没有侵入他的室中。但生受了好几天的嫌恶与恐怖。

我想假如我的小屋迟一点落成，又如房东家的命案早一点发生，我也必须与尸为邻，我又想：虽说逃难中颠沛流离，我比前线上的兵士究竟好得多。战场上尸横遍野，夏日臭气熏天。兵士们倘得饱尝那种"五味调和"的臭气，而自己不变成尸体，还是极大的幸福呢！

一九四七年作

原载民国三十六年（1947）九月一日《天津民国日报》，当时题名《陪都觅屋记》

选自丰子恺：《丰子恺文集》（第六卷），浙江文艺出版社、浙江教育出版社，1992年

老 舍

|作者简介| 老舍（1899—1966），原名舒庆春，字舍予，北京人，满族，现代著名作家，代表作有长篇小说《骆驼祥子》、话剧《茶馆》等。抗日战争期间流寓四川。

五四之夜

五四。我正赶写剧本。已经好几天没出门了，连昨日的空袭也未曾打断我的工作。写，写，写；军事战争，经济战争，文艺战争，这是全面抗战，这是现代战争：每个人都当作个武士，我勤磨着我的武器——笔。下午四时，周文和之的罗烽来了。周文来自成都，刚下车，即来谈文艺协会成都分会今后会务推动的办法。谈了没好久，警报！到院中看看，又回到屋中，继续谈话。五时，又警报，大家一同下了地洞；我抱着我的剧本。一直到六点多了，洞中起了微风——天空上必有什么变动；微风从腿下撩过去；响了！响了！洞里没有光，没有声，没有任何动静，都听着那咚咚的响声，都知道那是死亡的信号，全咬上牙！

七时了，解除警报。由洞里慢慢出来，院里没有灯光，但天空全是亮的。不错，这晚上有月；可是天空的光亮并非月色，而是红的火光！多少处起火，不晓得；只见满天都是红的。这红光几乎要使人发狂，它是以人骨，财产，图书，为柴，所发射的烈焰。灼干了的血，烧焦了的骨肉，火焰在喊声哭声的上面得意的狂舞，一直把星光月色烧红！

之的罗烽急忙跑出去，去看家里的人。知道在这一刹那间谁死谁生呢。狂暴的一刻便是界开生死的鸿沟。只剩下周文与我，到屋里坐下。没的谈，我们愤怒；连口水也没的喝，也不顾得喝！有人找，出去看，赵清阁！她头上肿起一个大包，脸上苍白，拉着一个十二三岁的小学生。几句话就够了：她去理发，警报，轰炸，她被震倒，上面的木石压在身上；她以为是死了，可是苏醒了过来。她跑，向各路口跑，都被火截住；火，尸，血，断臂，随时刺激着她，教她快走；可是无路可通。那小学生，到市内来买书，没有被炸死，拉住了她；在患难中人人是兄弟姊妹。她拉着他，来找我，多半因为只有这条路可以走过来；冲天的火光还未扑到这边。

安娥也来到。她还是那么安闲，只是笑不出；她的脸上有一层形容不出的什么气色与光亮；她凝视着天上的红光，像沉思着什么一点深奥的哲理。

清阁要回家，但无路可通。去看陆晶清，晶清已不知上哪里去了。我把周文请出来，打算去喝点水，找点东西吃。哪里还有卖水卖饭的呢，全城都在毒火的控制下！

院中喊起来，"都须赶快离开！"我回到屋中，拿起小皮包，里面是我的剧本底稿与文艺协会的重要文件。周文一定教我拿点衣服，我抓了一把，他替我拿着。

到院中，红光里已飞舞着万朵金星，近了，离近了，院外的戏园开着窗子，窗心是血红通亮的几个长方块！到门口，街上满是人，有拿着一点东西的，有抱着个小孩的，都静静的往坡下走——

坡下是公园。没有哭啼，没有叫骂，火光在后，大家静静的奔向公园。偶然有声高叫，是服务队的"快步走"，偶然有阵铃响，是救火车的疾驰。火光中，避难男女静静的走，救火车飞也似的奔驰，救护队服务队摇着白旗疾走；没有抢劫，没有怨骂，这是散漫惯了的，没有秩序的中国吗？像日本人所认识的中国吗？这是纪律，这是团结，这是勇敢——这是五千年的文化教养，在火与血中表现出它的无所侮的力量与气度！

在公园坐了会儿，饿，渴，乏。忽然我说出来，看那红黄的月亮！疯狗会再来的，向街上扫射；烧了房，再扫射人，不正是魔鬼的得意之作么？走，走，不能在这里坐一夜！绕道出城。大家都立起来。

我们想到的，别人也想到了，谁还不认识日本鬼子的那点狡猾呢！出了公园，街巷上挤满了人，都要绕道出城。街两旁，巷两旁，在火光与月色下，到处是直立的砖柱，屋顶墙壁都被炸倒烧毁；昨天暴敌是在这一带发的疯。脚底下是泥水，碎木破砖，焦炭断线；脸上觉到两旁的热气；鼻中闻到焦味与血腥。砖柱焦黑的静立，守着一团团的残火，像多少巨大的炭盆。失了家，失了父母或儿女的男女，在这里徘徊，低着头，像寻找什么最宝贵的东西似的。他们似乎没有理会到这第二次空袭，没有心思再看今晚的火光，低着头，不再惊惶，不再啼泣，他们心中嚼着仇恨。我们踏过多少火塘，肩擦肩的走过多少那样低头徘徊的同胞，好容易，走到城郊。地势稍高，火头更清楚了；我们猜想着，哪处哪处起了火；每一猜想，我们心中的怒火便不由的燃起；啊，那美丽的建筑，繁荣的街市，良善的同胞，都在火中！啊，看那一股火苗，是不是文艺协会那一带呢?！假若会所遭难？呕，有什么关系呢，即使不幸会所烧没，还有我们的手与笔；烧得尽的是物质，烧不尽的是精神；无可征服的心足以打碎最大的侵略的暴力！啊，我们的朋友呢？蓬子的家昨天已被炸坏，今晚他在哪里呢？是不是华林，平陵，沙雁都在观音岩呢？

那最远的一个火烽是不是观音岩呢？罗荪呢，纪滢呢，他们的办事处昨天都被炸毁，今天或者平安吧？我们慢慢的走，看看火苗，想想朋友，忘了饿，忘了渴，只是关心朋友们；差半秒钟，差几尺路，就能碰上死亡，或躲开死亡，这血火的五四之夜！

转过永山，回顾火光，仍是那么猛烈。火总会被扑灭，这仇这恨永无息止。打倒倭寇，打倒杀人放火的强盗，有日本军阀在世上，是全人类的耻辱。我们不仅是要报仇，也是要为世界铲除恶霸呀；这是报仇，也是天职！

领周文到胡风处，他一家还未睡；城外虽较比安静，可是谁能不注意呆视那边的火光呢？从火光中来了朋友，那热烈，那亲密；啊，有谁能使携起手来的四万万五千万屈膝呢！

那位小学生已能自己找到了家，就嘱咐他快快回去，免得家中悬念；他规规矩矩的鞠了躬，急忙的走去，手里还拿着在城内买来的一张地图。

安娥与清阁都到了家，倚窗望着刚才离开的火城。路上不断的行人，像赴什么夜会那样。两点左右又有警报，大家都早已料到，警报解除，已到天明，街上的人更加多了。

次日早晨，听到消息，文艺协会幸免于火！住在会中的梅林、罗烽、辉英，都有了下落。晚间到文艺社去，得到更多的消息，朋友中没有死伤的，虽然有几位在物质上受了损失。朋友们，继续努力，给死伤的同胞们复仇；记住，这是五四！人道主义的，争取自由解放的五四，不能接受这火与血的威胁；我们要用心血争取并必定获得大中华的新生！我们活着，我们斗争，我们胜利，这是我们五四的新口号！

原载民国二十八年（1939）七月《七月》第四集第一期

选自老舍：《老舍文集》（第十四卷），人民文学出版社，1989年

第一届诗人节

去年端阳节，"文协"的会员们开了个晚会，纪念大诗人屈原，并有纪念文字发表于各报纸及文艺刊物。当天，就有人提议，好不好定此日为诗人节。

过了一年，"文协"的朋友们又想起那个重要的提议，而各方面——教授们，爱好文艺者，特别是老诗人们——都以为事不宜迟，应马上去作。

于是，几个朋友就去起草诗人节缘起，由郭沫若先生修正。缘起写好，印好，交给了"文协"散发。

同时，柳倩、安娥、云远、方殷，还有几位，就征求纪念文字，并与陪都各报纸接洽出特刊。各报纸都乐意赞助，而且《大公》与《新蜀》两家表示继出三天也可以。大家动起笔来。于右任院长、陈立夫部长、梁寒操副部长、冯玉祥将军，都写了诗或散文；文艺界友人们，如郭沫若、孙伏园、易君左、徐仲年、李长之、黄芝冈、张铁弦、徐迟、王进珊、安娥、堵述初、陈纪莹、李嘉、牧原、吴组缃、任钧、李石锋、和山、刘云僧、老舍……也都交出诗篇或文章。可惜，《新蜀报》却在节前失火，不能马上出整张的报，所以把几篇特刊的文字暂行保存，另由老舍写了一小篇社论。

画家李可染预备了一张屈子像，郭沫若给题词；火速裱好，以备开纪念会才悬挂。

名提琴家马思聪给"云中君"制了乐谱。

舞蹈名家吴晓邦预备下《披发行吟》，在节日表演。

方殷作了《汨罗江上》，王云阶制谱。

天热，大家工作得都很"热"烈。

端阳的早晨，各报的诗人节特刊都出齐，篇幅都相当的大。

"文协"早已发出通知：于是晚七时在中国留法比瑞同学会的礼堂开晚会，庆祝第一届诗人节。

礼堂的布置，原拟以凳围桌，桌上都设鲜花蒲艾与粽子。可是房间既不很大，又怕到会人多，没有地方坐；于是改变计划，减桌而添凳；虽然显着减少了诗意，但是大家都有个座位，总不能说不近人情。

正中，国父遗像下，悬起李可染画的屈子像，像前列岸，案上有花及糖果。左壁榜曰："庆祝第一届诗人节"；右壁题："诅咒侵略，讴歌创造，赞扬真理。"

天热，"文协"租来茶具。入门签名后，即得沱茶一盖碗，颇有点过节的意味。

怕电灯发生障碍，早已备好红烛。

写诗的，爱诗的；诗人，诗人的朋友；白发的诗客，短裤的青年，赤足的女郎……都含笑而来。有的携来当日作的诗歌，求指教，有的立着或坐下"拜读"。

老诗人于右任先生到场，即被推为主席。行礼如仪后，主席以极简炼的言语，道出今年诗人节与五卅恰好在同日的含义——诗的内容是要反抗侵略，阐明真理；诗人也就该是战士啊！

老舍报告了筹备经过，并声明已预备下粽子，请大家过个简单的节。

郭沫若讲演：由考证上断定屈原生于何年，死于何年。时代既定，乃可证屈原之死并非懦弱，而系殉国。

纪念节目：

常任侠朗诵《离骚》。

李嘉独唱《云中君》。

"文协"歌队合唱《汨罗江上》。

可惜室中无台，吴晓邦的《披发行吟》舞不能表演。

自由表演：

安娥读于右任先生的诗人节五律二首。

高兰朗诵自己的长诗。

易君左读即席赋诗二韵。

时电灯果灭，马上燃起红烛。烛光花影中，分散糖果及粽子。

主席宣告：请吃，请喝（茶），请闲谈。

十时半，散会。

会开得不坏。可惜：

（一）发动稍晚，未能及时通知"文协"各分会，使全国同日举行纪念会。

（二）有人建议请邮局于端阳日印盖诗人节邮章，因公函赶办不及，未能实现。

（三）节目太少，礼堂稍小。

（四）许多诗人住在乡下，未能赶来参加。

（五）粽子的馅子不坏，只是太少。

写于诗人节后二日

原载民国三十年（1941）七月十六日《宇宙风》第一百二十期

选自老舍：《老舍文集》（第十四卷），人民文学出版社，1989年

可爱的成都

　　到成都来，这是第四次。第一次是在四年前，住了五六天，参观全城的大概。第二次是在三年前，我随同西北慰劳团北征，路过此处，故仅留二日。第三次是慰劳归来，在此小住，留四日，见到不少的老朋友。这次——第四次——是受冯焕璋先生之约，去游灌县与青城山，由山上下来，顺便在成都玩几天。

　　成都是个可爱的地方。对于我，它特别的可爱，因为：

　　（一）我是北平人，而成都有许多与北平相似之处，稍稍使我减去些乡思。到抗战胜利后，我想，我总会再来一次，多住些时候，写一部以成都为背景的小说。在我的心中，地方好像也都像人似的，有个性格。我不喜上海，因为我抓不住它的性格，说不清它到底是怎么一回事。我不能与我所不明白的人交朋友，也不能描写我所不明白的地方。对成都，真的，我知道的事情太少了；但是，我相信会借它的光儿写出一点东西来。我似乎已看到了它的灵魂，因为它与北平相似。

　　（二）我有许多老友在成都。有朋友的地方就是好地方。这诚然是个人的偏见，可是恐怕谁也免不了这样去想吧。况且成都的本身已经是可爱的呢。八年前，我曾在齐鲁大学教过书。七七抗战后，我由青岛移回济南，仍住齐大。我由济南流亡出来，我的妻小还留在齐大，住了一年多。齐大在济南的校舍现在已被敌人完全占据，我的朋友们的一切书籍器物已被劫一空，那么，今天又能在成都会见其患难的老友，是何等的快乐呢！衣物，器具，书籍，丢失了有什么关系！我们还有命，还能各守岗位的去忍苦抗敌，这就值得共进一杯酒了！抗战前，我在山东大学也教过书。这次，在华西坝，无意中的也遇到几位山大的老友，"惊喜欲狂"一点也不是过火的形容。一个人的生命，我以为，是一半儿活在朋友中的。假若这句话没有什么错误，我便不能不"因人及地"的喜爱成都了。啊，这里还有几十位文艺界的友人呢！与我的年纪差不多的，如郭子杰，叶圣陶，陈翔鹤，诸先生，握手的时节，不知为何，不由的就彼此先看看头发——都有不少根白的了，比我年纪轻一点的呢，虽然头发不露痕迹，可是也显着削瘦，霜鬓瘦脸本是应该引起悲愁的事，但是，为了抗战而受苦，为了气节而不肯折腰，瘦弱衰老不是很自然的结果么？这真是悲喜俱来，另有一番滋味了！

（三）我爱成都，因为它有手有口。先说手，我不爱古玩，第一因为不懂，第二因为没有钱。我不爱洋玩艺，第一因为它们洋气十足，第二因为没有美金。虽不爱古玩与洋东西，但是我喜爱现代的手造的相当美好的小东西。假若我们今天还能制造一些美好的物件，便是表示了我们民族的爱美性创造力仍然存在，并不逊于古人。中华民族在雕刻，图画，建筑，制铜，造瓷……上都有特殊的天才。这种天才在造几张纸，制两块墨砚，打一张桌子，漆一两个小盒上都随时的表现出来。美的心灵使他们的手巧。我们不应随便丢失了这颗心。因此，我爱现代的手造的美好的东西。北平有许多这样的好东西，如地毯，琺琅，玩具……但是北平还没有成都这样多。成都还存着我们民族的巧手。我绝对不是反对机械，而只是说，我们在大的工业上必须采取西洋方法，在小工业上则须保存我们的手。谁知道这二者有无调谐的可能呢？不过，我想，人类文化的明日，恐怕不是家家造大炮，户户有坦克车，而是要以真理代替武力，以善美代替横暴。果然如此，我们便应想一想是否该把我们的心灵也机械化了吧？次说口：成都人多数健谈。文化高的地方都如此，因为"有"话可讲。但是，这且不在话下。

这次，我听到了川剧，洋琴，与竹琴。川剧的复杂与细腻，在重庆时我已领略了一点。到成都，我才听到真好的川剧。很佩服贾佩之，萧楷成，周企何诸先生的口。我的耳朵不十分笨，连昆曲——听过几次之后——都能哼出一句半句来。可是，已经听过许多次川剧，我依然一句也哼不出。它太复杂，在牌子上，在音域上，恐怕它比任何中国的歌剧都复杂的好多。我希望能用心的去学几句。假若我能哼上几句川剧来，我想，大概就可以不怕学不会任何别的歌唱了。竹琴本很简单，但在贾树三的口中，它变成极难唱的东西。他不轻易放过一个字去，他用气控制着情，他用"抑"逼出"放"，他由细嗓转到粗嗓而没有痕迹。我很希望成都的口，也和它的手一样，能保存下来。我们不应拒绝新的音乐，可也不应把旧的扫灭。恐怕新旧相通，才能产生新的而又是民族的东西来吧。

还有许多话要说，但是很怕越说越没有道理，前边所说的那一点恐怕已经是胡涂话啊！且就这机会谢谢侯宝璋先生给我在他的客室里安了行军床，吴先忧先生领我去看戏与洋琴，文协分会会员的招待，与朋友们的赏酒饭吃！

原载民国三十一年（1942）九月二十三日《中央日报》

选自老舍：《老舍文集》（第十四卷），人民文学出版社，1989年

青蓉略记

今年八月初，陈家桥一带的土井已都干得滴水皆无。要水，须到小河沟里去"挖"。天既奇暑，又没水喝，不免有些着慌了。很

想上缙云山去"避难"，可是据说山上也缺水。正在这样计无从出的时候，冯焕章先生来约同去灌县与青城，这真是福自天来了！

八月九日晨出发。同行者还有赖亚力与王冶秋二先生，都是老友，路上颇不寂寞。在来凤驿遇见一阵暴雨，把行李打湿了一点，临时买了一张席子遮车上。打过尖，雨已晴，一路平安的到了内江。内江比二三年前热闹的多了，银行和旅馆都增添了许多家。傍晚，街上挤满了人和车。次晨七时又出发，在简阳吃午饭。下午四时便到了成都。天热，又因明晨即赴灌县，所以没有出去游玩。夜间下了一阵雨。

十一日早六时向灌县出发，车行甚缓，因为路上有许多小桥。路的两旁都有浅渠，流着清水；渠旁便是稻田；田埂上往往种着薏米，一穗穗的垂着绿珠。往西望，可以看见雪山。近处的山峰碧绿，远处的山峰雪白，在晨光下，绿的变为明翠，白的略带些玫瑰色，使人想一下子飞到那高远的地方去。还不到八时，便到了灌县。城不大，而处处是水，像一位身小而多乳的母亲，滋养着川西坝子的十好几县。住在任觉五先生的家中。孤零零的一所小洋房，两面都是雪浪激流的河，把房子围住，门前终日几乎没有一个行人，除了水声也没有别的声音。门外有些静静的稻田，稻子都有一人来高。远望便见到大面青城诸山，都是绿的。院中有一小盆兰花，时时放出香味。

青年团正在此举行夏令营，一共有千名以上的男女学生，所以街上特别的显着风光。学生和职员都穿汗衫短裤（女的穿短裙），赤脚着草鞋，背负大草帽，非常的精神。张文白将军与易君左先生都来看我们，也都是"短打扮"，也就都显着年轻了好多。夏令营本部在公园内，新盖的礼堂，新修的游泳池；原有一块不小的空场，即作为运动和练习骑马的地方。女学生也练习马术，结队穿过街市的时候，使居民们都吐吐舌头。

灌县的水利是世界闻名的。在公园后面的一座大桥上，便可以看到滚滚的雪水从离堆流进来。在古代，山上的大量雪水流下来，非河身所能容纳，故时有水患。后来，李冰父子把小山硬凿开一块，水乃分流——离堆便在凿开的那个缝子的旁边。从此双江分灌，到处划渠，遂使川西平原的十四五县成为最富庶的区域——只要灌县的都江堰一放水，这十几县便都不下雨也有用不完的水了。城外小山上有二王庙，供养的便是李冰父子。在庙中高处可以看见都江堰的全景。在两江未分的地方，有驰名的竹索桥。距桥不远，设有鱼嘴，使流水分家，而后一江外行，一江入离堆，是为内外江。到冬天，在鱼嘴下设阻碍，把水截住，则内江干涸，可以淘滩。春来，撤去阻碍，又复成河。据说，每到春季开水的时候，有多少万人来看热闹。在二王庙的墙上，刻着古来治水的格言，如深淘滩，低作堰……等。细细玩味这些格言，再看看江堰上那些实际的设施，便可以看出来，治水的诀窍只有一个字——"软"。水本力猛，遇阻则激而决溃，所以应低作堰，使之轻轻漫过，不至出险。水本急流而下，波涛汹涌，故中设鱼嘴，使分为二，以减其力；分而又分，江乃成渠，力量分散，就有益而无损了。作堰的东西只是用竹编的筐子，盛上大石卵。竹有弹性，而石卵是活动的，都可以用"四两破千斤"的劲儿对付那惊涛骇浪。用分化与软化对付无情的急流，水便老实起来，乖乖的为人们灌田了。

　　竹索桥最有趣。两排木柱，柱上有四五道竹索子，形成一条窄胡同儿。下面再用竹索把木板编在一处，便成了一座悬空的、随风摇动的、大桥。我在桥上走了走，虽然桥身有点动摇，虽然木板没有编紧，还看得到下面的急流——看久了当然发晕——可是绝无危险，并不十分难走。

　　治水和修构竹索桥的方法，我想，不定是经过多少年代的试验与失败，而后才得到成功的。而所谓文明者，我想，也不过就是能用尽心智去解决切身的问题而已。假若不去下一番功夫，而任着水去泛滥，或任着某种自然势力兴灾作祸，则人类必始终是穴居野处，自生自灭，以至灭亡。看到都江堰的水利与竹索桥，我们知道我们的祖先确有不甘屈服而苦心焦虑的去克服困难的精神。可是，在今天，我们还时时听到看到各处不是闹旱便是闹水，甚至于一些蝗虫也能教我们去吃树皮草根。可怜，也可耻呀！我们连切身的衣食问题都不去设法解决，还谈什么文明与文化呢？

灌县城不大，可是东西很多。在街上，随处可以看到各种的水果，都好看好吃。在此处，我看到最大的鸡卵与大蒜大豆。鸡蛋虽然已卖到一元二角一个，可是这一个实在比别处的大着一倍呀！雪山的大豆要比胡豆还大。雪白发光，看着便可爱！药材很多，在随便的一家小药店里，便可以看到雷震子，贝母，虫草，熊胆，麝香，和多少说不上名儿来的药物。看到这些东西，使人想到西边的山地与草原里去看一看。啊，要能到山中去割几脐麝香，打几匹大熊，够多威武而有趣呀！

物产虽多，此地的物价可也很高。只有吃茶便宜，城里五角一碗，城外三角，再远一点就卖二角了。青城山出茶，而遍地是水，故应如此。等我练好辟谷的工夫，我一定要搬到这一带来住，不吃什么，只喝两碗茶，或者每天只写二百字就够生活的了。

在灌县住了十天，才到青城山去。山在县城西南，约四十里。一路上，渠溪很多，有的浑黄，有的清碧；浑黄的大概是上流刚下了大雨。溪岸上往往有些野花，在树阴下幽闲的开着。山口外有长生观，今为荫堂中学校舍；秋后，黄碧野先生即在此教书。入了山，头一座庙是建福宫，没有什么可看的。由此拾阶而前，行五里，为天师洞——我们即住于此。由天师洞再往上走，约三四里，即到上清宫。天师洞上清宫是山中两大寺院，都招待游客，食宿概有定价，且甚公道。

从我自己的一点点旅行经验中，我得到一个游山玩水的诀窍："风景好的地方，虽然古迹，也值得去；风景不好的地方，纵有古迹，大可以不去。"古迹，十之八九，是会使人失望的。以上清宫和天师洞两大道院来说吧，它们都有些古迹，而一无足观。上清宫里有鸳鸯井，也不过是一井而有二口，一方一圆，一干一湿；看它不看，毫无关系。还有麻姑池，不过是一小方池浊水而已。天师洞里也有这类的东西，比如洗心池吧，不过是很小的一个水池；降魔石呢，原是由山崖裂开的一块石头，而硬说是被张天师用剑劈开的。假若没有这些古迹，这两座庙宇的优美正自一点也不减少。上清宫在山头，可以东望平原，青碧千顷；山是青的，地也是青的，好像山上的滴翠慢慢流到人间去了的样子。在此，早晨可以看日出，晚间可以看圣灯；就是白天没有什么特景可观的时候，登高远眺，也足以使人心旷神怡。天师洞，与上清宫相反，是藏在山腰里，四面都被青山拥抱着，掩护着，我想把它叫作"抱翠洞"，也许比原名更好一些。

　　不过，不管庙宇如何，假若山林无可观，就没有多大意思，因为庙以庄严整齐为主，成不了什么很好的景致。青城之值得一游，正在乎山的本身真好；既使它无一古迹，无一大寺，它还是值得一看的名山。山的东面倾斜，所以长满了树木，这占了一个"青"字。山的西面，全是峭壁千丈，如城垣，这占了一个"城"字。山不厚，由"青"的这一面转到"城"的那一面，只须走几里路便够了。山也不算高，由脚至顶不过十里路。既不厚，又不高，按说就必平平无奇了。但是不然。它"青"，青得出奇，它不像深山老峪中那种老松凝碧的深绿，也不像北方山上的那种东一块西一块的碎，它的青色是包住了全山，没有露着山骨的地方；而且，这个笼罩全山的青色是竹叶，楠叶的嫩绿，是一种要滴落的，有些光泽的，要浮动的，淡绿。这个青色使人心中轻快，可是不敢高声呼唤，仿佛怕把那似滴未滴，欲动未动的青翠惊坏了似的。这个青色是使人吸到心中去的，而不是只看一眼，夸赞一声便完事的。当这个青色在你周围，你便觉出一种恬静，一种说不出，也无须说出的舒适。假若你非去形容一下不可呢，你自然的只会找到一个字——幽。所以，吴稚晖先生说："青城天下幽"。幽得太厉害了，便使人生畏；青城山却正好不太高，不太深，而恰恰不大不小的使人既不畏其旷，也不嫌它窄；它令人能体会到"悠然见南山"的那个"悠然"。

山中有报更鸟，每到晚间，即梆梆的呼叫，和柝声极相似，据道人说，此鸟不多，且永不出山。那天，寺中来了一队人，拿着好几枝猎枪，我很为那几个会击柝的小鸟儿担心，这种鸟儿有个缺欠，即只能打三更——梆，梆梆——无论是傍晚还是深夜，它们老这么叫三下。假若能给它们一点训练，教它们能从一更报到五更，有多么好玩呢！

白日游山，夜晚听报更鸟，"悠然"的就过了十几天。寺中的桂花开始放香，我们恋恋不舍的辞别了道人们。

返灌县城，只留一夜，即回成都。过郫县，我们去看了看望丛祠；没有什么好看的，地方可是很清幽，王法勤委员即葬于此。

成都的地方大，人又多，若把半个多月的旅记都抄写下来，未免太麻烦了。拣几项来随便谈谈吧。

（一）成都文协分会：自从川大迁开，成都文协分会因短少了不少会员，会务曾经有过一个时期不大旺炽。此次过蓉，分会全体会员举行茶会招待，到会的也还有四十多人，并不太少。会刊——《笔阵》——也由几小页扩充到好十几页的月刊，虽然月间经费不过才有百元钱。这样的努力，不能不令人钦佩！可惜，开会时没有见到李劼人先生，他上了乐山。《笔阵》所用的纸张，据说，是李先生设法给捐来的；大家都很感激他；有了纸，别的就容易办得多了。会上，也没见到圣陶先生，可是过了两天，在开明分店见到。他的精神很好，只是白发已满了头。他的少爷们，他告诉我，已写了许多篇小品文，预备出个集子，想找我作序，多么有趣的事啊！郭子杰先生陶雄先生都约我吃饭，牧野先生陪着我游看各处，还有陈翔鹤，车瘦舟诸先生约我聚餐——当然不准我出钱——都在此致谢。翟冰森先生和中央日报的同仁约我吃真正成都味的酒席，更是感激不尽。

（二）看戏：吴先忧先生请我看了川剧，及贾瞎子的竹琴，德娃子的洋琴，这是此次过蓉最快意的事。成都的川剧比重庆的好得多，况且我们又看的是贾佩之，肖楷成，周慕莲，周企何几位名手，就更觉得出色了。不过，最使我满意的，倒还是贾瞎子的竹琴。乐器只有一鼓一板，腔调又是那么简单，可是他唱起来仿佛每一个字都有些魔力，他越收敛，听者越注意静听，及至他一放音，台下便没法不喝彩了。他的每一个字像一个轻打梨花的雨点，圆润轻柔；每一句是有声有色的一小单位；真是字字有力，句句含情。故事中有多少人，他要学多少人，忽而大嗓，忽而细嗓，而且不只变嗓，还要咬音吐字各尽其情；这真是点本领！希望再有上成都去的机会。多听他几次！

（三）看书：在蓉，住在老友侯宝璋大夫家里。虽是大夫，他却极喜爱字画。有几块闲钱，他便去买破的字画；这样，慢慢的他已收集了不少四川先贤的手迹。这样，他也就与西玉龙一带的古玩铺及旧书店都熟识了。他带我去游玩，总是到这些旧纸堆中来。成都比重庆有趣就在这里——有旧书摊儿可逛。买不买的且不去管，就是多摸一摸旧纸陈篇也是快事啊。真的，我什么也没买，书价太高。可是，饱了眼福也就不虚此行。一般的说，成都的日用品比重庆的便宜一点，因为成都的手工业相当的发达，出品既多，同业的又多在同一条街上售货，价格当然稳定一些。鞋、袜、牙刷、纸张什么的，我看出来，都比重庆的相因着不少。旧书虽贵，大概也比重庆的便宜，假若能来往贩卖，也许是个赚钱的生意。不过，我既没发财的志愿，也就不便多此一举，虽然贩卖旧书之举也许是俗不伤雅的吧。

（四）归来：因下雨，迟至中秋前一日才动身返渝。中秋日下午五时到陈家桥，天还阴着。夜间没有月光，马马虎虎的也就忘了过节。这样也好，省得看月思乡，又是一番难过！

原载民国三十一年（1942）十月十日《大公报》

选自老舍：《老舍文集》（第十四卷），人民文学出版社，1989 年

易君左

|作者简介| 　易君左（1899—1972），湖南汉寿人，知名作家和新闻工作者，其散文集《闲话扬州》曾引发重大社会反响。

锦城七日记（存目）

新都一勺（存目）

费尔朴

｜作者简介｜ 费尔朴，1899 年生于美国，加州大学东方学院哲学博士。1925 年至 1951 年在成都居住，为华西协合大学文学院教授，兼职华西协中英文教员。

悼念四川诗人刘豫老^①

"朝闻道，夕死可矣"。此是这位老哲人在辞世以前向我同一位朋友许君轻微地吐出的一句成语。因为他的咽喉与嘴唇都是麻痹的，所以只能发出轻微而模糊的言语；但是他的听觉是完善的，虽然他年愈九十二岁；他的两眼炯炯有光，表示他的长生久视；他的面貌安详和善，表现他的修养精神。

前不久我在华西边疆研究学会讲演"峨眉诗话"时，曾将豫老的《峨眉游草》数首译成英文，当众传诵，又将他的最近玉照悬挂会中。后来他听我说这事，表示很高兴的。我曾告诉他，我要将他的《峨眉游草》完全译成英文，印成中英对照的册子，并且请他为

---

① 译者为许耀光。——编者注。

我署签；他欣然允诺，而挥着战抖的手，用他流畅的笔法题了"峨眉游草"四字，并署"九十二叟刘豫波题"。

我同刘老师相交乃十五年前。在一九三四年我开始翻译谭钟岳的《峨山图志》加上原有的六十四幅诗文图画，印成中英对照的巨册。我请托我的朋友孟体廉君，向刘老师为我题签，因为孟君常亲近这位老诗人。承他题了下面的字："峨山图志七十八叟刘咸荥题"，以上的题签和全部图志，都曾经印行过了。

记得有一天早晨，刘老师同那青年朋友孟体廉来到华西坝上游玩，那正是一个严冬的天气；那年在成都降了大雪，头天晚上遍地集雪盈尺，树枝、围墙、屋顶无不铺满白雪；次晨朝阳照临，光辉灿烂，宛如银世界一样。那天早晨，豫老携杖偕同孟君来到舍间谈玩，我们在园中踏雪而行，穿过竹林小径，登望乡台，下奈何桥而至草亭打坐。因为舍间有一个东方式的花园。我们在亭中谈了两小时之久，谈论不朽的问题，和人生各种的理想，我们不禁开怀大笑。我忽然想起一件事来，说道："今天是一个特别的日子！今天是一九三九年一月二十三日，正是我父亲七十五岁的生日！"刘老师惊喜道："快取纸笔来，我要写一首诗送给我的外国朋友的老父亲。"（现在我常常预备了纸笔，以待特殊的情景，好请中国朋友题字）。那首诗，后来承我的朋友宋诚之会督译成英文，我就寄到美国旧金山我父亲那里去。那首诗在我父亲的书斋中悬挂着，直至他八十四岁去世的时候。后来，我的父亲也写了一首英文赠诗赠送豫老，题为"赠吾子之中国老朋友"。又承宋会督译成中文，我把它献给刘老师。

前不久有一位英国女作家爱诗客和一位历史学家麦克理尔教授同来成都参观，我领他们去拜望刘老师。爱诗客夫人曾将杜甫的诗译成英文，她渴望会见这位兰草的绘画者和《峨眉游草》的作者。刘老师接待我们在他的斋子里，谈叙多时，并亲手拿了一幅兰草赠送爱夫人。后来爱夫人乘飞机离成都时，她紧紧的握着那张宝贵的兰草条幅，和一些成都的美术品，纪念品撇在她的衬裙里，飞英伦去了。

我最近曾来拜访这位老诗人，承他赐我一张兰草，上面题着这样的诗句："石是寿者相，兰有君子心。诗书深酝酿，道味自然新。"这四行诗句说明了这位年高的哲人身体的和精神的维生秘诀。他保有磐石的元气和兰叶的幽芬。诗歌、文学、历史……都充满在他的血液中。

记得二十年前，我曾经被邀在他的府中会宴，在席间他不断的讲述许多有趣的故事来娱乐客人，有诗句，有谐谈，才智纵横，谈笑风生，我在他渊博的学识中，每次都得着新的印象。他是一位最善谈的文人，他喜爱朋友，他善于人交；我每次遇见他驱车经过街衢的时候，向他招呼，他总是笑容可亲的。

因着宋诚之会督的请求，他曾用美妙的书法写了几幅耶稣的登山宝训：

> 你们贫穷的人，是有福的！
> 你们饥饿的人，是有福的！
> 你们哭泣的人，是有福的！
> 你们被压迫的人，是有福的！
> 你们是世上的盐，你们是世上的光，温柔的人是快乐的；
> 大地是属于他们的。
> 慈悲的人是快乐的；他们要得到慈悲。
> 心里清洁的人是快乐；他们要看见上帝。
> 使人和睦的人是快乐的；他们要被称为"上帝的儿子"。

刘老师所书的《登山宝训》曾经雕在木牌上，将来要悬挂在华西大学新建的中式礼拜堂中。

他曾写了一篇短文论到普世的宗教，纪念他有名的祖父，就是十九世纪的名儒刘止唐先生。现在他的孙子刘文晋是一位音乐家兼作曲家。（很有趣的就是我的儿子费威烈在成都的时候，曾经教过刘文晋读英文，那时他们都是青年学生，现在我的儿子在美国研究文学诗歌。）

这样看来，这重优美的文化和真理将要在这个家庭一代一代的保存下去，让四川的人民都得着丰富的享受。

今年春天，我去旅行青城山，那里的道长给了我一本《青城诗文集》，其中有五首诗是刘老师所作；有《游青城宿常道观》四首，《和骆公骕同学青城诗》一首。

我将我们不能忘怀的友谊说完了一番，现在要引述他《峨眉游草》中几首诗，表示那无限的精神。他的门人陶世杰曾在《峨眉游草》一书中作序云："……吾师刘豫波先生，天随放翁匹也。遭世俶扰，足迹不出省门，垂三十年，所居老屋有百年，假山卉木茂蔚，终日吟哦其下，以意构境，往往为雁宕普陀间人刻画所未及者；唯其有之。是以似之焉。一日叩门，出其峨眉游草相示，盖新自山中来，诗情栩栩，举云影天光，奇花怪石，而咿嚅吐噭，极行文之乐，得游山之趣，且以七十四龄老人，杖履安常，犹恐不适，一日犯暑，行六百里，与名山结文字缘，而与兴会飚举若是……"

现在请听豫老的游山诗：

> 七十四龄上金顶　三十六峰小青城
> 搔首天问真咫尺　笑余足度白云生

豫老的诗与画是合而为一的，他看山犹如视一幅画图，因此他的诗中便有画意，妙趣横生，令人欣赏不罢。其诗云：

已觉群山是画图　　峨嵋尤自隔长途

笑余眼界何其浅　　未见姑嫜见小姑

　　姑嫜与小姑用以比峨嵋与群山，真是妙趣横生了。自然，友谊，诗歌，充满了这位诗人的心怀：这些就是他的人生哲学。又有诗云：

谈诗论画意安舒　　云外良朋德不孤

领取山泉香肺腑　　笋茶清兴问何如

　　天然的诗境蕴藏在他的意境中，正如西方的诗人威治威士和克慈。有诗云：

天然妙景望中收　　一水空明浪碧秋

幽谷青牛今已渺　　乌牛终古此间浮

　　他又曾登嘉州凌云峰远望赋诗云：

高峰远望浪生花　　雨过离堆夕照斜

二水中分云影碧　　李冰道爱遍人家

　　在中国有一种"遗风"存在于文人与诗人之间，每一代后起的文人与诗人可以承继前代丰富的遗产，又将那宝贵的遗产传给下代。像老的诗，也有太白的遗风。诗云：

诗怀淡荡仕清吟　　云净风散月在林

我与青莲同朗抱　　半轮秋影到而今

当这位老人登嘉州东坡读书楼时曾有"万叠文澜翻不尽"的感慨来追念东坡，将宋代与民国联成一气。其诗云：

林峦如梦已含秋　雨后万空豁远眸
万叠文澜翻不尽　我来登此读书楼

我曾最后一次去拜访他，在他临终的前几天，他已经卧在床上，不能再起来了。他的外曾孙女很温和的侍候着他，喂他的饮食，给他盥洗，又为他安放枕头。他见我到了，注视着我表示很高兴，然而他的嘴唇已不能讲话了。

他已经在神游他生前所喜爱的名山了。他生前曾有诗句：

叠嶂层峦入望中　远天云翠半浮空
幽花好鸟迎人笑　才入名山便不同

我最后一次拜望他，临别的时候向他说，"再会，再会。"他向我挥手表示从此永别了。现在他的身体与我们永别了，但是他那不朽的精神是常常与我们留在世间的人同在的。

一九四九年六月雨夜于竹斋中
选自民国三十八年（1949）八月《风土什志》二卷六期

顾毓琇

|作者简介|　　顾毓琇（1902—2002），字一樵，江苏无锡人，著名科学家和教育家，有《顾毓琇全集》行世。

川游小记（存目）

梁实秋

|作者简介| 梁实秋（1903－1987），浙江杭州人，现代著名散文作家、文学批评家和翻译家，代表作为散文集《雅舍小品》《莎士比亚全集》（译文）。

雅　舍（存目）

狗（存目）

钱歌川

|作者简介|　　钱歌川（1903—1990），原名慕祖，笔名歌川、味橄等，湖南湘潭人，著名散文家、翻译家。

旅蜀杂笔：蜀道（存目）

山城零忆（存目）

吴其昌

│作者简介│　吴其昌（1904—1944），浙江海宁人，著名文史学家，主要著作有《朱子著述考》《殷墟书契解诂》《宋元明清学术史》等。

王国维先生生平及其学说[①]

我作这次演讲，内心感慨万端。先生的去世，是在民国十六年，我离开先生算来已十多年了。深惧学殖容有荒疏，无以仰对先生生前的提携与教诲。回想音容，实不胜感伤。

刚才主席提到各位对先生的景慕，恨不及亲炙其声音笑貌，从外貌看来，中年以后的先生，肤色黧黑，颔上留两撇八字胡须，秃顶，脑后拖一条着小辫发，说话时露出长长的两个门牙，其余的牙齿脱掉很多，经常穿一件长袍，外面套上马褂。初次看到这位享大名的学人，是不免使人感到失望的。我没有入清华以前，在上海哈同花园第一次见到先生。过后有人问起我印象如何，我譬喻他如一

[①]　吴其昌曾师从王国维、梁启超，1932年任武汉大学历史系教授。抗战军兴，随校迁至四川乐山，旋兼历史系主任，直至逝世。此文为当时他在武大历史系的讲演，《风土什志》创刊号以头条刊发。——编者注。

古鼎。入清华后，受教于课堂，先生满口海宁土白，当年同学诸君中，能完全把先生的话听懂的，只有我一人。这因为我也是海宁人。

平时先生寡言笑，状似冷漠，极乏趣味，醇湛的襟度，现出他学人的本色，暗示着一生治学的冷静严肃和实事求是的精神。其实，早年的先生并不如此。在那些年岁中的文学创作和论文里，风华瞻丽的吐属，曾留下了才人旧日的梦痕，然而时世的推移，影响及于先生，遂造成他此后畸形的发展，造成我所亲眼看到的先生的暮年。

先生是科学的古史研究的奠基者，生于清同治十三年（一八七四）。在先生幼年时，左宗棠裁平回乱，班师东旋，洪杨乱事既平，随着又拓地万里，西洋诸国，都以为中国从此或将走上复兴的道路，一时有中兴之目。不幸事实上国力却日趋衰弱，到先生二十一岁的那年，甲午一战，海军全遭覆没，屈辱求和，声威尽坠。先生的少年期，就在这黯淡的局面下度过，当我们回溯着他多缺陷的身世，很容易联想起东罗马帝国衰亡期的那些学者们的坎坷的命运。

先生的先世，虽有念过书的，但到先生的祖辈父辈，已经改营商业。先生的父亲是当铺里的朝奉先生。十八岁时，先生中了秀才，此后应试却总是失败。二十三岁时先生任上海时务报馆的书记。《时务报》是汪康年、汪穰年两先生办的鼓吹维新的报纸，当时由梁任公先生任主笔。所以梁先生和王先生早年晚年都曾共过事。但早年时代，梁先生是主笔，王先生是书记；梁先生当时已是维新运动中的健将，而王先生还度着他早年黯淡的生涯。因为地位的悬隔，所以彼此也难得接近，但到晚年，梁先生王先生又同任教职于清华研究院。梁先生尊王先生为首席导师，对之推崇备至。这固然是王先生的学问才华，足以使梁先生倾倒，而同时我们于此也可见梁先生的谦虚。

在《时务报》任职时代，王先生虽未为梁先生所知，却因一个特殊的机缘，而为罗振玉赏识了。罗振玉在光绪间也是一个维新志士，办"农学社"于上海，并发刊《农学报》，聘日人译农书，提倡以农立国，因此当时罗振玉与汪康年、梁任公诸先生也有往来。某日罗振玉往访汪梁两先生不值，候于房门，随手拿了一把破扇子挥汗，却在上面发现了一首诗。末两句是："千秋壮观君知否？黑海西头望大秦。"后面署着海宁王国维。这是咏班超遣甘英使罗马（当时我们称之为大秦）而未果的事的。大概那时候王先生很崇拜左宗棠，而自己也油然有功名之志。所以不期然的写出这样雄伟的诗句。这种佼然不凡的吐属，震动了罗振玉，因询问侍者王国维是何许人，侍者只知道他是报馆里的一个书记。罗振玉乃嘱托侍者请王先生回馆后到他私寓里去访他。先生访罗振玉后感其知遇之诚，乃辞去时务报馆的职务，转入农学社服务。这一次访问，是先生生命史上的一个大关键，这是先生受之于人之始，更决定了先生此后生活的趋向，罗振玉以为那时一个青年人，应该接受一点新思潮，所以劝先生学习英文。当时藤田丰八——后来的东西交通史南洋史的权威，初在帝大历史系毕业，正受罗之聘在农学社译书。先生乃从藤田学英文，此后先生终其生俱师事藤田。即在清华研究院任导师的时代，和藤田通信，还是以师弟相称。

先生与刘鹗相识，大概也在此时。刘鹗是甲骨的收藏家，对罗振玉和王先生之研究甲骨文，均有影响。所以在此地我们要提及刘鹗，同时更要说一说甲骨文发现的经过。

光绪廿四年"戊戌变起"梁康亡命海外，明年，安阳殷虚甲骨发现。后者在学术史上的意义与前者在政治史上的意义相等，都是中国近代史上的重要节目。其实安阳的甲骨早经发现，乡人无知，称它为龙骨，常用来治病。同时乡人有种传说，以为没有字的治病才有效，所以药铺得到有字的甲骨，往往把它磨平以便出售，当时京师有三种最时髦的学问：康有为提倡"公羊学"，替维新运动在中国古代的经典中找理论的根据；俄人对我国西北边疆的觊觎，和左宗棠拓边政策的成功，更引起中国人研究西北地理的兴趣；而埃及巴比伦的地下史料的探究，也使中国人对于周金文的研究，在当时的京师蔚为风气。北京的古董商人本常到安阳搜罗古物，大古董商范某发现甲骨上刻有线纹，疑其或具有相当价值，乃请教于名鉴赏家王懿荣（周金的收藏家，时任国子监祭酒），王懿荣知道它具有学术上的价值，嘱古董商替他广为收罗，甲骨之被重视至此始。

又明年，八国联军入京师。王懿荣殉难。刘鹗当时正在京津间活动，王懿荣所收藏的甲骨完全为刘鹗所收买。后来有人告发刘鹗在庚子之乱时曾通款于外人，以粮米资敌。刘鹗因此充军新疆，他所收藏的甲骨至此几全归罗振玉。罗振玉拓印后，又把它转售于日本人。

然而当时先生正沉湎于叔本华尼采的哲学。国事的蜩螗和早年生活的阴黯，使先生很自然的成为叔本华的崇拜者，对人生世相的观察，充满了悲观的色彩。甲骨文尚未为他研究的对象。廿九岁，先生至张季直故里南通师范学校任教师，并常常写文投到教育杂志去发表，《红楼梦评论》即作于此时。同时，《宋元戏曲史》也开始在《东方杂志》连载。《国粹学报》在当时是一个鼓吹革命的刊物，但先生当时对革命并无兴趣，投刊于《国粹学报》的是先生另一种整理戏曲目录的纂述——《曲录》。次年（也就是我的生年），罗振玉任苏州师范学校校长，先生也随罗振玉到苏师任教。苏州山水秀丽，徘徊光景，创作益丰。由卅一岁到卅三岁，这三年，先生的《静安文集》《人间词话》《苕华词》《宋元戏曲史》陆续出版。在《人间词话》里先生提出境界之说，名言妙理，如一串串晶莹的智珠，这时先生似已自甘将自己封锁在艺术的象牙塔里，世事的风云似已不能在先生古潭似的心境里荡起涟漪，艺术与宗教可以使人摆脱生存欲的困扰，在宗教的世界里，人们可以远离尘世的悲欢扰攘，而达于涅槃的境界；在艺术的世界里，人们可以暂时忘却"生"给予他的痛苦，而得到片刻的安息；这是叔本华的宗教观与艺术观，也是先生当年所崇奉的说素。先生既沉淫于这样的世界，所以虽和刘鹗认识，而罗振玉更是先生最初的知己，但对甲骨文的研究，殊无意趣。光绪三十二年，英人斯坦因赴新疆考古，"敦煌学"因以大显于时，而先生对之，亦复冷漠。

宣统元年，先生三十六岁，在先生治学的生涯中，这一年有特殊的意义，因为先生治学的兴趣，在这一年完全转变了。这以前，先生是词人，是文学史家，是文艺批评家，是叔本华的崇拜者；这以后，先生却尽弃其所学，埋头在中国古史这一新处女地，从事拓荒奠基的工作，而以古史学家播誉于世界史坛。这一年，张之洞由两广总督调任学部尚书，罗振玉北上任学部参事，先生随行。那时张之洞创立京师图书馆，缪荃荪任馆长，先生由罗振玉介绍，入馆任编辑。次年，《国学丛刊》出版，先生起草宣言，倡言"学术无新旧之分，无中外之分，无有用无用之分。"所以不能以空间观念，时间观念，功利观念，来作学术的绳尺。这种为学术而学术的观念，当然极易导先生入于史学研究的途径。这时先生开始为罗整理《殷墟书契前编》，其中一部分曾分载于《国学丛刊》。宣统三年，辛亥革命起，清室退位，对这一划时代的历史事件，罗振玉却毫无理解，他仍衡之以旧日士大夫的传统观念，斥武昌起义为"盗起武昌"。清帝逊位后，罗振玉逃往日本，先生也随罗东渡。先生的辫发本早已剪去，且平居西装革履，俨然是一新少年，如今清社已覆，因罗振玉以遗老自居，先生摆脱不了他的影响，又重新蓄发留辫，服马褂长袍，俨然是一遗少了。

先生东渡后，乃完全沉溺于中国古史的探索。先从事金文拓片调查的工作，成《宋代金文著录表》一卷，《国朝金文著录表》六卷，这是企图将中国古史系统化科学化的基本准备工作。同时，并为《殷墟书契前编》作考释。民国元年，《殷墟书契前编》《殷墟书契菁华》在日本出版。那时日本的小林忠太郎刚在德国学玻璃版印刷，学成回国，看到《殷墟书契前编》刊载于《国学丛刊》的印得太糟，乃向罗兜揽这笔生意。所以这两部书印得极其精致。民国三年，《殷墟书契考释》也用罗振玉的名义出版[①]，罗振玉并因此得到法国国家学院的博士学位。巴黎图书馆知道罗振玉是研究中国古史的学者，乃赠以斯坦因及伯希和在敦煌所得的流沙坠简影印本，所以《流沙坠简考释》也在同年刊行，第一卷第三卷署先生名，第二卷署罗振玉名。这是先生以古史学者知名于国际学术界之始。

先生研究甲骨文，除与认识罗振玉刘鹗有关外，哈同与先生的关系也应该在此提及。这位犹太籍的巨商，爱好古玩珍物，所以与珠宝商姬觉弥颇有往还。后来这两家关系更日益密切，情若通家，民国五年，张勋复辟失败，遗老猬集沪滨，姬觉弥虽是一个商人，但颇想附弄风雅，以文饰他的鄙陋，供养着一大批遗老。同时他又信佛，尝迎名山大庙僧众设坛讲经，并刊行《频加精社大藏经》八千余卷。这类事情搅腻了，他又捐资集汉学家宣讲小学，更创办"仓圣明智大学"及"广仓学宭"聘邹景叔（安）及先生为教授。先生自辛亥渡日，转瞬已过了六个年头。客居异域，当然不免有对故国的怀想，所以欣然应聘归国。仓圣明智大学及广仓学宭，学生几同哈同家奴，本谈不上学术的研究；但先生却得利用这个环境，对古史作更深邃的探求。《殷墟书契后编》，就是在这一年出版的。刘鹗所藏的龟片，十九虽已归罗，但他的家属还保有一部分。后来

---

① 殷虚书契考释对"?"字曾有精详考释，后"癸彝"发现，罗得拓片，为之作简略的考释，文载《支那学杂志》。彝中有"?"字，罗曰未详，知该书非仅非罗所著，罗且未曾仔细阅读一过也。（此注释中"?"字，为"大"字两腋下各加一"火"字）——作者注。

这一部分为哈同所收买。先生又将这一部分材料加以整理，于民国八年刊刻《戬寿堂所藏殷契文字》《戬寿堂所藏殷契文字考释》。前者用姬佛佗（即觉弥）的名义，后者则由先生自己署名。

自民国五年至十二年，先生四十三岁至五十岁，这八年是先生学术生涯中的黄金时代。哈同供给先生一个便于研究学术的环境（哈同私人藏书之富，在中国实无其匹。《四库全书》，哈同那里都有全抄本）。而先生自己也正年富力强，先生的安定，使先生不致为琐屑而劳心因得致其全力于甲骨文金文古史的探讨。故先生在学术上的成就，以这一阶段最为辉煌。重要著作多刊行于此时，古史论文的结集——《观堂集林》的出版，结束了这一阶段的学术生涯。

到民国十二年，这时"五四"的狂潮已经过去。为着适应新形势下文化建设的要求，学术界喊出"整理国故"的口号，国内北京大学研究院成立后，以先生的古史研究，久已获国际声誉，拟聘往讲学，但因为北大在"五四"时，是新文化运动的大本营，革命空气一向浓厚，先生忠于清室，不愿应聘，仅仅答应了担任校外的特约通信导师。

不久，蛰居故宫称制自娱的溥仪，忽召先生入南书房行走。先生自省以诸生蒙特达之知，惊为殊恩旷典，急束装北上，这一幕悲喜剧，使先生再到北平，而终于在北平了结了自己的生命。

翌年，溥仪为冯玉祥驱逐出宫，出走天津，先生失职。同年，国立清华大学创办研究院。这以前，清华是留美生的预备学校，因此校中风气受西洋习惯感染特甚不免有过当的地方，曾惹起社会上一班的不满的批评，就是当日清华的学生中，也有不以本校的作风为然的。记得张荫麟君对此感慨地谈起："我们同学进城，别人都拿特殊的眼光看待，仿佛谁额角上刻了'国文不通'四个大字似的"，这虽不过说笑，却也暴露了部分的真相，指出弊病的所在。

适校方受当时新学术趋向的影响，决定停止留美部招生，创设大学部，并成立研究院，校风为之一变。

时梁任公先生在野，从事学术工作，执教于南开、东南两大学。清华研究院院务本是请梁任公先生主持的。梁先生虽应约前来，同时却深自谦抑，向校方推荐先生为首席导师，自愿退居先生之后。这儿发生了一次小小的波折：原来，梁先生曾赞襄段祺瑞马厂起义之役，素为遗老们所切齿，罗振玉嫉视他更甚。先生是遗老群中的一个，与罗私交又颇密切。这事既由梁先生推荐，罗因力阻实现。先生颇感进退为难。正当踌躇未决的时候，梁先生转托庄士敦（一个中国籍的英国人，溥仪的英文教师。）代为在溥仪面前疏通，结果经溥仪赞同，当某次先生上天津去请"圣安"的时候，面喻讲学不比做官，大可不必推辞等语。于是先生乃"奉旨讲学"，应聘迁居清华园，罗振玉无话可说，只好搁在心里不乐意了。

先生应聘的第二年春间，研究所正式开学。这时的盛况是使人回忆的：除了先生和梁先生外，同任导师及讲师的有陈寅恪先生和赵元任先生及李济、马衡、梁漱溟、林宰平四先生。陈先生那时曾经写过一副开玩笑的对联给我们，文曰："南海圣人，再传弟子；大清皇帝，同学少年。"这是暗指梁王二先生以嘲弄我们的，平常每一个礼拜在水木清华厅上，总有一次师生同乐的晚会举行。谈论完毕，余兴节目举行时，梁先生喜唱《桃花扇》中的《哀江南》，先生往往诵八股文助兴，如今，声音好像仍在耳边，而先生却已远了。

在研究院先生所开的课程，有（一）古史新证（二）尚书研究和（三）古金文研究三种。不过讲授的虽还是古文字古史方面的东西，而先生自己的研究工作，则早在两年前（民十二）校《水经注》时，即更换了趋向，作为先生第三期学术工作的对象的是辽金史、蒙古史和西北地理。这几年陆续发表了许多有价值的著作。我现在撰述重要的书名和篇名如下：

一、蒙鞑备录校注，二、黑鞑事略校注，三、圣武亲征录校注，四、长春真人西游记校注，五、阻卜考，六、黑车子室韦考，七、金界壕考，八、辽金时蒙古考，九、鞑靼考　鞑靼年表，十、南宋时所传蒙古史料考，十一、元秘史，主因亦儿坚考，十二，蒙古札记。

清华园的山光水色，校方的优裕的供奉，给这位冷于世事，懒于应付的学人以安宁和休憩，似乎尽可以颐养他的余年了，谁知世事的剧变，使先生仍不能平静的活下去。新的事物带来太多的刺激，北伐军兴，大局震荡，北京城里满浮着谣言，暗示着军阀统治的挣扎、无力和行将崩溃的前途。叶德辉在湖南被杀后，谣传着一个新的消息，说是南兵见有辫子的人便杀；又传闻一旦北伐军北上将极不利于溥仪。先生既久已和外界隔绝，判断力减退，对大局趋向莫明，在盛炽的谣言世界里，既为一己的安全担忧，又恐溥仪万一将有不测，因此，面对着亟变的世局，先生有着极度的愤恨和憎厌，心境极为凄苦，当时，有同学曾婉转进言，请先生将辫发剪掉。其实呢，对于这，先生也并不怎样固执。他曾说过："倘是出其不意的被人剪了，也就算了！"不过要让自己来剪，则老年人的情怀觉得有点难堪，不愿如此做罢了。这些时，有一次我见到先生。他问我说："前年有一天晚上，我曾看见一颗大星流坠，随后就听说孙中山死了。前两夜，我又看到了同样的异兆，你看吴佩孚怎样，会不会轮到他死呢？"在我们看来，这自然是令人发笑的，但也说明了先生那时的忧心惶惶、不可终日的浮动的情绪。果然，不久先生就以自杀闻了。

先生自杀的经过是怎样的：

这年五月里一个风日和暖的日子，颐和园里的鱼藻轩前，发现一位老先生投水死在昆明池里，这就是众所周知的王先生。据守卫园内的人说：先生入园后徘徊于池旁，曾见他点燃一支卷烟。正午十二时，忽然传来"扑"的一声，循声前往，知道有人死在水里，待救将起来，人已气绝了。我们闻讯赶至，除了一瞻遗容外，已一无补益。呵，这一代大师的凄凉的死！

事后据人谈起，先生在前些日子和人谈及颐和园的风物，尚慨叹自己在北平这样久园中却一次没有去过。不料这名园竟成了他葬送生命的处所，他的第一次游园，也就是最后的一次了。

先生遗嘱略曰："五十之年，唯欠一死，经此大变，义无再辱，我死后，遗著可托陈吴二先生整理。"（陈指陈寅恪先生，吴指吴宓先生）这证明了先生之死，是因为在那时会，先生已不愿再活下去，所以自愿了结他自己的生命。

先生自戕的消息传来，梁任公先生正卧病于德国医院，赶忙抱病出院。后事料理初毕时，溥仪优恤的谕旨已下，发给治丧费三千元，伪谥"忠悫"。梁先生为请求北洋政府褒扬先生事，曾往访当时的国务总理顾少川（维钧）先生。顾允提出阁议，结果因为多数阁员根本不识"王国维"其人名姓，未被通过。这诚无损于先生的盛誉，然而一代学术宗师，誉满中外，退位困居的逊清帝廷尚知仪恤颁谥，而北洋政府却不闻不问，其腐败昏庸，是可以想见的了。

总结先生的一生，以才人始，是学人终。而治学的科学精神及其结论的准确性，在学术史上，只有王念孙相伯仲。在私生活和事功上，先生是毕世坎坷的：年青时屈居下位，壮岁碌碌依人，甚至个人辛勤的著作，都写着旁人名氏，晚年虽盛誉雀起，而孤独郁结，不得终其天年。在友朋中，先生受罗振玉影响极大，偏巧这影响又是和时代的潮流相背的。但在学术上先生的成就，实有不可磨灭的光辉。他的治学的初、中、晚三期——第一期的哲学、文学、文艺理论，第二期的古史、古文字学，第三期的西北地理、辽金蒙古史——均有可贵的遗产留给后来的人，我们纪念先生，景慕先生，想学习先生，便应该从这些地方入手。

科学的进步无止境。前人播下种子；辛勤的操作给后人预备下来日的收获。而我们亦当为自己的下一代留下更丰盛的果实。王先生的贡献是永远的，值得尊敬的；但在理论上讲起来，我们应该超越他，再让我们的后辈再来超越我们。——这才是学术进步的征象。

景芹笔记

选自民国三十二年（1943）八月《风土什志》创刊号

刘大杰

| 作者简介 |　　刘大杰（1904—1977），湖南岳阳人，现代文史学家、作家、翻译家，代表作为《中国文学发展史》。

成都的春天

　　成都天气，热的时候不过热，冷的时候不过冷，水分很多，阴晴不定，宜于养花木，不宜于养人。因此，住在成都的人，气色没有好的，而花木无一不好。在北平江南一带看不见的好梅花，成都有，在外面看不见的四五丈高的玉兰，二三丈高的夹竹桃，成都也有。据外国人说，成都的兰花，在三百种以上。外面把兰花看重得宝贝一样，这里的兰，真是遍地都是，贱得如江南一带的油菜花，三分钱买一大把，你可以插好几瓶。从外面来的朋友，没有一个人不骂成都的天气，但没有一个不爱成都的花木。

　　成都这城市，有一点京派的风味。栽花种花，对酒品茗，在生活中占了很重要的一部分。一个穷人家住的房子，院子里总有几十株花草，一年四季，不断地开着鲜艳的花。他们都懂得培植，懂得衬贴。一丛小竹的旁面，栽着几树桃，绿梅的旁面衬着红梅，蔷薇的附近，植着橙柑，这种衬贴扶持，显出调和，显出不单调。

成都的春天，恐怕要比北平江南早一月到两月罢。二月半到三月半，是梅花盛开的时候，街头巷尾，院里墙间，无处不是梅花的颜色。绿梅以清淡胜，朱砂以娇艳胜，粉梅则品不高，然在无锡梅园苏州邓尉所看见的，则全是这种粉梅也。"疏影横斜水清浅，暗香浮动月黄昏"，林和靖先生的诗确是做得好，但这里的好梅花，他恐怕还没有见过。碧绿，雪白，粉红，朱红，各种各样的颜色，配合得适宜而又自然，真配得上"香雪海"那三个字。

现在是三月底，梅兰早已谢了，正是海棠玉兰桃杏梨李迎春各种花木争奇斗艳的时候。杨柳早已拖着柔媚的长条，在百花潭浣花溪的水边悠悠地飘动，大的鸟小的鸟，颜色很好看，不知道名字，飞来飞去地唱着歌。薛涛林公园也充满了春意，有老诗人在那里吊古，有青年男女在那里游春。有的在吹箫唱曲，有的在垂钓弹筝，这种情味，比起西湖上的风光，全是两样。

花朝，是成都花会开幕的日子。地点在南门外十二桥边的青羊宫。花会期有一个月。这是一个成都青年男女解放的时期。花会与上海的浴佛节有点相像，不过成都的是以卖花为主，再辅助着各种游艺与各地的出产。平日我们在街上不容易看到艳妆的妇女，到这时候，成都人倾城而出，买花的，卖花的，看人的，被人看的，磨肩擦背，真是拥挤得不堪。高跟鞋，花裤，桃色的衣裳，卷卷的头发，五光十色，无奇不有，与其说是花会，不如说是成都人展览会。好像是闷居了一年的成都人，都要借这个机会来发泄一下似的，醉的大醉，闹的大闹，最高兴的，还是小孩子，手里抱着风车风筝，口里嚼着糖，唱着回城去，想着古人的"无人不道看花回"的句子，真是最妥当也没有的了。

到百花潭去走走，那情境也极好。对面就是工部草堂，一只有篷顶的渡船，时时预备在那里，你摇一摇手，他就来渡你过去。一潭水清得怪可爱，水浅地方的游鱼，望得清清楚楚，无论你什么时候去，总有一堆人在那里钓鱼，不管有鱼无鱼，他们都能忍耐地坐在那里，谈谈笑笑，总要到黄昏时候，才一群一群地进城。堤边十几株大杨柳，垂着新绿的长条，尖子都拂在水面上，微风过去，在水面上摇动着美丽的波纹。

没有事的时候，你可以到茶馆里去坐一坐。茶馆在成都真是遍地都是，一把竹椅，一张不成样子的木板桌，你可以泡一碗茶（只要三分钱），可以坐一个下午。在那里你可以看到许多平日你看不见的东西。有的卖字画，有的卖图章，有的卖旧衣服。你有时候，可以用最少的钱，买到一些很好的物品。郊外的茶馆，有的临江，有的在花木下面，你坐在那里，喝茶，吃花生米，可以悠悠地欣赏自然，或是读书，或是睡觉，你都很舒服。高起兴来，还可以叫来一两样菜，半斤酒，可以喝得醺醺大醉，坐着车子进城。你所感到的，只是轻松与悠闲，如外面都市中的那种紧张的空气，你会一点也感不到。我时常想，一个人在成都住得太久了，会变成一个懒人，一个得过且过的懒人。

三月末日于成都

原载民国二十五年（1936）五月一日《宇宙风》第十六期

选自周明主编：《中国现代散文经典》，北京工业大学出版社，2009年

忆李劼人——旧友回忆录

记得一位丹麦的文学批评家说过："在文坛上，有一种作家是很寂寞的。他厌恶在社交上应酬来往，他不欢喜在群众中间露面，

他觉得这些都要搅乱他灵魂的安静，破坏他生活的和平。他闭着门孤零零的写他自己想写的，度着他自己逍遥自在的生活。有时候他几乎被人遗忘了，不过他的作品，终久是存在的。……"在中国二十年来的新文坛上，李劼人兄确是这一种典型。他宽头大脸，身体魁梧，是四川人中少有的。他留学法国，很早的时代，就致力于法国文学的介绍。他翻译的作品，有都德（A. Daudet）的《小物件》《达哈士孔的狒狒》，佛劳贝尔（G. Flaubert）《波哇利夫人》，莫泊桑（Maupassant）的《人心》。还有一本《萨朗波》在商务出版。这一些译本，除了给他一种精神上的安慰以外，物质上的帮助，真是微乎其微，他常常发牢骚的说："一本书的版税，还够不上痛快的喝一次酒，谁愿意做傻子，去关门闭户从事某作家全集的翻译。"后来，他抛弃这种翻译工作而从事他的创作生活，把他四十年来，所经验的四川军阀所造成的畸形怪状的社会，半新半旧的男女青年的种种情态，由辛亥革命到民国廿年左右那一动荡不定的封建传统与新思潮的争斗，旧文学与新文学的矛盾冲突的场面，他用写实的笔法，平淡无奇的客观的记录下来，把四川四十年来，——尤其是成都——社会的实在面目，一齐搬上舞台，那舞台上，有各色各样的人物，衰老的，新鲜的，腐败的，前进的，美的丑的，文的武的，组织一个极热闹极生动的场面。表现这些材料的，就是他那有名的三部作，《大波》，《死水微澜》和《暴风雨前》。郭沫若先生在前数年发表的《中国左拉的展望》一文里，对于这些作品，有过很好的评价。可惜的，他这三部书，为要解决生活，都以四元一千字的代价，全卖给中华书局了。

比起他的作品来，我是更欢喜他的为人的。二十年前我已和他相识，除了极难得的机会到上海来见一两面以外，他老是躲在成都的小笼子里，连书信也是写的很少的。民国廿四年秋天，我随着任叔永先生到四川大学去教书，才和他共度了两年多的愉快生活。他性情豪爽，肯帮助人，在他的心灵里，清平如镜，从没有半点损人利己的打算，但他欢喜说话，话中多刺，很不为一般正人君子所欢喜，有时还看他是异端。批评他，排挤他。他从前在成都大学教书时，因为他不能与恶势力和睦相处，他愤而辞职，自己在成都街上开一小酒馆，牌名"小雅居"，太太做卓文君，他自己就是司马相如。他的学生们到馆中饮酒时，一看是老师在当堂倌，几乎坐立不安，进退维谷。劫人却自容不迫，仍是端盘放筷，打酒，提壶。他说："不要紧。在学校我是先生，在酒馆诸位是客人，请坐着喝酒罢。只有一点，小店本钱不多，恕不赊欠。"一时传为笑谈。劫人夫妇毕竟不是生意中人，以文学家兼教授的双重资格，经营这一个小酒馆，不到两年，就把本钱赔光而关门了。我到成都时，已看不见司马相如和卓文君的夫妇酒店，实在是可惜的。他那时正是寂寞关在小城一间冷清清的房子里，忙碌的认真的写他的三部作。我记得很清楚，正在写《死水微澜》，那原稿的字，小得像蚂蚁一样，白宣纸，写的毛笔字，时有涂改，我几乎认辨不清。我几次邀他到四川大学文学系教书，他说："教书比写文章还苦。一个月我只要有一百块钱就够我的酒饭了。一个月写两万五千字是容易的。我不争名，也不争利，我爱自由。我要什么时候写，就什么时候写，要什么时候睡，就什么时候睡。一上讲堂，就变成玩把戏的猴子了。"我不愿破坏他这种美的境界，不愿束缚他那种自由，再也不问他提到教课的事了。这一点，他认为我是他的知己。

到劫人家去喝酒，是理想的乐园：菜好酒好环境好。开始是浅斟低酌，继而是高谈狂饮，终而至于大醉。这时候，他无所不谈，无所不说，惊人妙论，层出不穷，对于政府社会的腐败黑暗，攻击得痛快淋漓。在朋友中，谈锋无人比得上他。酒酣耳热时，脱光上衣，打着赤膊，手执蒲扇，雄辩滔滔，尽情的显露的出他那种天真浪漫的面目。下面这一首诗，就是写他自己的。

李君志与秋天高，下视名公巨卿如草毛。

读破万卷行万里，落笔奔腾似海涛。

胸藏抑郁磊落之奇气，发为文章类楚骚。

清于秋风吹锦水，快如春浪送轻篙。

卖文得钱即沽酒，酒酣议论波滔滔。

慷慨纵谈家国事，成败利钝析秋毫。

愚顽在朝闲在野，乃知崎岖蜀道多蓬蒿。

我谓李君举世浑浊何不和其光而不同其曹？

李君谓我男儿焉能摧眉折腰事权贵，

下与群小龌龊争腥臊。

不如烂醉饮美酒，起顾四座皆贤豪。

在抗战的数年中，我东西奔走，艰苦备尝。得全性命，已是难能。回想着往日的良朋好友，感慨万端。郁达夫至今生死不明，四方探望，渺无消息。劫人已有多年不见，不知受了这几年的磨难，还有否昔日的风度。昂首西望，真有无限的幽情。

选自民国三十五年（1946）一月二十日《文坛》第一卷第一期

朱偰

|作者简介| 朱偰（1907—1968），浙江海盐人，著名经济学家和历史学家、文学家，著有《金陵古迹名胜影集》《漂泊西南天地间》等。

峨眉纪游

一 峨眉览胜

蜀国多仙山，峨眉邈难匹。

周流试登览，绝怪安可悉。

青冥倚天开，彩错疑画出。

泠然紫霞赏，果得锦囊术。

云间吟琼箫，石上弄宝瑟。

平生有微尚，欢笑自此毕。

烟容如在颜，尘累忽相失。

倘逢骑羊子，携手陵白日。

——李白

宋王象之《蜀山考》，举蜀中名山凡六：一曰峨眉，二曰青城，三曰锦屏，四曰赤甲白盐，五曰剑阁，六曰巫山。诸山皆标奇竞秀，而风光秀丽，气象雄伟，则以峨眉为最。余二十五年夏入蜀，已览赤甲、白盐及巫山十二峰之胜，宿闻峨眉之名，遂上溯岷江，穷三峨之幽。入山十余日，遍览诸胜境，举凡三十六寺，七十一庵，以及黑龙溪之幽邃，九老洞之深僻，并所谓"光相"、"绵云"、''天灯"诸异迹，无不亲睹。归航十日，途次岑寂，橹声帆影之中，默忆山中景象，岚光云影，历历在目，鸟语泉流，泠泠绕耳，"归来写遗声，犹胜人间曲"，山灵之化人深矣哉！因掇拾印象，写为纪游，非谓文辞足取，亦聊以有对名山云尔。

峨眉之名，远见两汉。扬雄《蜀都赋》云："南则犍牂潜夷，昆明峨眉"，是峨眉见称之始也。降及西晋，左太冲《蜀都赋》亦云："带二江之双流，抗峨眉之重阻"；至东晋常璩《华阳国志》，始稍稍详纪之。曰：

> 蜀之为国……东接于巴，南接于越，北与秦分，西奄峨嶓，地称天府，原曰华阳。……

又曰：

> "南安（即今乐山）……西有熊耳，南有峨眉山，山去县八十里，《孔子地图》言有仙药，汉武帝遣使者祭之，欲致其药，不能得。"（卷三《蜀志》）

考峨眉命名之因，旧有二说：任豫《益州记》云：

> "峨眉在南安县界，两山相对如蛾眉。"

《水经注》亦云：

> "去成都千里；然秋日澄清，望见两山相对如蛾眉焉。"

《犍为郡志》因踵事增华，描摹神化，曰：

> 此山云鬟凝翠，鬓黛遥妆，真如螓首蛾眉，细而长，美而
> 艳也。

释氏之说，则引证经典，《高僧传》引《楞岩经圆通品》云：

> 昔善财礼德云比丘时，伫立妙高峰，观此山如初月现，故
> 称峨眉。

综观二说，当以前说为是，余尝从平羌江上，远望峨眉，大峨
二峨，苍然遥对，而烟岚横黛，云鬟凝翠，谓之蛾眉，谁曰不宜？
所谓山如初月现，实未见其近似也。

峨眉在汉晋以前，以仙山著称，观于武帝遣使求药可知也。相
传太古之初，为天真皇人，即广成子所居，轩辕问道，始著灵异；
厥后好事者递相增益，互加附会，于是伏羲洞、女娲洞、九老洞、
鬼谷洞等，遂层见叠出。至唐李白，犹以为"蜀国多仙山，峨眉邈
难匹"，而思骑羊陵白日也。今则琳宫梵刹，遍布岩壑，至问羽流，
寂无一人。宋皇坪、轩辕观，全付榛莽；惟纯阳一殿，为明初郝卫
阳所建，载有碑记，欲为天皇存饩羊之意；然住持仍是缁流，中供
佛像，纯阳特一寓公耳。仙山寥寂，道教之陵替久矣。

自汉以还，佛法始稍稍东来，峨眉之为普贤道场，盖亦始于东
汉。旧志称峨山应化，始于汉明帝时里人蒲公采药，见麋迹似莲

华，询诸千岁宝掌菩萨。掌令往洛阳问摩腾、法兰二尊者；兰曰："《华岩经菩萨住处品》有文：'西南方有处，名光明山，从昔以来，诸菩萨众，于中止住；现有菩萨，名曰贤胜，与其眷属三千人俱，常在其中而演说法。'所谓贤胜，即普贤也。"蒲归，乃建普光殿，供愿王菩萨。由此观之，《华岩经》所谓光明山，乃在印度西南，岂可附会峨眉？《峨眉山新志》系释印光所修，为之解曰：

> 普贤菩萨，既以法界藏身，无往不在；又恒顺众生之愿，无感不应。峨眉从汉以来二千年，大小寺宇，莫不崇奉普贤菩萨；四方信士，礼敬普贤者，亦莫不指归峨眉。则此山为大士应化之地，更复何疑，正不必有经文作证也。况大士随缘赴感，如月印千江，一勺一滞，无不见月；似春来大地，一草一木，莫不逢春。纵有经文指菩萨住处在峨眉，岂其应化即局于峨眉？……

今人说峨眉，动辄以为四大名山之一，而莫不盛称普贤。实则"斯山真面目，不随蓬海三浅"，自有天地，即有峨眉，"峨眉既不以普贤显，亦不必黜普贤以显峨眉"（胡世安题喻广文《峨眉山志》）。山水自有其真灵，固不必附之仙佛也。

山之高度故籍言人人异。《名山记》云："峨眉周匝千里，高二百二十里，石龛一百十二，大洞十二，小洞二十有八，南北有台。"《名胜记》云："前之岷江，大出而尾小；背之瓦屋，上正而平章；远之雪山，纤浮而泪没。"《峨山志》云："后有晒经、瓦屋、青城、天竺、雪山，屏峙环列；前即二峨三峨，然二山俱以大峨得名，大峨高峻既极，足以兼二山也。"宋田锡云："高二百里作一盘，八十四盘青云端。"《国宪家猷》云："峨眉山在蜀，为最高峻，盖众山盘礴而成；齐之泰岱，楚之武当，皆不及也。"李太白所称"峨眉高出西极天，罗浮直与青冥齐"者，非妄。因山极高，故昔人称者，或谓"震旦第一"；或谓"伯仲昆仑"；或称"高出五岳，秀甲九州"；或称"北控三川，南界百蛮"。近人实测，千佛顶之高度，为三千三百八十三公尺（合一一一六三·九呎），然万佛顶金顶，尤高于千佛顶，三顶之差度，约为四十呎左右（南京气象研究所所设峨眉山测候所之报告）。又据二十三年《申报年鉴》，金顶之高度，为三千零三十五公尺，以华尺计之，盖在九千四百八十四尺以上（9484.37），所谓高出五岳，秀甲九州岛者，洵不虚矣。

昔王右军欲游峨眉，誓墓之后，犹云奉使关蜀，无不从命；然侧身西望，终不能遂其愿。杜少陵避地成都，元白俱官巴蜀，未能一登光相，题名千古，东坡曾否至峨，且不可知，观其在湖州送人河满子词云：

> 见说峨眉凄怆，还闻江汉澄清。秋来但觉归梦好，西南自有长城。

其心向峨眉，盎然辞表。古来著名诗人，惟太白尝登峨眉。然则游历名山，亦有因缘，不可强求也。余少读谪仙诗："蜀国多仙山，峨眉邈难匹。"每一遐想，辄深神往。今夏有缘，西溯岷江，扶筇光相，杖策绝顶，睹雪岭之雄奇，见绵云之浩荡；且溯黑龙溪则积雨穷阴，瀑泻长虹；登金顶则晴天一碧，江山万里。山灵之惠我实深，又安可不有所记，以酬名山耶。

二　发嘉州

七月二十二日，晓发嘉州，出瞻峨门，傍崖临水而行。沿岩凿有山穴，有阔数丈深数十丈者，有刊刻人马，床榻几席备具者，有数洞相连状如蜂窝者，盖上古穴居遗风，而皆为獠人所凿也。按《乐山县志》卷三：

> 东晋康帝初，李寿纵獠入蜀，自巴渠窜梓潼，蔓延于犍为，邑境遂沦化外。齐徙犍为，还治僰道（前治武阳），而獠益盘踞。唐文宗太和中，李德裕节度剑南四川时，沫水而左，尽为獠有，盖獠巢穴于此，非一日矣（《府志》：獠为民患，历齐梁至周，乃稍稍戢；然唐宋间，犹时出扰民）。李膺《益州记》：东晋建元二年，李寿从牂柯引獠入蜀，象山以北，皆为獠居，布在山谷，十余万落，挟山傍谷，与土人参居。参居者颇输租赋，在深山者不为编户，种类滋蔓，依林涉险，若履平地，性又无知，殆同禽兽；诸夷之中，难以道义招怀者也。此祸之因，《北史》不载。

此段记载，有关国内氏族迁移，颇为重要，致祸之由，正史略而不载，按常璩《华阳国志》卷九："李特祖世本巴西宕渠賨民种党。"其后李寿既据成都，招巴西同种，窜入梓潼，以谋自卫；又招牂柯诸獠，入居南安（今乐山），以为声援。自后乃相率东下，寄迹荆湘，观于《蜀鉴》，蜀流民杜弢与南平太守应詹书可知。今乐山县境铜河西南，与云南越巂接壤之界，尚有长袤数百里之瓯脱地，为獠蛮巢穴，时掳人民为奴，皆李氏之遗害也。然则今日所见獠穴，含有一段氏族迁移之历史，其意义固甚深长也。

由獠穴西南十里，至草鞋渡，传明季张献忠既陷嘉州，将渡江掠峨眉，土人织长四五尺之巨鞋悬江干树上，献忠惊疑，遂未渡江，故至今嘉峨一带，尚有明来遗民，为纪念此"空城计"，渡因以草鞋名焉。渡口洪流激荡，水急如矢，即雅河也，亦名青衣江。又前渡峨眉水，大峨二峨遥现天际，真如蛾首峨眉，秀绝尘寰。沿途景物，迥异江南，橘柚麻柳松杉楠木之属，翳云蔽日；而尤以榕树浓阴似盖，荫周数亩，满目流青，不若下江之濯濯也。过苏稽山，相传为苏稽隐居处（《舆地纪胜》），升降丘陵，已有丘整气象。一路农家利用水力，激动巨轮，轮周缀以小竹筒，轮上转时，竹筒斜而向上；轮下转时，斜而向下，即倾水入笕，刳竹引泉，以溉高地，人力克服天然，此地理学家（Richthofen）所深称许者也。八十里至峨眉县，汉属南安县，后周属平羌县，隋开皇间，置峨眉县。《元和志》曰：枕峨眉山东麓，故名。县一山郭小城耳，出大南门，门曰胜峰，山光岚影，冷翠扑面。自此古刹相望，泉流不绝，而树愈苍润，山愈翠碧，惟大峨云封，仅见报国寺后之大坪二坪耳。过兴圣寺圣积寺，有真景楼，榕木森森，荫蔽数亩。再前度石梁，泉流潺潺，悦耳沁心，自此沿大道行，以黄昏抵报国寺。

三　报国寺至大峨寺

小桥支木度回溪，万竹青青有鸟啼。
未到上方三界阔，已看幽壑万云低。
短箫吹客疑鸣凤，破衲栖禅类木鸡。
欲去又迟今夜月，满山空翠醒人迷。
——安磐《伏虎寺》

　　暮色中抵报国寺，为入山第一大刹，古为会宗堂，一名问宗堂，释明光开建，有万历四十三年碑记，立伏虎寺。堂原在伏虎寺右山麓，虎头山之阳，嗣迁至此，清康熙间，始易今名。寺前楠木凌云，浓荫匝地，而青山屏障，一涧潺湲，远望琳宫绀宇，掩映翠黛间，景致幽胜。寺门后为天王殿，再进为大雄殿，为七佛宝殿，为藏经阁（下为普贤殿）。夜宿七佛宝殿西偏之清风室，一枕雨声，清寒达旦。

二十三日，晓发报国寺，细雨霏霏，湿人衣襟。登二坪，初入山境，二里至善觉寺，即古降龙寺，明万历时，道德禅师建；清康熙间，赐"龙厢善觉寺"匾额，并玉印一颗，文曰"普贤愿王法宝"，朝山者都钤印于黄袱上，名曰"请印"。寺后有宋皇坪，相传天皇授道于轩辕处，旧有道观，今已尽付榛莽矣。

由善觉寺而下，二里至响水桥，雨后水激，琮琤满耳。前行过木坊，颇宏丽，榜曰："伏虎寺"，蒋虎臣书。自此而上，万竹森森，一径幽深。渡虎溪桥，溪流漱玉，磴道盘云，凡三层，始抵寺门。寺行僧心安开建，明末毁于兵燹；清初僧贯之结茅修静，号虎溪精舍。顺治十八年，川省大僚，捐廉兴建，经营十载，始告成功，前后左右，凡十有三层，崇宏巨丽，为入峨第一大观。寺后为罗汉堂，由此而上，山径萦回，杉篁丛中，为罗峰庵，清康熙间，蒋虎臣自称华阳山人，结茅于此。今则荒寂殊甚，无复人迹，惟四顾空山寥落，野鸟悲鸣而已。

再上经凉风桥，渡解脱桥，水声潺潺，悦耳洗心，四顾铁壁凝翠，青苍欲滴，岚光云影，迎面而来。过桥，为解脱坡，磴道巉巉，高百余丈，至雷音寺，即古解脱庵。二里至华岩寺，一名归云阁，明初释广圆，奉敕重修，掘地得宋碣，镌"华岩埭"，左刻"至县十五里"，右刻"至顶七十里"。寺左为青竹桥，望娟娟秀出林表者，玉女峰也。此峰纤妙，不亚罗浮玉女，峰顶有池，深广四尺，终古不竭，相传天女浴焉。

由华严寺左上，为纯阳殿，重楼瑰玮，为明初郝卫阳所建，全山道观，所存仅此，然亦供佛，主客互易矣。殿后云雾缥缈间，有坪曰华严，古称赤城山，相传为赤城子之居。殿左行里许，路忽逼仄，不容舆马，明蜀献王游峨至此，下辇行五十三步，后人重其步，因以名焉。

由五十三步而上，里许为会灯寺，望云山峨峨，连天而起，华岩诸顶，缥缈烟云间，以为即金顶；询之山人，始知不过大坪及九老洞连山而已，去金顶尚不可以道里计也。寺有敞阁，依岩架屋，远望诸峰，苍翠环照。道折而左，缘岩而行，时已向晚，风日流丽，北望巉岩，回抱如城，夕阳残照，呈浅赭色，映以翠黛，景致富丽。再前度小桥二三，路右巨石壁立"大峨石"三字，吕纯阳书；"灵陵太妙之天"六字，明督学郭子章书。路左神水池即玉液泉，《峨眉山志》卷一云：

> 隋智者禅师，知此水发源西域；后卓锡荆门，龙女为引神水，并浮所寄中峰寺钵杖，自玉泉流出。旧有《神水通楚碑》，纪其事。

泉源出石下，渟然幽深，前有巨石，刻陈希夷草书"福寿"二字，苏东坡"云外流春"四字。再上，即神水阁也。明董明命诗云：

> 石以山为名，水从石窍生。
> 暗通阿耨润，远入玉泉清。
> 有客曾歌凤，无人解濯缨。
> 谁教尘念冷，遥步向空明。

由神水阁缘道左上，为大峨寺，寺为半山大刹，古福寿庵，明释性天开建，旋圮；清初重建，名大峨庵。康熙间，峨边参将李桢，增广之，易庵为寺，有九曲渠、流杯池、灵文阁、胜峰、立禅、弥陀庵诸景，今俱荒废。寺颇崇闳，前后凡五进，寺后古松一株，霜干龙鳞，卓荦不群，为千百年物。自大殿后望，一树凌云，群峰环拱，烟云出没，景致幽邃。寺外左转，即凤嘴石，刻"歌凤台"三字，相传为楚狂陆通归隐处，前即歌凤桥，俗名响水桥，清流泻玉，四山响应，如洪涛巨浪，挟风雨而来，昔人称为山潮，夜静风回，万壑雷鸣，不知者以为雨声也。

夜宿大峨寺，散步门前，月影徘徊，寒光似练，松杉交柯，倍觉森森。宿处在寺门楼上，更深人静，山涛大作，初以为风雨，细听始知为泉声也。三更梦回，夜雨果来，一枕清寒，潇潇达旦，"西蜀多夜雨"，屡试不爽。因吟诗云：

闻道楚狂归隐处，千秋古木尚潇潇。

山深时洒三更雨，夜静风回万壑涛。

天上神仙频过往，云间玉女亦相招。

当年夫子何为者，凤兮高歌不自聊。

四　大峨寺溯黑龙溪至洪椿坪

奇险称三峡，艰难说栈道。

惟有峨眉黑龙水，实兼二者之神妙。

长瀑流恬恬，天风吹浩浩。

况复穷阴兼积雨，飞涛喷薄银河倒。

激流渡洪涛，攀援愁猿鸟，

寒泉清彻骨，断岸响鸣筊。

铁壁忽横天，四山相围抱。

阻绝疑无路，一线通窈窕。

上有悬虚千仞之高标，下有冲波逆折之怒潦。

仅赖栈道巧相连，深山幽绝行人少。

云彩忽开阖，岚光现缥缈。

横绝象鼻岭，始上天池道。

夜来钟磬定，松涛时相绕。

一枕风雨声，幽眠不觉晓。

　　　　　　——朱偰

　　自歌凤桥而上，山径幽深，松杉交翠，行二里许，至中峰寺。寺一名集云，在晋为乾明观，资州明果禅师除蟒患，始改为寺。寺后为白云峰，左为呼应峰，相传孙思邈真人隐峨眉时，与智者禅师茂真尊者集弈于此，常相呼应，故以名也。历观音寺龙升冈至广福寺，一名慈云寺，寺后绿阴森森，亏蔽天日，为牛心岭。登楼而望，四面云山，一溪烟雨，但闻万壑流泉，与风涛相激而已。

　　由广福寺左，拾磴而下，水声愈大，殷殷如雷，视俯双流，飞云溅雪，若不相下。临流二桥，曰双飞桥。相传左桥建自轩辕游胜峰时，白水从雷洞坪，绕万年寺而来；右桥则自古至今，几经兴废，黑水从九老洞，绕洪椿坪而来。出桥数十步，两水会合，皆岌嵲巨石，深不见底，水石交斗，溪壑皆怒；而有牛心石，矗立水中，奔雷砰訇，滚珠溅玉，所谓"黑白二水洗牛心"是也，清人刘光第联云：

双桥两虹影；

万古一牛心。

　　颇能传神。昔人以峨眉双飞，与庐山三峡相比，皆极水石之奇，洵不虚也。

　　桥上为清音阁，一楼高耸，双水环抱，"何必丝与竹，山水有清音"。其地风壑云泉，涛声泠泠，足以当之。由阁左下，溯黑水而上，一名黑龙江，瀑得雨益怒，奔腾澎湃，一壑雷鸣；涉水而上，其清鉴影，其冷彻骨。须臾山回路转：双崖铁裂，一溪怒涌，而苍翠嶙峋，森碧蔽天。溯瀑流而上，烟雨霏霏，云山隐现，泉流湍急，至于不可驻足。如此可三里，铁壁横天，阻绝无路，乃有栈道逶迤，转折峡间，"上有六龙回日之高标，下有冲波逆折之回川"，如为此写照。余以为三峡之险，栈道之难，此兼而有之。过三道桥，始舍溪行山径，云影开阖，岚光缥缈，凡三十里，始登洪椿坪，当路有坊曰"洞天首步"，寺门额曰"千佛禅院"，有正殿及千佛楼，殿悬千佛灯，柱蟠云龙，塑仙佛人物，雕镂精致，山中罕有其匹。寺后有天池峰，上有石池天成，故名。夜宿寺中，山深气肃，阴雨连绵，自此以上，非围炉不足以御寒矣。

五　发洪椿坪历九十九倒拐宿九老洞仙峰寺

晓发洪椿坪，暮宿仙峰寺。
风雨连朝夕，云山多奇致。
缥缈凌虚空，岌嶪势欲坠。
幽谷鸣飞泉，绝壁积寒翠。
盘磴九十九，云深不可至。
山高雨雾重，地僻烟雾秘。
猿鸟自逍遥，与人不相避。
顿有忘机心，早悟清净理。
何当栖绝巘，长啸谢尘世。

——朱俊

七月二十五日，晓发洪椿坪，昨宵风雨，泥泞难行。既上九十九倒拐，磴道盘云，古树翳日，须臾云蓬蓬生足下，远山缥缈，尽隐烟云中，昔人诗云："最爱他山云似絮，不知身在絮中行"，写景逼真，盖远看成云，近之成雾故也。既而风雨大作，岩穴皆暝，偶从云罅处，见高峰岌嶪，凌云欲坠，烟雨渲染，水墨瀹郁，始信米南宫山水，皆有蓝本。尽五十倒拐，已历千余磴，始得茅屋，山人结茅，于此卖茶，回首来时路，悉成雾海，而寒气凛冽，迥异山下。复依岩而行，历四十九倒拐，回顾云山，尽在足下，久之，始抵仙峰寺，有联云：

> 问九老何处飞来，一片碧云天影静；
> 悟三乘遥空望去，四山明月佛光多。

寺高悬岩上，左右尽大障，其碧连天，下既无路，上又多悬崖，一深山绝壑中之孤寺也。至寺门，猿猴成群，逍遥松杉丛中，啸游自在，了不避人，寺僧授以面饼，径就手中取食，无怀葛天，不是过也。余尝谓猿为动物中之高士，非深山幽壑之中不居，好清净，爱自然，以视隐者，何多让焉。由仙峰寺而右，行石栈间，古树权枒，苔藓长数寸，而云雾幽深，育不知所极。三里余至九老洞，相传黄帝访天真皇人至此，遇一叟，问有侣乎，答以九人，故名。志载："洞深窈莫测，昔有燃炬入者，行三十里，闻鸡犬鼓乐之声，蝙蝠如鸦，扑炬乃出。"余辈欲穷其奇，乃携电炬三五，结伴而入。初入尚穷窿，一洞氤氲，如烟似雾，而伏翼掠入，飞回不已。既见灯光黯然，僧人奉财神之所，同游皆止于此，僧言再进千岩万穴，易于迷路，劝余勿入。余共二三子，径从一穴入，遇有歧途，略作记号，初入甚逼仄，须匍匐而前，继渐开展，而雾益重，湿益甚，青冥窅窱，杳不见底。同游某，心怯欲折回，乃夹持之而前，踣仆相继，可二里许，终穷其奥，题名而返。然归途迷道，穴中既黯且深，所留记号乃全不可见，从一穴中蛇行而前，愈行愈觉非来时路，洞口窄逼，几于不能通过，同行惴惴，以为绝望。不得已踯躅而前，力将竭矣，乃见洞口隐有烛光，同人伫俟，得庆更生。盖一入第二层洞口，即有叉道在右手之后，初入自不觉耳。平生探除，以此为最；然逸趣横生，不履险境，不知其奥也。

自九老洞归来，顺道登三皇坛，一称仙皇坛，俯视白云，岩岫漂浮，大地山河，隐现千里，于此啸风傲月，真飘飘然欲仙矣。闻岩下猿啸，不须臾双猿猱至坛上，更有数猿，摘食山果，虽悬崖绝壑，而升降自如。闻此去小径行四十余里，更有三霄洞，在大乘寺山后。《峨眉续志》云：

> 三霄洞，距九老洞四十里，据仙峰寺僧云：前有行衲三人，寻洞修净，后不知所终；土人因裹粮以往，路极狭仄，时攀藤葛，或牵绳索，甫度。足包棕叶厚寸许，以防蛭虫毒螫。自晨至午，抵洞门，壁石成扇，光润无尘；侧有小水池，掬之晶莹沁骨。进洞则阴气逼人，蛇行而入，其宽处之石俨若床几形；拾布履二只，俱朽。再进，幽邃愈甚，土人惧，遂匍匐出洞。

嗣后此洞渐辟，至者稍众。民国十五六年时有富顺香客八十余人朝洞，醵资演剧，烟雾四出，香客及伶人尽死，生还者四五人而已。盖深山穷谷，本多瘴疠，养气吸尽，自然致死。此后遂无人问津者矣。

六　发九老洞仙峰寺登金顶

平生傲月餐风烟，蹑足峨眉最上巅。
大地山河千里外，人间村郭夕阳边。
缤纷法雨九天下，灿烂明灯三顶前。
更有曾山看不足，昆仑万笏与云连。

——朱偰

由九老洞而北，依崖凿路，尽成栈道，过仙峰石，两崖对峙，中通一径，宛然石门。又前渡仙峰桥，三面悬崖，成屏风叠，悬瀑百尺，飞云溅雪，桥下众流喧豗，殷殷似雷。一路翠屏峭削，均出云外；更渡观音桥，至遇仙寺，高踞峰上，爽垲独美，其前老树交柯，回云翳日，亦有猿巢焉。转出寺后，望石磴巉巉，直上青天者，曰钻天坡，俗呼鹁鸽钻天，初意九老洞已甚高，不知洗象池以上，更高出数千尺。从寺后右转，通华岩顶；左折，登钻天坡，拟归时取道华岩顶，遂左折直上金顶。

自遇仙寺左转，先过莲华石，以石名寺，山骨珠圆，云根玉立，细蕊层葶，天然成理。再前九岭冈，乱峰壁立，松栝森森，自此登鹁鸽钻天，危栈造日，修坂连云，而磴级失修，岌嶪欲坠，凡历二亭，可数千级，始过月台，寺宇宏敞，即洗象池也。胡世安《峨山道里纪》云：

> 自白水至此，游踪稍适，因名其岭曰初欢喜，又曰错欢喜，以前去尚有险在。今建庵，名初喜亭；然游者必增衣易巾，斯有以制寒。

按古初喜亭，即今之洗象池也。寺左有石砌六方小池，深广丈余，即古洗象池，相传普贤乘象过此，必浴其象而后升，旁有石，镌象形，池今垂垂枯，池中败叶纵横而已。余昔读近人游记，谓尝至洗象池，群猴毕至，中有猴王，白须飘然，威仪严肃，不同他猴。以为洗象池必深山幽壑中之湖泊，如浙之雁荡，吉之镜泊，而灵猿之所栖止也。今所见曾不足以浴一象，始叹百闻之不如一见也。寺近无泉，由弓背山剖竹引水，汲饮便之。

由洗象池左，直上数里，一路尽冷杉，森然苍翠，五里为大乘寺，殿舍原覆木皮，古称木皮殿，有明铁碑，刊《木皮殿记》。寺右数百步有化城寺故址，传为西域阿婆罗多尊者开建。寺左行里许，直上阎王碥，危磴连云，其险不亚于钻天坡，昔有胡僧，缚木架石，以利行者，称胡僧梯，一名陵云梯，山道艰难，可想见矣。宋范成大《峨山行纪》云：

> ……自此，登峰顶光相寺，七宝岩，其高六十里，大略去县中平地，不下百里，又无复蹊磴，斫木作长梯钉岩壁，缘之而上。意天下登山险峻，无逾此者。余以健卒，挟山轿强登，以山丁三十人，曳大绳行前挽之。同行则用山中梯轿。

今日磴道修整，较前便利，然石阶仍岌嶪，登之欲坠。余故健于行，不假篮舆，同游或乘滑杆（即范成大所谓山中梯轿），或用背子；然逍遥自在，欲行即行，欲止即止，不若徒步多矣。再前至白云寺，荒寒殊甚，寺处重山，终古云封，故以名焉。

由白云寺左，陡上二里许，荒烟岑樾中，为雷洞坪，有古庙，供雷神，铁像十余尊，明万历年铸，今僧人禁供奉，已不知处。濒岩竖铁碑，禁人语，否则迅雷惊电，风雨暴作，相传龙雷会居其下，凡七十二洞，岁旱，祷于第三洞，初投香币，不应，则投死虬及妇人衣履之类，往往雷雨交作。深山多迷信，往往类此。寺右悬岩绝壁间，有飞来剑，历传女娲于此炼石，伏羲于此悟道，鬼谷于此著《珞琭子》，三洞沉黑，人迹罕到，与三霄洞同为峨眉之秘地也。

自雷洞坪而上，登八十四盘，磴道巉巉，上接引殿，清初顺治中，河间府僧年八十，见佛像卧荒丛中，乃誓饿七日募修。时大雪，已露饿六日，适蜀人赵翊凤登山，见而悯之，归白督台，捐金五百，命僧闻达重建之。修道士之精神，功不可没也。今则法象庄严，金碧灿烂矣。由此至金顶，不过十二里，因鼓勇而登，历太子坪祖师殿（通天和尚法身在焉）天门寺七天桥直上金顶。

金顶古光相寺，相传汉明帝时建，名普光殿，其改名光相，当在唐宋间。明初太祖遣僧宝坛重修，始以铁为瓦。明末圮倾，清巡抚张德地，捐廉重修。其未毁前之建置，据《峨眉山志》卷四，略如下录：

> 下为天王殿；殿后左右，祖师龙神二堂。正中锡瓦普贤殿；又为铜瓦殿，僧别传开建。殿后有坊，曰扪参历井坊，旁有井络泉。由此左上，为藏经阁，有旧颁龙藏，今失其半。阁一名永延寺，僧妙峰开建。……自楼左向后，层梯而上，峰顶为渗金小殿，一名永明华藏寺，殿左右有小铜塔四座，殿瓦柱门楣窗壁，皆铜为之渗金，广一丈四尺五寸，深一丈三尺五寸，高二丈五尺。前安愿王像驾，四壁万佛围绕，门阴刻全蜀山川形胜，水陆程途，一览了然。妙峰曾募造金殿三座，分送五台、峨眉；其一座，欲载送普陀，至金陵，遇普陀僧，恐招海盗，不敢受，遂送江宁宝华山供奉云（余尝至宝华山，铜殿遗迹尚在，匾曰"普陀别峰"）。向左为睹佛台，即放光处，在光相寺前，约丈许。台下千佛岩在右，金刚石在左，辟支童子二台，两两对照，若龙虎然，亦山顶形势最胜处也。

光相寺自咸丰以来，屡召焚如，荒烟蔓草，满目苍凉，今虽稍稍修葺，金顶锡瓦等殿，已略复旧观，然不及当日规模远矣。寺右有卧云庵，下临深壑，寺僧物我未空，改名银顶正殿，以与金顶争衡；又万佛顶千佛顶，皆匾曰"正顶"，各争正统，亦释家之病也。

登睹光台，即舍身崖，悬崖壁立，直下千仞，望九老洞，大坪、二坪诸山，万峰匍匐，尽出足下，其外则大地山河，隐显千里。须臾云起，银色荡漾，岩岫漂流，若沉若浮，释家称之曰兜罗绵云，平铺如玉，名"银色界"，诚云海之巨观也。

夜重登睹光台，以观佛灯，天风凛冽，寒气袭人，身披重裘，犹不能耐。须臾明灯一盏，缥缈山阿，既而数点若萤，愈散愈多，至于数十，所谓"万盏明灯朝普贤"也。其光颇强，而移动甚速，自来对于佛灯，解释不一，或谓为古木叶发光，或谓千年积雪，精莹凝结，或疑磷火，或疑星辰倒影。然古木叶安能发光；千年积雪，峨眉无之；若谓磷火，则游移之区颇广；若谓星辰倒影，则佛灯所现之处，依余所见，多在悬崖绝壁之中。既无水田，安来倒影？近西人称之为萤光，传峨山中有大萤长寸许，能发此光，但山顶高寒，天风凛冽，甲虫安能生存，且光强率速，更非萤光明矣。总之峨眉佛灯，尚待证实，既非附会所可解释，亦非凭一己印象所可决疑，"知之为知之，不知为不知"，宇宙间万象纷纭，人间所不能认识者正多，作为一自然现象而欣赏之，斯为得耳！

> 梵王栖息地，向夜宝灯悬。
> 一点初疑叶，纷荧竟似莲。
> 辟支成古供，胜迹赖今传。
> 冉冉灵岩下，光明彻大千。
> 　　　　——何式恒《佛灯》

七　雪岭大观

> 杖策峨眉顶，天风吹九垓。
> 杉回幽谷合，径仄白云开。
> 万笏朝天起，千岩带雨来。
> 雪山看不足，冷翠满苍苔。
> 　　　　——朱倓

峨眉绝顶，高一万一千余尺，西有千古之雪岭，东有万里之江流，登金顶而望，西域雪山，灿烂万状，诚奇观也。故余以为峨眉绝景，不在圣灯，不在佛光，而在雪岭。登金顶之翌日，曙光初动，即起身登睹光台，极目千里，朝昧未收。西望云霓缥缈，长岭回环，昆仑余脉，漂浮云间，骤视冉冉似白云；再望则雪岭崔嵬，刻削万状。正西为大雪山，少焉旭光注射，银色插天，如瑶峰琼壑，晃耀夺目。稍南而近，为瓦屋山，稍北为晒经山，皆方正如坪，高出云表；闻由打箭炉入藏，皆须经瓦屋山下，边徼之孔道也。西南二尖插云，势欲飞舞者，曰象林山；再南烟岚缥缈，若有若无，为云南之索隐山。寒光浮动，不知在几千里外也。余昔尝至阿尔卑斯山，观终古之积雪，绝冰河，登极顶，叹为伟观；不图峨山瑰奇胜绝之观，又至斯极也！

观雪山罢，归卧云庵稍憩，庵后冷杉森森，亭亭似盖。因终年多雪，叶短而丛生，视山下松杉，更觉苍翠。须臾烟收雾敛，青天一碧；山高气清，万里无云；恍睹山灵，若倾平生。因杖策绝顶西行冷杉丛中，一径幽深，冷翠扑面。遥见雪山皑皑，晓日映之，晶莹似银，有一雪峰突出，高不知其几万尺也。相隔千余里，望之俨在几席；高寒之气逼人；天地冰霜，万古如斯矣！因登千佛顶万佛顶，悬崖千寻，略如金顶，据僧言：该寺犹高出金顶丈四，诩为峨山绝顶；然嶙峋崔嵬，不若金顶；惟观峨眉来脉，较金顶为佳耳。

日既亭午，更上睹光台，以观佛光。银涛万顷，混漾似海，上穷碧落，下临白云，飘飘然非复人间世。须臾兜罗绵云，平铺下界，尽大地作琉璃海，岩岫漂流，若沉若浮，匡庐云海，无此伟观。少焉光从岩吐，彩乍上升，五色绚烂，俨然一轮，日愈斜，轮愈上，而圈亦愈大，即所谓佛光是也。自来得睹佛光者，以宋范成大所见为最多，记亦最详。有所谓"小现""摄身光""清现""金桥"者，摘录如左，以补余所未见者：

人云：佛现悉以午，今已申后，逡巡忽云出岩下，傍谷即雷洞山也。云行勃勃如队仗，既当岩，则少驻；云头现大圆光，杂色之晕数重，倚立相对，中有水墨影，若大圣跨象者。茶顷，光没，而其傍复现一光如前，有顷亦没。云中复有金光两道，横射岩腹，人亦谓之"小现"。……丙申，复登岩眺望，……俄氛雾四起，混然一白，僧云：银色世界也。有顷，大雨倾注，氛雾辟易；僧云："洗岩雨也，佛将大现。"兜罗绵云，复布岩下，纷郁而上，将至岩数丈辄止。云平如玉地，时雨点犹余飞，俯视岩腹，有大圆光，偃卧平云之上，外晕三重，每重有素黄红紫之色。光之正中，虚明凝湛，观者各自见其形，现于虚明之处，毫厘无隐，一如对镜，举手动足，影皆随形，而不见傍人。僧云："摄身光"也。此光既没，前山风起云驰，风云之间，复出大圆相光，横亘诸山，尽诸异色，合集成采，峰峦草木，皆鲜妍绚茜，不可正视。云雾既散，而此光独明，人谓之"清现"；凡佛光欲现，必先布云，所谓兜罗绵世界，光相依云而出，其不依云，则谓之清现，最难得。食顷，光渐移，过山而西，左顾雷洞诸山，复出一光，如前而差小，须臾亦飞行过山外，至平野间，转徙得与岩正相值，色状俱变，遂为"金桥"，大略如吴江垂虹，而两地各有紫云捧之。凡自午未云物净，谓之收岩，独金桥现至酉后始没。

按峨眉佛光，近世称曰"峨眉宝光"，其成因全与日月华相似，盖由于折光与反射作用也。考日月华之成因，由于天空满布冰针或六角形之冰晶雪片，日光经过时发生折光与反射作用遂现彩环。其唯一差异之点，则为光之方向，盖日月华多为直射，而虹与佛光多为斜射。夏日雷雨时，平地所见之虹，色带之排列，日光之来向，与佛光正同。观于范成大所记，佛光初现，为摄身光，外晕三重，每重有素黄红紫之色；继为大圆相光，横亘诸山；既愈变愈大，"飞行过山外，至平野间"；终变为金桥，即雨虹也。范氏所记，详见佛光变虹之过程，惟须有微雨，空中多水蒸气，方可见之。其理虽无足奇，然光景奇丽，范氏独得遍览，亦可谓"得天独厚"矣。

至摄身光中之见形现影者，德国哈莴士山之勃洛克（Brocken）高峰，亦常见之，余于四五年前登临绝顶，尝亲睹此光。该地山民，初目为山灵显影，称之谓"勃洛克幽灵"（Brocken Specten）；一七九七年，旅行家 Haue，登山探索至三十余次，始知影皆随形，盖即本身所投之影，特放大数倍耳。他如南非洲之 Pambamarce 山，亦尝见同心彩环，因系西班牙 Ulloa 氏所发见，故称为 Ulloa's Ring 焉。然则峨眉佛光，同此一理，初无足神奇者。

八　下山

二十七日向晚，发自金顶，拟从大道（上山系行小道），作下山之计。历八十四盘、阎王碥、钻天坡，始至莲华石，登既不易，降复维艰，每临悬蹬危栈，几不自信可以一日而上。至莲华石，夜已昏黑，晚雾既重，暮雨又作。兼程而上，始以八时抵华岩顶，因投宿焉。

一在风雨，天明未已，得梦极不祥，残更梦目，涕泗滂沱，时曙光未启，雨声犹淅沥不止。游子至此，黯然神伤，当有一绝云：

> 秋风飒飒雨丝丝，正是黄粱梦醒时。
>
> 宿雾犹凝天未晓，征人泪洒杜鹃枝。

登华岩顶，望烟岚出没，四山寂历，风景致佳；远对洗象池，如悬岩上；而九老洞、洪椿坪诸山，亦隐约可睹。流连久之，遂发华岩顶，历初殿长老坪息心所，经仙女桥，下鬼门关，降观心坡始至万年寺，寺为山中大刹，创自晋时，唐慧通禅师精修，唐人有听广濬禅师弹琴处，即此寺也。宋改白水普贤寺，太宗敕建铸大士铜像，并殿高十余丈；真宗、仁宗，俱有御赐宝供。明万历间，敕改圣寿万年寺，寺前旧有大峨楼，疑即今灵官楼，楼前有南戒名宗坊，左竖只树林坊。寺内殿凡七层：一毗卢、一七佛、一天王、一金刚、一大佛、一砖殿、一接引殿。下山者往往先至万年寺新殿，侧有白水池，白水秋风，为峨眉十景之一（注：峨眉十景，见于《峨眉山新志》。清光绪间谭钟岳绘峨山全图时，复另绘十图，各附以诗。诗不见佳，其十景名目如次：（1）金顶祥光；（2）灵岩叠翠；（3）圣寺晚钟；（4）象池夜月；（5）白水秋风；（6）洪椿晓雨；（7）双桥清音；（8）九老仙府；（9）大坪霁雪；（10）罗峰晴云）。继至砖殿，用砖砌作螺旋形，前后皆户，略如城门，中供铜铸普贤丈六全身骑象像，宋太宗敕铸，为峨山巨制。砖龛内上三层供三千小铜佛，下层供五百罗汉，近多遗失，残阙不全矣。再下为毗卢殿，适值传戒，法鼓频催，礼仪严肃。尝忆曼殊《断鸿零雁记》，纪受戒一则，落发既毕，长老以悲紧之音唱曰："受戒行人，向天三拜，各答父母鞠育之恩。"受戒者皆泣不可仰。今见此景，不觉热泪夺眶而出，盖遁入空门者，多有难言之隐，旁观者生无限同情也。下午过龙门洞，巨石岌嶪，划然中分，半岩有圆龛，去水三四丈，窅然深广；怒涛激越，即龙洞也。峡中绀碧无底，石寒水清，非复人世。昔范成大尝泛舟龙门峡，以为峨眉双溪，不减庐山三峡；及至龙门，则双溪又在下风，盖天下峡泉之胜，当以龙门为第一，其洵然乎！夜宿报国寺，雨声达旦。

七月二十九日，发报国寺，径回嘉州，青衣江上，回首峨眉，见云鬟凝翠，烟岚横黛。此中有余衣履迹，将永不相忘。他年有便，当再来名山。"期君再会，不敢寒盟，丹崖翠壑，尚其鉴之！"

民国二十五年八月十三日，记于归航楚江之上。云影山光，犹依稀梦寐间也。

原载民国二十五年（1936）十二月一日《东方杂志》第三十三卷第二十三号

选自朱偰：《漂泊西南天地间》（现代名人游记精选），凤凰出版社，2008年

邛海泛舟记

邛池非海水，绝底暗通潮。
天影落虚静，山光随动摇。
如何挟夏雨，遽乃漫秋苗。
不道长河广，波澜渐渐消。

一

在多雾的巴子国里，一住住上五年，看不见蔚蓝的青天，看不见潇荡的白云，看不见山明水秀的风光，和水天一色的遐景。这次到西昌邛海来，偶然放舟湖心，觉得"落霞与孤鹜齐飞，秋水共长天一色"，宛似重回故乡，泛舟西子湖上。在雾气沉沉的山城中住上五年，忽见此开朗明媚的景色，不由的喘过一口气来，仿佛心头上去了一层重压。

西昌四面环山，尤以西南螺髻山脉，耸翠插云，连霄亘日；四山的清泉，汇为邛海。深山中的湖泊，每较平原的湖沼，格外澄

清，格外晶莹；而邛海的水，更是一清见底。泛舟其间，飘飘然有凌虚之感。据历史上的记载，汉武帝元鼎初年，邛都地震，县陷为污泽，因名为邛池。西昌旧志，对于邛海，有一段简括生动的描写：

> 邛海，在县东南五里，澄莹芳渌，烟霭微茫，飞鹜涵青，娇鹭湛碧；园林缅属，菱芡佳饶。广六十里，直径最长处约三十里。银鲋翠鲦之产，轻航小艇之游；微风不澜，旭日始旦，鱼龙之气，晃于波心；塔寺之图，开于天半。其足以娱灵瞩，荡奇胸者，远近殊姿，空水异色，莫能状也。

又西昌人傅光逊有一篇《邛池泛舟记》，对于邛海的形胜有较详的叙述，摘录如左：

> 西昌多奇山水，而东南郭外为秀绝，以邛池浩浩映发其间，其灵境万变而不可穷。海周百余里，状若蜗牛出壳。其东青龙山脉，崭然横截为岸，遏水势渟潆作深碧色。西渚平浅，水由桂花桥泄为海河，沿瑶山沄沄曲流以汇于孙水。其南涯、泸峰、白云、螺髻诸山皆挟云树摄远景倒入澄潭。自北涯诸村望之，若画在屏，写虚象于镜以反照而见也。岛屿错出，有两亭翼然，斜距可百余丈：一为瀛海亭，形圆而曲，如塔；一为海心亭，形狭而长，如船。皆环以野柳，间以蒲苇，鱼之围围，鸟之喈喈，举乐戏于亭阴；而人之游者渔者弋者，恒毕集于此。

由上引两段的描写，可见邛海的风光，确有足以引人入胜之处。我未到西昌以前，久已听见"泸山邛海"之胜。既到西昌之后，遂于第五天乘车出城，作探胜之举。

那一天晴云暖暖，空气中微带水分。车出西昌南门，便直驶邛海。将近湖边，远望青山横黛，湖光涵蓝；及至到了湖滨，但见山光水色，上下一碧，空明澄澈，放眼荡胸。久居雾气沉沉的山国，睹此奇景，为之心旷；但忽然一转瞬间，想起了西子湖，波光云影，正与此处相似，而六桥烟柳，久沦胡尘；十里平湖，腥膻满目。这可怜的西子湖，这明媚的西子湖，不知道别来五载，几经风飘雨零！故乡的乔木，不知是否无恙？旧国的亭榭，可能依然如故？想到此处，悲不自胜，五年来的国仇家恨，五年来的乡思离愁，一齐涌上心梢，对着这明媚的湖山，不由令人涕泗泛澜？因吟诗一首，聊抒感慨：

> 昔别西湖路，迢迢走百蛮。
> 吴山长滴翠，越水每拖蓝。
> 今见邛池景，疑从梦里还。
> 故乡风物好，清泪落潸潸。

二

邛海周百余里，其四围尽多胜景；而风景尤幽美者，首推南岸的泸山。由湖滨南上，行于两行翠柏之间，曰泸山路，可一里许，便是西康技术专科学校，校址高踞半山，背山面湖，形胜至佳。旧为光福寺，傅光逊《重修光福寺吟云阁记》云：

> 光福寺据泸山中麓，北面邛海，五祠环拱，离合异势。以烟林缅属，回抱寺于苍霭中，而吟云阁适当其前。左飞阁，右高丘，若大鸟之张两翼，蔽海东西渚，时于林隙见水光，若不

可穷者。独东北隅水天辽阔，豁然无翳，其大观也。

此段虽写吟云一阁，实概光福全景。据《泸山光福寺碑记》所载，寺创自唐贞观年间，而重修于明之正统。寺后古柏，铁干凌云；苍龙天矫，拏空欲去，相传为唐宋时物。寺门有匾，大书"蓬莱遗胜"，前后凡四进，现皆改为学舍。友人某君，在该校执教，适住在吟云阁，推窗远眺，翠霭空蒙，山光水色，浑然一碧。檐前苍松翠柏，掩映波光云影间，朝听啼鸟，夜聆松涛，而风雨晦明之际，看邛海云霞变幻，其兴无穷。小坐阁上，不胜欣羡，我真愿意捐绝世外，扫叶焚香，长对湖山，悠游卒岁；但是友人离群索处，已将二载，他动问陪都长短，表示着实系念外界的意思。人生竟无两全的，也只有"从吾所好"而已。

三

那天向晚，微有风雨，夜来的月色，更觉得异常皎洁。湖上的空气，更觉得异常清新。乃从新村放舟，直驶湖心：上下晶莹，空明一碧，如入琉璃世界，不由令人忆起少陵的诗句：

半陂已南纯浸山，动影袅窕冲融间。
船舷暝戛云际寺，水面月出蓝田关。
此时骊龙亦吐珠，冯夷击鼓群龙趋。
湘妃汉女出歌舞，金支翠旗光有无。

其写山影动摇水波微漾之状，如在目前；但是好景不常，佳游难再，忽然水面风起，幻作琉璃万堆；轻舟动荡，随波上下。顷刻乌云盖月，水天异色，飒飒雨点，降落湖面，则又令人忆起：

咫尺但愁雷雨至，苍茫不晓神灵意。

少壮几时奈老何，向来哀乐何其多。

可是一阵风雨过去，云散天清，月色更显晶莹，波光更显皎洁。正是"云散月明谁点缀，天容海色本澄清"。于是放舟湖心，不复思归。一直到更阑人静，犹容与中流，不忍遽去。归宿新村，成诗一首：

万壑清泉汇，邛池一镜涵。
山光深似黛，水色碧于蓝。
波静云飞影，秋高月印潭。
空明何所极，灵悟此中参。

第二天早晨，泛舟归去。则但见晓岚横黛，碧波弄影，四山楼台，尽在湖光氤氲之中。与昨夜神灵出没风云变幻情景，又完全不同。我曾放舟西湖，鼓棹洞庭，横绝太湖，登临鄱阳，觉得洞庭雄阔，鄱阳奇伟，太湖深秀，西湖与邛池，并以柔媚胜；不过西子浓妆，邛池淡抹，各有千秋；而邛池尤以恬静见胜。比之以深山围绕中之天真处女，其庶几近之。只以僻处西南，游者罕至，遂致湮没不彰。山川显晦，其亦有幸有不幸也夫！

原载朱偰：《漂泊西南天地间》，正中书局，民国三十七年（1948）七月

选自朱偰：《漂泊西南天地间》（现代名人游记精选），凤凰出版社，2008 年

叶浅予

|作者简介| 　叶浅予（1907—1995），原名叶纶绮，浙江桐庐人。现代美术家，其以舞蹈、戏剧人物为主的国画、速写以及漫画影响较大。

打箭炉日记

康定有两处古迹，一是公主桥，在南门外；一是郭达庙，在北门。传说郭达是三国时蜀国的名将，当年在这里造箭。郭达山就是造箭的地方。"打箭炉"这个地名，因此而得。但不一定靠得住。因为康定还有一个藏名叫"大深度"，和"打箭炉"三个音很近，说不定"打箭炉"是从"大深度"翻过来的。郭达庙靠右一方是一个小小的土地堂，进去，左厢是转经堂。右方塑着几尊观音像之类的菩萨。正殿供着郭达像，所穿的服装，不伦不类，既不像汉人，又不像藏人。这庙的内容，可以算得一个汉藏寺庙的混合体，倒是极妙的一个标本。

出　发

　　民国三十四年六月四日，和爱莲、彭松，搭上渝蓉特别快车自重庆出发，取道成都，准备赴西康采访藏民区域的舞蹈、音乐、绘画材料。两天到达成都，画家张大千邀我们住在他的寓所，并且约定和我们同去西康；后来又得悉摄影家庄学本新从印度回到重庆，写信来说马上要到康定去；他在边地很久，对西康风土人情尤为熟悉，此行可以得到许多便利；于是，决定在成都候他同行。但是，他为了处理重庆的事务，久久不能成行；大千也因为筹备画展一再延期出发。这样等到了七月将完，所带的旅费已花去一半，大家有点着慌，于是决定由彭松一人参加燕大社会系的考察团，赴川西北理番杂谷脑一带采访羌人材料，我和爱莲则留在成都，等候学本的到来。八月十五日，忽传日本投降，我们各人的心理上自然起了变化，大千改变计划要回北平去，我自己所存旅费已不够做西康之游，其势必需回到重庆，另想别法。此时彭松已到达杂谷脑，开始工作，并且已有相当收获。八月底，他回到成都，带回厚厚的几本手册，记满了羌民和藏族的歌舞简谱，又大动了我的入康决心。同时，学本也忽然来信，说九月初决定到达成都。于是，四处奔走，托朋友卖画，凑成了两人的旅费；要彭松先回学校，我和爱莲、学本三人遂于九月十五日搭西康省府的便车出发。目的地是康定，现在的省府所在地，是西藏高原最东的一条山沟，汉藏二族杂居的一个城镇，也就是人们所熟悉的以出产麝香著名的"打箭炉"。

　　省府车约定六时开行，我们四点半起床，大千家里的人起来送我们，赶到省主席公馆，还是等到八点钟才开车。我们搭的是一辆新装的大客车，除了我们三人，都是今天随从主席上雅安的卫士或省府职员。连过关卡，未经检查麻烦，顺利通过。新津附近渡河三次，到邛崃进午餐，三时半到达雅安。客车为了要节省地方，前后座装置距离太窄，经过七小时跳跃，腰腿酸痛，叫苦不已。

雅安市区，也有三合土马路，银行、戏院建筑，并不弱于成都。美国军用纸烟，公开贩卖，吉士一包索价一千六百元，大概来自新津美军机场，一般物价高过成都。雅水产鱼，并不如重庆吃鱼之难，学本带我们在一家叫做"鸭绿江"的饭店吃晚饭，叫鱼一味，可惜烹调不佳，大失所望。市上看见麻袋、麻鞋甚多，这里大概是产麻的。

新建成的文辉铁索桥，贯通雅水两岸，桥中间隔以铁索，来往行人各走一边，秩序井然。回想灌县长及一里的竹编索桥，其紊乱危险的情形，至今还在心跳。四川西北的水道，因为大都是悬崖急流，既不能建造坚固的桥梁，又不宜设置渡船，于是到处都是索桥。本地人习以为常，视若坦途，可以在上面左右顾盼，疾驰而过；我们这些外乡人，非得要咬紧牙关，鼓足勇气，才得过去。心脏衰弱的人，走到中途，看看下面有如万马奔腾一般的急流，加以桥索左右摇摆不已，真是寸步难移，进退两难，非走出一身冷汗不可。

雅安是进入西康的咽喉，汽车到此为止。通康定的公路虽然早已筑成，因为基础不好，等于虚设。要去打箭炉，除步行外，就得坐在滑竿上，由两个卖力的人抬着。全程约四百华里，五天走完。学本是这条长途的老客人，我们住进了四川旅行社的招待所，便雇好滑竿三乘和背行李的背子一名。滑竿夫每名力价二万二千元，我们夫妇二人，加上五天的食宿费用，至少要花到十二三万元。学本体重一百八十磅，要三个人抬他一个，所耗更多。若是有汽车可坐的话，每人至多花到一万元就够了。川康公路铺建的时候，政府似乎花了很大一笔钱，如今仍要我们在这条公路上像蜗牛一样地爬，而且还要花几倍的冤枉钱，实在焦人。

躺在床上，想想遥远的康定，自然而然又想到更为遥远的拉萨，如果这条通往西藏的古道，永远沾不到现代交通的恩惠，命定要用人的脚步来走完的话，那么很可能会像有人担心的那样，让英国人打开西藏的后门，开着汽车冲进拉萨，冲过金沙江，冲到打箭炉，甚至于冲到雅安。

9月16日

昨晚出了一身汗，感冒和疲倦消失。出发前在一家江苏人开的"好吃来"吃早餐，豆浆油条，三人共花费七百元。八时，滑竿夫、背子到齐，带了点儿紧张的情绪，躺在滑竿上，渐渐地离开雅安市区。约五里，渡过急流湍湍的雅水，回到川康公路，三十里到飞仙关午餐，第一次看见溜索渡河的惊险场面。一条直径大约两寸的竹片编成的长索紧扎在两岸的岩石上，渡河的人，自己带着一个特制的对剖木筒，套在竹索上，用棕绳绑紧，绳的另一端绑在自己的腰部，出发时用力纵身一跃，可以滑过溜索的一半，后一半就要使用腕力，抓住竹索，慢慢攀缘而过。当停在中途的时候，身体挂在空中，下面是百尺深潭，很像马戏班里空中飞人的情景，旁观的人也要捏一把汗。我担心着以后的茫茫长途中是否也要我们表演一下这种三上吊的节目，幸亏学本说并不需要，总算放下了心。

川西山地搬运重物，都是堆在背上，从来不用肩挑. 和我们同路的，最多是背茶叶的背子，有载重二百斤以上的，一步一移，几十步一休息，前进非常之慢，大概一天只能走这么二三十里。河边取水，也用一个扁圆木桶，负在背上，倾水时，只要将身子弯下，水从头顶泻出，不必取下水桶，倒很方便。

出飞仙关，过一道铁索桥，走二十里，在始阳场休息，这是最后的一个大坝子，公路两旁晒着玉米和海椒，赤色的海椒，在阳光照射下鲜艳夺目；田里是一片金黄色，农人正在收割谷子。这一带妇女都是天足，负重劳作，一如男子，她们的服饰体格，和川西平原的农妇不同，自然而然使我联想到贵州山地的苗家和仲家①。休息的时候，忽然有一辆卡车从天全开到，停下来大拉"黄鱼"，讨价每"条"一千五百元到雅安，霎时纷纷乱乱，连人带货挤满一车。看看招牌，原是川康公路局的工程车，这么一来，司机今晚可以大吃大喝了。

五点多到达天全。这个偏僻小县，街头贴满了庆祝胜利的红纸对联，中间还夹杂一些避瘟符咒（今年夏天四川霍乱横行）。城中有五层高阁一座，建筑式样甚古，不知道是哪一个朝代的遗物。

从前读到别人记载这条路上因为滑竿夫吸食鸦片大伤脑筋的事，印象非常深刻，早晨出发时，特别加以留意，果然一个个面有烟容。走不至五里，我的滑竿渐渐落后，我便和他们攀谈起来，原来三乘滑竿一个背子，八个人中间，只有学本的那个陕西人不是烟鬼。那个背子，看上去不过二十来岁，然而已经是五六年的老瘾了，褴褛污垢，真像一个叫花子。这条路上每隔五里十里，就有烟馆，好像是美国公路上的加油站，这班两条腿的"汽车"随处可以加油打气，方便得很。他们每天在这上面的消耗大概在一千元到二千元之谱，我带着讽刺的口气问他们为什么不拿这笔钱来吃鸡吃肉，他们似乎也羡慕每天打牙祭的享受，但是要戒烟总是一桩难于登天的事。既然吸上了瘾，就等于汽车非吸汽油不可，没有汽油的汽车只好停在路上抛锚，绝了瘾的人，唯一的命运，就是躺在路上听任他腐烂。他们是被鸦片的锁链锁在这条路上，出卖鸦片气力，养肥了鸦片贩子，而他们前仆后继，一个个在这条锁链下倒毙。

遗憾的是，自己辛辛苦苦卖画得来一点点钱，供给他们躺在烟

---

① 仲家，布依族的旧称。——编者注。

灯旁边，一口一口地烧掉，冤哉！

在始阳场休息时，看见一个青年，坐在门槛上发瘾，一头乱发，一脸烟容，眼色无神，鼻孔流涕，狼狈之状，实在不容易描写。古人画鬼用绿色，这个青年的脸色，庶几近之。途中滑竿夫部我们是做什么行业，我指学本说是省府的顾问，自己是当教师的。他们以为我们既然和政府有关系，为什么出门不带一个随从，不带一个保镖，无以为答，只好说不愿铺张以为搪塞。距天全五六里许，学本说某次从康定出来，在此遇到土匪，因为那时带有武器，鸣枪数响，安然而过，不过前面已经有几个布贩子被抢劫了。

雅安到康定，在川康公路未筑前，要绕通大吉岭，需时七日；现在公路开通，缩为五天，走得快点，四天也赶得到，可见人力建设的重要，如果有一天通了汽车，此刻一定可以在康定吃饭了。

在小饭馆中，帮厨子做了一碗下江式的韭菜炒蛋，和学本另饮大曲二两，夜宿天全旅行社。

9月17日

八点半离开天全，过一道河，公路爬进了一条狭窄的山沟。两面高山壁立，青葱苍郁的古老森林里，挂着瀑布，下面是悬崖千仞，夹着一道绿色的急流小河，俨然是一幅青绿山水大构图，若是张大千在此，一定要大加赞叹了。躺在滑竿上，整天在好山水中走着，不但忘掉了做蜗牛的痛苦，反而觉得幸而没有坐在汽车上，不然的话，一幅一幅好风景，飞驰而逝，将要后悔不已。

中途公路断桥两处，我们循老路走铁索桥而过。同路的还是一些茶包背子，偶然遇到三辆由三匹骡子拉着的大板车，也是满载茶包。茶叶是藏人的生活必需品，全部要靠四川、云南两区供给，茶叶便成为康藏和内地的唯一经济关系。

在稗子地遇见两个从康定徒步走来的美国空军，由一个中国人陪着；看他们一摇一摆走路的样子，脚上一定起了水泡。小人堰附近，一个喇嘛迎面擦过，心里想，我们已渐渐地接近藏族人了。

看见一个老太婆过溜索，从容自若，满不在乎的样子，然而爱莲已经吓得看都不敢看她一眼。

昏暗中到了水獭坪，只有野店两家，我们三人占了唯一的一个房间。窗临急流，瀑声震耳；加以臭虫和跳蚤交袭，久久不能入睡。窗外一片朦胧的月色，雾气中隐约露出对面的一排山峰；主人家今天刚从山上收回来包谷，阁楼上喧喧嚷嚷一片嬉笑声；等大家睡静了，又有一两个赶路的行人，敲门投宿，于是又来一片开门关门爬楼梯的声音；翻来覆去，硬是睡不着。

这里的鸡蛋卖一百五十元一个，白饭一百元一碗，腌肉一千元一小碟。比天全贵，比成都更贵。

9 月 18 日

七点半出发，九点半到两路口吃早饭，红油豆花，滋味甚佳，于是胃口大开，吃个正饱。两路口是川康公路的中站，有停车站，有客栈，有旅馆，有几辆烂汽车停着，有一小队驻军，还有省府的税务局和驮运管理局等机关。这个小小的市镇，自然是更多瘾君子的乐园，滑竿夫到了此地，一哄而散；隔了半点多钟，才看见他们从各个角落里钻出来，开始吃饭。十点半进二郎山口，愈走愈高，起初依然沿着公路走，有时抄一段小路，到了半山，在一处叫做骘牛子的地方，大家下滑竿，抄袭近路，在森林中连走带爬，渐渐进入云雾之中，一阵一阵的冷风，吹得抖颤起来。最后三里路，到山顶，因为空气稀薄一个个气喘如牛。这一段小路，少走了公路二十里，节省了时间两小时。翻过二郎山的垭口，下坡三里，日暮前到达干海子。

三天来的路程，今天是最辛苦的一天。从两路口开始，发现我的滑竿夫的脸色比前两天更难看，虽然一次一次地烧烟，总是落后，所以抱定决心，下来自己步行；起初在公路上走，不觉得怎样，从驚牛子一口气直上十多里，可走累了。因为昨晚失眠，精神不够，最后的三里上坡路，在溪沟里走，又陡又滑，又气喘，若不是咬紧牙关，硬起头皮，简直就会倒下来。原来为了体惜滑竿夫的一点儿同情心，此时已经一变而为万丈怒火。气愤地到了干海子，决心要把滑竿辞退。

有一帮运茶的藏人，在这里打野（露宿），二三十匹牲口，放在山上吃草，茶包堆得整整齐齐，四五个人围着火，正在煮茶。想不到在这高山半就见到关外的游牧情调。我们拿成都学来的松潘草地番歌，向他们求教，作为谈话媒介，其中一人，汉话说得很流利，他们来自云南阿敦子，经常在两路口到康定这条路上运茶。慢慢谈到战争结束的话，似乎不大感兴趣。

今晚是旧历八月十三，将圆的明月，已经挂在高空，一种奇怪的感觉，似乎今晚的月亮特别大，特别近，后来，恍然大悟，原来自己是站在六千多尺的高山上。

辞退滑竿的事，爱莲出主意，从明天起我们俩人交换乘坐，要我让步，但是她的滑竿夫显然嫌我体重，表示拒绝，闹了半天，不能解决，爱莲也生气了，表示她也可以步行，决定将两乘滑竿一起辞退。

晚餐后，忽然汽车声隆隆从远处传来，不久司机押车数人走进了我们的商店。他们下午四时从两路口开出，明朝要到泸定去。据说公路上的桥梁已坏了三四个月，雅安到天全，两路口到泸定这段中间偶然有工程车来往，只搭黄鱼不卖票，便宜了司机们。其实根据昨天的观察，天全两路口间的两处断桥，修理并不困难，而且水獭坪的那座桥，只烂了一半木架子，桥基丝毫没有损坏，使我十分怀疑公路当局，到底居心何在？"天高皇帝远"，一切只好马马虎虎。

卧室外有赌局，叫嚣之声，闹到深夜，可恶之致！

9月19日

晨起，滑竿夫接受爱莲的建议，我和她俩人换坐。待要出发，忽然发觉爱莲的那乘滑竿昨晚被人偷走，幸亏烟馆老板愿以别人押存的一副竿子出让，一千元成了交。等到一切预备妥帖，瘾君子又去烧了一顿烟，延至九点钟才出发。

今天走的是下坡路，三十里过泸定桥，又是平坦的马路，经过昨天一天的辛苦，今天上了路，各人的心里似乎轻松得多。一里光景，折过一道垭口，一望满山野花，谷底铺着云海，远处的高峰插在云上面，好像是大海中的岛屿。突然对面揭开一层云幕，露出了一排雪峰，爱莲喜极大叫，再要看时，顷刻之间又是一阵云把它盖没了，以后云层愈来愈厚，雪峰从此绝迹。问问学本，方才知道那是有名的贡嘎雪山，山的周围便是藏族的地区。

十五里，在一家野店休息，新鲜板栗胡桃做早餐；门前白云来去，远山时隐时现，阳光透过朝雾，白皑皑照得满屋通明，高山上的空气，真是一尘不染，心神为之一爽。回忆大吉岭的清晨，远眺金城章嘉雪峰的境界，实在还不及这个半山中的荒山野店。所以坐了又坐，不舍得马上离去。

再下十里，到公路；又五里，便是泸定。泸定是历史上有名的汉藏交界处，明太祖立在大渡河东岸，手拿宝剑，指着河水一挥，将大渡河以西之地，永远划了出去。西藏高原那一大片土地，直到清季的赵尔丰苦心经营，方才整理出一个头绪。泸定桥横跨在大渡河上，却象征着汉藏两个民族互相交融的一个枢纽。

这里有电报局，忽然心血来潮。发一电给重庆的苗子，电曰："雅康道中，山水妙绝。"报告我旅途的愉快。走出电报局，忽又后悔，想想这个电报应该发给大千，方为得体。在桥头一家饭馆里吃午饭，叫豆瓣烧鱼一味，借以补偿雅安"鸭绿江"之不足。

泸定在深深凹下的山沟里，八月天气还是很热。桥西一带，遍山长着仙人掌，又肥又大，仙人掌也生果子，像鸭蛋那么大，绿色，土名叫仙桃，可以吃得。水蜜桃在成都早已吃过，此地却正上市，和梨子一同放在水果摊上，这是颇为新鲜的时令感觉。

过了泸定桥，沿着大渡河向北走，渐渐看见一些简陋的藏式平顶房屋，又遇到一个驮帮的旅行帐篷。女人的服装，已和内地不同，辫子盘在顶上，长袍外再着一条围裙，已是藏人装束了。

五点到了大烹坝，投进宿店，淅淅沥沥下起雨来，不免为明天的的最后八十里路程忧心一番。

店里住着一位画家，正在埋头画一幅《十殿阎王图》。大家攀谈起来。他说他是湖北人，十年前在刘湘部下做过事，对于山水、人物、翎毛、花卉，都可以来一手。这几年在西康各处跑跑，生活还过得去。问他的润笔，他说手上的画，是一个道士要他画的，十殿阎王。一共十幅，大概可得八万元，那么他的收入，实在比我还好；然而看看他那副穷困的样子，简直不懂他的生活费用是怎样安排的。等他抬起头来，仔细观看，原来他是一脸的烟容。话题不免一转转到这上面。他似乎痛感流浪之苦，我便趁势劝他戒烟，但是他有气无力地说，他的作画，全靠鸦片支持精神，没有鸦片，就没有精神；没有精神，就不能作画，不能作画，就没有收入，没有收入，就不能戒烟；不能戒烟，就不如不戒了。这位先生的命运，就等于滑竿夫的命运，千千万万的人被锁在这条锁链上，不知何年何月，才能把这条锁链斩掉！

坐在油灯下写日记，房间里渐渐烟雾弥漫起来，忽然觉得有些头晕，跑到厨房里看看，并没有人烧火，用鼻子一嗅，才发觉楼下是烟馆，急忙打开窗子，饱饱地吸了几口新鲜空气，钻进被窝里。雨声直到深夜不停。

9月20日

晨起雨霁，一片晴空，老天爷太帮忙了，八时就道，仍沿着大渡河向北走，约二十余里，向西转入折多水右岸。折多水从康定迤西的折多山流出，在康定和另一条支流汇合，到瓦斯沟流入大渡河。大渡河北通金汤县，土著是羌族，和四川西北的理番茂功同一族，信奉喇嘛教，其他风俗习惯和藏族很相近。瓦斯沟是一个小镇，有索桥可通折多水的对岸，羌人就住在对面的山沟里，常常背柴炭到市上来卖。我们到达瓦斯沟，看见母子二人，从桥上过来，背斗里装满木炭。四川人的背斗，用两根索子，套住两肩，着力在胸部，羌人只用一条皮带，套住头颈，着力在颈部。三年前我在大吉岭时，看见尼泊尔人背东西，也是如此办法，这两个民族之间，也许有点血缘关系。

瓦斯沟的建筑，一律是用小石块砌成的厚墙；居民多住楼上，二楼离地很高，普通高度总在二丈光景，楼下空洞无物。大概用以安置牲口。最特别的是他们的厕所，一个小小的房间，好像阳台一样悬在二楼的墙外，直对小房，地下挖一个粪池，蹲在厕所里，闻不到一点儿臭气，颇合卫生条件，屋外隙地，长满了仙人掌，仙人掌结着仙桃。

离瓦斯沟，地势越来越高，公路沿着折多水右岸的山坡蜿蜒前进，折多水水势维持一贯的冲激奔腾，连一尺平缓的地方也没有，浪花冲了一丈高，一直溅到公路上，水沫飞到空中，好像下了毛毛雨。有几段公路，被水冲坏，而且淹没了，行人只得在危险的山坡上另外找条小路走过去。在一处冲坏的地方，公路局贴了一张告示，要走路的人，每人搬一块石头掷到水里去，填补那个缺口。我们走过的时候，这渡口已经填满，所以没有照这告示做。

这一路经过的地方，如"瓦斯沟"、"日地"、"柳杨"，"大升航"，净是些怪地名，后来知道是根据羌人或藏人叫的原名译成的。大升航是一处相当大的坝子，省府利用折多水支流的水力，在这里建设了一个发电厂，供给康定点灯，据说康定的电灯特别明亮，而且只用了总电力的四分之一。这几年后方的城市，没一处不闹电荒，想不到来到这个荒僻的地方，反而还有如此好的享受。

路上仍旧是很多的背子，除了茶包，夹杂一些杂货，如草鞋，油盐、粮食等物。背子患眼病的很多，有许多妇女患气喉，颈子胀得很大。

从大升航到康定，只有十里了；滑竿夫在这里并没有加油，脚步自动加快；不到一小时，远远望见新筑的城堡，大围墙上写着意思是"拥护中央，建设西康"的大字标语；围墙后面，黑黝黝一片房屋，躲在三面高峰的山谷底下，我们终于来到了这富于历史意味的打箭炉了。自从六月间离重庆，在成都左等右等，等候了三个月，又从雅安弯弯曲曲，上上下下走了足足五天路，此刻当真到达了目的地，一会儿就要走进这汉藏杂居的多少带点儿神秘性的山谷，心里未免有点儿紧张。

经过守卫的盘问，进入东门关，瞥眼看见一个浑身紫酱色的喇嘛，站在矮矮的山坡上，略微带点儿惊奇的目光注视着我们三个生客，我们也还他一个注目礼。这第一个康定人，给我的印象很深刻，以后我还能记得起他的身样，甚至他的面貌。

一段新修的马路，两旁是新建的房屋，整齐划一。这段新市区，据学本说，三年前当他离开康定的时候，还是一片荒地。新市区西端，紧接旧日的东关，旧市区靠着折多水的左岸，已经建成了马路，连接着川康路和康青路；康青路可以通到青海的玉树，因为川康路终年不通车，康青路自然也成为废物了。

旧东关附近，挂着一幅刘文辉主席的大画像，面对着滔滔东流的折多水；当时挂这幅画的人，用意当然很好。不过现在看起来，画面上的颜色，已经为风雨剥蚀得颇为灰暗，似乎失掉了原来的意义。抗战期间，常常看见大小城市的城门口写着拥护领袖的标语，往往配着一幅大画像；这种大画像因为作者技术高下不等，画得像的固然无可批评，事实上是画得不像的太多，有些简直是奇形怪状，这就弄巧成拙，变成笑话了，本人看见，不知做何感想？

学本带我们到康藏公司歇脚，这个组织，在缅甸沦陷以后，开辟了从印度通过西藏和内地连接起来的驿运路线，三年以来，为政府出了很大的力。学本就是驻在印度主持这个大工程的其中一人。公司经理是巴安人格桑悦希，年轻干练，一见如故，他的老兄就是现任中央委员的格桑泽仁。悦希小的时候当过喇嘛，在拉萨住了九年，后来奋然脱离寺院，跑到内地来学习汉文；在南京教过藏文，护送班禅入藏那一支队伍，他也在内；班禅在玉树圆寂，他跑到康定办藏文报；这几年从商之余，还参加一些地方上的社会活动；省参议会成立，被选为参议员。他是一个十足近代化的西康人。他的住所就在公司里面。夫人是一个土司的女儿，仍着藏装，汉话说得很流利。公司里的职员有几位是悦希的小同乡，都受过近代教育。有几个支配骡马的管事，穿着藏装，刚从拉萨巴安等地到达。我们进了门，学本一一为我们介绍；一连串藏人姓名，实在不容易记住。今天正是旧历中秋佳节，悦希刚从家乡带来巴安面条、巴安苹果，做了一顿丰盛的晚餐招待我们，饭后还有月饼，因为吃得太饱，只得牺牲。

在路上，学本早已排好节目，预备到了康定，就去二道桥的温泉旅馆休息，可以痛痛快快地洗一次澡，又可以在那儿舒舒服服地睡一晚。所以吃了晚饭后，由公司的协理张乐天先生陪着我们，踏月而往。在月光下，张先生指着路边一排一排的土穴，说是这里的防空洞。自从离开重庆，踏上了这块世外桃源。实在觉得距离战争太远了。这一提，才又想起敌机狂炸，抗战几年这回事。其实，康定躲在深深的山沟里，敌机从来没有光临过。

约摸走了半点多钟，前面电灯辉煌，一股硫黄味迎面吹来，知道这就是我们今晚的安乐窝了。虽在热腾腾的水里泡了半小时，到底因为兴奋过度，没有睡好。

9月21日

自离成都，已经六天，路上宿处肮脏，怕身上生虱子，早晨起来，再泡一次温泉，并且把换下的衣服，浸在硫黄水里洗濯，以免后患。回城时，沿途有好几处从地下冒出温泉，温泉浸过的地方，留下一片焦黄色。中午，悦希特备藏式午餐招待我们。酥油茶我在印度噶伦堡的一个寺院里喝过，对于那种特有的膻味已经不怕了，唯有调制糌粑的手法，一时还是学不会。

糌粑是炒熟的青稞磨成的粉，调制的方法：木碗里先注酥油茶半碗，抓一把青稞粉放进去，用右手中指插入，略加搅和，使粉与茶渗透，太湿加粉，太干加茶，此时左手搭住木碗，左右旋转，右手再加入三指，往复搅揉，到干透状态为止，然后挖成一团一团往嘴里送。手艺好的人，手指上可以不粘一点儿粉和茶。吃完的时候，不免还剩点儿残余，粘在碗里，最后就用舌头一舐而光。我们内地人吃炒麦粉，用开水、糖、猪油搅和，其实和吃糌粑的方法并无差别，一个用手，一个用筷子罢了。

藏人嗜茶如命，穷人可以不吃糌粑，茶是非喝不可的。酥油茶的制法：先将茶叶放在锅里煮透，熬成浓茶，倒进一具特制的大约三尺来高的细长木桶里，加入盐和酥油（酥油就是用牛奶制成的黄油），用一根木桩捣之又捣，使盐和油都溶化了，然后倒在茶壶里，一碗一碗地喝。喝惯了清茶的内地人，初次喝酥油茶觉得又咸又膻难以下咽，久了之后，渐渐不觉其膻，不觉其咸，到最后就觉得又香又爽，胃口大开，不可一日无此君了。藏人敬茶，客人喝得越多，主人越高兴。内地人初到康区，这个习惯，非先养成不可。酥油茶有盐有牛油，营养非常丰富，藏人体格一般都比汉人结实，虽然他们多吃牛羊肉，实际上应归功于酥油茶。我后来差不多每天要上悦希那儿去喝茶。离开康定的时候，体重的确增加了。

学本的朋友李唐晏，刚从拉萨来，在路上走了三个月，带了十多箱行李，在这里等候驮帮回重庆去。下午他陪我上街观光，看了几个喇嘛庙，庙里养着草地獒犬，又高又大凶猛得很；白天用铁链锁住，生人进去，不至于被咬。大千从敦煌回来的时候，曾带回两条獒犬，养在成都家里，吓得许多朋友不敢上他的门。因为成都湿低，气候又热，去年死了一条；活着那条已经让天气逼得垂头丧气整天在廊下高卧，当年西北的威风大减了；然而当它站起来向生客怒叫的时候，还得使你辟易三步。今天在庙里又遇到它们，不免有点儿戒心。

在一个驮帮主人家里，又喝了一次茶；女主人和蔼可亲，汉话说得非常纯熟。她家里正请了两个喇嘛在念经，连忙打开速写本，勾了几张画稿。康藏人信仰佛教，一年一度，要请喇嘛到家念经，祈求佛佑，以避灾难。有些人家，专辟一室，作为经堂。佛龛里供的是藏族铜佛，墙上挂的是喇嘛画的佛像，酥油灯长明不熄，佛案上要供些净水果糕。悦希的母亲是一个虔诚的佛教徒，所以他家里也有一个经堂由她守护着。

康藏公司协理邓学杰，甘孜人，他的藏名不知道叫什么，蓄胡留辫，古貌岸然，一身漂亮的藏装，佩刀和鼻烟壶都非常精致，全副披挂，英武潇洒，俨然像前清将官一类的人物，大可入画。可惜不会说汉话，以后天天见面，只得彼此点头微笑，表示已经做了朋友。

藏族女人用红璎珞辫盘在头上，挂着大耳环，长袍大袖，足蹬皮靴，处处表现明清二朝混合装束之美。有些女子负水过市，一条皮带套住胸口，四平八稳，滴水不溢，水桶的式样和雅安、天全间所看见的不同，皮带的套法和瓦斯沟看见的羌人背炭法又不同。

晚上，和悦希商量学习藏族舞蹈的步序，想不到他就是个中老手，他的老家巴安是西康土风舞最出名的地方。藏族人民天性愉快，平时好唱好动，每逢新年佳节，或亲朋宴叙的时候，举行舞会，边唱边舞，尽情欢乐。这种舞会常在夜晚围着锅灶举行，汉人名之日"跳锅庄"；他们舞法歌词，一地有一地的特殊风格，大概都是单纯的唱和舞，没有乐器伴奏，只有巴安一地，用二胡配合歌曲，舞法也比别处讲究，并且时时推陈出新，为别处效法。所以巴安跳锅庄，另外一个名称叫做"跳弦子"。爱莲到康定来的目的，就是搜集这一类材料，预备将来作为创作中国现代舞的参考，如今碰到这么一位现成的老师，真可说是巧遇了。

老师先要看看徒弟本领，爱莲就表演了一个在重庆已经表演过十几次的"新疆土风舞"，我在旁边唱着新疆民歌《青春不再来》，暂充伴奏，算是一个投门帖子。在座还有几个西康朋友，一个是风度翩翩的邓学杰，一个是西康大商人兼巴安骑兵队长胖子邦大刀吉，和一些未曾道过姓名的巴安人。爱莲表演完了，悦希便要在座巴安人，拉起二胡，开始跳弦子，他的夫人有点儿害羞，终于也被强拉到队伍里去，一个小办公室，挤得水泄不通。弦子完了，继以京调小曲，个个眉飞色舞，情绪极为兴奋。临完，悦希派人到邦大刀吉的牛棚里挤了鲜牛奶来，煮了一壶浓浓的咖啡，饮罢而散。

悦希为我们在省府办的社会服务处租了一个房间，宽大明朗，颇有"宾至如归"之感。

9 月 22 日

西康省的面积比四川还要大，分成康区、宁区、雅区三个行政区城。康定迤西北差不多占全省十分之八的藏族区域，称为康区；以西昌为中心，东接四川，西南接云南，整个的彝族和其他如纳西等族区域，称为宁区；雅安附近几县，称为雅区。抗战期间，西康正式建省，筑成乐西公路、康青公路两大动脉，南通云南，北通青海，并在西昌设立行营，原来的蛮荒之地，已一变而为后方重镇。康青公路虽然建成，从来没有通过车，目前已经成为一条废路。所以西康的建省，还是靠宁雅二属旧属四川各县的一点设施，整个康区依然是一大片空白。省府是设在康定了，但是这条山沟远隔尘世，和外界的交通全靠滑竿或者驴马，省政府的机构无法集中，于是采取调防方式，以补救交通上的困难。主席因为要兼川康边防司令职务，常驻雅安，大约一年巡视康定一次；其余时间，经常由民政厅长代表驻在康定；财政厅长在宁属的时间多，康定设了一个会办，建设厅长半年在雅安，半年在康定，教育厅长驻康定的时间比较多，宁属是彝族聚居区域，另外设立了一个屯垦委员会，是省政府派出的一个特殊机构。

悦希和学本陪我见了驻在康定的各位行政首长，请得一张主席的手令，作为到各处采集材料的证明文件。

省府新屋落成不久，一共是五幢独立的新式建筑。大礼堂和秘书处一幢居中，左面两幢是民政厅、建设厅，右面两幢是教育厅、财政厅，整齐而并不庄严，好在没有衙门气。这片地原来是打箭炉旧明正土司的府址，土司后裔贾君就住在附近，三天前嫁女儿，我们错过了这场难得遇见的喜事。悦希和他是熟人，省府出来，顺便去拜访他。

走进贾府大门，广场中搭了一个大帐篷，帐篷下面就是嫁女宴客的地方，转弯抹角，上了楼梯，掀开门帘，一个矮胖子正在整理瓶瓶罐罐，大小口袋堆了一桌，原来土司还是一位本地的制药师。悦希为我们介绍后，我的眼光向房间四周一扫，大概留下了一个汉藏混合布置的印象。这一家是打箭炉真正的土著，在清末改土归流以前，东起大渡河，西达雅砻江，北至泰宁道孚，南止贡嘎雪山，这一大片地全在明正土司的统辖之下。如今贾家虽然是一个普通的平民，但在藏族的心目中，还多少保持着以往的一点特殊身份。谈话中，来了一位拉萨客人，耳穿大金耳环，足蹬印度马靴，白绸短衫，缎马甲，紫呢大褂只穿左手的袖子，右面的袖子挂在背后，一顶宽边呢帽，斜戴着，样子颇为威武，脸上似乎还带着一点来自拉萨的骄傲的表情。我虽然没有到过拉萨，但是奇怪得很，一种灵感使我从这个人的身上嗅出了他们心目中的天堂里的气息。

告别之前，主人要我们参观他的经堂，正中靠壁一条长案，上置佛龛，前面一只八仙方桌，正面围着绣花的桌围，摆满了供品，两边靠壁是两排太师椅，壁上挂满佛画，地上铺着地毯。这样的布置，很像一个汉人的旧式客厅。

由明正土司家出来，到邱家锅庄去找金博九参谋长。金君在三个月前到过成都，我在画家吴作人那里见过一面，虽然是一个军人，对于文化活动却很热心，在康定领导过剧团，组织过音乐会，这几天正在忙着演出话剧《岳飞》。他一清早就办公去了，没有看到，就在锅庄邱老板那里坐了一会儿。

"锅庄"是这里商业行庄的特别名称，为关外客商而设，康定是关外土产和关内的茶叶集散交换之地，关外来的药材毛皮商人要在这里找主顾，找到主顾等货物脱了手，再买进茶叶包杂货，经过改装之后，运出关去贩卖。这些商人到康定，"锅庄"便是他们驻足之处，"锅庄"里可以住人，还可以住骡马。锅庄老板为他们找主顾、谈交易，生意做成了，老板从中收一点佣金。有些财力雄厚的锅庄老板，自己便是个坐庄商人，买进卖出，获利甚厚。这种制度很像浙江的"过塘行"，杭州闸口一带，从钱塘江上游运土产下来的商人，货船停在江边，自己就住在"过塘行"里做交易。邱家锅庄规模相当大，蒙藏委员会的调查处也设在这里，主持调查处的是湖南人唐磊君，他的太太是昌都人，浑身汉装，满口汉话，如果不是学本说穿，我还以为她是下江人。唐君的邻室，几个喇嘛在念经，一会儿音乐大作，不同凡响，仿佛听到天上的仙曲，忽然记起《西藏桃源》影片中的背景人物，那里近乎天堂的境界，当时曾经颇为陶醉了一番，现在听了这虽然近在咫尺而似是发自天上的音乐，和眼中所接触的高原人物境界，现实和幻想两者突然连接起来；在这奇妙的一瞬之间，好像真正找到了"失去的天堂"（"失去的天堂"是那部影片的原名），同时又唤起了马思聪演奏《西藏寺院》那个乐曲的境界。这是我生平真正为音乐感动了的一次。

下午，悦希客厅中宾客满座，有甘孜商人，有大金寺喇嘛"咖玛"，并有拉萨的李春先君。在重庆时，内蒙古迪鲁瓦活佛给我一个名片来康定找李春先其人，今天不期而遇，真是喜出望外。李君现任省府藏文翻译，兼国立康定师范的藏文教员，还要兼顾《国民日报》藏文版的工作，是康定的第一忙人。他不仅学问渊博，还懂得喇嘛寺院中的跳神，爱莲要学的宗教舞蹈，在此又找到了一个老师。那个大金寺的喇嘛懂得许多甘孜拉萨的古舞，这个小客厅立刻变成了教室，于是甘孜古舞、寺院跳神，跳得屋子直摇，喇嘛和李君都是将近五十的人，跳舞的时候，豪爽奔放，兴高采烈，和年轻人一样，这是藏人的特点。

悦希为了给爱莲更多观摩康藏舞蹈的机会，打算在最近约集康藏各地留在康定的朋友，举行一次跳锅庄。正在编订节目的时候，一个藏装少妇，神色仓皇，拿了一张电报来，交给悦希翻译；悦希和她讲了几句话，她立刻跑进卧室里，悦希夫人也跟了进去，卧室里马上传出了妇人的哭泣声。在客厅的几个西康朋友，也都挤到了卧室里去。这一幕紧张场面，弄得我莫名其妙，问了悦希，才知道刚才那个女客就是鼎鼎大名的甘孜女土司德钦汪母，电报是报告她舅父的死讯的，她的舅父是甘孜大喇嘛寺的活佛——他的死，使甘孜土司的声势家业，多少要受点影响。德钦汪母在民国二十一年因为班禅护送队的煽动，和当地驻军发生冲突，造成甘孜事变，后来被省军击败，家产被政府没收了，她和丈夫班禅队长"依希多吉"逃到青海草地，经过多方面的疏通，去年才重回西康省。悦希组织的锅庄会，正准备请她参加，不幸遇到了这一丧事，只好延期了。

晚上，在中央银行听重庆广播，归途中买了"锅块"（形似大饼的面食，四川各地都有。）牛肉，回家吃了一顿宵夜，爱莲贪食过多，半夜里闹肚子痛。

9 月 23 日

早晨尚在梦中，忽闻茶房叩门，说是金参谋长来访，急忙起来迎客。近午，到邱家锅庄去回拜金君，他楼下住着几个关外商人。墙壁上挂了许多武器：木壳、手枪、短刀、宝剑，夹杂几个叫做"格鸟"的旅行佛龛。藏人笃信佛教，在家要供佛烧香，出门也要带个"格鸟"，说是可以保佑路途的安全。沿墙两面铺两张矮床，床上铺着拉萨地毯。沿后壁是一排簇新嵌花的皮箱，皮箱上放着五六对新皮靴。房中间是火炉架、矮方桌，门角里放着旅行用的锅勺等类用具。看起来，他们的货物已经脱了手，所以已经买了不少新用具预备回家去了。

在街上看见地摊两处，有皮靴、地毯、革囊等物，心颇爱之，但因讨价太高没有买成。

这里的人多吸从印度运来的纸烟，十支装的售价四百元到五百元，和成都的美国纸烟价差不多。

今天是星期日，机关学校放假，街上很热闹。

9 月 24 日

去木家锅庄访李春先君，由他介绍认识了《国民日报》藏文编辑马维超，马君拉萨人，毕业于中央政治学校，允诺给爱莲介绍几个人来表演拉萨舞。又访新自拉萨来的宋国英君，他的夫人穿康定装，我要求写像，被拒绝，颇为失望。他有一个女孩子，离拉萨前四十天才出世，特别为她做了一架小床，四周围布作墙，上盖油布作顶，墙上开了一个小窗，用纱布蒙着，俨然是一座雏形小屋。小孩子睡里面，由一个仆役背着，不颠不摇，比在马背上舒服得多。拉萨到康定走了三个多月，这位拉萨娃娃已经在路上长得白白胖胖了。

张代主席邀晚餐，座中有邦大刀吉夫妇，邦大是西康富商，其夫人穿拉萨装，一双绣花靴子用红绿呢片拼成，非常美观。

晚间悦希正式授徒，爱莲学得两个巴安弦子，一个叫"夏其阿加"，译成汉文是"可爱的鸟儿"；一个叫"琐南钦部"，汉文是"幸运"。悦希的妹夫杨君也参加表演，姿态甚美。我在旁边作速写，也参加学习，但只学成了"琐南钦部"。

近年来，各种物价飞涨，独邮资未加，发普通信人都改寄快信，弄得邮局的快信柜上整天拥挤不堪。有时要等到一点钟以上，才拿得到收据，大都市如此，康定也如此。今天发重庆成都朋友的信共七件，足足等了半小时。此种现象，只要快信柜上多加几个收信人不就马上解决了吗？我不懂邮政当局为什么硬要发信人耽搁这么多的时间。话又说回来了，抗战时期，时间早已贬值，哪一处不在浪费，买平价布、等公共汽车都要排成长蛇阵，一等就是一点钟，区区一封信，叫你多等些时候算得什么。

读学本的《木雅贡嘎雪山游记》，不觉神往。雪山距康定只有三天的路途，一周间可往返，顺便还可以看看木雅乡的游牧生活。但路上没有宿处，要自带帐篷和一周间的粮食。游记描写贡葛寺和高大杜鹃林的几段，尤为感人，心中不禁跃跃欲试。

9 月 25 日

李喇嘛有牲口一队，专走两路口和康定之间运茶。十八日宿干海子遇到的骡队就是他的。李唐晏君前天带我到他家坐了一下，他的母亲和蔼可亲，约定今天再去为她画像。李喇嘛已从两路口回来，他说运茶往返一次，每一头牲口要喂一斤酥油，借以恢复体力，每天装卸茶包前后，还要喂食盐；休息的时候，鞍缆全解，任其追逐水草；夜晚宿营或早晨上路，呼之即归。那晚上，在干海子看见他们呼唤牲口的时候，嘴里不停地叫着"追，追""达，达"，原来"追"就是藏语"驴"，"达"就是藏语"马"。画像中间，走出一个人来，似曾相识，正在追想什么地方见过，他已过来和我打招呼，他和李喇嘛讲了几句话，李喇嘛说他在干海子见过我。看看他呢帽上盘着的那条红璎珞，才恍然大悟。临走，李喇嘛送了我一束藏香。

悦希以拉萨布达拉宫的"伽"舞教爱莲，其步法节拍和中国古代舞的精神相合，疑心这是从唐朝传过去的舞法。再经过悦希说明"伽"舞所用乐器及奏法，越发使我深信不疑。"伽"舞在拉萨只限达赖喇嘛举行某种大典时，由十六个小喇嘛表演。这一班小舞团，是布达拉特有的，等于是达赖的御前供奉，其他寺院或民间都不准仿效。巴安寺院也有"伽"舞，说是往年由某喇嘛从拉萨学来，因为巴安地方早已脱离拉萨政府的统治，故不妨一破禁例。现在的达赖活佛举行坐床典礼时，曾举行"伽"舞，已经摄入中央电影厂的《西藏巡礼》一片中。地摊上买得拉萨地毯一条，花了一万七千元，相当便宜。

是晚金搏九君招宴，以《印度赶集》一画赠之，并赠悦希"天竺舞姬"一帧。

9月26日

清晨出街，遇到新婚的明正土司女儿一队行列，上榆林宫扫墓，骏马十余匹，鞍佩都甚精致，每一骑由一个仆人牵着；新夫妇和亲友跟在后面步行过市，出了南门，才上马向榆林宫而去。新夫妇颇美，我在街上追了几十步，获得速写一帧。街上人看见我这种奇突的行动，把原来看新娘的一点注意力，统统集中到我身上来，我的后面跟了一大群孩子，指手画脚，亦步亦趋，我变成了街上人注意的目的物。原来很想把这一队行列全部速写下来，因此只好缩手，立即逃出重围赶快避到小巷子里去。

和学本、唐晏，访问吴立三君。吴君粤人，在驻藏办事处工作五年，擅摄影，这次从拉萨带来三大厚册的照片，我们得以一一拜观。照片中以所集拉萨政府显要人物的肖像最为名贵，拉萨男子蓄辫，盘在后顶，打成一个蝴蝶结，结中间装上一个小"格鸟"。公子哥儿尤注意修饰，一身锦绣，窄窄的身材，骤观之，活似旗装少女。吴君说在拉萨向国内发电报一字需藏银五两，一电动辄百两，以致公私方面，非万不得已不发电报，而拉萨与国内邮件往来，竟要经过印度邮局，在平时已经十分迟缓，这几年打了仗当然更慢了。拉萨电报局是交通部设立的，开支要自给，就不得不要发电人供养，这样一个重要而且是唯一的交通机关，中央尚且不能使之充实，难怪边疆政治办不好了。

9月27日

出南门，远远望见贡嘎雪山的支脉"雅如埂"山，一排雪峰，在阳光下照得耀眼。在康定初次看到雪峰，心里有说不出的快乐。一条筑好了的公路，沿折多水向无尽的高原展延出去，这迤西，就是所谓关外了。唐朝文成公主就从这条路到的拉萨的，折多水上至今还跨着"公主桥"。康定最大的红教喇嘛寺"多吉召"在半里外山坡上。一大片黑黝的山峦上耸起了大殿的高阁楼，屋脊上的金饰闪闪发光，寺右树林底下，隐着一排白塔。寺前公路，公路底下是折多河谷，河谷里有一片草地，点缀着三五匹骡马。这一片平坝子曾经做过飞机场，大概可以让教练机在这里升降；现在的飞机场则在两天路程以外的营官寨。

南门是西康南北两路出入要道，康定市内需要的燃料、酥油，大部分从这一条路运来。牦牛驮了柴炭，三五匹，七八匹，一批一批的络绎于途。运茶包出关的牦牛则是二三十匹成队走。有一牧童模样的人口吹短箫，从公主桥那边过来，夹着唱一支山歌，以轻松愉快的脚步，向市集走去。一忽儿从南门那边跑来两个骑马的人，腰佩短刀，背负长枪，英武轩昂，疾驰而过。这些旷野中的愉快情调，可惜只如过眼浮云，瞬息即逝，没法在当时立刻捉住，一一记录下来，只好叹息自己画笔无灵了。

悦希宴客，请的都是当地财政金融界人，大家都感觉到战时的繁荣已经过去，今后应该切切实实从事于西康的经济建设。悦希有一个新计划，预备仿照印度葛林堡以缆车运货的办法，在两路口到泸定桥中间的二郎山上架设缆车，既节省时间，又节省运费，二郎山两面有的是水力，极容易发电。回想在路上看的那些茶包背子，一步一移地爬过二郎山那种艰苦万状的情形，实在觉得有急于建设缆车的需要。但两路口到泸定桥之间明明铺着一条公路，让它白白地躺着坏着，不想法整理运用，未免太可惜。公路是政府开的，政府弃之不用，老百姓无能为力；缆车可以成为个人或者集团企业的，成败无关政府，也许这就是建设缆车的理由和可能性吧。

爱莲正为记录舞蹈的歌曲着急，幸运地认识了热心于边疆教育的王文华君，王君现在省立边疆师范教书，在西康一年多，到过巴安、甘孜、德格，搜集了很多民歌，是一位热爱边疆的北方人。他答应为爱莲帮忙记录曲谱，爱莲也教了他记录舞谱的方法。

9 月 28 日

胜利带来了物价狂跌，这个山沟也起了波动，有些外乡人在街上摆地摊，出卖多余的衣服和一些零碎的用具，准备回家。牛肉原来卖四百元一斤，有跌到二百元的可能，印度烟五百元的跌到四百元，四百元跌到三百元。

在成都把西康的牦牛肉当成珍贵的食品，这里是无牛不牦，牦牛的尾毛细长而且柔软，旧剧的假须就是用这种毛做成的，这里的人拿牦牛尾巴当拂尘。

康定附近，童山濯濯，山谷里也没有好坝子，不适宜牧畜，最近的牧场，却在两天路程以外的木雅乡和太宁县。来到康定以前，以为这里要饮鲜牛奶，一定不成问题，几天来打听的结果才知道并不容易。省政府在太宁办了一个新式牧场，做的"白塔"酥油也不易在市上买到。本地人吃的酥油，是土法制的"白塔"，里面常常夹杂牛毛之类的渣滓，不很干净，省立农业改进所把这些土牛油重新炼制一次，澄清了渣滓，卖一千元一磅，虽然比土制品干净，可是仍然有膻味。

大街上看见一群从牧区来的"牛厂娃"，穿生羊皮大袄，裸出一条又粗又黑的手臂在外头，裤子也是反穿的生羊皮，活像牛腿，戴狐皮帽，穿牛皮靴，女子的头发结成了二三十条细辫，粗犷豪迈，十足的草原牧人情调。

我在街头作画，到处有人围着，有时看客自动求我写像以为乐，这倒便宜了我，缺点是观众全是男子或小孩，女人们不但不敢近我，而且远而避之。

电灯晚上七时开放，至翌晨天明为止，电力极足，街头巷尾的路灯，亮得耀眼，高原的空气特别干燥清洁，夜晚在街上散步，精神为之一振。这几年在重庆住久了，每天晚上接触的不是鬼火样的电灯，便是使得眼睛发酸的油盏，养成了在昏暗中过日子的习惯；现在来到这光明的山谷，便觉得是一种分外的享受了。

这几天忙宴会，天天坐首席，今天是罗科长和张处长，明天是胡处长，后天还有李会办。一个穷画家，居然做贵宾，想起"受宠若惊"四个字，真有点惶恐万状之感。

藏人日常生活非茶不行，茶包生意在康定便成为重要市场，近年因币价贬值，而关外偏远的地方又不用法币，一切关外土产，要依据茶包的涨落为标准。关外经济生活还保持以物易物的状态，从关外运来的药材毛皮，换了茶叶回去，茶叶又换了那边的土产回来。康定市场上有些交易讨价还价的时候。不讲钱几千几万，而讲茶叶几十包几百包，茶包本身当作交易媒介物，变成一种特殊的货币了。康区那么大一片土地，因为交通不便，社会生活停滞在原始的方式下，如果不从政治、经济两方面给以痛痛快快的改革，那么只有永远落后。讲到改革，最急需要还是从交通入手。

依"茶"而论，整个康区，甚至遥远的西藏，目前还是靠了云南四川两省供给。运茶的交通工具，几百年来始终未变，一包茶叶，至少要半年才可以运到拉萨，运价之高，可以想见。现在印度大吉岭一带，英国人经营的大规模茶园，已经培养成功。如果有一天大量向西藏倾销，可能很快地夺去了康藏两大市场。中国向来以出茶叶著称于世，康藏是消耗茶叶最多的一片土地，自己的市场让人家抢去，那还成话吗？

财政厅李会办颇有远见，已经看到西康经济生活的病态，近来正在组织本市商人，计划通盘的出口贸易，可说是西康经济建设的一线曙光。他以前办过金矿，在抗战期间，不顾一切困难，办成了水力发电厂，悦希的二郎山缆车计划，也由他在支持。

孟子曰："鱼，我所欲也；熊掌，亦我所欲也，二者不可得兼"，自然熊掌是好东西。这里的山货店挂满了熊掌、鹿筋；这里的酒席，吃熊掌鹿筋不算一回事。讲究的请客，要有鱼翅海参才算恭敬，所谓山居以海味为贵也。记得在香港某席上吃过一次熊掌，主人郑重其事地向客人介绍过这一味难得的菜；住在海边的人，就得讲究吃山珍了。

打箭炉的"麝香"名闻中外，卖两万元一两。

在灯下为谢趣生漫画展写了一篇《为民主而想起英美两大漫画家》，预备明天快函寄成都。

9 月 29 日

第九世察雅呼图克图（即察雅活佛）假安觉寺举行献衣典礼，得参与其盛，实为平生难得的机会。

察雅在金沙江西岸，清季赵尔丰时代，原属西康，西藏事变后，暂归拉萨管辖。那边的大喇嘛寺第八世呼图克图圆寂后，他转世的第九世呼图克图在康定木雅乡寻获，凑巧的是，这位叫做泽仁汪登的灵童，已经先为木雅乡的古喀寺寻获而封为该寺的活佛，前来迎接的察雅僧民代表们迟到一步。因此两方面打了一阵官司，最近还是由省政府调停，认为泽仁汪登是两位圆寂活佛的同一化身，于是双方同意：由他摄两寺的活佛尊位。

下午一时，典礼开始，本省各机关首长和各寺大喇嘛，都被邀请参加观礼，加上许多佛教信徒和一帮爱看热闹的男男女女，把一个安觉寺挤得水泄不通。礼堂就在安觉寺正殿，宗喀巴金像下设立一座高没人头的法坛，预备小活佛来坐坛加法衣；前面是左右两排喇嘛，手执法器和乐器，静坐着等候典礼开始，来宾一排一排坐在他们后面。先是一阵喇叭法螺，继之以念经。五分钟后，献衣代表鱼贯而入，有一着黄龙袍的地位最高，献法器的喇嘛穿黄袈裟，前几天在明正土司家遇见那个拉萨客也在里面，他今天穿的是一件箭袍，头戴武帽，十足的前清武官打扮。小活佛的父亲，穿着黄马褂，跟在代表们的后面，他原是木雅乡的一个农民，儿子当了活佛，他便贵为佛爷，更是"一步登天"了。最后是一位老喇嘛抱着小活佛在黄伞掩护下进入礼堂。

小佛爷年约五六岁，长得眉目清秀，顾盼自若，在法坛上坐定后，又是一阵音乐，又是一阵念经，然后代表们献衣、献法器、献哈达、献供养，一切都在法乐演奏中进行。典礼进行时，有一老人远远地在门口向小活佛三跪九拜，执礼甚恭，无疑是一信徒了。最后是藏族同胞，排成六队依次献供养品，有送茶包的，有送藏香的，有送酥油的，有送佛像的，有送糌粑的，有送衣料的，顷刻间堆了一大堆。小活佛对这些献衣献哈达献供养品的人都由那个老喇嘛从旁指出，如何接应。小活佛态度沉着，毫无慌张的样子。这可算得一个大世面了，一个五六岁的小孩能够不慌不忙，沉着应付，总算不容易，于是来宾之中，啧啧赞叹，个个说他"有福分"、"有造化"。

礼成后，招待酒饭，前殿的广场里，临时搭了一个帐篷，摆酒宴客。

骏马三匹，全副鞍辔，金碧辉煌，拴在佛殿阶下，不知是哪几位贵人的坐骑，也许是神马吧？

我手不停顿，开特别快车，在紧张的两小时内，作速写五十余张，开平生最高纪录。

9 月 30 日

康定本有电影院一家，三年前为火所毁，现在还剩一家戏院在演川剧，其他要算打牌是普通的娱乐。我与爱莲几乎每天在悦希家学习康舞，巴安弦子是我们的娱乐了。

日报有《国民日报》和《西康日报》两家。"国民"属中宣部，对开土纸一大张，四分之一是藏文版；"西康"属省政府，四开嘉乐纸印刷，注重本省消息，因为印刷设备不够，近午才出版。"国民"宣布从昨天起停刊，以后就剩"西康"一家了。

十号牌纸烟，初售四百元，后来跌到三百五十元，今天又跌到三百元，不禁暗喜。

在财厅李会办席中，大谈西康建设问题。我建议在贡嘎灵山下面建立一个游览区。让内地的人来享受一下这世外桃源和神仙境界的生活。并且预约明年组织一个文化考察团，出关去考察一年半载，集中材料，送到内地去展览，为开发康区做一次大规模的宣传。

抗战最后几年，中国海口完全封锁，对外的进路，除了中印航运以外，西藏西康成为通印度的驮运大道，康定应运而突然繁荣起来，发国难财的，大有人在；如今时过境迁，物价下跌，于是倒霉的人也就不在少数。八月十日放炮庆祝胜利，一般人遂称这一天前后为放火炮前后，见面就谈放火炮以前如何如何，大有不胜今昔之感。有人以"发国难财，蚀胜利本"八个字为对，讽刺商人。

街头作画，观者如堵，渐感痛苦。

住社会服务处十天，付房租九千三百五十元。

10月1日

参观南门外边疆师范学校，学生多系藏族子弟，来自康区各县，饭菜只有清汤白菜一碗，比重庆学校还差，他们在家吃的是牛羊肉，喝的是酥油茶，相差更多。

玉君约吃饺子，座中谈起活佛转世。他们千里跋涉，去找寻一个聪明的孩子，施与特殊教育，使他承继法统，倒也不容易。

接连几个阴天，冷风飕飕，已是冬天的气象，人人都披上皮袍，藏族仍然有光着右臂的，体格真好。

街上看见了几个披"查尔瓦"（披风）的彝族，查尔瓦下面有四五寸长的流苏，走路的时候，摆动起来很好看；他们的体格和小个子的汉人差不多。

在安觉寺的小活佛那里消磨了半天。二十九日那天，他是一个神圣活佛；今天，和我在一起却是一个天真活泼的小孩子。我去找他的目的是为替他画一张像。他坐在正殿楼上临时布置的一个法座上。一个老喇嘛坐在地上陪着他，一只鹦鹉停在窗沿上，是他的一个小伴儿。我作画的时候，他不停地玩着一些小铜佛像；一对乌溜溜的眼珠盯住我看。他时时提出许多问题问老喇嘛。我不懂藏话，不知道他们谈些什么，猜想起来，大概是在讨论我的画吧。小活佛真是活泼，一会儿要看我的颜色盒子，一会儿又跑过来看我画，一会儿又跑回去坐着让我画。

察雅寺的喇嘛当中，有一个能画佛像，他为小活佛画了一匹马。小活佛不满足，要我加上一个人。我就画了一个有胡子的军官骑在那匹马上。活佛指指那个添上的人，用眼睛望着我，好像要问我这是什么人。我就说这是委员长吧。于是众人就也一起叫起"委员长，委员长"来。

甘孜女土司那天在悦希家里如同惊鸿一现地见了一次，今天又在悦希的客厅里出现。学本替我们介绍的时候，称她为孔萨小姐。孔萨是她家族的称呼。她的丈夫依希多吉队长也在座。他们的结婚引起了班禅行辕的军队和西康驻军之间的冲突。藏汉兵戎相见，闹了几个月才平息，结果是孔萨夫妇出奔青海；到了去年，省府当局才允许他们回来。他们出奔的时候，财产已经没收。这次回来，请求当局发还，听说已经照准了。那回事变，和她对阵的是金博九参谋长；现在大家都在康定，彼此已经成为朋友了。

孔萨当年是甘孜一带的领袖人物，年轻、风流、豪爽、果敢，女子而具男子的气派，如今已是三个孩子的母亲。经过这一次失败，而且最近孔萨家又死了个大喇嘛，自然减少了许多光彩。她对爱莲不远千里来西藏学习舞蹈的精神，很感兴趣。我们要她教一点甘孜的步法，她好像很怕难为情。再三请求，总是不肯。可是，对于外国的交际舞，倒很想学习。我们扭她不过。悦希趁势开了唱片，强迫我们来了一次狐步舞。她和悦希夫人躲在卧室里，隔门帘偷偷学习。想不到这么一个豪爽的女土司，还是羞答答地怕见人。

茶后客散。孔萨家的仆从四五人，在门外恭候他们的主人。

10月3日

访孔萨土司，在她家里坐了两小时，画了五张画。

下午大雨，傍晚降雹，雷电交加，通夜无灯，天气愈来愈冷了。

读英人 F. Spenser Chapman 所著《圣城拉萨》一书，书里有三十张著者自摄的照片，多半是天然色，这几年我看过许多关于西藏的著作和照片，只有此公的作品最能传达西藏的神秘色彩。预备从这些照片里，抄录一些拉萨人物的服饰，将来给爱莲的舞蹈服装做参考。画从安息日会龚君那里借来，约定明天还他，因为没有电灯，只好点起洋蜡赶夜工。

10 月 4 日

由于这几天的观感，又读了《圣城拉萨》这一类书，爱莲说西藏是艺术家的乐园。不错，画家到了拉萨，准是美不胜收。可惜这个人间天堂，坚持闭关政策，紧紧地关上两扇大门，不肯轻易让外人进去。据说金沙江西岸，警戒森严，没有拉萨的证明文件，休想过去。

有位刘喇嘛，在拉萨住过几年，不久要到德格去研究红黄两教派内容，他说可设法帮助我们通过关卡。我们约定明年做一个充分准备，携带电影机、彩色片、录音机等必要工具，探神秘之境。但是这次自己回到重庆以后，究竟将来的生活如何，尚且没有把握，今天又许下了这么一个大心愿，未免太冲动了。现在姑且把这笔账记下，留待日后查考，或许有一天机运到来，记起这个心愿，说不定竟然渡过了金沙江。

10 月 5 日

昨天在寓所坐了一整天，画成了相当精细的一幅察雅小活佛像。早晨起来，向悦希要了一条哈达，并且请了一位巴安朋友当翻译，兴致勃勃的到安觉寺献画。和我同时到的，有几个乡下人，也为献供养而来，有一个人献了一个小铜像，行跪拜礼，小活佛看了很喜欢。我这个没有任何宗教信仰的人，对小活佛当然毋庸郑重其事，像乡下人那么执礼甚恭。我很爱那个小佛爷，并且和那个会画佛像的喇嘛也混熟了，我求他画一张佛像，前几天他当面答应我，今天他忽然变了卦，说是工具没有带来，没法为我画。经我再三要求，他从小活佛怀里掏出一包小片佛画，捡出一张西藏的财神菩萨给我，说是小佛爷送我的礼物。

　　和李唐晏君去拜访新从拉萨来的阿旺堪布（堪布等于内地寺院的方丈和尚），听说堪布的卜卦甚灵，李君最近要回重庆，请他卜一下是否平安，结果甚为吉利。堪布的房间里，满屋子都是佛像经典，外间悬着一幅大欢喜佛，画工精细得不得了。佛龛前摆着二三十只净水碗，酥油灯点得亮亮的，照着镀了金的大小佛像，闪闪发光；靠屋檐一排长窗，蒙着印度窗纱，堪布趺坐在窗下，以慢吞吞的细声和来客谈话；藏香的香味，充塞着整个房间，我被净化在十足的宗教气息之中。

　　康定师范方校长席上，大家在谈一个学佛女人的故事。说是这位女士在贡嘎寺修炼了三年，绝食坐关六十天，道行深，知剑术，年四十余，看起来像二十多岁；康定一致尊她为剑仙。这位剑仙，似乎前几天在一处席上也听见提起过，现在再度作为话题，可见这里的上流社会，对于此等神秘人物显然甚感兴趣了。但是听谈话的语气，有报道而无评语，想来还是将信将疑，并未确定她为剑仙。夫剑仙也者，不过是修寿延年，独善其身，可惜对社会无所贡献；此等人大概行踪诡秘，未必真有奇术。若是真有其人而能够大胆地公开表演其异术，恐怕也就近于魔术家之流了。至于坐修三年，闭关二月，只要忍心抛弃家室儿女之累，彻底看破尘世，亦非难事。然而如果人人坐修，个个去闭关，那么田里不生谷子，路上长满青草，这世界还成什么样子？佛云"我不入地狱谁入地狱？"正是劝人入世的至理名言。谁知人反其道而行之，不去脚踏实地，创造真正为人类谋福的极乐世界，而偏偏要幻想什么神仙异术来骗人。剑仙云云，不过是剑侠神怪小说里的精怪，唯有某些人信之，而士大夫亦啧啧乐道——岂非怪事？中国社会的畸形，真有不可思议之处。难怪抗战八年，昏昏庸庸，竟有坐修闭关以待胜利的。

急风暴雨，电灯忽灭，远远送来一阵喇嘛寺的法螺声。在这个到处是神的环境中，忽做反剑仙论，不免太煞风景。

因为谈到剑仙，不免想到喇嘛寺，由喇嘛寺而想到一些现行政策，不由得毛骨悚然。

天气更冷了，带来的衣服，全数裹在身上还是不够。

10 月 6 日

风雨连朝，以为雅加更山上的积雪，必更加美丽，今天云开日出，特地跑到南门外去望望，风暴依旧，不过是山上的树木变得更枯更黄了。

午后三时，狂风大作，那时我正在北门外作画，迎面一阵疾风，吹得我气都透不过来。山谷里的冷风，尖、厉、锐、疾，如同万马奔腾的折多水流一般，可以把人冲倒。康定躺在南、北、东三个山口的峡谷里，如果是天晴的话，下午一定刮风。东门外面有一处叫大风弯，风从那边吹进来，东门新市区一带变成了一个大风洞。以后的外出工作一定尽量利用上午的时间。

10 月 7 日

一夜北风，附近的几个山头上积了一层白雪。

喇嘛画的佛画，藏名叫做"唐卡"，康定的汉人称之为"案子"。"唐卡"的作风，很像敦煌的壁画，保存着更多的印度画影响。构图严谨，施彩厚重，造型图案化而不呆板，色彩平涂而能传达立体感；勾描之精细，即使是最工整的宋画也望尘莫及。这是第一流的"唐卡"才具备这种特点。"唐卡"画手，从小在寺院里训练出来。西藏拉萨、西康德格，这两个宗教中心，人才辈出，可惜画上不具作者名号，哪怕是登峰造极的作品，也无从查考出于谁的手笔。

刘喇嘛因为不久要去德格，他知道我喜欢"唐卡"，毫不吝啬地把他的两件收藏品送给了我。一幅是文殊的化身《马头明王降魔图》，是新画；一幅是《宗喀巴历史图》，画法甚精。画正中是宗喀巴的大像，肤色柔和，衣褶严谨，作风近乎李龙眠；天上的五色云彩，虽然在造型上是图案化了，但是看起来却飘逸自然，一点没有故意做作的感觉；背景是大青绿法，树木近乎印度的民间派。围绕着宗喀巴大像的小人物将近一百个，个个严谨周密，一笔不苟。这幅画原来挂在西藏一个破庙里，因为漏雨，浸坏了左边一角，刘喇嘛的老师把他请了来，后来转送给了刘喇嘛。康藏道上，刘喇嘛以此为护身符，可见这幅画是他心爱之物。此外，他又送我四尊小佛像，我特地在寓所整理出一个角落，点起藏香，将"唐卡"和佛像一并供着，居然也像一个小小的经堂了。

藏人家庭，大儿子管家，小儿子送进寺院当喇嘛，除非是独子，普通人家总有几个儿子当喇嘛的。这种制度，是内地人不容易了解的。饭后无事，向悦希请教这个问题。悦希是格桑家的小儿子，下地就派定要当喇嘛，他被送到拉萨的寺院里住了九年，最后因为自己觉醒才还俗。对于个中的情形，当然看得非常透彻。一谈之后，方始知道所以要当喇嘛的大道理。

西藏政教合一，由来已久，凡政治、经济、教育、文化，都由寺院包办。寺院之外是芸芸众生，都是受治的小民，没有权利享受教育文化。无论贫富，把子弟送进寺院，才可以识字、读书、念经。虽然没有规定读书识字是喇嘛的专利，因为庙外没有学校，穷人请不起先生，要读书识字，先决条件，就得当喇嘛；当了喇嘛，受了教育，通了经典，成为知识分子，这就高出俗人一等了。寺院拥有大量土地财产，需要各种人才来经营，这种人才，当然是取之于本寺喇嘛，管田地的、管牲口的、管工场的、管采办的、管运输的、管交易的，一概是喇嘛。于是乎除了念经以外，喇嘛被分配到各种生产部门去。有朝一日，升为堪布，总揽全寺大权，那就出人头地，连俗家的事务也得求教于他，俨然成为一个政治人物了。从积极方面看，当喇嘛为的就是要求一个出身之处。富家子弟当了喇嘛，对于他的家族声势地位，可以相得益彰。寺院还通行喇嘛私有财产制度，一个喇嘛如果经营得法，很容易聚积个人财富，将来他的子侄辈在本院当了喇嘛可以继承他的财产。寺院规矩，喇嘛死后没有承继人的话，他的财产应归公有。为了承继遗产，也乐于把子弟送进寺院去了。一旦因为环境的要求，并且还可以还俗，不像内地寺院以为还俗是件丢脸的事。西康某地一个土司死了，没有儿子承继官职，地方上的人，要他的当喇嘛的老弟出山就任，这位佛徒，只得顺从公意，弃僧还俗，当了土司。

如是观之，康藏的寺院，并不是一片纯粹为参禅养性的我佛净地，和内地的寺院禅林不尽相同。

悦希说，要强制改革寺院制度，并非不可能，只是这种制度，已经成了康藏的生活方式，不能分割，若操之过急，可能激起人民的反感。最好先从提高喇嘛的品质做起，造成寺院的清高地位，使喇嘛们逐渐脱离俗务，专心于宗教事业，一方面多办学校，普及教育，自然而然少了制造喇嘛的机会。等到寺院不问世事，当喇嘛一天只管念经，拜佛，习净养性，一般利禄之徒，自然不愿意把子弟送进去了。这是悦希的移风易俗法，不失佛教徒的本色。我虽则不以为然，但他自己是西康人，当然比我更懂得西康人所乐意接受的一套理论。

10 月 8 日

安息日会的毕君后天要结婚，昨天送来粉红绸子一方，要我画一点东西在上面，预备结婚的那天给来宾签名，就算是结婚证书。勉强画了几朵荷花，塞责了事。记得去年苗子和郁风结婚，曾请冰兄当这差使，经我反对，遂由淳辉阁定做了一本册页代替了，如今自己碰到这个苦差使，又不便推却，苗子知道了一定笑煞。

陪爱莲去安觉寺学跳神，本寺的一个年轻喇嘛请我画像，画好后，他拿出自己画的安觉寺铅笔画送我，作风很像小学生的自由画，这人大概在康定的小学校里上过学。

郭达山耸立在安觉寺后面，堆积着皑皑的白雪，这山平时老是有一块云遮住山顶，今天还是那块，不过盖得更低一点了，云是灰色的，照出了雪的洁白。仰望安觉寺的金顶，和雪山互相衬托，显出庄严妙相，好像到了广寒宫里。一片清凉的感觉，沁入肺腑，悠悠然如离世而独立，羽化而登仙，不知不觉出了会儿神。

广场里在作法事，一个老喇嘛穿起法衣，高坐法坛，口中念念有词，手里一会儿一把糌粑，一会儿一勺酥油，向前面的火堆里撒去，烧去；对面四个喇嘛，法衣法冠，席地而坐，一个吹法螺，一个打铜钹，嘴里一律跟着法坛上的老喇嘛念经，这是消灾祛魔的道场，和内地寺院放焰口相像。

贡噶活佛，二十六年到过卢山讲经，这回重庆昆明两地的大施主邀请他主持大法会，昨天到了康定，我跟悦希、邦大、邱秉忠、李春先前去拜访，他们都献了哈达，并且行了跪拜礼；活佛魁梧肥胖，宽面大耳，好像一尊弥勒佛。妇女叫人带了孩子来拜活佛。拜完起身，活佛起身给她们每人套上一条红绸子，接着母亲们要求活佛给孩子们摩顶，凡是经过活佛摩顶的人，一生可得佛保佑。当年班禅活佛到达拉卜楞的时候，等候他摩顶求福的人排成里把长。只要他的马鞭子在你身上带着那么一下，目的已达到，就感到无上幸福了。今天贡嘎活佛的手，着着实实在几个孩子头上挨了几下，母亲的心里，一定会快乐得落下泪来。

晚上到邦大刀吉家，邦大、悦希、春先，三人在合译新生活运动条例，字字推敲，好不苦恼。女主人吩咐仆人把鲜牛奶、酥油茶、生牛肉干、糌粑、奶渣汤，一道一道端来请客。吃糌粑的时候，有炒菜四碟，这样的吃法，据说，拉萨的高级吃法也不过如此。拉萨饮食糌粑酥油茶是家常便饭，只有讲究的宴客，才请内地厨子做菜。

为了想去榆林宫看看那边的温泉，特地拜访刘县长。县长不在，顺便走出北门，看见两个人在山坡上挖土，以为是采金夫，爬上去一问，原来都是筑墙的泥水匠康定有两处古迹，一是公主桥，在南门外；一是郭达庙，在北门。传说郭达是三国时蜀国的名将，当年在这里造箭。郭达山就是造箭的地方。"打箭炉"这个地名，因此而得。但不一定靠得住。因为康定还有一个藏名叫"大深度"。和"打箭炉"三个音很近，说不定"打箭炉"是从"大深度"翻过来的。郭达庙靠右一方是一个小小的土地堂，进去，左厢是转经堂。右方塑着几尊观音像之类的菩萨。正殿供着郭达像，所穿的服装，不伦不类，既不像汉人，又不像藏人。后进另有一殿，供着宗喀巴，左右文殊普贤，我进去的时候，一个管庙的喇嘛和一个汉装妇人在谈话。这庙的内容，可以算得一个汉藏寺庙的混合体，倒是极妙的一个标本。

10 月 10 日

李唐晏今天首途赴渝，行李十多件，连他自己的坐骑，一共八匹牲口，俨然是一个小商队。临走的时候，送了我一本速写簿，一盒水彩画颜料，还替我们照了一张相，然后上马而去。

毕君结婚，行的是基督教仪式。新郎江苏籍，来宾什九也是下江人，晚上吃喜酒，我和一个军官、一个邮政局长、一个法官、两个银行员、三个医生同席。

悦希开唱片，有一片日本爵士歌曲，旋律很像巴安山歌。邦大和秉忠两人跟着唱了几遍，相差无几，如此巧合，疑心是日本人抄袭的藏曲。

爱莲试穿悦希夫人的藏装，温习巴安弦子，我画了几十张速写。

10 月 11 日

二十多天没有洗澡，再度到二道桥温泉，在硫黄水里泡了一小时许。

爱莲在路上发现了一块砂石，这块砂石被下午的斜阳晒得闪闪发光，捡起来细细观察，以为闪着金光的小点子是金沙，高高兴兴地在河边洗干净之后，用手帕包好，一边走，一边寻，若是再捡到几块岂不是可以发财了。我们特别注意采金夫挖过的洞子，毫无所获，倒是在一片荞麦地里发现很多。有几个小孩子从温泉回来，看见我们捡石块子，大家围拢来看。于是他们也开始采集石块，一会儿工夫，各人手里捧了一大堆。后来，路上闪金光的石头越来越多，大家开始怀疑起来；小孩子们本来觉得负担太重，一路走，一路抛，不到半里路，抛个干净。我们所采集的，全数带回寓所，堆在窗台上，预备回重庆时，给朋友们做个纪念。

榆林宫的温泉热度很高，生鸡蛋放下去，五分钟就熟，在南门外三十里，往返不太远，决往一游。上午见到刘县长，为我写了一封介绍信，给榆林宫的保甲长。

社会服务处来了两位重庆客人，管理服务处的罗科长特为我们介绍，一位是郑先生，一位是葛先生，都是中央党政考核专员。两位对于边地和风光颇感兴趣，郑先生比较年轻，对这次出差，尤其高兴。他们看见我房间里供着佛像，点着藏香，问我是不是佛教徒，我说我正在研究他们的宗教艺术，而且也喜欢藏香的气息，所以布置了这么一个小小的经堂，想从这中间得一点灵感，体会一下康藏的精神生活，其实自己对宗教是十分怀疑的。

这里的女人个个捻毛线，无论坐或立，走路或谈话，双手总是不停，和都市里女人织毛衣一样。

10 月 12 日

郑专员说省党部和县政府要组织一次"跳锅庄"欢迎他们，上午和他同到省党部去接洽，大概两三天以内可以举行。自从那次因为德钦汪母家的丧事，使悦希要举办的"巴安弦子"搁了浅，至今还没有看到正式的藏族舞蹈表演，希望"锅庄"能够跳成。

省府各机关欢宴中央两专员，我亦恭陪末座。座中遇到自成都来康观光的法国领事和他的翻译李有行君，李君是四川艺专校长，十年前在上海的老朋友，异乡重逢，分外高兴。和他们坐在一起的还有位法国老神父，神父全部汉装，汉话藏话都说得很流利。天主教在西康历史甚久，信仰的人恐怕有限得很。此外还有活佛二人，贡嘎活佛亦在座。宾客中若是有回教徒（康定有清真寺），今晚的宴会可以算得集宗教之大成了。

10 月 13 日

为邦大刀吉画一幅活佛的像，尝试了一下"唐卡"的作风。

法领事明晨要去营官寨，邀我同去；因为准备不及，只好放弃了这个出关的机会。

早晨阴雨，晚上大雨，明天说不定可以看雪景了。

10 月 14 日

南无寺在南门外多吉召的后山上，属黄教，是康定的名胜之一。上午金参谋长来约两位专员去参观，我也加入他们。寺里有一位高僧叫甲戎格希，"格希"是拉萨三大寺的宗教学位，凡是喇嘛，要在拉萨经过考试才能得到这个头衔。"格希"深通教理，熟习经典，专在学问上做工夫，在寺院里的地位很高，但和管理寺院行政的方丈"堪布"又不同。甲戎格希在他的禅堂里招待客人，请我们吃了酥油茶和面条，然后和一个喇嘛引我们参观大殿和护法殿，大殿里供的是"宗喀巴"，护法殿供的是"欢喜佛"，护法殿里阴森森地挂着许多跳神的法器。

南无寺出来，抄近路到多吉召去，半山里有一家藏人的住房，碎石砌的厚墙，平的屋顶，屋顶上栽着花，有一根独木梯在门前，可以爬到屋顶上去。矮矮的门堂，一个妇人坐在门槛上捻毛线。

多吉召汉名金刚寺，属红教，正殿供莲花佛，后殿供释迦佛。释迦殿中挂满了"唐卡"。全是很精彩的佛画。管家喇嘛说他们的库房里藏着很多古佛画，不能全数挂出来，这句话对我是多么了不起的一种诱惑，我立即要求他让我进库房去一探宝藏，却遭拒绝。

墙上挂着几个跳神的面具，打算过几天再来临摹。大殿莲花佛下供着许多酥油挖成的小佛像，彩色斑斓，非常精巧，听说是本寺一个喇嘛的手迹。此人现在出外念经去了。我希望日后或许有机会可以见见这个塑像手。护法殿前屋檐下挂着十来具真兽皮扎成的熊，鹿，獐，猪、猴以及一些不知名的护法兽，好像进了一个博物馆。殿内黝黯，供的是什么佛不能细辨。

堪布房里是一个小经堂，佛龛里供着的小铜佛，十分精彩。客厅很大，地板上散置着一百多只木碗，壁橱里一层一层排着各色各样的铜壶，大概有五六十只，一大块一大块的酥油堆满了大方桌，从这种气派上可以证明多吉召是康定最大的一个寺院。柱上挂了一束"麻柳堆"经文，我向管家要了一条。管家拿出一部用金粉写的经典给我们看，似乎有意夸耀他们的豪富。临走，看见大殿左庑的廊下五六个喇嘛在整理前几天才印成的经典散页，想来多吉召里还藏着经版。转经筒散布在转弯抹角的地方，让信徒们随手可以碰到。

走出寺门，太阳正照着对面跑马山上隐在树林里的乐顶寺，寺后衬着郭达雪峰，一层薄云飘过，雪峰在云端里忽隐忽现，白居易的《长恨歌》有"山在虚无缥缈间"之句，仿佛似之，

省党部和县政府为招待葛、郑两专员，晚上在社会服务处大饭厅举行"跳锅庄"，藏族妇女二十余人，盛装而来，她们白天在街上替人背东西，今晚是被雇了来跳舞的，因为有酒喝，又有代价，一个个眉飞色舞，情绪十分兴奋。舞池在会场的中间，观舞的宾客坐在四周，一张方桌放在舞池正中，上置果酒，以备表演的人享用。舞者围成一个圆圈，这个圆圈就绕着方桌前进后退，边唱边跳，一个老妇人坐在中间按着次序，一个一个敬酒。开始的时候大家还有些不自然，等到酒过数巡，情绪渐高，慢慢地奔放起来，嗓子越唱越大，步法也越跳越紧，头上冒出汗来，于是一个个把右手

长袖褃下，垂在肩后，露出五颜六色的衬衣，风姿更好看了。后来全体聚拢来且喝且舞向主客敬酒讨赏，两位专员赏了四千元，我们夫妇赏了两千元。散场以后，她们结队唱着歌回家，我伏在窗口，听她们的歌声，很久才慢慢地隐去。

刘县长有一首《齐天乐》描写"毳幕歌风"，词云：

> 柳林毳幕嬉游节，娇声远闻天半。半曲梁州，一声河满，歌彻关山凄怨。相招舞伴，看萦鬓红深，系腰绿浅，倦解罗襦，游人乍觉乳香散。　　江南当日年少，玉楼曾惯听，吴侬歌软。守土无人，吾家亭长，空把大风歌遍。旧时莺燕，算一片温柔，怎经离乱。望断神州，夕阳天外送。

康藏人在春秋佳月日暖风和的时候，带着家人在柳林子里搭起帐篷，唱歌跳舞，尽情嬉游。玩得高兴的话，连住几天，非要兴尽才散，这叫做"耍柳林"。巴安八月有演藏戏的佳节，倾巴安全城的人到一个三里外的坝子上去过节，四五十顶帐篷围着演戏的大帐篷，白天看戏，晚上跳舞，吃唱俱全，大乐特乐。康藏人乐观的态度真值得羡慕。康定春天也有"耍坝子"的风俗，地点在南门外。

10 月 15 日

整天下雨，烧起火炉作画。

藏人喜唱，而且喜编新曲子，街上那些负水和背柴的劳动者，就是新歌谣的创造者；一曲既成，立刻传布开去。这种俚曲，常常以时事为题材，或者影射人事；如果对某人不满意，就抓住某人的劣点，编成讽刺词句，挖苦一番，以泄心中闷气。歌谣是代表西藏人民的意见，向统治者发出的呼声。我们内地也有这类讽刺的时事民谣，但没有康藏那么普遍。

西康通志馆祝维翰君送我一张德格印的土版佛像，线条精细工整，和明版的安徽黄氏镌工可以抗衡，抑且过之。德格是西康印刷佛经的中心，这一类佛像的木刻版共有五六十种，差不多能画能塑的喇嘛，都拿它们做蓝本。上午到多吉召，遇见一位叫"贡格"的塑像喇嘛，他有全套的德格佛像，我看了又看，简直不忍释手。他在其中选出一张重复的送给我，我当即给他画了一张像作为报答。

贡格喇嘛从小在松潘草地学塑像，也学过画，家住木雅乡，以前到过成都，最近一年才到多吉召。他替龙管家塑了五尊小佛，技术虽不能说最好，但已够得上水准。小佛的衣褶相貌颇为动人。最近在动工塑一尊大像，和他的助手忙着做塑像的工具。他说如果不太忙，可以为我塑一尊小佛。他的工作室里挂着九幅莲花祖师变相佛画，画工精细，大概是一二百年前的作品。贡格略通汉话，我们谈话，有时还要请他的助手翻译，彼此交换一些中西画法的意见；他对于速写画法很感兴趣，我把手里的半支炭精送给他，也许他以后会用它。

后来谈到"唐卡"的用色问题，知道这几年受战事影响，他们也不容易买到好颜料，目前缺少洋红，我答应送他一点，要他后天进城来取。

下午三点离寺，云开峰露，郭达山和雅加更山的积雪，较前更白，原来昨天山沟里一天的雨，就是山上一天的雪。

刘主席将来康定，各方面纷纷忙碌筹备迎接，社会服务处也在打扫整理，刘县长昨天已经出发到十里外的瓦斯沟去布置主席的午餐。今晨省府传出消息，说主席已经离开雅安，下午二时又传出消息说是已进二郎山，今晚宿泸定，明天换滑竿，傍晚可到康定。至今才知道雅安泸定间公路已修好，雅康只走两天，使人羡煞！

离开成都已经一月，检点画稿，得大小五百余页。

10 月 17 日

农业改进所在泰宁牧场制造的黄油，比重庆牛奶场的好，一磅卖二千四百元，涂在一切两半烤过的锅盔上，并不差于奶油吐司，外加茶一壶，是顿上好的早餐。到康定以来，习以为常，并且越吃越有滋味了。

溯跑马山小溪而上，登高一望，南无寺后面露出一排雪峰，喜极而鼓勇直上，一口气爬到乐顶寺院。此时近中午，阳光直射，云层四散，左右前后，尽是雪峰；郭达在北，海子在西，东边是玉梳，南边是雅加更，跑马山在层峰围绕之中，可称得康定的第一胜地。乐顶是一块十余亩地、宽敞的平缓山坡，高出康定三百多尺，可以避尘世之扰，爬上来并不吃力，难怪大刚上师要特选此地作为他的修法之所了。寺院附近有一道泉水从后面的雪山流出，通过绿油油的草坪，喇嘛们取为饮料。寺院为林木所掩，从下望上来，只露出高坡上的一座麻柳堆塔顶，绝不知其中别有洞天。乐顶禅院不是一个普通的寺院，并没有像多吉召安觉寺那样的金顶巍峨的高大建筑。一进山门，只见小屋数椽，散筑在绿茵草坪间，草坪中铺以白石小径，贯通各院，有些小树山花点缀在小屋的四周，这样的布置，很像现在的庭院设计，我相信这是几位大师体会自然的构造，决不是有人特别加以匠心设计出来的。各院佛门深锁，寂然无声，我叫喊了很久，才有一个藏装尼姑，施施然从矮墙上探头出来；向我看了一看，也不回话，仍然缩了回去。我再喊了几声，一个管家模样的人，从另外一个院子里开门出来，我迎了上去，问他这里有没有狗，因为我最怕寺院里的大獒狗，但他不懂汉话。此时那个女尼的院子里已经传出来"轰，轰"的吼声，心里有点着急。就在速写簿上画了一只狗，补上一条链子，给他看，同时指指他的门里，表示我要进去的样子。他连连摇头，表示拒绝，于是只得放弃一探神秘的禁宫之念。转过身来，找得一挡风的地方，坐看山景，专心领略摆在眼前的庄严伟大而又空虚静寂的世界。

坐了一会儿，舍不得空手而归，于是取出画具，以对面的雪峰为背景，画乐顶全图。刚画到一半，忽然云层突变，雪峰尽隐，似乎要下雨的模样，只得草草赶成，快步下山，走进南门，雨点从北面飞来，急忙向悦希家跑去。

一会儿雨过天晴，郭达雪峰夕阳一抹，妩媚之至。爱莲看见一个人在雨中撑着伞看夕阳，倒是一幅很新鲜的画。市区雨未停而西方已晴，此种景象，别处不容易看到。

今天下午康定有一半市民出城去迎接省主席，六点光景，果然来了。主席坐绿呢轿居先，他的卫队骑了七八匹马紧紧地跟着，后面是省府官员、喇嘛、军队、学生，各色市民大规模的行列，一条东关长堤，走了半小时还没有走完。忽然三匹快马，远远地从后面赶来，穿过行列，好像美国影片里的西部侠客，飞驰而逝。马上的三个人，一是悦希，一是邦大，一是随从；我在隔岸看了，不觉啧啧赞叹一番，藏人的豪迈气概，真是可爱。

今晚星光闪烁，明月如水，是到康定以来第一个明朗夜。

10 月 18 日

贡格喇嘛和他的助手如约而至，还有一个多吉召的铜匠也同来，他们特地买了一大块牛肉送给我，我因为没有炊具，仍然奉还他们。送了他们一些药品，其中有一瓶行军散，爱莲告诉他们要用鼻子吸，他们以为是好鼻烟，急忙倒出来塞进鼻子里，害得他们打嚏不止。另外送给贡格两瓶英国水彩颜料，两支画笔。他们走后，隔壁两位专员进来，立刻嗅到康人留下的酥油味，似乎觉得有点恶心，马上退出去。我和康人混久了，倒不觉得。

雪山在月光下，如白衣观音，端坐太虚，对此一片清凉世界，我的画笔无能为力了。

10 月 19 日

刘县长有一个小小的经堂，所供铜佛极精彩，其中有两幅"唐卡"，画得又精细又生动，比我那一幅宗喀巴要好得多，可称佛画大杰作。

吃人家的愈多，画债也愈多，非坐下还债不可了。但又禁不住外面风景人物的诱惑，这几天阳光普照，似乎在向我招手，拉我出去；虽然坐着，可是心头摇摇晃晃，按捺不住。

10 月 21 日

约定今天去看贡格喇嘛，他的大像已经动工，用细竹扎座基，除了他的助手，另外又增加了一个喇嘛帮助他。贡格很想去游一下五台、普陀等佛法圣地，他又怕住在木雅乡的老母亲没人照顾，心里有些烦恼。以他那样好的塑像手艺，到了内地，不怕没有寺院供养他，我答应为他设法，并且给了他回重庆以后的地址，将来可以取得联络。他又送我四支自己做成的描笔。

牦牛三四十头，休息在南门附近的折多水边，牛厂娃三四人露上身，围着火煮茶，一人站着腰佩长刀，器宇轩昂，背景是涛涛流水，皑皑雪山，构成了一幅关外妙图。当时不能立刻画下来，决定以后追写。康定市上，每天都有牦牛进出，腹部腿部的长毛可以碰到地面的，今天才看到。它们前额的毛，有卷的，有垂直的，有黑白相间的，好像妇人的前刘海儿。玉文华君改就国立德格小学校长，班底已经组成，拉萨的马维超和汉族喇嘛刘君都参加他们的远征集团。康定到德格要走一整月，他们向县政府支到"乌拉"（乌拉是康藏人民对政府的一种劳役制度，出人出牲口供政府办运输，代价极低，等于白当差），明天就要出发。晚上买了牛肉、瓜子、锅盔、酥油，泡了一壶清茶，在社会服务处为他们饯行。

10 月 21 日

早晨到玉校长那里去送行，出关的伙伴们一律是新制的皮袄、皮裤、皮大衣、皮帽，浑身是羊皮，随带粮食、炊具。行李用生牛皮密缝，以防雨水；此外还有几箱茶叶。德格那边不用钞票，教育部发的经费，全都买了茶包，到了关外，再换硬币。这次他们还带了够吃半年的大米和面粉。关外旅行，吃的要带，用的要带，真不容易。今天同行还有到青海玉树去当小学校长的李秀君和他的太太、孩子。他们这次走的是北路，沿途有宿站，若是走南路到巴安的话，那就必须带帐篷，在路上打野。

省府李秘书和边防司令部金参谋长发起康藏舞蹈表演会，邀爱莲参加，定明晚在省府礼堂举行。日来爱莲忙于练习，我为她借置服装，大致已经就绪。今晚商量节目，决定以巴安弦子为中心，爱莲表演作品四个，此外还有一些音乐节目。最后爱莲要参加跳巴安弦子，特地借了悦希夫人藏装排演一次，巴安人看了大笑大乐。

10 月 22 日

康藏舞蹈会在省府礼堂演出。康定人看惯了本地的跳锅庄，跳弦子，故于康藏舞已不感兴趣，目标自然移到爱莲身上。爱莲表演了《梦境》《惊醒》《新疆土风舞》，由安息日会的毕君用提琴伴奏。

巴安弦子由康藏公司职员和康藏师范的学生合舞。因为是正式的表演会，舞池不设酒果，八人绕场唱舞，其中一人手拉"二胡"，凡是转调换步的时候，都由他领导。舞的形式和十四日那晚的跳锅庄差不多，不过步法姿态比那天好看得多，唯一的缺点是没有巴安女人参加。爱莲的《新疆土风舞》，轻快紧张，颇受欢迎。说不定聪明的巴安人会把她的步法，搬进弦子里去。余兴节目有南京人张乐天君的大鼓。这位先生是康定的才子，写字刻印，丝竹弹唱，无一不通，而且九腔十八调，样样会。唱大鼓的时候，故意做出滑稽动作，逗得观众大乐。观众席在会场的四周，小孩子特别多，有些小孩子跑到舞池里来玩耍，甚至拉屎，这种节目以外的节目，也会引得观众大笑。

吃宵夜锅盔吃得太多，胃胀不能入睡。

10 月 23 日

舞蹈会第二晚，因为会场秩序不好，临时宣布改至二十五日举行。表演的人已经化好装，悦希发动就在康藏公司的办公厅里跳弦子，我也穿上一身藏装，跟着乱转，虽然步法不对，别人见了大笑，到底乐在其中，满不在乎。跳弦子或跳锅庄，要自己参加，才有兴味，否则就像在交谊舞厅里作壁上观，只见人家快乐，自己却是怪无聊的，难怪康定汉人对此道不感兴趣。

学本预备二十六七日回重庆，我们决与同行，欠的画债，尚未还清，决定白天不出门，躲在家里开快车。昨天朋友送一张活佛的照片，要我画像，又是一件吃力不讨好的工作。那个朋友答应给我弄到一张古"唐卡"作为报酬，为了就要到手的佛吃点苦倒是乐意的。

烟价忽涨，十号牌由二百五十元涨到四百元，于是降级改吸金钱牌。烟商必大发其财，我则愁眉不展矣。

10 月 24 日

雅安来客谈，二郎山有土匪，我们归期已近，不免岌岌自危。

德格范县长，在任七八年，听说是西康有数的好地方官，在张厅长的席上见了面。德格有一个印经院，原为当地土司创办，现在主权移归政府，转交喇嘛管理经营，县府每年可收一笔经费。康藏大小喇嘛寺所用的经典图像，大部分要向该院订印，可以想见规模之宏大，藏版之丰了。德格也造纸，专门供给印经院，原料是树根，质地坚韧，洁白，不浸墨，两面可以写字，比之内地造皮纸，还要结实。可惜是农家副业，产量不多。范县长说德格的银工、铜工、铁工，也是康区首屈一指的。从事这些手工业，不乏技术高明的好手，问题是他们差不多全是贵族，寺院当差，报酬极微；但若是你的手艺比别人高明一点，那就差遣更繁，应付为难了。一般工人多以就此行业为苦，宁愿不求进步，借以逃避差遣。所以德格的手工艺虽然别处好，到底还是逐渐在退化。

学本有一支彝族的竹琴和和一支芦笙，手工之精，图案之美，十足表现了彝族的工艺才能。还有一件盔甲，是红，黑、黄三色漆的图案，假使漆艺专家沈福文见了，应当拍案叫绝。

10 月 25 日

康藏公司将运布匹、硼砂到雅安，悦希说可以拨几匹马让我们骑，和大队同走。原来正为旅行工具所烦恼的我们听到这个好消息，苦闷一扫而空；有了三四十匹驴马同行，路上的平安问题也已解决了。据说悦希的老太太也要去成都，驮帮带的有帐篷，如同在关外旅行一般，这一来可以不必宿店，路上可真痛快极了。

继续整天作活佛肖像，比较前次给邦大画的那幅略为顺手些。这件工作虽然近乎强迫，借此训练作画的耐心，也真值得。

十九个机关公宴主席，酒席就排在楼下，朋友们上楼来看我的画，把一个小房间挤得水泄不通。

舞蹈会头两晚，没有卖票，秩序不好，今晚为救济院募捐，卖了票，而且听说主席要来看，会场里情形好转。

10 月 26 日

这里的从政者多多少少都有点宗教色彩，张代主席有经堂，李会办有经堂，刘县长有经堂，武委员是佛教信徒，党部书记长也相当信风水巫卜。刘主席有四个大经堂，分设在雅安、成都、康定和他的家乡，康定的经堂里供着一百多尊铜佛，两位女喇嘛管理供养。信佛的风气，似乎成为从政者的必要条件，很明显的，又是为了适应地方人民的环境。

为安息会医院募款，舞蹈会继续一晚。

买了两双康定皮靴，靴底里垫了一层厚厚的羊毛，又软又暖，预备骑马的时候穿。

10 月 27 日

原定明天出发走雅安，牲口没有到，推迟一天。

下午到多吉召去向贡格喇嘛告别，刚进寺门，他们的獒狗恶狠狠地追出来，我回头就跑，几乎让它咬着，幸亏一个小喇嘛来救我脱险，这才得进寺院。贡格为我们塑一尊释迦小像，将近完工，他约定明天下午送来。

邦大送我古剑一柄，二尺来长，剑鞘上嵌了几颗大珊瑚；刘县长送来泥佛三尊，木版佛画一帧，藏香一束；也有些朋友送旅费，穷汉无以为报，只好拿出看家本领，每人回送了一幅画。

在街上碰到最近在二郎山遇盗的伍君，得知那晚法领事和李有行君也宿在干海子。半夜三更土匪先在隔壁宿店打劫，抢去了店老板几万块钱，伍君一行有兵护送，听到声音马上开枪，土匪见势不利即刻在黑暗中逃散。清早查看，路上留下了一片血迹，才知道昨晚打坏了一个人。这几天泸定县政府派了队伍在搜山，昨晚已经抓到了几个。

南门附近，折多水的对岸，有林木之胜，黄叶数树，太阳照得金光灿烂，黄叶上显露出安觉寺的金顶，后面衬着郭达雪峰，蓝天里浮着几朵白云。如此秋光，内地不得多见。

10 月 28 日

上午向各方面辞行，下午整理行装。康藏公司的牲口已经到达，他们的货物也包装好了，明天一定可以成行，心里倒有点舍不得马上就走的依依之感。

刘主席送我一幅"唐卡"，画的是司药佛，装潢得极富丽。

贡格给我送来了释迦像，还带来了几张新印的木版佛像，我因为参加一个宴会，害得他在社会服务处等到三点多钟。我把前些日子李唐晏君留给我的一盒英国水彩画颜料送给他。

九月二十日到的康定，明天就要离开了。原来计划去的榆林宫和贡嘎雪山也未去成，还有关外那一大片土地，最诱惑人的牛场牧场生活也没有看到，正是如入宝山，空手而回，未免虚此一行了。然而真要深入康区，非要有个一年半载的计划不可，像我这样的穷旅行，费了九牛二虎之力，从重庆到康定，又从康定回到重庆，勇气算是有余，物质却是大大的伤脑筋了。

在康定住了四十天，虽然见闻不能算广，然而尽我耳目所能及，连一分钟的机会都不敢随便放过，假使不是学本急于要回去，最低限度榆林宫和贡嘎山这两处是去得成的。至于关外的一切一切，甚至拉萨的一切一切，时时在我脑里盘算，只要有一日机运来到，我绝不会放弃前些日子所许下的心愿的。如果川康路和康青路日后可以通车，那么这个心愿更容易实现了。

明天上路，要在马背上过一星期，住帐篷，吃糌粑，关外的旅行生活，搬到关内，新鲜有趣，兴奋的睡不着。

10 月 29 日

三十多匹牲口的驮队，上午十一时齐集康定的东关。学本、爱莲、我，三人各骑一马，行李四驮，其余都是装的布匹和硼砂，格桑老太太坐了一乘滑竿，夹在队伍里；管理牲口的七个人腰佩短刀，背挂"格马"，一个个雄赳赳气昂昂散在队伍前后，他们有一条大獒狗，在牲口中间穿来穿去，俨然像一个押队的。我们和悦希夫妇和其他送行的朋友告别，各人上了马，这时有一个叫花子噼噼啪啪的点起一串鞭炮，向我们讨利市钱，这倒是旅行以来第一次遇到的新鲜玩意儿。长途茫茫的旅客，为了求个平安，落得花几个零碎钱讨得放鞭炮的喜欢。

离开东关，踏上了来时的大路。爱莲初次骑马，请悦希家的伙计牵了一段，然后才小心翼翼地追上大队。来时青山，去时则已黄叶红树夹道，别是一番景象。大升航、柳杨、日地一站一站倒数而过。柳杨那一段被山水冲坏了的公路仍然浸在水里，大家下马顺着山腰小路走，有两匹驴子肚带松了，硼砂箱滚了下来，牲口乱窜乱奔。管牲口的好不容易把它们追回来重新绑扎，在窄得仅容一匹牲口通过的小路上麻烦了好大一会儿。

五时到瓦斯沟，不进市镇，就在一里外的溪边下货包，放牲口。不到半小时帐篷也搭起来了，茶也煮好了，一切就绪，大家就围着野灶喝茶。这时牲口们早已远远地上山吃草，等到暮色渐起，管牲口的放开嗓子叫"达，达，追，追"，把牲口等唤了回来。地上钉了绳索，套住每一匹牲口的脚，牲口们服服帖帖地站着，把胃里的青草倒吐到嘴里，用牙齿细细咀嚼，然后再吞下另一胃里；三十多匹牲口围着帐篷，静悄悄地反刍它们的晚餐。我们的晚餐也预备好了，所谓晚餐就是牛肉、锅盔、酥油茶。

最不容易忘记的是那一幕下货放牲口的紧张场面。管牲口的在路上走了五十里，已经相当辛苦了，这时要使大力气，把重约五六十斤的一箱箱硼砂、布匹，从马背上解下来，又要整整齐齐地堆好在地上，堆得如同一道矮墙，围住帐篷，马鞍子，马毡子，也要放得井井有条，明天上货的时候不至于弄乱。下货的时候，牲口是立刻想求解放，急得乱转乱撞，已经下了鞍子的是四脚朝天，在地上乱叫乱滚。七个人在牲口的挤撞叫喊纷乱中，满头大汗，来回应付，不到十五分钟，全部解决。牲口走开了，再整理一下货物、毡鞍等东西，然后搭锅灶，扯帐篷，取水，煮茶，这才吸一口烟，松一口气。他们那种认真负责，迅速愉快的精神，真值得佩服。

因为好久不骑马，一下就骑了半天，腰腿又酸又疼，吃过晚餐，倒头便睡。康人围火而坐，山歌之声，久久不绝。

帐篷里是格桑老太太、学本、爱莲和我四人，其余的人都露天打野。逐水草而居的生活从此开始了。

10 月 30 日

五时起身，曙光渐露，下弦月还徘徊在山顶上。我们在溪水中洗了脸，刷了牙，喝过早茶，格桑老太太的滑竿和我们三匹马先出发。绕了一段山路，通过瓦斯沟市镇，走到大渡河边，前面来了一乘滑竿，滑竿夫和我们招呼，原来就是以前抬学本的那一个不吸烟的陕西人。

驮帮忽然走失了一匹驴子。等到寻回来以后再走，就延迟了一小时才离开瓦斯沟。我们在烹坝吃了午饭。等了一会儿，大队赶上，一同向泸定前进。谷中荞麦正熟，一片粉红色十分娇艳。这一块的梨儿，五十元可买一个，便宜之至。路上看见几处雪山，藏在河谷高山的后面。

两点半到达泸定，牲口过索桥颇费周折。先放下货箱，将牲口——强拉过桥，再雇背子把货背到对岸。牲口过桥，每一匹要付一百元过桥费。将近天黑才把宿地布置就绪。

泸定新成立了一个运米机关，凡是驮帮经过此地，都被强迫拉去运米，康定一个来回就是四天，在康定已经听到运输商人叫苦，我们牲口过河的时候，管牲口的老板就被拉了去，幸亏学本和这几个机关的人认识，卖了个面子，允许从雅安回来再当差，否则的话，我们便得在这里搁浅四天。

拜访泸定县长，县长说那晚抢劫干海子共是十三个人，已经捉到九个。这几天正在大规模清乡，山顶上驻扎了部队搜索漏网的人。拜访的目的，原来预备请几杆枪保护明天的一段路，经他这么一说，也就不必多此一举了。

傍晚的时候，下起毛毛雨来，全部货箱塞进了帐篷，加上四个旅客，便显得局促了。刚才见了县长，把几天来担忧的心事放下了，现在又为明天的天气烦恼起来。

10月31日

刚刚出发，驿运管理处又来找麻烦，要路单啦要税票啦，耽误了半点钟。这年头走路真是不容易。

和我们同路的还有邦大刀吉的一队牲口，他才当差运了米来预备上两路口去运茶包，浩浩荡荡合成了六七十匹牲口的队伍。出县城五里，离开公路，爬青梗坡公路，越走越高，回头看看凶恶非凡的大渡河，已经小得像一条带子，弯弯曲曲躺在山谷里，牲口气力足，一连串的上坡路，并没有休息，一口气到了干海子。

云开天晴，贡噶雪山，高插在西天云里，像一座白玉屏风，不禁狂喜。因为距离近，比在大吉岭看金城章嘉还要过瘾。记得来时路上，曾瞥见一眼，当时云层无情，仅仅让它露了一秒钟的脸，心里老是惦着。现在天门大开，让我们尽情观赏，可以算得这次旅行的重大收获。

三五个人一组的巡逻队，在山垭口监视行人，足见这几天干海子的紧张状态，还没有松弛。

野鸡一对，在路上踱方步，学本投以一石，没有击中。

爱莲在路上受了凉，有点发烧，早早地钻进帐篷，吞了两片阿司匹林，拥被而卧。

傍晚狂风大作，从二郎山分水岭的那一边吹来，天气突变。夜半飞雪，寒冷刺骨。管牲口的人穿起了羊皮袄，还睡在露天。两个滑竿夫不住，到野店里去投宿了。

11月1日

一夜大风雪，山顶尽都变白，我们宿处比较避风，所以只积了一层薄薄的雪。转过一个山背，路上已经结了冰，马蹄在冰路上走，好像踏着碎玻璃，发出铿锵的声音，惊破了静寂的世界。这一段路小树枯枝特多，迎风的一面，黏着的雪冻成了冰，真所谓玉树银花，晶莹夺目。等到转过山垭口，走进二郎山的另一面，只见白茫茫一片，还在飘雪。山上的电话线变成了一条条粗壮的玻璃弧线，挂在空中，山洞里流着的水也冻住了，水花变成一粒粒的冰珠，高大的冷杉，戴上一层层白帽子，树干迎风的一面，也穿上了白长衫。路上滑得很，不敢抄小路，慢慢地一直沿着公路走。因为地势高，云雾还是很浓，四小时后走出了云雾重围，大有从天上下凡的感觉。雪也不见了，路也渐渐干了，谁知底下竟是一片清凉世界。从团牛坪以下是红叶满山，流水淌淌，走到两路口，红叶又不见了，山是青的，草是绿的，市廛一片，我们又回到人间了。

在将近鸳鸯岩的路上，马肚带松了，一不小心，从马背上跌了下来；幸亏所骑的马矮，没有受伤，可是心里气得很。

两路口到雅安的公路，托主席之福，已经修好，并且有汽车在走。我们看见有两辆卡车停在路上，学本因为要到雅安去布置公司的事情，向司机买了一个司机台座位，预备明天先走，大概当天下午可以到达。见他要搭汽车，我也有些心动了，但是爱莲因为对于骑马已经发生兴趣，虽然她的感冒还没有全好，坚持仍要骑马，扭她不过，只得奉陪。

早晨八点出发，下午四点到达两路口，在马背上足足八小时，大家都觉得非常疲倦，于是四人决定在旅馆住一晚。喝了点酒，吃了一顿好饭，临睡以前，还有热水洗脚。

11 月 2 日

学本搭上汽车，先驮队出发。

牲口早晨放草的时候，因为一辆卡车开过，惊走了两匹马，好久才找回来。关外的骡马，从来没有见过这种大怪物，驮帮警告我们，如果在路上碰到汽车，必须拉紧缰绳，免得牲口受惊。因此一路提心掉胆，唯恐遇见怪物，旅行乐趣，全然打退了。好在知道两路口的汽车已经在前头，只要雅安没有车来，今天准可以平安度过。将近水獭坪的地方，有一辆鸡公车（即独轮小车）停在路旁，我和爱莲的两匹马，看见这陌生家伙，不前进，左拉右拉，用力打了几鞭，马从草丛里狂奔乱跳跑了过去，幸亏这段路不是悬崖绝壁，否则真要吓出一身汗来。

在水獭坪陪格桑老太太休息了一会儿，那家野店的老板娘还认识我们。

我们带的那条名叫"甲赛"的大獒狗，经过村庄的时候，和村里的狗嗅嗅鼻子，打打交道，所以常常落后。村庄里的人看见了这条大狗，谁都要吐出舌头，嘴里"蛮狗，蛮狗"地叫着指给别人看。有些小狗看见"甲赛"，跟在后面乱叫一阵，表示敌意，"甲赛"满不在乎，头也不回，大模大样地随它们去叫，"甲赛"是出了风头了。

我们走在滑竿后面，下午两点，到了小人堰，帐篷已经搭好。爱莲伤风还没有好，又因骑马辛苦，下马就睡。

康定带来的锅盔已经吃完，午晚两餐都吃糌粑。晚餐后，管牲口的人坐在草地上各自修补用具，有一个人靴底走穿了，取出牛皮，缝上了新底子。康人腰带上个个都挂着小刀子和一个针线皮带，今天看见他们切皮缝衣服才知道这几件东西的重要。

格桑老太太皈依佛教，吃过晚饭，必定念经，临睡以前还要叩头跪拜，每天如此。爱莲不舒服，老太太特别为她念了一次经。

宿地附近有几家农户，女人孩子们围着我们，老是不肯散开；我拿出康定朋友送的一包糖果，分给她们吃，有几个孩子索性饭也不回去吃了，等到天慢慢暗下来才被母亲拉着回家。

因为到得早，天气又好，我坐在水溪边画了一张风景画。

这是四天来第一次有闲情逸致。

天黑以后，西康人坐在火边念六字真言，拍一会儿手，唱一会儿歌，渐渐静下来。

11 月 3 日

从康定出来，我脚上穿的是"藏靴"，腰里挂的是"藏刀"，爱莲头上戴的是狐皮"藏帽"，一同走的是"藏民"，跟着的是"藏狗"。大队快到天全的时候，村子里的男男女女、老老少少，一哄出来看热闹，"阿啰阿啰"之声不绝（阿啰是康藏人打招呼的话，和外国语"哈啰"的意义相同）。小孩子有些会几句藏语的骂人话，都搬了出来，向我们这批关外佬进行攻击，康人气不过，就也拿了半生不熟的汉话来骂。马路上晒些粮食，还没有等牲口走近，女人们老早露出一副凶相破口骂人，唯恐牲口吃了她们的粮食。这种突如其来的交战，又好气，又好笑。康藏人平常不大走这条路，难得到雅安运一次货不知怎么得罪了天全人，这还得追究到历史的根源。爱莲看了非常生气，因此我就想到边疆的政治教育问题，尽管办保甲、办学校，而汉藏两族间的感情，始终存在着这种无聊的隔膜，实在痛心。

穿过天全大街，好像马戏团出现一样，我们两个人，是人们想象中的走钢丝，翻竿子的男女主角吧？

帐篷搭在离城五里的猴子坡，乱石斜坡，不得好睡。

11月4日

今天是最后一天路程，起得特别早，六点三刻离开猴子坡。

将近始阳场的时候，有父女两人跟在我们马后面走，走了一会儿彼此攀谈起来，父女两人从各小县替别人背东西到天全来，在天全交了货，现在回家去；来回要走五天，据说代价很少，除了住店付伙食费，能够剩下的钱有限得很，目的不过是节省家里的粮食而已。父亲有嗜好，到了始阳场，就钻进鸦片馆，他落后了。女儿结实得很，一直跟着我们走，对于父亲的嗜好，虽然有些不高兴，但也无可奈何。快到飞仙关的时候，父亲过足烟瘾，追上来。我们因为牲口不能过索桥，非要用船渡河不可，大家就此分手。

这一次四百里长途，骑在马背上，宿在帐篷里，不但鸦片的气息没闻到，连烟容满面的人也少有看见，对于鸦片的憎恶观念，渐渐冲淡了。今天碰到这对父女，使我重新想起了九月间在这条路上的情形，滑竿夫的脸相，一个一个回到我的记忆里。

在飞仙关午餐，两菜一汤，三人吃，九百元，比康定便宜多了。

下午四点，雅安在望，在平坦的公路上，夹紧马肚子，加上几鞭，松开缰绳，痛痛快快地跑了一阵，七天的旅程，遂告结束。

学本来接我们，并且已经为我们定好旅馆。驮帮扎在车站附近，仍然打野，等三天以后，运茶叶回康定去。

雅安的鱼，肉细而肥，昨晚吃了两斤重的一条，今晚学本的朋友又请我们吃了一条，纠正了九月十六晚"鸭绿江"饭馆的坏印象。

学本接洽好了小包车，明天可上成都，虽然比公路局的班车贵五六倍，为了平安，为了快，多花点钱也是值得的。听说前几天在名山附近翻了一辆卡车，死了二十多个人，所以学本的朋友劝我们一定坐小包车。

上午过索桥到城里去走一走，碰见管牲口的人，他们至迟后天也要走，大家在忙着买东西，街上的人以一种好奇的眼光注视他们。

11月6日

小汽车停在车站上装行李，几乎快装完了，司机忽想起忘记了一件东西在车屁股里，逼着装行李的伙计硬要卸下来，于是前功尽弃，重新装过，司机的那种傲慢态度，会使你辟易三步。然而站上的武装朋友比司机还要凶，司机对他们又是另一副脸相了。这几年在后方旅行，看惯了这类人物的面孔，虽然当时有点刺激，事后也就无所谓。

武装者送来"黄鱼"两条，硬要司机带走，司机唯命是从，让他们攀在车窗外面，御风而行。"黄鱼"也是武装。这一来我们就像北洋军阀时代威风凛凛的人物，左右马弁两名，可以横冲直撞了。

新津河河面如镜，舟楫颇繁，有江南情调。

开过飞机场，忽然美军拦住去路，说要检查。我们带了不少行李，若使认真检查起来，岂不麻烦；于是，只得用洋话告诉他说，我们是从路途遥远的康定来的。他们倒也客气，并没有要我们打开行李。问他们为什么要检查，才知道飞机场发生了大窃案，大批的军需品被偷走。成都街上着美国军装的老百姓那么多，想来，这次窃案和我们的贵同胞不会没有关系了。

下午四点到成都，搬进了成都饭店。

外面纷纷传说近来因为军队派遣，市上天天发生抢劫，前几天四川饭店还发生过一件绑票案。听了这话，就决定明天搬回大千家里去。

　　九月间离开成都的时候，大千有意思要搬家，而且还说开过展览会以后即刻要去北平。等我回到成都，已经是事隔两月，大千的展览会也早在十月间开过了。恐怕到他家扑空，所以在未来成都之先，就决定住几天旅馆，买票直回重庆，不预备再打扰他了。搬进旅馆以后，听到种种恐怖的消息，报纸上也明明白白地登载着白昼抢劫的新闻，想想有些不妥，马上打听大千的下落，原来他并没有搬家，还住在昭觉寺。第二天，我就搬到他家里，一住十天，十六日搭到邮车，十七日回到了重庆。

　　住在康定的那些日子原以为重庆的朋友，坐飞机的坐飞机，搭船的搭船，早已各走各路"复员"去了，一心唯恐自己落后，怕和大家失去联络，所以匆匆忙忙赶回来。谁知重庆一切如旧，朋友们一个也没有走成，不过街上多了些上海报纸，买来看看，陡然增加了怀乡的情绪。于是只得和大家一样安静下来，绝不再想飞机轮船或是汽车那么回事了。

　　在安静的日子里，把五十三天的日记从潦草的记录里追写了出来，其余的时间，就一心一意整理西康画稿，希望在离开重庆之前，完成我的"西康纪游"画展。

　　　　选自叶浅予：《叶浅予画旅笔记》，中国社会科学出版社，2006 年